RONNI DAVIS

Dein Herz,

meinem so nah

© Aaron Gang

AUTORIN

RONNI DAVIS lebt in Chicago, wo sie tagsüber von Fernsehspots bis Plakatwerbung alles Mögliche redigiert und nachts dann realistische Liebesromane für Jugendliche schreibt.

ÜBERSETZERIN

CATRIN FRISCHER, im Herzen Schleswig-Holsteins geboren, hat viele Jahre in Hamburg gelernt, gelebt, gelacht und viel gearbeitet. Nun haust sie mit mehrbeinigen Gefährten auf einem Deich, guckt in den Himmel und über die Wiesen, spinnt Wolle und Wörter, backt eigenes Brot – oder steigt in die Buchstabenminen, um dort Geschichten aus einer fremden in die eigene Sprache zu übertragen.

Mehr über cbj auf Instagram unter @hey_reader

RONNI DAVIS

Dein Herz, meinem so nah

Aus dem Amerikanischen
von Catrin Frischer

Bei diesem Buch wurden die durch das verwendete Material und die
Produktion entstandenen CO$_2$-Emissionen ausgeglichen, indem der cbj Verlag
ein Projekt zur Aufforstung in Brasilien unterstützt.
Weitere Informationen zu dem Projekt unter:
www.ClimatePartner.com/14044-1912-1001

Penguin Random House Verlagsgruppe
FSC® N001967

TRIGGERWARNUNG:
In diesem Buch werden Themen wie Depression
und Suizidgedanken angesprochen.

Sollte diese Publikation Links auf Webseiten Dritter enthalten, so
übernehmen wir für deren Inhalte keine Haftung, da wir uns diese
nicht zu eigen machen, sondern lediglich auf deren Stand zum
Zeitpunkt der Erstveröffentlichung verweisen.

1. Auflage 2021
Erstmals als cbt Taschenbuch Juni 2021
© 2019 Ronni Davis
Die Originalausgabe erschien 2019 unter dem Titel
»When the Stars Lead to You« bei Little Brown and Company,
einem Verlag der Verlagsgruppe Hachette, New York
© 2021 für die deutschsprachige Ausgabe
cbj Kinder- und Jugendbuchverlag
in der Penguin Random House Verlagsgruppe GmbH,
Neumarkter Str. 28, 81673 München
Alle deutschsprachigen Rechte vorbehalten
Übersetzung: Catrin Frischer
Umschlaggestaltung: Isabelle Hirtz, Inkcraft
unter Verwendung des Originalcoverdesigns von Marcie Lawrence
und eines Fotos von © Stocksy (Guille Faingold)
MP · Herstellung: BB
Satz: Buchwerkstatt GmbH, Bad Aibling
Druck: GGP Media GmbH, Pößneck
ISBN 978-3-570-31404-3
Printed in Germany
www.cbj-verlag.de
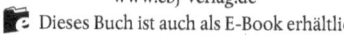 Dieses Buch ist auch als E-Book erhältlich.

Für Mom,
weil ich von ihr gelernt habe,
Bücher zu lieben,
und für Mrs Wheeler,
die mich ermutigt hat,
welche zu schreiben

VORHER

– Und dann –

JEMAND, DER SICH DEM STUDIUM DER STERNE WIDMEN will, wird wohl kaum auf die Idee kommen, sich etwas zu wünschen, wenn am Himmel eine Sternschnuppe fällt. Es gibt keinen logischen Grund, seine Hoffnungen in verglimmende Kugeln aus Wasserstoff und Helium zu setzen, ganz abgesehen davon, dass die Sternschnuppen schon seit Ewigkeiten erloschen sind, bis wir sie sehen. Aber nichtsdestoweniger hob ich Nacht für Nacht das Gesicht himmelwärts, schloss die Augen und träumte.

Auch während der Sommersonnenwende saß ich am Strand und beobachtete Arcturus, der gerade aufging. Ein roter Riese, fünfundzwanzig Mal größer als die Sonne, heller als irgendein anderer Stern in der nördlichen Hemisphäre, der ebenso beeindruckend wie Furcht einflößend ist. Aber irgendwie hatte er auch was Tröstliches. Er gab mir das Gefühl von Geborgenheit. Also richtete ich nur einen einfachen Wunsch an ihn, und zwar, den besten Sommer aller Zeiten zu erleben.

Meine Cousine Stephanie lebt mit ihrer Familie das ganze Jahr über an jenem Strand. Ihre Eltern führen einen Andenkenladen und ein Restaurant. Der Ort liegt nur ein paar Autostunden nördlich von meiner Heimatstadt, deshalb komme ich jedes Jahr hierher zu Besuch, während meine Eltern kirchenunabhängige (gaanz wichtig, diesen Aspekt zu erwähnen!) Missionarsarbeit in Honduras leisten. Hätten sie gewusst, was Stephanie und ich so trieben (Jungs! Partys! Knutschen!), wäre ihnen nie in den Sinn gekommen, mich jeden Sommer bei ihr verbringen zu lassen.

Ich liebte diese stillen Nächte, ehe die Touristen das Kommando übernahmen. Die Flut kam, die kühlen Atlantikwellen umspülten meine Füße, und ich fröstelte. Schon bald würde das meine Knie erreichen und dann die Schenkel. Ich bohrte meine Zehen in den Sand. Dieses Kitzeln, wenn die Brandung den Sand unter meinen Füßen wegsaugte, mochte ich sehr. Und ich liebte die Sterne, die sich wie Diamanten auf blauem Samt über den ganzen Himmel verteilten.

Ein traumhaftes Leben war das.

»He, Devon«, rief Stephanie. »Komm her. Ich will dir jemanden vorstellen.«

Na klar willst du das!

Meine Cousine hielt sich für die geborene Kupplerin, aber sie hatte keinen Schimmer, welche Typen mir gefielen. Kein Wunder, schließlich wusste ich das selber ja auch nicht so genau. Ich fühlte mich immer zu völlig unterschiedlichen Jungs hingezogen. Große, dünne mit heller Haut, dunklen Haaren und haselnussbraunen Augen. Dunkelbraune Haut, tiefbraune Augen und Dreads. Sonnengebräunte Jungs mit Grübchen, blauen Augen und blonden Haaren.

Zwei Dinge wusste ich aber genau. Nett musste er sein und ein Gentleman.

Denn, mal ehrlich? Ich hatte es komplett satt, ständig Jungs zu küssen, die nach zehn Sekunden meine Hand runter zu ihrem Hosenschlitz schoben.

Der Schein des Lagerfeuers spielte auf Stephanies silbrig blondem Haar, sie wirkte wie von einer anderen Welt. Zwei Jungs standen bei ihr, beide nur als dunkle Silhouetten sichtbar, lediglich die Plastikbecher in ihren Händen schimmerten rötlich.

»Devon! Schwing deinen Hintern hier rüber«, kommandierte Stephanie.

Ich stöhnte, lief aber brav zu ihr rüber. »Hey, Steph.«

»Wurde langsam Zeit.« Sie drückte auch mir einen roten Becher in die Hand und legte grinsend den Arm um mich. Ihre Wangen waren schon gerötet, ihr Atem war warm und roch nach Alkohol. »Das sind Todd und sein Cousin Ashton.«

»Schön, dich kennenzulernen«, sagte Todd. Höflich, doch eindeutig eher an Stephanie interessiert. Das konnte ich ihm nicht verdenken. Sie war hinreißend: klein und kurvenreich, dunkelgrüne Augen und ein winziges Näschen. Der perfekte Gegensatz zu Todd, dem Inbegriff des großen Gutaussehenden mit durchdringend blauen Augen und pechschwarzem Haar. Sie gaben ein schönes Bild ab, die beiden, so wie sie da nebeneinanderstanden.

Dann drehte ich mich zu Ashton um.

Mannomann!

Ashton.

War.

Umwerfend.

Aber so was von.

Noch nie hatte ich leibhaftig vor so einem Typen gestanden.

Gerade Nase, schöner Mund, volle Lippen, so ein ganz klein bisschen verschmollt. Unerhört reine Haut mit einem ganz leichten Anflug von Sonnenbrand auf den Wangen. Seine kurzen, bronzefarbenen Haare waren dick und wellig – und meine Finger kribbelten vor Verlangen, sich in diese Pracht zu wühlen. Alles an seinem Gesicht war gut proportioniert und doch war er nicht strahlend perfekt. Seine Ohren standen ein wenig ab und er war einen Tick zu mager. Aber das war okay. Dünne Jungs mochte ich. Außerdem hatte dieser Ashton etwas Besonderes an sich. So eine Ruhe – der absolute Kontrast zu dem Johlen und Juchzen um uns herum. Und seine Augen! Intensiv. Geheimnisvoll. Ein tief tiefes Braun, das einlud, darin einzutauchen und sich darin zu verlieren.

Und genau das tat ich.

Ich fiel und fiel und wirbelte irgendwohin, wo ich noch nie gewesen war, doch an diesem Ort wollte ich sein. Das wusste ich. Ich versuchte Ashton nicht anzustarren, aber auch er ließ mich nicht aus den Augen. Die Welt zerschmolz und es gab nur noch mich und ihn und die tosende Brandung.

»Hey«, sagte er mit einem sanften Lächeln. So perfekte gerade weiße Zähne! Das konnte nur fantastischen Genen oder kieferorthopädischer Arbeit im Wert von Tausenden von Dollar geschuldet sein. Nach allem, was ich bisher von ihm gesehen hatte, setzte ich auf Ersteres.

»Hi«, sagte ich atemlos. *Atemlos.* Ich war atemlos. Was passierte hier?

»Also … Devon?«

»Ja«, konnte ich so gerade eben hervorbringen. Echt jetzt? Seine Stimme war sanft, mit einem leicht angerauten Touch. So würde es klingen, wenn man seine Handfläche gegen den

Strich über Samt gleiten ließ. Oh mein Gott. Gänsehaut. Überall.

»Ich bin Ashton. Schön, dich kennenzulernen.«

Ich hatte eine Schwäche für den perfekten Händedruck, Ashtons war gerade richtig. Nicht so fest, dass mir die Hand zerquetscht wurde, aber auch nicht im Entferntesten makkaroniweich.

»Todd und ich holen uns Nachschub«, sagte Stephanie und holte mich auf die Erde zurück. »Wollt ihr auch was?«

»Ich bin versorgt.« Ashton hob seinen Becher, der noch fast voll war.

Er schaute noch immer mich an.

»Ich auch«, sagte ich.

Ich schaute noch immer ihn an.

»Dann lassen wir euch mal allein«, sagte Stephanie, und weg waren sie und Todd.

Ashton kippte sein Bier in den Sand. Ich zog eine Augenbraue hoch. Er blinzelte mich an und wurde rot.

»Ich trinke nicht«, erklärte er. »Deine Cousine hat mir das eingeschenkt und ich wollte nicht unhöflich sein.«

»Kein Problem.« Mit einem Achselzucken schüttete ich mein eigenes Bier neben seines. »Ich trinke auch nicht viel. Daran denkt sie nie.«

Er scannte mich von Kopf bis Fuß, dann trafen sich unsere Blicke. Dieser Junge checkte mich so was von ab ... und ich merkte, dass ihm gefiel, was er sah. Bestimmt guckte ich ihn genauso an wie er mich. Denn, oh ja, was *ich* sah, gefiel mir – eindeutig. Wahrscheinlich hatte er übel riechende Füße oder sonst was in der Richtung, denn es konnte überhaupt nicht angehen, dass ein Typ derart perfekt war.

»Also, Devon«, sagte er wieder. »Hi.«

Ich grinste. »Hi.«

Er schlug sich die Hand vor die Augen und zog die Nase kraus. »Oh mein Gott. Das hatten wir schon.« Durch die Finger linste er mich an. »Sorry.«

Zum Niederknien. »Bist du zum ersten Mal hier?«

Er schüttelte den Kopf. »Mit fünf war ich mal mit meiner Familie hier, aber daran erinnere ich mich kaum. Ich hab keine Ahnung, was die Leute hier so machen. Abgesehen vom Offensichtlichen, meine ich.«

»Nicht viel, ehrlich gesagt. Ich geh gern an der Promenade spazieren oder zum Baden. Es gibt jede Menge Partys, wenn du auf so was stehst.«

»Ich steh mehr auf Videospiele und aufs Fotografieren«, sagte er. »Manchmal gehe ich reiten.«

»Du hast ein Pferd?«

»Leander heißt er. Ich habe ihn mit elf bekommen. Also vor fünf Jahren.«

Ashton war sechzehn. Wie ich.

Er holte sein Handy raus und fing an zu scrollen. *Echt jetzt? Zehn Minuspunkte!* Ich hasse es, wenn Leute keine zehn verdammten Minuten die Pfoten von ihren Handys lassen können. Ich dachte, wir unterhalten uns gerade …

Aber dann sagte er: »Das ist er«, und hielt mir sein Handy hin. Sofort bekam ich Schuldgefühle, weil ich innerlich ausgeflippt war.

»Er ist unglaublich. Ist er ein Araber?«

Ashton lächelte sein Handy an. »Ja. Er ist toll. Hast du ein Pferd?«

»Ich mag Pferde. Aber ich habe keins.«

»Oh. Wie schade.« Er ließ das Handy in eine Tasche seiner Cargo-Shorts fallen.

»Vielleicht besser so, meine Cousine behauptet ohnehin schon, ich würde mich zu sehr absondern«, sagte ich. »Wenn ich ein Pferd hätte, würde ich nie mit anderen Leute abhängen.« Ich schob meine pinkfarbenen Zehennägel in den Sand. »Allerdings zieht sie mich auch gern auf.«

Er guckte verblüfft. »Warum?«

»Warum ich für mich bleibe oder warum Steph mich aufzieht?«

»Beides.«

»Beides, weil ich ein Nerd bin. Deshalb stellt sie mir ständig Leute vor.«

Sein Blick wich nicht von mir. »Ich bin froh, dass sie uns vorgestellt hat.«

Ich zitterte am ganzen Körper. »Ich auch.«

Er musterte kurz den Sand zwischen seinen Füßen, dann trafen sich unsere Blicke wieder. »Wollen wir uns ein Eis holen? Magst du mitkommen?«

In mir breitete sich ein plüschig-warmes Gefühl aus. »Nichts lieber als das.«

Ein Lächeln ging über sein Gesicht, am liebsten wäre ich auf der Stelle geschmolzen. Dann grinste ich. Also standen wir da und grinsten einander an wie die Blöden, bis mein Magen knurrte.

Lachend streckte er die Hand aus. »Komm, um dieses Monster müssen wir uns kümmern.«

Ich schob meine Hand in seine.

Mein Sommer sah plötzlich total vielversprechend aus.

– Dann –

DAS ERSTE WOCHENENDE DER SAISON – WENN DIE TOURIS-
ten sich richtig eingelebt hatten – war immer super. Man
musste keine zehn Meter laufen, um auf einer fetten Party zu
landen. Die falsche Party konnte einem allerdings den ganzen Sommer kaputtmachen. Zu viel Bier, Leute, die einem
vor die Füße kotzen, Rummachen mit dem falschen Typen,
Geschlechtskrankheiten. Nichts als grauenhafte Entscheidungen, wohin man auch guckte.

Zum Glück schaffte Stephanie es immer, die richtigen Partys für uns auszusuchen. Die an Privatstränden, mit einer
richtigen Bar, nicht bloß einem Fass Bier. Die mit Profi-DJs,
nicht irgendeiner zufälligen Playlist, auf der aus unerfindli-
chen Gründen immer ein Chicago-Song lief. Die, bei denen
die Gastgeber tatsächlich so was zu essen auftischten wie Sa-
late und Hamburger, statt Fritten … oder gar nichts.

Und so schlenderten wir eines Abends – spät wie die Pro-
mis – in ein riesiges Strandhaus, durch das die Musik so laut
dröhnte, dass die Rattanmöbel im Takt hüpften. Überall waren Leute, allerdings kaum zu erkennen, denn die Beleuchtung bestand nur aus Lichterketten, LED-Kerzen und einer
tollen Lichtshow vom DJ-Pult.

»Da seid ihr ja!« *Groß, Dunkel und Gutaussehend* war wieder
da und zog Stephanie und mich in seine Arme. Er war feucht
und roch nach Chlor. Aus seinen Haaren tropfte es kalt auf
meinen Rücken. Ich fröstelte.

»Wir haben es geschafft«, sagte Stephanie, dann wandte sie
sich an mich. »Du erinnerst dich an Todd?«

»Selbstverständlich erinnere ich mich«, sagte ich. Aber an
seinen Cousin erinnerte ich mich noch intensiver. Hatten wir
uns wirklich erst gestern Abend kennengelernt?

»Das hier ist das Haus meines Kumpels Justin, aber ich
bin der offizielle Gastgeber. Justin ist nämlich ein verpenn-
ter Penner, der nicht mal einen gefälschten Schülerausweis
hat.« Zu mir sagte Todd: »Fühl dich wie zu Hause, nimm dir,
was du magst.« Zu Stephanie sagte er: »Du kommst mit mir.«

Na toll. Jetzt war ich allein.

Das Beste und das Schlechteste an der Touristensaison
war, dass ständig überall andere Gesichter auftauchten. Es
war immer cool, neue Leute zu treffen. Und wenn irgendein
Typ beim Rummachen enttäuschend gewesen war, standen
die Chancen nicht schlecht, dass man ihm nie wieder über
den Weg lief. Und schlecht, weil … wenn man wirklich mal
jemanden fand, mit dem man gern zusammen war, würde
der wahrscheinlich eine Woche später weg sein. Und dann
konnte man wieder von vorn anfangen.

Aber alles in allem liebte ich die Möglichkeiten. Was auch
immer passierte, konnte das ganze Leben verändern. Und
heute Abend waren alle neu.

Ich holte mir also eine Cola und wanderte herum, ließ
mir den Beat bis ins Mark dringen und meinen Körper zum
Schwingen bringen. Schweiß rieselte mir den Nacken runter,

als die warmen Körper, die von der Musik mitgerissen wurden, das Haus aufheizten.

Ich drängelte mich raus zum Pool, dort war die Luft nur wenig kühler. Am Morgen war eine Hitzewelle angerollt und die Feuchtigkeit drang in meine Haare und ließ die Locken zu festen kleinen Spiralen schrumpfen. Ich raffte die Haare zu einem großen Dutt auf dem Kopf zusammen, damit die leichte Meeresbrise mir den Rücken kühlen konnte.

Ich verfolgte gerade die Vorbereitungen zur ersten Runde Bier-Pong, als hinter mir eine Stimme zu hören war. »Du bist ja doch hier.« Mein Herz schlug schneller bei diesen tiefen, etwas rauen Tönen, die in meinem Kopf nun schon seit vierundzwanzig Stunden in Dauerschleife liefen.

Ich wirbelte herum und da war er. Eine Oase inmitten von Lärm, Schweiß und Zigarettenqualm. »Hi.«

Ashton lächelte, mit Fältchen in den Augenwinkeln. »Ich dachte, Todd wollte mich verarschen. Du hattest ja geschrieben, dass du heute Abend was vorhast … war es das hier?«

»Ich hab überhaupt nichts geschrieben. Steph hat mein Handy entführt und irgendwas davon gefaselt, dass ich dich drei Tage warten lassen sollte.« Obwohl *sie* Todd nicht gezwungen hatte, drei Tage zu warten. Aber, egal. Auf keinen Fall würde ich zugeben, dass ich irgendwie gehofft hatte, Ashton hier über den Weg zu laufen.

Er schüttelte den Kopf. »Ich kapiere diese Regel nicht. Warum kann man sich nicht einfach mit jemandem treffen, wenn man ihn wiedersehen möchte?«

Mir wurden die Knie weich. »Du wolltest mich wiedersehen?«

Er guckte ernst. »War das nicht klar?«

»Ashton!« Ein Mädchen tauchte neben ihm auf und warf die langen blonden Haare zurück. »Nicht zu fassen, du bist tatsächlich hier!«

Er schenkte ihr ein sparsames Lächeln. »Ja, bin ich.«

»Du solltest dich zu mir setzen.« Sie leckte sich die pink schimmernden Lippen. »Da drüben.«

Meine Anwesenheit war offenbar nicht von Belang.

»Nein, danke.« Ashton berührte leicht meine Hand und mir lief ein Schauer den ganzen Arm hinauf.

Mit stählernem Blick musterte mich die Blonde von oben bis unten, die Gänsehaut von Ashtons Berührung verschwand fast unter ihrem Blick. »Nächstes Mal.«

Meine Haut kribbelte, als sie abzockelte. Dann sah ich Ashton an. »Wer ist sie?«

»Ich hab sie gestern kennengelernt. Ich glaube, sie wohnt ein paar Häuser weiter.«

»Ist das deine übliche Wirkung auf Mädchen?«

»*Du* wolltest mich drei Tage warten lassen.«

Ich legte den Kopf schräg. »Hättest du gewartet?«

Er ließ seinen Blick über mich gleiten, dann schaute er mir direkt in die Augen. »Ohne Frage.«

Holy shit.

Wir setzten uns auf eine Zweierbank auf der Terrasse und sahen zu, wie Jungs Mädchen in den Pool schmissen. Mit roten Bechern voll wer-weiß-was in der Hand stolperten Leute in den Whirlpool und wieder raus.

»Dieses Leute-Gucken.« Ashton schüttelte den Kopf.

»Ich weiß.«

Er lehnte sich zurück und streckte sich, dabei legte er mir

den Arm um die Schultern. Ich musste so lachen, dass ich fast meine Limo fallen gelassen hätte.

»Im Ernst?«

Sein Lächeln war wie eine Seelenmassage. »Du bist nicht weggerückt.«

Ich kuschelte mich an seine Schulter. Mmm, wie gut er roch … frisch und sauber – wie ein Wasserfall. »Bin ich wohl nicht.«

Wir beobachteten eine Mädchengruppe, die vor dem Pool Selfies machte. Ein Typ bot uns einen Zug aus seiner Bong an. Ashton lehnte ab. Dann wurde er unruhig. »Ich fühl mich immer so fehl am Platz bei diesen Sachen.«

Ich nickte. »Dabei sind Partys so toll. Aber trotzdem, wenn ich dann da bin, denke ich oft: Immer her mit Netflix und Junkfood.«

»Find ich auch. Wenn wir jetzt gerade Netflix gucken würden, was würde denn dann laufen?«

»Kommt drauf an. Ist das eine Netflix-zum-Chillen-Situation, oder gucken wir tatsächlich was, das wir sehen wollen?«

»Eine echte Binge-Session.«

»Hm.« Beim Überlegen zwirbelte ich eine verirrte Haarsträhne. »Was guckst du mit deinen Freunden?«

»Mein bester Freund und ich stehen auf völlig verschiedene Sachen«, sagte er. »Er guckt gern Leute, die total abgefahrenen Scheiß essen. Ich schau Sitcoms. Und du? Was guckst du mit deinen Freundinnen?«

»Romantische Komödien«, antwortete ich ohne Zögern. »Aber was würde ich wohl mit dir schauen?« Ich überlegte kurz, dann sagte ich: »Da wir uns noch nicht so gut kennen, würde ich sagen, was Witziges, vielleicht so was wie Stand-up. Aber nichts Derbes. Das könnte peinlich werden.«

»Guter Punkt. Gefällt mir. Und dazu gibt es Popcorn und M&Ms und Chocolate-Chip-Cookies.«

»Ja! Perfekt!« Ich rückte dichter an ihn heran und legte meine Hand in seine. »Ich wünsche …«

Ich konnte die Minze in seinem Atem riechen, konnte das Salz seiner Haut praktisch schmecken. »Was wünschst du?«, flüsterte er.

Aber es kam nicht dazu, dass ich meinen Gedanken zu Ende führte. Ein lautes Krachen drang aus dem Haus, gefolgt von ziemlich viel Gebrüll. Dann wurde das Bier-Pong-Match lauter und das Geplansche im Pool wilder …

»… und jemand hat eben in den Whirlpool gekotzt.« Ashtons Gesicht nahm eine leicht grünliche Färbung an.

»Ich glaube, das ist unser Stichwort.«

Er drückte meine Hand. »Nichts wie weg hier.«

Wir verließen die Party und gingen runter an den Strand. Der war leer und dunkel, bis auf ein paar rote Lichter, die weiter unten an der Küste flackerten. Wir suchten uns einen ruhigen Platz in den Dünen und ich schüttelte meine Sandalen von den Füßen. Acturus war längst untergegangen, aber es standen immer noch unendlich viele andere Sterne am Himmel.

Die kühle Seeluft fühlte sich gut an auf der warmen Haut. Mein ganzer Körper war erhitzt, weil Ashton und ich endlich allein waren. Selbst wenn der Abend heute nichts weiter brachte, ich wollte ihn küssen. So sehr.

»Ich muss alles über dich wissen«, sagte er.

»Frag mich, was du willst.«

»Ich fang mal klein an: Lieblingsfarbe?«

»Lila. Aber nicht irgendein Lila. Eher so eine Mischung aus Flieder und Lavendel, die so zart ist, als würde die Sonne hindurchscheinen.«

Er zog die Nase kraus. »Das ist aber sehr präzise …«

»Und was ist deine?«

»Hängt von meiner Stimmung ab, würde ich sagen. Grün oder blau, wenn ich ruhig bin. Rot, wenn ich richtig sauer bin.«

»Wenn ich dich also was Rotes tragen sehe, sollte ich lieber Abstand halten?«

Er lachte, das brachte seine perfekten Zähne zur Geltung. »Ich weiß nicht, ob es so weit geht. Was für Musik hörst du?«

Mit den Zehen malte ich Schnörkel in den Sand. »Meine beste Freundin hat mich auf klassische Musik gebracht, aber ich mag auch R&B und Pop. Manchmal höre ich auch Film- oder Musicalmusik.«

Ein Leuchten ging über sein Gesicht. »So was wie *Broadway*?«

»Mein Dad spielt die Alben der Hauptdarsteller hoch und runter. *Rent* ist mein Lieblingsstück.«

»Meins ist *Hamilton*. Das ist echt gut. Aber *Rent* mag ich auch.« Er fing an die Melodie von »One Song Glory« zu summen.

»Du hast eine gute Summstimme«, sagte ich. »Singst du auch?«

»Immerzu.« Ein vielsagender Blick. »Wenn ich allein bin.«

»Eines Tages wirst du für mich singen«, behauptete ich ganz frech, »und du wirst es gern tun.«

Er gab mir einen Stupser auf die Nase. »Mal sehen.«

»Und was für Musik magst du sonst noch?«, fragte ich.

»Hip-Hop.«

»Was haben Weiße Jungs nur immer mit Hip-Hop? Du bist doch kein Rapper, oder?«

»Gott, nein. Rappen ist nicht mein Ding. Ich lausche nur und lerne.«

Ich nickte anerkennend. »Okay.«

Er sah mich immer noch an, doch jetzt wurde er ernst. »Erzähl mir mehr.«

Nun kamen mir die Worte leichter über die Lippen. Ich erzählte ihm, dass ich meine Cousine jedes Jahr hier am Strand besuchte. Ich erzählte ihm von meinen Lieblingsessen (Sushi und Sub-Sandwiches), dass ich Räucherstäbchen liebte und die Kaugeräusche von anderen Leuten eklig fand. Dass ich mir das Geld für mein erstes Teleskop mit kleinen Jobs bei den Nachbarn verdient hatte und ausgesprochen gern Einzelkind war. Ich erzählte ihm, dass ich in der ersten Woche im Kindergarten jeden Morgen geweint hatte und mir in der zweiten Klasse in die Hose gemacht hatte, weil die fiese, alte Miss Bradley mir nicht erlaubt hatte, aufs Klo zu gehen.

»Die Hälfte von diesen Sachen habe ich noch nie irgendjemandem erzählt«, gestand ich.

Wie Schmetterlinge flatterten die Worte aus mir raus, sogar wenn ich über die peinlichsten Momente meines Lebens redete, und das war albern und komisch und ein bisschen unheimlich. Dass er mehr daran interessiert war, mich kennenzulernen, statt einfach nur abzuhauen, aber auch.

»Eines will ich dich noch fragen«, sagte er.

»Dann mal los.«

»Nehmen wir an, wir guckten Netflix, aber wir würden uns

nun schon viel besser kennen. Was würdest du dir dann mit mir reinziehen?«

»Dokus.«

Er zögerte. »Ernsthaft?«

»Die über das Universum und den Weltraum.«

Er nickte langsam. »Na klar. Das ist cool.«

Ich ließ Sand durch meine Finger rieseln. »Findest du? Ich will dir nämlich noch was anderes über mich erzählen.«

Asthon stützte sich auf seine Ellenbogen. Total entspannt. »Dann mal los.«

Ich holte tief Luft. »Ich liebe Sterne.«

Er setzte sich wieder auf und schenkte mir seine volle Aufmerksamkeit. Also redete ich weiter. »Ich lebe für die Sterne. Und eines Tages werde ich Astrophysikerin sein.«

Er lächelte voll Staunen. »Wow. Du strahlst. Wie toll. Ist Astrophysik eigentlich so was wie Astronomie?«

»Es ist ein Teil davon. Sie beschäftigt sich hauptsächlich mit dem Wesen von Himmelskörpern. Damit, woraus Galaxien, Rote Riesen und schwarze Löcher bestehen zum Beispiel. Wie lange sie schon da draußen sind und welche Bedeutung sie für uns als Menschen haben. Ich kann aber auch ganz theoretisch werden und mich auf Sachen wie Zeitreisen konzentrieren.« Ich schlang die Arme um meinen Oberkörper. »Ich möchte die Rätsel der Tiefen des Alls lösen. Und ich will neue Welten entdecken.«

Seine Lippen bildeten ein stummes O. »Das ist wohl das Coolste, was ich je gehört habe.«

»Ich kann ewig so weitererzählen«, warnte ich ihn. »Das findest du dann vielleicht nicht mehr so cool«

»Probier's aus.«

Das machte ich. Ich redete über die Sterne, Physik und das All. Ich redete von all den Dingen, die ich lernen musste, wie Geometrie, Infinitesimalrechnung und Physik. »Ich will meinen Doktor machen«, sagte ich.

Ashton brachte das nicht aus der Fassung. Ganz so, als würde ihm das nicht total an den Ohren vorbeigehen. Die meisten Leute bekamen einen glasigen Blick, wenn ich so richtig loslegte. Aber er hörte zu.

Er nickte, dabei sah er mich immer noch an. »Dr. Devon.«

»Kearney. Dr. Devon Kearney«, sagte ich.

»Devon Kearney, PhD«, sagte er lächelnd. »Klingt doch perfekt. Ich kann es kaum erwarten, dass du so weit kommst.«

»Wenn ich *je* so weit komme.«

»Das wirst du. Ich glaube an dich.«

Und da wurde aus der physischen Anziehungskraft, die ich für ihn empfand, etwas anderes: Ich wollte seine Freundin sein.

Ich stupste seine Schulter an. »Wenn ich hier alle meine Geheimnisse vor dir ausbreite, solltest du mir fairerweise auch all deine erzählen.«

»Weißt du, dazu würden wir mehr Zeit miteinander verbringen müssen«, sagte er. Dann wurde er ganz still. »Das würde mir gefallen. Sehr sogar. Und dir?«

Ich zögerte nicht. »Auf jeden Fall.«

- Damals -

WAHRSCHEINLICH HALTEN ES DIE MEISTEN LEUTE FÜR Blödsinn, in den Sommerferien im Morgengrauen aufzustehen, aber ich kann mir nichts Besseres vorstellen. Jeden Morgen lasse ich meine Lider vom heller werdenden Himmel küssen, bis sie sich öffnen, dann hüpfe ich aus dem Bett, bereit, den Tag zu begrüßen.

Am Tag nach der Party hielt ich es ebenso.

In der Küche war es still, als ich heißen Tee in einen Thermosbecher füllte. Dann schnappte ich mir meine Strandtasche und machte mich auf den Weg. Der Seewind blies mir die Locken ins Gesicht, die aufgehende Sonne wärmte meine Haut und malte pastellfarbene Wirbel an den Himmel.

Morgenyoga ist meiner Meinung nach das Allerbeste. Und für mein Leben gern übe ich den Sonnengruß, während der Schein der aufgehenden Sonne den Himmel erstrahlen lässt.

Gleich nach dem Ende meiner Übungen, grummelte mein Magen jeden Tag wie verrückt, ich ging also zurück zum Frühstücken. Inzwischen waren alle im Haus aufgestanden. Onkel Steven war schon weg, um das Restaurant auf den morgendlichen Ansturm vorzubereiten. Tante Susan war mit ihrem Rad zu einem neuen Tag im Andenkenladen aufgebrochen.

Stephanie briet Bacon und Rühreier, meistens muffelig, weil sie so früh aufstehen musste, wenn sie ihrer Mutter im Laden half.

Aber an dem Tag grinste sie süffisant, als ich zur Tür reinkam. »Da ist jemand für dich.«

»Was? Oh!«

»Hi«, sagte Ashton. Er saß am Küchentisch und spielte mit einer Gabel herum. »Entschuldige, dass ich hier einfach so auftauche. Ich konnte nicht schlafen, da habe ich einen Spaziergang gemacht und ...«

»Du bist ganz zufällig hier gelandet?« Aus Stephanies Augen sprühte die Belustigung.

»So was in der Art«, murmelte er, dann wandte er sich an mich. »Willst du was unternehmen?«

Mein Puls legte sofort an Tempo zu, und ich fühlte mich, als sprudelte Kohlensäure durch meinen Körper.

»Ich muss nur schnell duschen, wenn es dir nichts ausmacht, solange zu warten«, erwiderte ich etwas atemlos.

Stephanie stellte einen Teller vor ihn hin. »Damit sollte er eine Weile beschäftigt sein.«

Blitzdusche. Zähneputzen. Pferdeschwanz binden. Badeanzug anziehen, Sommerkleid drüber. Bequeme Sandalen. Und ... los jetzt.

Ashton hatte gerade seinen sauberen Teller aufs Abtropfgestell gepackt, als ich wiederkam. Ich schnappte mir einen Muffin. »Fertig?«, sagte ich zu ihm.

Er nahm meine Hand. »Lass uns gehen.«

»Eben fällt mir auf«, sagte ich, als wir die Promenade entlangschlenderten, »dass ich von dir nur weiß, was deine Lieblingsfarbe ist, dass du ein Pferd hast und *Hamilton* magst.«

Ashton guckte nachdenklich. »Viel mehr ist da nicht, ehrlich. Ich bin nicht besonders faszinierend.«

»Das glaube ich nicht. Außerdem ist es nur gerecht.

Er blieb stehen. »Wie meinst du das jetzt?«

»Du hattest Gelegenheit, was über mich zu erfahren. Und jetzt bin ich dran.«

Er nickte bedächtig. »Was willst du wissen?«

Wir setzten uns auf eine Bank. Ich packte meinen Muffin aus und holte tief Luft. »Mmmm, Erdbeer. »Erzähl mir die üblen Sachen. Hast du eine furchtbare Handschrift? Frisst du Popel? Solche Sachen.«

Er legte die Stirn in Falten. »*Was?*«

»Ist wichtig.«

»Ist eklig.«

Ich zog die Augenbrauen hoch. »Beantwortest du die Frage nun?«

»Ich fresse keine Popel, Devon. Wie kommst du bloß auf so was?«

»Solche Sachen frage ich mich manchmal. Da zum Beispiel.« Ich zeigte auf eine blonde Frau, die ein pausbäckiges blondes Baby auf ihrem Schoß hüpfen ließ. »Glaubst du, dass sie schnarcht? Oder Zwiebeln isst?«

Er legte den Kopf schräg. »Ich würde sagen, sie schnarcht, wenn sie erkältet ist, und sie isst nur Vidalia-Zwiebeln.«

Mit hochgezogenen Augenbrauen guckte ich ihn an. »Wow. Ich hätte nicht gedacht, dass du so gut darin bist.«

»Na ja, okay, das macht schon Spaß«, sagte er. »Und was ist mit dem Typen da drüben. Glaubst du, dass der schon mal auf einer Bananenschale ausgerutscht ist?«

»Auf jeden Fall. Das ist einer von der Sorte, die furzt und

dem Hund dafür die Schuld gibt. Aber. Wir kommen vom Thema ab. Schnarchst du? Und isst du Zwiebeln?«

»Ich esse so gut wie alles, was man mir vorsetzt. Und ich schnarche nicht. Ich bin schon über meine Schuhbändel gestolpert, aber noch nie auf einer Bananenschale ausgerutscht.«

»Woher weißt du, dass du nicht schnarchst?«

»Hab ich so im Gefühl«, sagte er mit frechem Grinsen.

Und hier ist noch was, das ich an diesem Tag über Ashton erfuhr: Er hatte irgendwie was Musikalisches. Immerzu klimperten beim Gehen Münzen oder Schlüssel in seiner Tasche. Sein Kopf wippte beständig im Takt irgendeiner Melodie, die nur er vernehmen konnte. Wenn er sich konzentrierte, trommelte er mit den Fingern auf den Schenkeln herum. Manchmal auch auf mir – beziehungsweise meinem Arm, wenn er mir etwas zeigen wollte. Oder einfach so, wenn er mich anschaute, bevor ein Lächeln über sein Gesicht ging.

Er konnte seine Hände nicht still halten. Entweder trommelte er oder er fummelte mit einem Stift, einem Zahnstocher oder einem Strohhalm herum. Das hatte fast was Meditatives.

Denn er driftete dabei ab. Ziemlich oft. Sein Blick war dabei auf irgendwas gerichtet, das nur er sehen konnte. So wie bei jenem Mittagessen etliche Dates später. Ich beobachtete ihn, wie er da saß, während zahllose nachdenkliche Ausdrücke über sein Gesicht zogen.

»Einen Dollar für deine Gedanken«, sagte ich.

Die braunen Augen richteten sich auf mich. »Einen Dollar? Du weißt, dass es »einen Penny« heißt, oder? Und nicht mal so viel sind sie wert.«

Ich berührte seine Hand. »Das glaube ich nicht.«

Er sah mich irgendwie verwundert an, aber mir blieb keine Zeit, zu ergründen, warum, denn in diesem Moment brachte der Kellner unser Essen.

»Okay. Hier etwas Seltsames über mich«, sagte Ashton, als wir aßen. Wir saßen nebeneinander in einer Nische des Diners, denn wir waren schon im Begriff, ein Paar zu werden. »Ich höre es gern, wenn Papier zerknüllt wird. Direkt an meinem Ohr. Das entspannt mich.«

Ohne nachzudenken, streichelte ich sein Ohrläppchen. »Was tust du sonst noch, um zu entspannen.«

Er seufzte und schmiegte den Kopf an meine Hand. »Ich spiele Videospiele. Ein total gewalttätiges, wenn ich wütend bin. Manchmal spiele ich auch eines, in dem ich virtuelle Personen kontrolliere, aber das ist der totale Zeitfresser.« Er atmete tief aus. »Im Moment ist mein Lieblingsspiel eines, über das ich nicht rede, weil es so *nett* ist – und für meine Kumpels und mich sind nette Spiele ein No-Go.«

»Was? Das ist doch albern. Man mag, was man mag.«

»Ja, aber ganz so läuft das nicht. Dann wurde er ziemlich still.

Die Minuten vergingen, während er in seinem Hühnchen rumstocherte.

»Wo gehst du hin?«, fragte ich ihn.

»Was meinst du damit?«

»Wenn du so still wirst.«

»Oh.« Er klaute sich eine Kartoffelspalte von mir und steckte sie in den Mund. »Ich bin hier, bei dir. Nur da will ich sein.«

- Damals -

NACH VIER WOCHEN WAR UNSER TAGESABLAUF ZU ETWAS Vertrautem geworden, und ich fragte mich, wie ich meine Sommertage verbracht hatte, ehe Ashton dahergekommen war. Morgens tauchte er meistens zum Frühstück auf, danach schlenderten wir Hand in Hand die Promenade entlang. Oder wir liefen runter an den Strand und schwammen stundenlang im Meer. Inzwischen hatte die Sonne seine Haare gebleicht und meiner Haut einen intensiveren Braunton verschafft.

An manchen Tagen war Ashton ziemlich aufgedreht und redete wie ein Wasserfall über alles Mögliche, zum Beispiel über sein Lieblingsvideospiel, das er jetzt ohne irgendwelche Scham vor mir auf seinem Handy spielte. Die letzten Katastrophen auf Twitter. Irgendwelchen Scheiß, den Todd zu ihm gesagt hatte oder in den der ihn mit hineinziehen wollte. An unseren besten Tagen sangen wir uns gegenseitig Passagen aus *Rent* vor.

Aber manchmal war er still. Verhalten. Zufrieden damit, der Brandung zu lauschen, wenn die Flut kam, und die frische, salzige Luft in tiefen Zügen einzuatmen. Dann zwickte ich ihn in die Nase und er drehte sich mit dem sanftesten

Lächeln zu mir um und drückte mir einen kleinen Kuss auf die Schläfe.

So war er auch an jenem Tag, als er später kam, weil er etwas anderes zu tun gehabt hatte. Irgendwas mit seiner Familie, über das er offenbar keine Lust hatte zu reden. Als er mich abholte, war er nachdenklich, aber als er mir die Hand hinhielt, schien er nicht allzu weit weg zu sein. »Komm, wir gehen ein Stück.«

Kurz vor Sonnenuntergang schlenderten wir runter zu einem ruhigen Teil des Strandes. Wir fanden ein ruhiges Plätzchen, weit weg von der Brandung. Ich holte eine Decke aus meiner Strandtasche, dann kuschelte ich mich an Ashton, und wir schauten zu, wie die feurige Dämmerung sich über den Horizont legte und der Vollmond aufging.

Die Temperatur war gefallen, und ich fröstelte, als der Seewind durch meinen Schal drang.

Er legte die Arme um mich und mit einem glücklichen Seufzer lehnte ich mich an ihn. Ich fand es herrlich! Wie seine Fingerspitzen meine Schulter streichelten. Wie seine Brust sich beim Atmen hob und senkte. Wie nah ich ihm war.

Ich hätte bis in alle Ewigkeit so daliegen können. Bei ihm.

Vor vier Wochen hatten wir uns zum ersten Mal gesehen, und ich war dabei, ihm vollkommen zu verfallen.

Ich hätte vorsichtig sein können. Aber das wollte ich nicht. *Weil ich dabei war, ihm vollkommen zu verfallen.*

»Hey, De?«

Ich lächelte. Komisch, bis jetzt hatte noch nie jemand meinen Namen auf diese Weise abgekürzt. Es gefiel mir, wenn er das machte. In seiner Stimme lag so eine Zärtlichkeit, die Schauer über meinen ganzen Körper rieseln ließ.

»Was meinst du, was würden wir jetzt auf Netflix gucken?«, fragte er.

»Back-Shows.«

Ungläubig starrte er mich an. »Was?«

Ich nickte. »Ja. Wir würden zugucken, wie Leute tolle Torten herstellen und versuchen, sie nicht fallen zu lassen. Oder wir würden uns diese Sendung angucken, in der Leute versuchen Sachen zu machen und grandios scheitern. Oder *House Hunters*. Warum? Was würdest du aussuchen?«

Er blinzelte ein paar Mal. »Du würdest *House Hunters* gucken?«

»Ohne zu zögern.«

»Aber das gibt es doch gar nicht auf Netflix.«

Ich zeigte mit dem Finger auf ihn. »Aha! So was weiß nur jemand, der schon mal danach gesucht hat.«

»Hör mal, ich schäme mich nicht zuzugeben, dass ich es genieße, wenn Leute wegen albernem Scheiß wie Waschbeckensäulen oder Partykellern völlig aus dem Häuschen geraten.«

Und auf einmal tauchte aus dem Nichts ein Bild in meinem Kopf auf, von Ashton und mir, auf der Suche nach unserem eigenen Haus. Über welche albernen Sachen *wir* uns wohl kabbeln würden? Welche unverrückbaren Entscheidungen würde einer von uns – oder wir beide – wohl treffen müssen, damit es zum Drama kam?

Warum nur dachte ich überhaupt über so was nach?

Um nicht über die Antwort nachdenken zu müssen, schnappt ich mir sein Handy. »Wie spielt man eigentlich dieses Spiel, das du so liebst?«

»Man trifft Nachbarn, sichert sich Baumaterial, baut Sachen an, erledigt nette kleine Aufgaben.«

Blinzelnd schaute ich aufs Display. »Ist das *FarmVille*?«

Er guckte mich an, als wären mir zwei Köpfe gewachsen. »Das ist *Harvest Dreams*«

»Oh«, sagte ich. »Das ist wirklich süß.«

»Ich richte ein Profil für dich ein.«

Während er damit beschäftigt war, starrte ich in den Himmel. Immer mehr Wolken bildeten sich und das Meer wurde unruhig. Ein Sturm zog auf.

Nach zwei Aufgaben, an denen ich scheiterte, hatte ich genug gespielt. Ich gab ihm sein Handy zurück, das er in seine Hosentasche steckte. »Du bist ja noch neu«, sagte er. »Wir versuchen es morgen wieder.«

»Nein danke. Es ist meine besondere Gabe, an jedem Videospiel zu scheitern, das je erschaffen wurde.«

»Nur, weil du dich auf bessere Sachen konzentrierst. Wie etwa Dr. Devon Kearney zu werden.«

»Gott. Das ist noch so weit weg.«

»Wirst du an einem Strand wie diesem sitzen und deine Sterne studieren?«

»Ja. Oder vielleicht auch in einem Observatorium. Hoffentlich in Paris.«

Er zog die Augenbrauen hoch. »Warum Paris?«

»Da gibt es eines der weltbesten Observatorien.«

»Wenn du da bist, werde ich dich *Docteur* Devon Kearney nennen müssen.«

Ich fand es wunderbar, wenn er redete, als wäre er in so vielen Jahren noch Teil meines Lebens. Ich pikte ihn in die Schulter. »Erzähl mir von *deinen* Träumen.«

»Meine Träume.« Er dachte nach, während der auffrischende Wind unsere Haare verwirbelte. Dann sah er mich auf seine besondere sanfte Art an. »Ich hab das Gefühl, ich lebe sie gerade.«

»Ach ja?«

»Es ist Sommer. Ich bin am Strand.« Er machte eine Pause. »Ich bin hier mit dir.«

»Mir?« Ich guckte an mir runter. »Ich hätte nie gedacht, dass ich zu den Träumen von irgendwem gehören könnte.«

»Nun ja, ich weiß nicht, ob dir das aufgefallen ist, aber wir verbringen ziemlich viel Zeit miteinander.« Sein Ton war leicht, aber mein beschleunigter Herzschlag verriet mir, dass unter dem Scherzhaften etwas Ernstes liegen könnte.

In der Ferne grollte Donner. »Ja. Das tun wir.«

»Ich will meine Zeit nur mit dir verbringen«, sagte er.

Ich setzte mich auf und schaute ihn an. »Du meinst also …«

Sein Blick lag immer noch auf mir. Ruhig. Sicher. »Ich will, dass was draus wird. Aus mir und dir.«

»Uns.« Atemlos. Dieser Junge raubte mir andauernd die Luft.

»Ja.« Seine Mundwinkel zuckten ein wenig nach oben. »Uns. Ich will offiziell mit dir Netflix gucken.«

Ich prustete los. »Was?«

Er strich mir eine Locke aus der Stirn. »Ich möchte dich zur Freundin.«

Das Gewitter kam näher. Und ich hätte vorsichtig sein können.

Aber das hatte ich mir schon längst abgeschminkt.

»Ich bin dabei.«

– Damals –

»ICH HAB WAS FÜR DICH.«

»Echt?« Ich grinste Ashton an und klatschte in die Hände. Geschenke fand ich toll.

»Mach die Augen zu.«

Den Nachthimmel immer noch vor Augen, schloss ich meine Lider. In manchen Nächten waren die Sterne scheu und versteckten sich hinter bauschigen Wolken. In jener Nacht aber sorgten sie für großes Kino. Es waren unendlich viele, an einigen Stellen waren sie so dicht zusammengedrängt, dass sie wie Rauchwolken aussahen.

Absolut atemberaubend.

Ich merkte, dass Ashton hinter mich trat, dann hob er meine Haare an.

Ein Schauer lief mir über den ganzen Körper. »Das kitzelt.«

Er lachte mir leise ins Ohr. »Steh still. Ich bin gleich fertig.«

Ein tiefer Atemzug. »Okay.«

Mit zitternden Fingern nestelte er an der Schließe in meinem Nacken. Gleichzeitig spürte ich das Gewicht eines Anhängers an meiner Brust. »Jetzt kannst du die Augen wieder aufmachen.«

Ich schnappte nach Luft, als ich den silbernen Schlüssel

in die Hand nahm. Glatt und glänzend. Der obere Teil hatte die Form eines Herzens, der Schaft war ein dünner Stab mit einer T-förmigen Spitze.

»Oh mein Gott, Ashton.«

»Ich weiß, das mit uns ist erst seit gestern offiziell«, sagte er. »Aber ich wollte dir was schenken, das dir zeigt, wie sehr ich dich mag. Der Schlüssel zu meinem Herzen.«

Stille. Dann prusteten wir los. »Tut mir leid – das war total schmalzig«, sagte er.

»Absolut schmalzig.«

»Aber wahr«, sagte er und wurde ernst. »Es gehört dir, Dev. Ich gehöre dir.«

»Romantiker.«

»Nur bei dir. Und mir ist auch ganz egal, ob das schmalzig ist.«

»Er ist wunderbar, Ash.« Ich streichelte seine Wange. »Ich werde ihn niemals abnehmen.«

- Damals -

DIE LETZTEN TAGE DES SOMMERS WÜHLTEN MEINE GEFÜHLE immer auf. Ich fand es wunderbar, im Meer zu planschen, die Füße im Sand zu vergraben und jede Nacht in den Himmel zu schauen. Aber irgendwann machten die langen, faulen Tage mich fertig, und ich war ganz versessen darauf, mein normales Leben wieder aufzunehmen, zur Schule zu gehen, mit meiner besten Freundin abzuhängen und in meinem eigenen Bett zu schlafen.

Das morgendliche Yoga am Strand würde mir allerdings fehlen, bei dem ich mit jedem tiefen Atemzug die salzige See-luft einatmete. Und der Meerblick von meinem Schlafzim-merfenster aus. Auch Stephanie und ihre Strategien, mich aus meinem Schneckenhaus zu locken.

Aber am allermeisten würde mir der anbetungswürdige Junge fehlen, der es diesen Sommer geschafft hatte, sich mit meinem Herzen davonzustehlen. Zum Glück hatte ich noch diesen einen letzten Tag mit ihm.

Die Sonne war noch nicht aufgegangen, aber die Hitze war schon drückend. Im leichten rosa Sommerkleid und mit Strohhut setzte ich mich auf die Veranda und starrte auf den Gehweg, der zu Stephanies Haus führte. Dort lauschte ich auf das Klimpern von Schlüsseln oder Münzen, das Ashtons Erscheinen ankündigte. Eigentlich hätte er schon vor fünfzehn Minuten hier sein sollen. Es sah ihm gar nicht ähnlich, sich zu verspäten. Die Sonne würde bald aufgehen und das wollte ich mir nicht ohne ihn ansehen. Den ganzen Sommer hatten wir davon gesprochen, den Sonnenaufgang mal gemeinsam zu erleben. Da wir beide morgen abreisen würden, war dies unsere letzte Gelegenheit.

Wir hatten buchstäblich Pläne vom Morgengrauen bis zur Abenddämmerung – und darüber hinaus. Ich konnte es gar nicht erwarten, dass unser Tag begann, obwohl ich es hassen würde, dass er irgendwann zu Ende ging.

Wo blieb er denn nur?

- Damals -

DIE SONNE GING AUF ZWISCHEN ZUCKERWATTEWÖLKCHEN
in Rosa und Gelb.

Ich sah es mir allein an.

– Damals –

ICH SCHRIEB IHM EINE SMS
   Ich rief an.
   Ich hinterließ Nachrichten.
   Dann fing ich damit wieder von vorn an.

- Damals -

MEINE HAUT WURDE HEISS UND ROT. MÜCKEN UM-
schwirrten meine Stirn, aber mir fehlte die Kraft, sie zu ver-
scheuchen.

Er und ich sollten jetzt beim Mittagessen sitzen. Stattdessen starrte ich auf mein Telefon. Auf dem meine Nachrichten
ungelesen blieben.

- Damals -

JEDES MAL, WENN MEIN TELEFON SUMMTE, ZUCKTE ICH ZUsammen. Aber es war immer irgendwas anderes. Eine E-Mail meiner Schule. Eine Erinnerung, Wasser zu trinken. Eine SMS von meiner Mom mit Angaben zu meiner Heimreise.

Er war es nie.

– Damals –

Ich hinterliess Nachrichten auf der Mailbox, bis sie voll war.

Ich schickte noch mehr Textnachrichten.

Sie blieben ungelesen.

Was sollte das?

- Damals -

MÜCKEN LABTEN SICH AN MEINEN KNÖCHELN, TROTZDEM konnte … wollte ich nicht weg von der Veranda. Ich blieb einfach sitzen. Sogar als der Mond aufging und die Sterne zu scheinen begannen und blinkten, als wäre das alles bloß zum Lachen. Unter diesen Sternen hätten wir uns küssen sollen. Und uns von der Nacht davontragen lassen.

»Oh mein Gott, Devon. Was hast du denn?«, fragte Stephanie.

Ich blinzelte mir den Kummer aus den Augen. »Mir geht's gut. Geh nur, hab Spaß mit deinen Freunden.«

»Devon …«

Ich verbarg mein Gesicht, damit sie nicht merkte, dass ich gleich losheulen würde. »Nein. Wirklich!«

Sie zögerte immer noch. »Soll ich nicht lieber bei dir bleiben?«

»Deine Freunde warten. Hau jetzt ab.«

Da ging sie endlich.

Warum war ich noch immer hier?

Ich musste los. Sofort.

Ich schnappte mir ein Rad und fuhr zu seinem Strandhaus.

– Damals –

DA STAND KEIN AUTO IN DER AUFFAHRT.

Da brannte kein Licht im riesigen Esszimmer.

Da war überhaupt nichts, das auf Leben hindeutete.

Er war weg.

Ohne Auf Wiedersehen.

SUPERNOVA

1. Kapitel

ICH HOLTE TIEF LUFT UND ATMETE DEN WÜRZIGEN LEDER-
duft von Blairs kirschrotem Mercedes ein. Als Bishop Hall –
das Hauptgebäude der *Preston Academy* – vor uns auftauchte,
klammerte ich mich an meinen Anhänger. Ob ich bereit war
oder nicht, sobald ich durch diese großen Holztüren gegangen war, gab es kein Zurück mehr.

Im Moment konnte ich die Sterne nicht sehen, aber ich
wünschte mir trotzdem etwas: das perfekte Abschlussjahr.

Dann sagte ich auch zu meiner besten Freundin: »Hat was
Bittersüßes, oder?«

»Aber ja.« Blair stellte den Motor aus. »Lass nur das Bit-
tere weg.«

Die abrupte Stille nach Léo Delibes *Sylvia, III. Akt: Cortège
de Bacchus* sirrte in meinen Ohren. Irgendwas an diesen überwältigend lauten Geigen und Flöten gab mir normalerweise
die nötige Kraft für den Tag, Koffein brachte das nicht fertig.
Aber heute machte die Musik mich nur schlotterig und sorgenvoll.

Blair runzelte die Stirn. »Alles in Ordnung mit dir?«

Ich wischte die Handflächen an meinem grünen Falten-
rock ab. »Ich bin nervös. Warum bloß?«

49

»Sweety«, sagte sie. »Das ist der erste Tag des Abschluss-jahres. Und du in deiner ganzen gloriosen Nerdigkeit machst dich jetzt schon fertig, weil ungewiss ist, ob du in das College deiner Träume kommst. Stimmt's?«

Ich lächelte schwach. »So ungefähr.«

»Devon«, sie wurde ernst. »Du hast es drauf. Das ist dir klar, oder?«

Eigentlich nicht. Aber sie guckte so hoffnungsvoll, dass ich sie nicht enttäuschen wollte. Wir verhakten unsere kleinen Finger. »Wir packen das.«

Ich stieg aus dem Auto und starrte das Gebäude an, das in den letzten drei Jahren meine zweite Heimat gewesen war. Leute versammelten sich auf der Treppe, scrollten auf den Handys oder umarmten einander, kreischten im Chor: »Wie war dein Sommer?« und »Oh mein Gott, siehst du toll aus!«. Leute riefen uns zu, und ich winkte zurück, mit jedem Schritt fühlte ich mich mehr zu Hause. Auf unserem Weg über den Hof raschelte eine leichte Brise in den Eichen- und Ahorn-blättern, doch die Schwüle in der Luft konnte sie nicht ver-treiben.

Bishop Hall sah aus wie eine Kathedrale aus dem Mittel-alter mit weiten Bögen und kauernden Fabelwesen, der Mit-telpunkt war ein in den Himmel ragender eindrucksvoller grauer Glockenturm. Als die Glocken acht schlugen, hallte es über das ganze Gelände und von Unterrichts- und Wohn-gebäuden wider. Vor drei Jahren hatte dieser Ort für mich nur etwas Einschüchterndes gehabt. Jetzt fand ich ihn ein-fach majestätisch. Mächtig. Blair und ich blieben stumm, bei-nahe ehrfürchtig, bis zum letzten Glockenschlag.

Das verlor nie seinen Reiz.

»Wir müssen reingehen«, sagte ich. »Wir wollen doch nicht zu spät zur Schulversammlung kommen.«

»Nur noch« – sie legte den Kopf schräg – »dreiunddreißig weitere.«

Mir klappte der Mund auf. »Du zählst tatsächlich, wie viele Versammlungen wir noch vor uns haben?«

»Na klar. Denn jetzt ist das Ende des unterdrückerischen Highschool-Regimes in Sicht. Und wir müssen diese grauenhafte Schulhymne nur noch dreiunddreißig Mal singen.«

Nur Blair würde eine schöne Highschool *unterdrückerisch* nennen. Allerdings war sie seit dem Kindergarten auf der *Preston*, wohingegen ich erst zu Beginn der Highschool angetreten war. Ich fand es wunderbar hier. Die Uniformen. Dass unsere Lehrer sich *Professor* nannten. Dass alle ihren Unterricht ernst nahmen. Ich mochte sogar das Essen im Speisesaal.

Preston Academy: eine Schule inmitten von Golfplätzen und Polofeldern. Eine Schule, in der ich für Dinge wie Haltung beim Reiten benotet wurde. Eine Schule voller Schüler, deren Eltern Aufsichtsratsvorsitzende, international gefeierte Berühmtheiten oder Broadwayschauspieler waren. Und wer meint, Kids aus sozialen Brennpunkten neigten eher zu Gewalttätigkeit als andere, hätte mal sehen sollen, was für eine Schlägerei der Sohn eines Politikers am dritten Tag unseres ersten Highschool-Jahres angezettelt hatte. Und habt ihr euch schon mal gefragt, wer auf die Idee kommen könnte, einem Sechzehnjährigen einen (eine Woche später geschrotteten) Lamborghini zum Geburtstag zu schenken? Dank der Preston kenne ich die Antwort: Ein Filmstar, ein Filmstar tut so was.

Jeden einzigen Tag fragte ich mich, wie zum Teufel *ich* hierhergekommen war.

Nun ja, theoretisch wusste ich es. Meine Zensuren waren hervorragend und Privatschulen bemühten sich inzwischen bei der Zulassung um größere Diversität. Offenbar passte ich perfekt ins Schema: Ich bekam Multikulti-Punkte, weil ich Schwarz *und* Weiß war, und Leistungspunkte, weil ich schlau war und hart arbeitete. Auf Anmeldegebühren hatte man verzichtet. Ich war von vier Schulen angenommen worden, aber Preston war die einzige Schule gewesen, die ein Vollstipendium geboten hatte.

Ich zog die schwere Tür der Aula auf, und ein Schwall kalte Luft fuhr mir durch die Haare, meine kupferblonden Ringellocken wehten in alle Richtungen. Ich fröstelte und zog den dunkelgrünen Blazer enger um mich.

»Komm, wir setzen uns nach hinten«, sagte Blair. Als wir es uns bequem gemacht hatten, ließ ich den Blick durch die Reihen gehen und sah mir meine Mitschüler in diesem Jahr an. Die meisten Neuen wirkten total verängstigt, aber ein paar der Mädchen starrten Blair ehrfürchtig an. Ich verbiss mir ein Lächeln. Genau so hatte ich sie auch an meinem ersten Tag angeguckt. Wer würde das nicht? Mit ihrer tollen elfenbeinfarbenen Haut und den schimmernden Mahagonilocken war Blair Montgomery einfach so glamourös wie das leibhaftige Privatschul-Schneewittchen.

Mein eigener erster Tag stand mir immer noch deutlich vor Augen. Ich war vor Angst fast verrückt geworden zwischen all diesen schönen Menschen mit den Designertaschen, teuren Schuhen und glitzerndem Schmuck. Ein Meer von sahneweißen Gesichtern und glatten, glänzenden Haaren.

Was würden die von meinen wilden Locken halten, von meiner goldbraunen Haut und den silbergrauen Augen? Schrien mein *Fjällräven*-Rucksack und meine *Aldo*-Schuhe vielleicht »Stipendium«? Und würde irgendjemand deswegen auf mich herabsehen?

Jetzt, in der Abschlussklasse, war mir das egal. Alle wussten, wer ich war: Devon Kearney, Spitzenschülerin und künftige Astrophysikerin. Und wenn sie mitkriegten, dass ich ein Stipendium hatte? Na und. Darauf war ich stolz.

Die Schüler der Abschlussklasse hatten sich im ganzen Saal verteilt, ein paar von ihnen taten so, als wären sie viel zu cool, um hier zu sein – und würdigten ihre Klassenkameraden keines Blickes.

Auden Cooper war eine von denen. Sie guckte mich direkt an, warf die *Pantene*-glänzenden erdbeerblonden Haare zurück und bedachte mich mit einem selbstgefälligen Grinsen. So als wüsste sie, dass sie mich von meinem Spitzenplatz in der Klasse kicken und sich das Preston-Studienstipendium unter den Nagel reißen würde, das an den Jahrgangsbesten vergeben wurde. So als ob sie all das nehmen und etwas Besseres draus machen könnte als ich. Meine Haut glühte, wenn sie mich so ansah, und sie sah mich immer so an.

»Ignorier sie«, sagte Blair.

»Geht nicht. Erinnerst du dich an diesen Spruch, dass man dicht dranbleiben soll an seinen Feinden?«

»Aber sie nervt, wie eine Wanze. Irgendjemand muss sie platt machen.« Blair zog die Augenbrauen zusammen. »Ich vielleicht.«

Ich hob die Schultern und ließ sie wieder sinken. »Äh, Wettbewerb ist gut für die Seele.«

Blair lehnte sich zurück und schlug die Beine übereinander. »Weißt du, was noch gut für die Seele ist?«

Ich seufzte. Diesen Ton kannte ich und war nicht in Stimmung. »Nicht das schon wieder.«

»Oh doch«, sagte sie mit teuflischem Grinsen, »das schon wieder.«

»Müssen wir jetzt darüber reden?«

»Wenn es das beste Jahr überhaupt werden soll, dann wird es Zeit für dich loszulassen.« Sie fing an zu singen. »Let it go, let it gooooo …«

Bevor sie uns blamieren konnte, oder schlimmer noch, bevor Leute anfingen mitzusingen, stoppte ich sie.

»Was macht dich so sicher, dass ich das nicht getan habe?«

»Weil du immer noch Single bist, obwohl du auf … wie vielen Dates warst?«

Ich tippte auf mein *Preston Academy*-Notizbuch. »Jungs können warten.«

Ihre blauen Augen richteten sich auf mich, ruhig und entschlossen.

»Hör mal, ich kapier ja, dass du total konzentriert arbeitest, aber letztes Jahr warst du ein einziges Stressbündel, und wir wissen beide, dass der Grund dafür dieser Junge war.

Ich rutschte auf meinem Stuhl hin und her. »Nimm bitte zur Kenntnis, dass ich den ganzen Morgen nicht an ihn gedacht hab, bis du das Thema angeschnitten hast.«

Sie guckte mich ungläubig an. »Ich sag ja nur, dass du deinen Hut mal wieder in den Ring werfen solltest. »Meine Omi sagt, am besten kommt man über einen Typen hinweg, indem man unter einen anderen kommt.«

Mit offenem Mund sah ich sie an. »Das hat deine Großmutter gesagt? Zu dir?«

Sie zuckte mit den Schultern und nickte.

»Das erklärt vieles.«

»Guten Morgen!« Unsere Schulleiterin begann die Versammlung mit einem freundlichen Lächeln. »Herzlich willkommen. Ich freue mich, dass ihr alle hier seid. Der heutige Morgen ist der Anfang des zweihundertundfünfzigsten Jahres der *Preston Academy*!«

Die Menge jubelte und ich lief rot an vor Stolz. Die Geschichte meiner Schule war einmalig. Es gab eine lange Warteliste, und ich war jeden Tag dankbar, hier sein zu dürfen. Auch wenn es in den heiligen Hallen oft eiskalt war.

Ich wickelte den Blazer noch fester um mich, als Dr. Steelwood ihre Rede zum vor uns liegenden Schuljahr hielt. Da gab es so viel, auf das man sich freuen konnte, Sportturniere, Ausflüge und den Herbstball. Sie hielt jedes Jahr in etwa die gleiche Rede, aber der Beginn eines neuen Schuljahres machte mich immer optimistisch. Eine unbeschriebene Tafel, glänzend und neu, genau wie meine Schuluniform und die Hefte und Stifte.

Blair irrte sich. Ich brauchte keinen Freund. Ich hatte alles, was ich brauchte, in meinem Leben: Schule, Familie, Blair. Und zur Zeit wollte ich nicht mehr.

Das Quietschen der Tür hinter mir bemerkte ich kaum, so konzentriert war ich auf Dr. Steelwoods Rede. Doch plötzlich war da so eine Präsenz neben mir, eine, die mit einem leisen Geklimper verbunden war. Eine, die den letzten leeren Platz in der Aula besetzte und meine Nase mit dem vertrautesten, faszinierendsten aller Düfte kitzelte.

Zur Schulversammlung zu spät kommen bedeutete wenigstens einen Strafpunkt. Die kamen in die Schulakte. Ich warf einen Blick rüber zu der tapferen Seele und –

Oh.

Mein.

Gott.

Mir stockte der Atem. Mein Mund trocknete aus. Dr. Steelwoods Rede existierte nicht mehr. Die Aula existierte nicht mehr. Nichts existierte mehr, außer dem Jungen, der neben mir saß und mit gerunzelter Stirn zum Rednerpult hochschaute.

Denn jetzt wusste ich, warum ich diesen Duft – wie ein Wasserfall in den Bergen – wiedererkannt hatte. Ich kannte diese goldbraunen, welligen Haare. Öfter, als ich es zählen konnte, hatte ich meine Finger in sie hineingewühlt. Ich kannte diese herzförmigen Lippen, weil ich sie Millionen Mal geküsst hatte.

Und als er sich nun zu mir umdrehte, da er meinen erstaunten Blick zweifellos spürte, war es nicht zu leugnen, dass ich dieses Gesicht auch kannte. Denn trotz allem, was ich Blair erzählt hatte, hatte ich den ganzen Morgen genau das im Kopf gehabt. Und jede Nacht hatte es mich bis in meine Träume verfolgt.

Er saß neben mir – und ich konnte nicht atmen. Ich konnte nicht atmen.

Atme, Devon.

Seine Augen wurden ganz groß. Sein Kiefer verkrampfte sich. Sein Blick brannte sich in meinen, seine tief liegenden braunen Augen spiegelten meinen Schock.

Er war hier. Er war hier.

Er war hier.

Ja, ich wünsch mir was, wenn ich Sterne sehe. Und mein größter und geheimster Wunsch war, dass dieser Junge, den ich einen Sommer lang geliebt hatte, zu mir zurückkommt. Aber solche Wünsche werden *nie* wirklich wahr. Wie konnte es also sein, dass er hier saß? Nachdem er im Sommer vor einem Jahr spurlos verschwunden war? Nachdem er gegangen war, ohne sich zu verabschieden? Wie konnte er hier sein und direkt neben mir sitzen?

Wie konnte er es wagen? Nach so langer Zeit?

»Devon!« Blairs Stimme klang wie aus dem All. »Die Versammlung ist vorbei. Lass uns gehen.« Sie zögerte. »Devon?«

Mit einem Ruck löste ich meinen Blick von seinem und drehte mich zu Blair um. Aber sie guckte an mir vorbei, irgendwie verwirrt und argwöhnisch. Dann sah sie mich an. Was immer in meinem Gesicht zu lesen war, musste sie erschreckt haben, denn sie bekam ganz große Augen und packte meinen Arm. »Wir gehen. Jetzt.«

2. Kapitel

IN CAMPBELL HALL, DEM SCHÜLERGEBÄUDE, LIESS ICH MICH auf ein weiches Sofa fallen und starrte vor mich hin, ohne irgendwas zu sehen. Wie war ich überhaupt hergekommen? Ich erinnerte mich nicht daran, Bishop Hall verlassen zu haben oder über den Hof gegangen zu sein. Ich wusste nur, dass Ashton Edwards, der Mensch, den ich nie erwartet hätte wiederzusehen, wahrscheinlich in diesem Augenblick denselben Hof überquerte.

Einmal tief durchatmen und der Geruch von Murphy's Ölseife holte mich aus meiner Trance. Um mich wieder zu erden, schaute ich mich um. Ja, hier kannte ich alles. *Ruhig, ganz ruhig.* Schüler wuselten um die Spinde herum, holten sich Papier oder Schokoriegel. Gamer hingen im Computerraum ab. Flugblätter, Listen und Poster schmückten die holzvertäfelten Wände. Automaten boten Obst und Mineralwasser an und vor der Kaffee-Bar standen Leute für ihre Koffein-Dröhnung an.

Blair guckte in den Spiegel ihrer Puderdose und frischte ihr Make-up auf. Außer ihr gab es keine, die sich roten Lippenstift und roten Nagellack erlauben konnte. Ich würde damit aussehen wie ein Clown.

Sie hatte nicht wirklich was auszubessern. Sie gab mir nur Zeit, mich wieder zu sammeln.

»Bereit, drüber zu reden?«, fragte sie, nachdem sie ihr Rouge wieder in die Tasche gesteckt hatte.

»Glaub schon.«

»Alles in Ordnung mit dir?«

»Überhaupt nicht.« Ich hatte was leicht Hysterisches in der Stimme. »Ganz das Gegenteil.« Ich legte den Kopf in die zitternden Hände.

»Devon.« Sie drückte meinen Arm. »War das der Rattenarsch?«

»Das war er.«

Ihr klappte der Mund auf. »Wie zum Teufel ist er hier gelandet?«

»Keine Ahnung.« Meine Stimme zitterte.

Einatmen ... zwei ... drei ... vier.

Ausatmen ... zwei ... drei ... vier.

Weiteratmen, mehr konnte ich nicht machen.

Damit ich nicht weinte.

Blair guckte mich ungläubig an. »Heilige Scheiße.«

Das traf es. Scheiße. So hatte ich ganz bestimmt nicht in das beste Jahr aller Zeiten starten wollen.

Sie warf einen Blick über meine Schulter und sprach leiser. »Er ist hier.«

Ich machte die Augen zu und atmete tief aus. Lockerte die zitternden Hände. »Ich pack das nicht.«

»Schade nur, dass er so ein gut aussehender Arsch ist«, murmelte sie.

Ich versuchte zu widerstehen, ich wollte ihn nicht angucken, konnte aber nicht anders. Mein Magen machte einen

Salto, als ich mich umdrehte. Er zog die Tür von seinem Spind auf, kümmerte sich aber nicht weiter drum, sondern guckte stirnrunzelnd auf sein Handy.

»Der ist wie dazu geschaffen, Mädchen um den Verstand zu bringen.«

Und sie waren schon dabei, den Verstand zu verlieren. Blair und ich waren nicht die Einzigen, die Ashton beobachteten. Nahezu jedes Mädchen, das an ihm vorbeiging, musste zweimal hinschauen. Und einige versuchten nicht mal das zu überspielen.

»Er kommt mir bekannt vor, aber ich kann ihn nicht unterbringen«, sagte Blair. »Einen wie ihn sollte man doch nicht einfach vergessen. Sieh dir mal dieses Gesicht an. Die perfekte Kombi aus Männlichkeit und Verletzlichkeit. Er ist exquisit.«

Ich seufzte. Sogar sie geriet in seinen Bann. *Exquisit.* Das war ja so, als würde sie ein kostbares Kunstwerk beschreiben oder ein Juwel.

»Ich hätte mich nie auf ihn einlassen sollen«, sagte ich und kehrte ihm den Rücken zu. »Ein Typ wie der? Der kann einen nur verletzen.«

»Ich weiß nicht, ob ich das glaube«, sagte Blair nachdenklich. »Nicht alle schönen Menschen sind böse.«

Und das von jemandem, der selber ein *schöner Mensch* war.

Sie lehnte sich zu mir rüber. »Er starrt dich an.«

Ein Stromstoß zuckte durch meine Wirbelsäule. »Tut er das?«

»Er versucht nicht mal, es zu verbergen, Devon.«

Ich drehte mich wieder um. Sie hatte recht. Sein Blick war

auf mich gerichtet, stark und unbeirrt. Aber dieses Brennende war nicht mehr da, an seine Stelle war etwas Sanftes getreten. Mein Herz machte einen Sprung. War er ... freute er sich, mich zu sehen?

Gott. Wie konnte ich überhaupt daran denken, mich zu beruhigen, wenn er mich ansah, als wäre ich der einzige Mensch auf der Welt?

»Vor dem muss auf dem Beipackzettel gewarnt werden«, sagte Blair.

»Du hast es erfasst.«

Jemand versperrte mir die Sicht. Ich klammerte mich an die Sofalehne und versuchte wieder normal zu werden. Zu atmen. Blair beobachtete mich mit schräg gelegtem Kopf, in ihr arbeitete es. Ich wandte mich ab und ließ den Blick über die verschiedenen Flugblätter an den Wänden wandern. *Tea Tasting Club. Der Herbstball.*

»Ist das dein Poster?«, fragte ich.

Blair grinste, ihre Wangen liefen rosa an. »Ganz und gar.«

»Sieht toll aus.« Und das tat es: ein schwungvoller Schriftzug auf goldenem Hintergrund, eine schlichte grafische Gestaltung, die einem Poster aus den 1940er-Jahren nachempfunden war.

»Ich hab den ganzen Sommer daran gearbeitet.« Sie sprach leiser. »Gefällt es dir wirklich?«

»Ich finde es wunderschön. Es ist elegant und total modern.«

»Ich weiß, toll, nicht?« Sie grinste. »Warte, bis du die Einladungen siehst.«

»Ich kann es nicht erwarten.«

»Du kommst doch, oder?«, fragte sie.

»Selbstverständlich. Muss doch mein Mädel unterstützen.« Beinahe gegen meinen Willen schaute ich zu Ashton rüber. Ob er wohl zum Herbstball gehen würde?

Innerlich ohrfeigte ich mich. Nur weil er in meiner verdammten Schule aufgetaucht war, musste ich doch meine Ziele nicht aus den Augen verlieren.

Es klingelte das erste Mal.

Ich holte meinen Stundenplan raus. »Hat alles geklappt. Genau, wie ich es wollte.«

»Lass mal sehen.« Blair schnappte mir den Zettel weg. »Obwohl ich es wahrscheinlich erraten kann. *Geometrie II, Infinitesimalrechnung, Wissenschaftliche trigonomische Physik zur Vorbereitung auf die universitäre Ausbildung …*«

»Halt die Klappe.« Aber ich grinste. Sie zog mich gern mit meinem naturwissenschaftlastigen Stundenplan auf.

»Nein, im Ernst. *Multivariable Gleichungen. Physik II.*«

Dann stockte sie. »*Methoden der Astronomie?* Was in aller Welt ist das? Und warum bieten die so was überhaupt an?«

»Ist interessant.«

»Ist irre.«

Ich schnappte mir meinen Plan. »Du weißt, was ich studieren will. Das ist sinnvoll.«

Nachdenklich guckte sie mich an. »Du wirst Wissenschaftlerin. Das ist echt krass, ehrlich.«

Ich nagte an meiner Unterlippe. »Erst brauche ich aber einen Collegeplatz.«

»Hör auf. Du bist ein sicherer Kandidat.«

Vielleicht, aber ich wollte an der McCafferty University studieren. Deren Astronomie-Programm war weltweit angesehen und hart umkämpft.

Ich brauchte Spitzenzensuren, damit ich angenommen wurde. Und ich brauchte Stipendiengeld – McCafferty war nämlich echt teuer.

Blair rümpfte die Nase über ihren Stundenplan. »Ich geh inzwischen mal in Hauswirtschaft leiden.«

Ich verzog das Gesicht. »*Hauswirtschaft?*«

»Ich weiß.«

Das letzte Klingeln ertönte.

Gegen meinen Willen schaute ich wieder rüber zu Ashtons Spind. Der Typ, der mir die Sicht versperrt hatte, war weg. Ashton war noch da. Und guckte mich noch immer an. Dann bedachte er mich mit dem allerkleinsten Nicken. Mir stockte der Atem, dann erwiderte ich sein Nicken.

Blair warf einen Blick über meine Schulter. »Du packst das. Das weißt du doch, oder?«

Ich atmete tief durch. »Ich weiß. Ich werde das hier überleben. Ich bin stark und schlau und kann was.«

»Da hast du verdammt recht.«

Süß, dass sie mir so bereitwillig glaubte. Die Preston war eine kleine Schule, und ob ich nun bereit war oder nicht, früher oder später würde ich mit Ashton reden müssen.

Hilfe!

3. Kapitel

ERSTER SCHULTAG = TOTALES KUDDELMUDDEL. DIE SCHUL-
stunden am Morgen waren wegen der Schulversammlung
verkürzt worden, trotzdem versuchten die Lehrer den Stoff
von vierzig Minuten in Unterrichtseinheiten zu packen, die
nur halb so lang waren. Und weil ich meine Notizen lieber
mit der Hand machte, statt sie zu tippen oder aufzunehmen,
brannten meine Handgelenke beim letzten Klingeln wie
Feuer.

Aber mein Stundenplan sah vielversprechend aus. *Methoden der Astronomie*, jippieh! *Multikulturelle Literatur. Afroameri-
kanische Geschichte. Physik Aufbaukurs. Französische Konversation
II*, weil ich mich definitiv für ein Praktikum im Pariser Observatorium bewerben würde, das zu den größten astrono-
mischen Forschungszentren der Welt zählte. Wie toll wäre
das denn?

Und dann noch *Differential- und Integralrechnung*. In Mathe
war ich richtig gut, also machte mir das Fach keine Angst.
Nur Auden Coopers selbstgefälliges Lächeln brachte mich
zum Stöhnen.

»Na, hallo, Neunundneunzig!«

Ein Test. Ein Mal hatte sie eine höhere Punktzahl erreicht

als ich – und das würde sie mir wohl bis ans Ende unserer Tage unter die Nase reiben.

»Wie war dein Sommer«, zwitscherte sie. »Was hast du gemacht?«

Ich zwang mich zu einem Lächeln und drehte mich zu ihr um. »War gut. Den größten Teil der Ferien war ich mit Blair in den Hamptons und dann war ich noch eine Woche im Astronomie-Camp.« Ich steckte den kleinen Stich weg, der damit einherging, dass ich den Sommer nicht wie üblich mit Stephanie verbracht hatte. Es war toll gewesen in den Hamptons, aber ich hatte meinen Lieblingsstrand vermisst.

»*Astronomie-Camp?*« Sie zog eine Augenbraue hoch. »Im Ernst?«

Ich ließ mein Lächeln strahlen, bis die Wangen schmerzten. »Und wie war dein Sommer?«

»Mega. Ich war in Paris und Jamaika.« Sie streckte ihren Arm aus. »Guck mal, wie braun ich geworden bin! Ich bin dunkler als du! Wenn ich so weitermache, bin ich praktisch Schwarz.«

Und da war er. Einer der vielen Gründe, aus denen sie mich so nervte. Solche Sachen rutschten ihr ständig raus. *Praktisch Schwarz.*

Ich konzentrierte mich wieder auf den Professor und seinen Vortrag.

Aber sie war noch nicht fertig. Nach dem Unterricht schlängelte sie sich an mich ran und murmelte: »Du stürzt ab.« Dann wirbelte sie herum, ihr erdbeerblondes Haar peitschte mein Gesicht, und sie verschwand in den Flur.

Verdammt noch mal. Dies Zicke wollte mir meinen Platz als Jahrgangsbeste entreißen, aber ich würde sie sich ganz bestimmt nicht das Preston-Universitätsstipendium krallen lassen. Der Gewinner bekam zehntausend Dollar im Jahr als Zuschuss zu den Studiengebühren an der Uni seiner Wahl. Auden fuhr einen verdammten BMW. Ich brauchte dieses Stipendium weiß Gott dringender als sie.

Ich brachte den Tag hinter mich, ohne Ashton zu sehen. Das war ein Wunder, weil unsere Abschlussklasse ziemlich klein war. Und einen Nervenzusammenbruch hatte ich auch nicht, was ebenfalls ein Wunder war. Nur schade, dass ich das Mittagessen ausgelassen hatte. Ganz schlechte Entscheidung, aber ich hatte nicht riskieren wollen, ihm im Speisesaal über den Weg zu laufen. Nun war ich zu allem anderen auch noch so hungrig, dass ich am liebsten jemanden anfallen wollte.

Blair stand an meinem Spind und scrollte auf ihrem Handy herum. »Ich hab jetzt raus, warum dein Typ mir so bekannt vorkam.«

Ich war in einem Zustand, in dem mir das schon fast egal war.

»Moment. Iss das.« Sie reichte mir einen Müsliriegel und wartete, bis ich einen großen Bissen genommen hatte. »Und nächstes Mal verzichtest du nicht aufs Mittagessen, um ihm aus dem Weg zu gehen.«

Mist, sie kannte mich echt zu gut.

»Was hast du denn rausgefunden?«

»Dass ich zufälligerweise mit dem ehrenwerten Ashton Edwards in die Grundschule gegangen bin.«

»Ehrenwert?«

»Ashton Bishop Carter Preston Edwards.«

Ich erstarrte mit dem Müsliriegel auf halbem Weg zum Mund. »Sollte mir das etwas sagen?«

»Sein Vater ist Tristan Carter Preston Edwards.«

Ich seufzte. Die Leute hier waren ganz besessen davon, was Väter so machten. Wer welchen Job hatte und wer die wirtschaftliche Lage ganzer Städte beeinflussen konnte oder den Lebensunterhalt von Arbeiterfamilien. Blairs Vater arbeitete in der Unterhaltungsindustrie, und mit *arbeiten* meine ich, dass er das letzte Wort hatte, wenn beschlossen wurde, welche Shows auf einem gewissen Kabelkanal auf Sendung gingen. Wie konnten Leute überhaupt so mächtig werden? Oder so reich? Harte Arbeit? Mein Dad arbeitete siebzig Stunden die Woche, wir waren zwar nicht arm, aber ganz bestimmt nicht reich. Und ganz bestimmt nicht mächtig.

Ich hatte es ja so satt, von irgendwelchen Vätern zu hören, und wie verdammt wichtig die waren.

»Sollte mir das etwas sagen?«, fragte ich noch mal.

»Das sollte dir alles sagen. Tristan Carter *Preston* Edwards«, wiederholte sie, als ich sie mit leerem Blick ansah.

Dann dämmerte es. »*Was?*«

»Die haben diese Schule gegründet. Das sind die Stifter. Und der Grund dafür, warum das Stiftungsvermögen der Preston so groß ist.«

Oh.

Oh nein.

»Toll. Ich hab mich mit dem Typen eingelassen, der meine Ausbildung finanziert.«

»Du hattest echt keine Ahnung?«, fragte Blair völlig entgeistert.

»Auf meinen Auszügen steht *Preston Endowment Fund*. Nichts von Edwards. Lachst du mich etwa aus?«

Sie gluckste. »So was kann nur dir passieren.«

Mir war der Appetit vergangen. Ich stöhnte und lehnte die Stirn an den kühlen Metallspind. »Wie bist du überhaupt dahintergekommen?«

»Ich hab gegoogelt. Im Fotokurs hab ich seinen Nachnamen erfahren.«

Fotografie? Das hätte mich nicht überraschen sollen. In jenem Sommer hatte Ashton ständig sein Handy gezückt und Bilder gemacht. Er besaß auch eine richtig gute Kamera – und er hatte einen Haufen Fotos von mir am Strand geschossen.

Die Erinnerungen überschwemmten mich. Treibholz im Sand, ganz glatte Stücke und knorrige Äste. Die Priele, in denen winzige silberne Fische schwammen. Die mit dem Horizont verschmelzende Sonne.

Die magische Stunde.

Mit leicht geöffneten Lippen hatte Ashton mich angesehen. »Gott, Dev. Du bist atemberaubend.«

Eilig hob er die Kamera und die Blende klickte und klickte. Ashtons Lächeln tauchte hinter dem Kameragehäuse auf. »Mein Sonnenuntergangsmädchen«, murmelte er.

Sein Mädchen. Das war so aufregend …

Moment. *Nein. Konzentrier dich.* »Warum bist du denn im Fotokurs?«

»Ich erweitere meinen Horizont. Außerdem kann ich da lernen, wie ich bessere Bilder von den Kleidern mache, die ich entwerfe und anfertige.«

Das ergab Sinn. Abgesehen von ihrem Mercedes war die Nähmaschine Blairs liebstes Gerät. Sie machte hinreißende

Kleider. Aber ... irgendwas nagte an mir. »Wie konnte Ashton seit Jahr und Tag hier leben, ohne dass wir davon wussten?«

»Ich wusste es. Ich hatte es nur vergessen. Aber es ist komisch, dass ihr nie über eure Heimatorte geredet habt. Wusste er denn nicht, auf welche Schule du gehst?«

»Wir haben eigentlich nie über Schule geredet.«

»Worüber denn dann?«

»Oh mein Gott. Unsere Gefühle. Unsere Träume. Was wir mögen. Politik. Religion. Darf ich mal sagen, dass ich nie gedacht hätte, dass ein reicher, Weißer Kerl so liberal sein kann? Er ist ein total sentimentaler Liberaler.«

»Genau wie du.«

»Manchmal haben wir Songs aus Musicals gesungen.«

»Du hast ihm was vorgesungen?«

»Er hat gesagt, ich habe eine gute Stimme.«

»*Wow.* Ist ja widerlich. Süß, aber widerlich.« Sie warf die Haare zurück. »Egal, wenn du mir seinen Nachnamen gesagt hättest, dann hätte dieses Rätsel schon letztes Jahr gelöst werden können.«

Ich riss meinen Spind auf. »Blair, er hat mich zerstört. Ich hatte nicht vor, ihn per Google zu stalken.«

»Erstens, du bist nicht zerstört worden, warst aber eindeutig nicht okay. Zweitens, ich versuche dahinterzukommen, was so Besonderes an ihm ist, dass du so von der Rolle warst, als du aus den Ferien zurückkamst. Deshalb habe *ich* ihn vorhin *total* auf Google gestalkt.« Mit Schwung präsentierte sie mir ihr Handy. »Sieh es dir an.«

Mein Mathebuch knallte auf den Boden. »Er hat einen Wikipedia-Eintrag?«

»Nun, seine Vorfahren haben die Bildungseinrichtung ins Leben gerufen, in der wir uns gerade befinden. Er ist ein Promi«, sagte sie.

Aber wenn man eine Schule wie die Preston besuchte, wo alle Promistatus hatten, dann war das nix Besonderes. Es sei denn, man war ein Abkömmling der Gründerdynastie.

Ich seufzte wieder. »Okay.«

»Er war auf einem Internat in Übersee. Und das ist seltsam, weil seine Familie ja eine eigene Schule quasi besitzt.«

»Wirklich seltsam.« Ich hob mein Buch auf und stopfte es in die Tasche. »Warum haut man so viel Geld raus, wenn er kostenlos auf diese Schule gehen könnte?«

»Ist so ein Reiche-Leute-Ding«, sagte Blair. »Bei meinem Dad ist das genauso. Der holt einen Taschenrechner raus, damit er im Restaurant nicht zu viel Trinkgeld gibt, aber für den perfekten Schreibtischstuhl blättert er dreitausend Dollar hin.«

»*Was?*«

»Also, es ist schon ein schöner Stuhl. Nervt ihn total, wenn ich darauf herumwirbele. Egal. Zurück zu Ashton. Seine Familie verreist jeden Sommer, aber du ja auch. Vielleicht war es ein glücklicher Zufall, dass ihr beide am selben Strand gelandet seid.« Sie steckte ihr Handy in die Tasche. »Dein Junge ist geheimnisvoll. Wie ich schon sagte, ich war mit ihm in der Grundschule, aber nach der fünften Klasse ist er verschwunden.«

»Darin ist er gut.«

»Deshalb hast du ihn nie irgendwo in der Stadt gesehen. Ich bin nicht mit ihm befreundet gewesen oder so, deshalb hat es mich nicht besonders beschäftigt, dass er in der

Sechsten nicht mehr aufgetaucht ist. Als du erzählt hast, dein Freund heißt Ashton, hat es bei mir auch nicht *klick* gemacht. Ich hatte ihn überhaupt nicht mehr auf dem Schirm. Bis jetzt.«

Ich knallte meinen Spind zu. »Und was jetzt?«

»Na ja, das entscheidest wohl du, oder?«

Wenn Blair mich nach Hause fuhr, redeten wir manchmal, bis wir heiser waren. Während der halbstündigen Fahrt heute waren wir still.

Der Himmel strahlte blau und Blair hatte das Verdeck ihres Cabrios runtergeklappt. Klassische Musik – *Dornröschen, Op.66: Ouvertüre* – wehte aus den Lautsprechern, während sie eine Zigarette nach der anderen rauchte und der Wind unsere Haare in alle Richtungen zauste.

Hinter dem Golfplatz lagen umzäunte Villenviertel. Die ließen wir hinter uns. Die Häuser wurden kleiner und standen immer enger beieinander, bis wir in meinem Viertel ankamen: *Villa Park.* Villen waren die Häuser hier ganz bestimmt nicht, aber einen Park hatten wir.

»Willst du mit reinkommen?«, fragte ich, als Blair vor unserer Auffahrt hielt. »Meine Mom bestellt Sushi zum Abendessen.«

Sie war in Versuchung, das sah ich. Echt in Versuchung. Blair erzählte mir immer wieder, dass sie unser gemütliches Ranch-Haus viel lieber mochte als das McMansion ihrer Familie.

»Ich möchte schon gern«, sagte sie bedauernd. Dann verdrehte sie die Augen. »Meine geschätzte Mutter besteht allerdings darauf, dass ich heute Abend zu einem offiziellen Abendessen zu Hause erscheine. Offenbar haben sie und Daddy wichtige Gäste, und es ist zwingend erforderlich, dass Theo und ich anwesend sind.«

»Geht dein Bruder nicht ganz weit weg zur Schule?«

»Sie haben ihn einfliegen lassen.«

»Igitt.« Die offiziellen Abendessen ihrer Familie waren alles andere als ein Vergnügen. Und ihr Bruder – *bäh*. Ein aufgeblasener Wichtigtuer, der mich immer voller Verachtung musterte.

»Egal. Ich werde es überleben. Wie immer.« Sie küsste mich auf die Wange. »Bis morgen früh.«

Ich schnappte mir die Post und ging ins Haus. Ein Stapel Uni-Broschüren für mich. Ein paar langweilige Wirtschaftszeitschriften für meinen Vater, die er nicht lesen würde, weil ihm die Zeit dafür fehlte. Nichts für Mom, die auf dem Sofa saß und auf ihren Laptop einhackte. Ihre glatte braune Haut schimmerte im Licht der Sonnenstrahlen, die durchs Fenster fielen, und spielte auf ihrem wild gelockten Haarschopf. Sie arbeitete in der Immobilienbranche, daher hatte sie flexible Arbeitszeiten. Nach der Schule war sie meistens zu Hause.

Ich gab ihr einen Kuss auf den Kopf und atmete Kokosduft ein. »Hi, Mom.«

Sie nahm die Brille ab und sah mich an. »Hey, Schatz. Wie war's?«

»Frag nicht«, murmelte ich.

Sie zog eine Augenbraue hoch. Doch Mom wusste, wann Zurückhaltung geboten war. »Dad wird sich verspäten«, sagte sie. »Der neue Kunde kostet ihn den letzten Nerv.«

Ich hängte meinen Blazer an die Garderobe. »Und, ist das was Neues?«

Sie schmunzelte. Dad arbeitete als Art Director in einer Werbeagentur und geriet ständig mit dem einen oder anderen Kunden aneinander. Streit war sein Lebenselixier, zumindest während Verträge ausgehandelt wurden.

»Ich bestelle das Sushi so in einer Stunde«, sagte Mom. »Willst du, was du immer willst?«

Beim Gedanken an *Salmon Nigiri* und *Drachenrolle* knurrte mein Magen. »Au ja, bitte.«

»Nimm mich mal in den Arm, mein Baby«, sagte sie. Ich schlang die Arme um sie und drückte. Als ich sie wieder loslassen wollte, hielt sie mich fest und sah mir ins Gesicht. »Alles in Ordnung mit dir?«

Ein energisches Nicken. »Alles bestens.«

»Ich glaube dir nicht, aber ich hoffe, du redest mit mir, wenn du so weit bist.«

»Ich fange mal mit den Hausaufgaben an.«

»*Hausaufgaben*? Jetzt schon? Am ersten Tag?«

»So wird man zur Jahrgangsbesten.«

Sie wandte sich wieder ihrem Computer zu. Ich ging in mein Zimmer und zog die Tür zu. Zündete ein Räucherstäbchen an und hoffte, der Sandelholzduft würde mein rasendes Herz beruhigen. Dann schlüpfte ich in Yoga-Shorts und ein Tanktop und klappte den Laptop auf. Während ich auf die WLAN-Verbindung wartete, wühlte ich mich tief in meine Dokumente-Ordner und klickte mich durch haufenweise Dateien, bis ich zu einer mit der Bezeichnung *X* kam. Eine Weile ließ ich den Cursor darüber schweben, dann doppelklickte ich.

Da waren wir, zahllose Fotos. Eng beieinander im Sand, ich im Bikini, er in Badehosen. Wie wir uns am National-feiertag auf der Jacht seiner Eltern küssten, während über uns Feuerwerk erblühte. Mit Wunderkerzen in der Hand an Stephanies Geburtstag, lachend, als wäre unsere Welt ohne Sorgen.

Und dann mein Lieblingsbild. Das Foto, das mal mein Lieblingsbild gewesen war. Ashton und ich am Strand, der Himmel hinter uns wie ein Wandteppich aus Pink- und Lila-tönen. Wir hatten uns gerade geküsst, als Steph gerufen und ihr Handy auf uns gerichtet hatte. So, wie wir zueinanderge-wandt dastanden, so, wie er mir den Arm um die Schulter ge-legt hatte, war es offensichtlich, dass wir ein Paar waren. Ich hatte mich ihm so nah gefühlt. Ich hatte das Gefühl gehabt, wir hätten alle Zeit der Welt vor uns. Nur, dass es ganz und gar nicht so gewesen war. Ich schloss die Augen, als mich die Traurigkeit übermannte.

Nein! Ich würde jetzt nicht anfangen, mich selbst zu be-mitleiden.

Nicht wieder. Nie wieder.

Ich klappte den Laptop zu und schnappte mir meine Lauf-schuhe.

Es wurde Zeit, mich auf was Neues zu konzentrieren.

4. Kapitel

DER NÄCHSTE MORGEN EMPFING MICH MIT HÄMMERNDEM
Herzen. Ich hatte einen herrlichen Traum gehabt und wollte
mindestens noch eine Stunde länger schlafen. Doch mein in-
nerer Wecker schrillte jeden Morgen um fünf vor sechs. Und
wenn ich erst mal auf bin, dann bin ich auf.

Moment.

Dieser Traum.

Ashton.

Oh mein Gott.

Mein Unterbewusstsein war mir eine Erklärung schuldig. Aber sofort. Denn ich war ganz bestimmt nicht mit dem
Wunsch nach irren, nicht jugendfreien Träumen von mir
und meinem Ex-Freund schlafen gegangen.

Ich rieb mir die Augen und starrte auf mein Handy – 05:46.
Noch Stunden, bis ich zur Schule musste. Zeit für eine Runde
schweißtreibendes Yoga, damit mein Kopf wieder klar wurde
und ich in die richtige Spur kam. Ich hüpfte aus dem Bett,
wand die Haare zum Knoten und trat auf meine Matte. Dann
atmete ich tief ein, schloss die Augen und begann. – Einatmen, Arme nach oben, strecken. Ausatmen, vorbeugen,
Kopf an die Knie. Verbinden. Zentrieren. Balance. *Om.*

Es klappte nicht. Die Bilder wollten mir nicht aus dem Kopf. Ich strengte mich an, bis mein Herz raste und Schweiß auf die Matte tropfte – aber Ashton war immer noch da. Jede Bewegung erinnerte mich daran, wie wir uns umschlungen hatten, wie Zeit und Raum in Vergessenheit geraten waren. Jeder Atemzug erinnerte mich an die leidenschaftlichen Nächte, in denen wir uns stundenlang geküsst hatten, einander überall berührt hatten und uns gegenseitig an den Rand des Wahnsinns gebracht hatten.

Frustrierter und verwirrter als je zuvor brach ich eine Stunde später zusammen.

Auf der Fahrt zur Schule ging es dann nahtlos so weiter. Während Blair fröhlich über Louboutin-Schuhe und Vuitton-Taschen plauderte, lief bei mir als Dauerschleife durch meinen Kopf: *Was soll der Scheiß bloß?* Denn, ernsthaft, wer hat denn einen Sextraum von dem Typen, der einen vor einem Jahr sitzen gelassen hat?

Frustration und Verwirrung verdreifachten sich noch, als ich zu meinem Spind kam und Ashton vor seinem stehen sah. Echt nicht fair. Warum musste er hier sein und warum musste er so yummy sein? In der bescheuerten Schuluniform sah er aus, als wäre er direkt einer Ralph-Lauren-Werbung entsprungen.

Rattenarsch.

Betont langsam sortierte er seine Bücher und verstaute sie in der Tasche. Ich war total fasziniert von der Art, wie er an seiner Unterlippe nagte, wenn er sich konzentrierte. Wie er blinzelte. Wie er tief durchatmete, ehe er seinen Spind zumachte.

Sehnsucht und …

Wut und …

Begehren und …

Er drehte sich um und hatte mich voll erwischt.

Mein Gesicht wurde heiß, heiß, *heiß*. Ich versuchte wegzu-gucken. Strengte mich so an. Pech gehabt.

Und jetzt kam er rüber. Sofort ließ ich das Astronomie-buch fallen, meine Hände wussten offenbar nicht mehr, wie sie zu funktionieren hatten.

Er hob das Buch auf und reichte es mir. Seine Finger be-rührten meine und Funken knisterten überall in meinem Körper. »Ich glaube, das möchtest du nicht verlieren.«

»Danke«, konnte ich hervorquetschen.

Ashton stand an meinem Spind.

Atme.

»Devon«, sagte er, wieder mit diesem milden Gesichtsaus-druck. »Ich kann gar nicht glauben, dass du es bist. Du siehst so schön aus.«

Seine Stimme war ein bisschen tiefer geworden seit jenem Sommer. Ich fand es furchtbar, dass mir noch bei dem Klang auch jetzt noch kalte Schauer über den Rücken liefen.

»Danke«, wiederholte ich.

»Also, wir sollten …« Er erstarrte, sein Blick war auf mei-nen Hals gerichtet. »Du trägst ihn noch immer.«

Ich berührte den schlüsselförmigen Anhänger. »Ja. Ist wohl so.«

»Dev …« Seine Stimme zitterte.

Es klingelte, wir zuckten beide zusammen. »Ich … ich muss los«, stammelte ich. Und ohne ein weiteres Wort drehte ich mich um und rannte los zu meinem Astronomiekurs.

☆

Mit einem lauten *Peng* knallte mein Tablett auf den Tisch.

Blair, die Unerschütterliche, scrollte weiter auf ihrem Handy. »Übler Morgen?«

Ich ließ mich auf einen Stuhl fallen und rubbelte an den Kopfschmerzen, die sich hinter meinen Augen ballten. »Könnte man sagen.«

Sie lehnte sich zurück und schlug die Beine übereinander. »Hat es irgendwas mit dem Schatten der Vergangenheit da drüben zu tun?«

»Alles.«

Sie zog die Augenbrauen hoch und wartete nicht übermäßig geduldig auf Einzelheiten.

»Ich habe heute Morgen mit ihm geredet.«

Sie ließ das Handy fallen. »Heilige Scheiße, Devon. Alles okay mit dir?«

»Mir geht's gut.«

»Du lügst. Dir geht's so was von gar nicht gut.«

Ich biss auf meinen Daumennagel. »Na und?«

Sie machte eine Kopfbewegung in seine Richtung. »Er sitzt da ganz allein, wie gestern. Die ganze Stunde hat er nur auf sein Handy gestarrt.«

»Hat er das?« Ich achtete darauf, dass meine Stimme neutral und uninteressiert klang.

Aber Blair fiel nicht darauf herein. »Besonders gesellig ist er nicht, oder?«

»Er bleibt gern für sich.«

»Da seid ihr beide euch ähnlich.« Sie hob ihr Handy auf, wischte auf dem Display herum und legte es wieder hin.

»Also, hör zu, ich hab noch ein bisschen recherchiert.«

»Warum?«

Sie nahm ihre Gabel in die Hand. »Weil ich mir Sorgen um dich mache. Ich seh doch, wie du ihn anguckst.«

Ich drückte mir Senf auf mein Sandwich. Ich wollte nicht dran denken, wie ich ihn anguckte. Wahrscheinlich irgendwie hohl und sabbernd.

»Er hat x-mal die Schule gewechselt. Schweiz. Deutschland. Großbritannien. Das ist nicht normal, es sei denn, man hat Eltern, die beim Militär sind. Und das hat er nicht.« Sie runzelte die Stirn und schüttelte den Kopf. »Irgendwas ist da faul, aber ich komme nicht dahinter. Ist er rausgeschmissen worden? Ist er selber gegangen? Es ist genau, wie du gesagt hast. Er ist gut im Verschwinden. Aber … warum? Wovor rennt er weg?«

»Wie hast du diese Sachen überhaupt rausgefunden?«

Sie hielt die Hand hoch. »Wenn ich dir das erzählen würde, müsste ich dich töten.«

Ich hatte das Gefühl, dass das kein Witz war.

5. Kapitel

An zwei Tagen der Woche war als besondere Vergünstigung für uns Oberstufenschüler der Preston eine Freistunde gleich nach der Mittagspause eingeplant. Sie lief unter dem Titel »Bereicherung«, was implizieren sollte, dass die Zeit weise genutzt zu werden hatte, zum Lernen vielleicht oder für Aktivitäten, die nicht Teil des Lehrplans waren. Blair hatte sich einem Kunstclub angeschlossen, in dem skizziert wurde.

Ich selbst war nach Jahren der Mitarbeit zur Co-Redakteurin des Jahrbuch-Clubs ernannt worden.

Zusammen mit Auden Cooper.

Professor Wilcox, die Beratungslehrerin, hatte gesagt, wir wären beide so gut, dass sie nicht einfach eine von uns wählen könne.

Was für ein Spaß.

Auden reichte mir den Ausdruck einer Tabelle. »Wir sind nicht viele Leute in der Redaktion. Also hab ich die Pflichten mal so verteilt.«

Kaufmännische Leiterin und dazu noch Redakteurin für den Bereich *Teams und AGs*. »Auden, darüber hätten wir gemeinsam entscheiden müssen.«

»Ich weiß, aber ich bin ganz kribbelig geworden und konnte nicht warten!«

»Nicht mal einen Tag?!«

Immer wenn Auden meinte, die Führung übernehmen zu müssen, wand sie ihre gewaltige Mähne zu einem Knoten mitten auf dem Kopf. In diesen Knoten rammte sie jetzt einen Bleistift. »Willst du dich um die Geldgeschichten kümmern oder nicht? Ich dachte mir, du weißt wie das läuft mit Budgets und solchem Zeug. Da fand ich dich perfekt dafür.«

Wie konnte sie es wagen, mein Ego zu streicheln? Fies. »Okay, ich mach das. Aber nächstes Mal triffst du keine großen Entscheidungen ohne mich.«

Tyrell Jenkins und Colton Myers, zwei Jungs, die unterschiedlicher nicht hätten sein können, aber trotzdem die besten Freunde waren, kamen in den Raum gestranzt, als würde ihnen alles hier gehören.

Tyrell, groß, mit schöner brauner Haut, tiefen Grübchen und Dreads, die ihm über den Rücken fielen, liebte Jazz, Anime und Malerei. Er war das Objekt Blairs obsessiver Begierde. Nur schade, dass er laut und stolz seine Dating-Präferenzen rumposaunte – und mit Weißen Mädchen hatte er nichts am Hut.

Colton, ebenfalls groß, mit heller Haut, blonden Haaren und stahlblauen Augen. Ein Football-Typ, der so gut wie alles datete, was ihm vor die Nase kam.

»Tech-Director! Fotoredakteur!« Tyrell stieß die Faust in die Luft. »Yes!«

»Auden, du wunderbares Geschöpf, du.« Colton schlang die Arme um sie. »Du hast mich auf *Sport & Leute* angesetzt.«

»Ich hatte das Gefühl, dass du das gut finden würdest«, sagte sie, und dann, mit einem Seitenblick auf mich, ergänzte sie: »Ich habe die Interessen und Stärken aller berücksichtigt, als ich mir diese Dinge überlegt habe.«

In diesem Augenblick kam Professor Wilcox in den Raum gefegt. »Entschuldigt meine Verspätung!«

»Macht nichts, Professor«, sagte Auden zuckersüß. »Ich habe alles im Griff.«

Würg!

Wilcox reichte Auden einen Haufen Zettel, den sie an uns andere verteilen sollte. »Die Tagesordnung. Wir haben heute viel zu besprechen. Hauptsächlich: Was wird in diesem Jahr unser Thema sein?«

Auden und ich sahen uns an. Das offizielle Motto der Preston war *Einigkeit, Respekt, Wachstum.* Aber fürs Jahrbuch taugte das nicht.

»Wenn ihr noch kein Brainstorming gemacht habt, dann wird es Zeit damit anzufangen.« Wilcox schaltete den Projektor an und das Bild ihres Laptopdesktops erschien auf dem Whiteboard. »Aber zuerst müsst ihr euch mit dem Gebrauch der Software vertraut machen.«

Neben mir setzte Colton an zu protestieren: »Aber …«

»Ich weiß, was Sie sagen wollen, Mr Myers: Sie kennen die Software schon. Aber es ist ein ganzes Schuljahr vergangen, seit Sie das letzte Mal am Jahrbuch gearbeitet haben. Dies dient der Auffrischung. Eigentlich ist die Sache ziemlich klar, aber ich bin eine miese Lehrerin. Ich hab ein paar YouTube-Videos für Sie zusammengesucht, die Sie sich ansehen können, während ich mir eine Tasse Kaffee hole.« Sie drückte auf PLAY. »Bin gleich wieder da.«

Und schon war sie zur Tür hinaus, die braune Mähne wippte hinter ihr her.

»Moment mal«, sagte Tyrell. »Wie kann sie Lehrerin sein, wenn sie keine Ahnung vom Unterrichten hat?«

Während das Video lief, notierte ich mir Ideen für das diesjährige Thema. Es musste richtig gut werden.

6. Kapitel

»Devon! Meine liebste aufstrebende Astrophysikerin.« Professor Trask strahlte, seine jeansblauen Augen funkelten. Mit seinem runden Bauch und den rosigen Wangen
hätte mein Astronomielehrer und Tutor durchaus mit dem
Weihnachtsmann verwandt sein können. Und wie üblich
hatte er sich mit Micky-Maus-Accessoires aufgebrezelt.
Der Schlips. Die Armbanduhr. Die Hosenträger. Ich kannte
sonst niemanden, der derart besessen war von einer Dis-
ney-Figur. »Nimm Platz. Ich hab deine Unterlagen schon
hier.«

Ich plumpste auf einen Stuhl und sah zu, wie Professor
Trask meine Akte zur Hand nahm. »Wie war Ihr Sommer?«,
fragte ich.

»Wirklich gut. Ich hatte einen Teilzeitjob in Disney World.
Da hab ich Anstecknadeln verkauft.«

Ich kicherte. »Aber klar doch.«

»Du lachst jetzt, aber warte, bis du mal hindarfst.«

»Ich war schon da! Meine Eltern waren mit mir dort, als
ich fünf war.«

Er nickte anerkennend. »Dann hast du den Zauber ja kennengelernt. Liebend gern würde ich dich zu einem erneuten

Besuch überreden, aber wir haben nur dreißig Minuten zur Verfügung, um deine Uni-Pläne zu besprechen.«

»Okay.«

»Du bist schon am zweiten Schultag zur Beratung gekommen. Ich bin beeindruckt von deinem Eifer.« Er blätterte in den Papieren und zog ein Blatt heraus. »McCafferty, was?«

»Darauf habe ich hingearbeitet.«

»Das sehe ich. Deine Beurteilungen machen einen ausgesprochen guten Eindruck. Nur Einsen, Klassenbeste drei Jahre in Folge. Wohlausgewogene außerschulische Aktivitäten, großartige Empfehlungsschreiben.« Er schaute mich über den Rand seiner Brille hinweg an. »Auf dem Papier bist du eine sichere Kandidatin.«

Ich grinste. Es war gut zu wissen, dass sich meine harte Arbeit tatsächlich auszahlen könnte.

»Aber.«

Das Grinsen rutschte mir aus dem Gesicht. »Aber was?«

»Aber eine Menge anderer Schüler auch und viele davon hier bei uns, an der Preston.«

Das war mir bekannt. Selbstverständlich wusste ich das. Ich konnte nicht essen, schlafen oder atmen, ohne dass dieses Wissen ständig in meinem Kopf rumorte. Wenn man einen Studienplatz an der McCafferty-Universität wollte, war die Konkurrenz gewaltig, und einige meiner Klassenkameraden waren meine größten Konkurrenten.

»Für dich, Devon, ist eines der größten Hindernisse, dass du nicht vermögend bist. Überdies hast du auch noch angedeutet, dass du auf finanzielle Unterstützung angewiesen bist, um den Platz annehmen zu können. Das mit dem fehlenden Vermögen kann durch deine schulischen Leistungen kompensiert werden«, sagte Professor Trask und strich sich den Bart. »Aber mit den Finanzen könnte es schwierig werden.«

Ich klammerte mich an meinen Stift. Ganz fest. »Würden sie mir die Zulassung verweigern, weil ich nicht reich bin? Können die das machen?«

»Leider spielen die Finanzen im Auswahlprozess einiger Universitäten eine Rolle.«

Ich holte ein paar Mal tief Luft und kämpfte gegen die Mutlosigkeit an, die mir das Rückgrat hochkroch. Ich fühlte mich mies angesichts dieses Auswahlverfahrens. Es war, als würde es mir bescheinigen, ich sei als Mensch nicht gut genug, weil ich nicht wohlhabend war.

So viele meiner Klassenkameraden konnten einen Scheck ausstellen und überall auf der Welt zur Uni gehen. Geld spielte keine Rolle für sie, und ich musste zugeben, dass ich sie darum total beneidete.

Meine verschwitzten Hände ignorierend sagte ich entmutigt: »Soll ich mir dann überhaupt die Mühe machen, mich zu bewerben?«

Mein Tutor nahm die Brille ab und sah mir in die Augen. »Auf jeden Fall. Gib die Hoffnung nicht auf. Von der McCafferty ist bekannt, dass diejenigen, die enormes Potenzial zeigen, großzügig behandelt werden – und ich glaube, das gilt für dich. Deshalb möchte ich dir eine Frühbewerbung vorschlagen. Wenn du im Dezember angenommen wirst, könntest du schon mit der konkreten Planung für die Finanzierung der Studiengebühren beginnen. Aber ich möchte auch, dass du über einige weniger kostspielige, aber dennoch qualitativ hochwertige Optionen nachdenkst.«

Ich *musste* auf die McCafferty. Sogar Studenten der unteren Semester konnten dort zu Forschungszwecken zu den größten Teleskopen der Welt reisen. Wenn man während des Masterstudiums eine Assistenzstelle bekam, garantierte das einen Platz ganz oben auf den Listen der besten Forschungsinstitute für Luft- und Raumfahrt des Landes. Eigentlich gab es keine andere Option für mich. Sicherheitshalber würde ich mich bei anderen Unis bewerben, aber eigentlich konnte ich mich dort nicht sehen.

Professor Trask reichte mir einen Stapel Bewerbungsformulare.

»Aber ich bin keine Schwedin«, sagte ich, als ich einen Blick auf das oberste Formular geworfen hatte.

»Sieh genauer hin. Da steht, Studenten schwedischer Herkunft werden vorgezogen, aber vielleicht gibt es keine Bewerber mit schwedischen Wurzeln. Dieses Geld könnte an dich gehen«, sagte er. »Was hast du zu verlieren?«

Ich nickte. »Schon möglich. Und vielleicht gibt es Stipendien für People of Color. Oder welche mit irischen Wurzeln. Oder welche mit gemischter Herkunft. Ich käme für alle infrage.«

»Man kann nie wissen. Aber eines ist sicher, wenn du dich nicht bewirbst, dann ist die Antwort jetzt schon Nein. Und deshalb machen wir das.« Er nickte energisch. »Pass auf, die Bewerbungsfristen laufen blitzschnell ab. Ich will, dass du deine Bewerbungs-App vollständig einrichtest und dich bis Ende nächsten Monats für mindestens drei weitere Unis entscheidest. Ich schaue dann über deine Unterlagen und dann sehen wir weiter.«

Ich nickte. »Wird erledigt.«

7. Kapitel

ZENSUREN, STIPENDIEN, MCCAFFERTY. ZENSUREN, STIPEN-
DIEN, McCafferty. Zensuren, Stipendien, McCaff-

»Hi«, sagte Ashton, und mein Mantra legte eine Vollbremsung hin. »Ich dachte, wir könnten vielleicht reden.« Das
klang souverän, doch die leichte Rosafärbung seiner Wangen verriet seine Nervosität.

»Okay.« Ich klang alles andere als souverän. Also räusperte
ich mich und knallte die Spindtür zu.

Ashton sah mich mit diesen verflixten braunen Augen an,
die voller Galaxien waren, hypnotisierte mich und ließ meine
Knie weich werden. »Hi«, sagte er noch mal.

Mein Mund öffnete sich ein bisschen, aber dann klappte
ich ihn zu und schüttelte den Kopf. »Ich weiß gar nicht, was
ich zu dir sagen soll.«

Er nickte, guckte zu Boden und dann wieder zu mir. »Kein
Wunder.«

Ich spürte nur das Verlangen, sein Gesicht zu streicheln.
Trotz meiner Wut, meiner Verlegenheit, meiner Verwirrung.

»Ich muss mich bei dir entschuldigen«, sagte er. »Total.
Was ich getan hab … das war daneben. Unverzeihlich.«

Sofort fühlte ich mich zurückversetzt an diesen grauenhaften Tag. Ich hockte wieder auf der Veranda, mein Herz in Trümmern. Die Demütigung erstickte mich, ich konnte nicht mal atmen. Von der Vogelwanduhr ertönte der Ruf eines Uhu. Also war es nun Mitternacht – und Ashton war nicht gekommen.

»Devon?«

Aber jetzt war ein Jahr vergangen und hier stand er vor mir.

»Devon?«, wiederholte er.

Ich packte meine Tasche fester, damit ich nicht der Versuchung nachgab und ihn in einen Spind schubste. »Ich dachte, du wärst tot.«

Er hatte so eine Art, mich anzugucken, die mich Tag und Nacht verfolgte. Sein Gesicht wurde dann ganz sanft und seine Lider senkten sich ein wenig. So, als wolle er, ohne ein Wort zu sprechen, seine Seele vor mir entblößen. Jetzt sah er mich mit genau diesem Blick an, und meine Wut verflog – aber nur ein kleines bisschen.

»Das war mies von mir, so was zu machen, und du hattest es absolut nicht verdient.« Ashton strich mit zitternden Fingern über den Riemen seiner Tasche. »Und es tut mir leid, Devon. Es tut mir furchtbar leid. Ich erwarte nicht, dass du mir glaubst, aber ich hatte nicht vor, unseren Sommer auf diese Art enden zu lassen.«

Verdammt. Sein Blick war ein Schlag in die Magengrube. Zerknirscht. Nervös. Verletzlich.

Da stand er, sein Mund ging auf und zu, das Gesicht gerötet. Wie erbärmlich war es, dass ein winzig kleiner Teil von mir Mitleid mit ihm hatte?

»Ich hab dir so viel zu erzählen«, sagte er schließlich.

»Da bist du ja.« Blair tauchte neben mir auf. »Mani-pedi-Zeit. Bist du so weit?«

Ich blinzelte und die Welt bekam wieder Konturen. »Was?«

Blair warf Ashton einen eiskalten Blick zu und wandte sich dann wieder mir zu. »Wir müssen los.«

»Oh, stimmt.«

Sie musterte Ashton von Kopf bis Fuß, als wäre er Ungeziefer.

»Ich bin Ashton Edwards«, sagte er. Nun wirkte er wieder ganz neutral. Er streckte ihr die Hand hin. »Du bist in meinem Fotokurs.«

Zögernd schüttelte sie ihm die Hand. »Stimmt. Blair Montgomery.«

»Schön, dich offiziell kennenzulernen.«

»Wir sind zusammen in die Grundschule gegangen«, sagte sie.

Er zog die Augenbrauen hoch. »Sorry. Daran kann ich mich leider nicht mehr erinnern.«

»Hatte ich auch nicht erwartet. Ist ja lange her.« Sie drehte sich wieder zu mir um. »Wir müssen uns beeilen, in einer Viertelstunde haben wir unseren Termin.«

»Dev?« Ashtons Stimme bebte ein wenig. »Können wir bald reden? Bitte.«

Ich wurde ganz steif, dann nickte ich andeutungsweise.

Ich musste es Blair hoch anrechnen, dass sie die Klappe hielt, bis wir im Auto waren. Aber sobald die Türen zugeklappt waren, gab es kein Halten mehr. »Willst du mich verarschen?«

»Wovon redest du?«

»Du hättest dein Gesicht sehen sollen. Total … rosig und strahlend«, sagte sie, selber mit rot angelaufenem Gesicht. »Das ist übel, Devon.«

»Ich strahle nicht. Ich bin wütend.«

»Gut. Du hast auch allen Grund dazu.« Blairs Stimme wurde sanfter. »Weißt du noch, wie total von der Rolle du letztes Jahr warst?«

Letztes Jahr. Damals. Ich musste mich gewaltig zusammenreißen, um ein Schnauben zu unterdrücken. So was wie Vergangenheit gab es hier nicht. Meine Gefühle spielten sich jetzt ab, und ich wusste nicht mal, wie zum Teufel sie damals gewesen waren – und echt, verdammt noch mal, warum musste er zurückkommen und …

Blair grummelte. »Ich schwöre, ich dreh ihm den Hals um. Zweimal. Einmal, weil er dir wehgetan hat. Einmal, weil er dich so aufgemischt hat. Und einmal, weil er so verdammt hinreißend ist.«

»Das sind drei Mal.«

Ihre Augen funkelten wütend. »Du kapierst nicht, worauf ich hinauswill, Devy. Offensichtlich war da was zwischen euch, das viel tiefer ging als ein kleiner Flirt.«

»In dem Sommer war er mein bester Freund.« Ich schaute auf meine zitternden Hände. »Er war – faszinierend.«

»So faszinierend nun auch wieder nicht, wenn er einfach abhaut und dich sitzen lässt. Was wollte er denn eben?«

»Sich entschuldigen.«

»Gut«, sagte sie. »Du solltest ihn winseln lassen. Betteln. Ich will ihn auf seinen Scheißknien sehen.«

»Blair. Heute Morgen. Da war er total geschockt wegen meiner Halskette.«

Ihr blieben die Verwünschungen im Hals stecken. »Hals-kette?«

Ich zog meinen Anhänger heraus. »Die hier.«

Sie zerrte die Kette zu sich rüber. »Was schockt ihn denn an deinem Anhänger?«

»Er hat ihn mir geschenkt.«

Sie starrte mich an. »Er hat dir eine Tiffany-Kette ge-schenkt, nachdem er wie lange mit dir gegangen ist? Zwei Monate? Im Ernst? Kein Witz?«

»Einen. Er hat sie mir einen Monat nach unserem ersten Date geschenkt. Zum Monatsjubiläum. Oder so. Und woher weißt du, dass sie von Tiffany ist?«

Sie war fassungslos. »Devon. Hast du ganz vergessen, wer ich bin? Ich kenne mich aus mit Schmuck. Für das Ding hat er mindestens achthundert Dollar ausgegeben. Nachdem er *einen* Monat mit dir zusammen war. Kein Typ macht so was. Das ist nicht normal. Das ist schon beinahe irgendwie un-heimlich.«

»Das war nicht unheimlich. Das war süß.«

»Abgesehen davon, dass er dich hat sitzen lassen.« Sie runzelte die Stirn. »Ich dachte immer, die Kette wäre ein Ge-schenk von deinen Eltern.«

»Nee.«

»Du musst eine Erklärung aus ihm rausholen, und die sollte lieber gut sein, sonst wird es ihm leidtun, dass er wie-der hier aufgetaucht ist.

Blair ließ den Motor an. Gespenstische Klänge von Gei-gen und Blechbläsern erklangen. Ich wand mich. *Beethoven: 7. Symphonie in A-Dur, Op.92. Allegretto.* Diese Komposition hatte immer was von einer Züchtigung.

»Das ist *nicht* gut«, sagte sie. »Ich weiß nicht recht, was ich davon halten soll, dass er sich wieder in dein Leben scharwenzelt. Ich hab gesehen, wie du ihn anschaust. So als wolltest du ihm eine runterhauen, ihn zu Boden werfen und dich an ihm vergehen. Devy, du musst vorsichtig sein.«

Tja, würde ich? Das war die Millionen-Frage.

An einer roten Ampel musterte sie mich eingehend. »Glaubst du, dass er dich noch immer will?«

Ich starrte auf die Ampel und versuchte sie durch Willenskraft dazu zu bringen, grün zu werden. Ich wusste genau, welche Antwort ich darauf haben wollte.

»Devon? Willst du, dass er dich noch will?«

Ich zögerte nicht. »Ja.«

»Irgendwie hast du was von einem Totalschaden.«

»Findest du?«

Nachdenklich wiegte sie den Kopf. »Die Sache ist so: Du machst, was du willst. Aber verlass dich drauf, ich traue ihm nicht über den Weg.«

Ich nagte an den Fingernägeln – und so was tat ich nur in allerheftigsten Stresssituationen.

Das hier war *nicht* gut.

Ashton lenkte mich viel zu sehr ab. Wie schnell er es geschafft hatte, mich Stipendien, McCafferty und die Schule vergessen zu lassen! Und hier saß ich nun und versuchte sein Verhalten zu analysieren, anstatt einfach damit aufzuhören. Aber ich konnte nicht. Erinnerungen an jenen Sommer zogen über mich hinweg wie ein Kometenschauer. Er und ich, wie wir die Promenade entlanggingen, uns an den Händen hielten und unsere Hoffnungen, Träume und Ängste miteinander teilten. Wie wir lachend in der Brandung saßen und uns von den Wellen umwerfen ließen. Wie wir uns ganz versunken ineinander unter den Sternen küssten. Mir war sein Herzschlag, jeder seiner Atemzüge vertraut gewesen und ich wollte das alles. Ich wollte alles von ihm … und ich wollte ihn für immer.

»Ich weiß«, sagte ich. »Aber …«

»Das Herz will, was es will.«

»Genau.«

»Und so wie du ihn angeschaut hast, ziehen andere Körperteile mit«, murmelte sie.

Tja, dieser verflixte Traum letzte Nacht.

Er hatte nichts mit der Wirklichkeit zu tun gehabt. Ashton und ich waren nah dran gewesen, miteinander zu schlafen, aber es war nie so weit gekommen. Ich schwankte ständig hin und her zwischen Erleichterung und Bedauern darüber, die Gelegenheit nicht ergriffen zu haben. Aber ich wusste jetzt, es war besser so, dass wir es nicht getan hatten. Denn es war nur ein Sommerflirt gewesen. Aber in meiner Blödheit hatte ich gedacht, es wäre etwas anderes. Ich hatte gedacht, *wir* wären anders. Aber nix da. Doch seitdem fühlte ich eine Leere im Herzen, die ich mit nichts hatte füllen können.

Jetzt mit ihm zu schlafen, würde das nicht in Ordnung bringen.

Mir das einzureden, war eine Sache. Es zu glauben, eine ganz andere.

»Devon?«

»Ja?«

»Versprich mir, dass du vorsichtig bist. Okay?«

Wie konnte ich das, wenn ich es mir nicht mal selber versprechen konnte?

8. Kapitel

»Wo ihr die Stunden für eure Sozialstunden-Projekte leistet, muss bis zum 2. Oktober entschieden sein«, sagte Professor Trask in der Beratungsstunde. »Das ist in drei Wochen. Einige von euch«, er schaute sich in der Klasse um, »wissen, was sie zu tun haben.«

Das war das Stichwort für Ächzen und Stöhnen. Die meisten meiner Klassenkameraden hätten lieber einen Scheck ausgestellt, statt auch nur einen Fuß in einen benachteiligten Stadtteil zu setzen oder Zeit mit kranken Kindern oder alten Leuten zu verbringen. Aber das spielte keine Rolle. Wenn man einen Abschluss von der *Preston Academy* haben wollte, musste man vierzig Stunden echten Gemeindedienst ableisten.

»Die Listen liegen auf meinem Tisch«, fuhr Professor Trask fort, »aber beeilt euch, die besten Plätze sind schnell weg.«

Ich hatte schon die meisten meiner Stunden abgeleistet, deshalb war ich mit den Gedanken meilenweit weg, bei Ashtons Spind, der den ganzen Vormittag verschlossen geblieben war. Heute war erst der dritte Schultag in einer kurzen Woche – und er schwänzte schon?

Blairs gequältes Stöhnen riss mich aus meinen Träumen.

Ich fuhr herum und starrte sie an. Wie hatten mir die tiefen Furchen auf ihrer Stirn entgehen können? »Was ist denn?«

»Dazu hab ich wirklich keine Zeit«, stöhnte sie. »Der Herbstball ist in drei Wochen. *Drei.* Darauf muss ich mich konzentrieren, nicht auf Sozialstunden. Devon, wenn dieser Ball nicht der beste ist, den die Preston je erlebt hat, dann sterbe ich.« Sie vergrub den Kopf zwischen den Händen und wimmerte. Dann schoss ihr Kopf hoch. »Ich brauche eine umfangreiche Zufuhr von Koffein und Aufputschmitteln.«

Mir klappte der Mund auf. »Aufputschmittel? Blair, was soll der Scheiß?«

»War ein Witz, Devon.«

Die Sache war nur die, dass ich mir da nicht so sicher war.

Sie schlug ihren Kalender auf. Die Seite war völlig schwarz von Millionen To-dos, die abgehakt waren, und noch ein paar Millionen mehr, die es noch nicht waren. »Das nervt ja so, ich könnte schreien. Was machst du heute Abend? Ich muss eine Espressomaschine kaufen. Kommst du mit?«

»Da bin ich mit meinem Astronomiekurs auf einer Exkursion zum Planetarium. Wir betrachten Cassiopeia.«

Sie glotzte mich an. »Wen?«

»Das ist ein Asterismus.«

»Ein was?«

»Also, du hast doch schon mal was von Sternbildern gehört, oder?«

Sie zuckte mit den Schultern. »Klar. Der Große Wagen. Der Gürtel des Orion. All das Zeug.«

»Aber so ist das nicht. Die meisten Leute denken, so ein Sternbild würde nur von Sternen gebildet, aber ein Sternbild ist ein bestimmter Bereich der Himmelssphäre. Ein Asterismus ist eine Sternenform, die das Muster bildet, das man zu sehen gewohnt ist. Der Asterismus des Großen Bären ist also Teil der Konstellation Ursa Major, das bedeutet Großer Bär.«

»Devy, du versetzt mich ins Koma«, sagte sie liebevoll. Dann guckte sie wieder auf ihren Kalender, sie schien kurz vorm Losheulen zu sein.

Ich nahm ihre Hände. »Blair. Du packst das, das schwöre ich.«

Professor Trasks Stimme driftete zu uns rüber. »Würdet ihr bitte gehen, sobald der Austausch von Zärtlichkeiten beendet ist. Es hat vor zwei Minuten geklingelt.«

Ich drückte Blairs Hand noch mal, ehe ich mich zum Kurs Multikulturelle Literatur aufmachte.

Fröhliche Pfoten war das einzige Tierheim der Stadt, das keine Tiere einschläfert. Da sich das Heim komplett aus Spenden finanzierte, waren Freiwillige unentbehrlich. Ich freute mich darauf, meine Sozialstunden hier abzuleisten.

Und so betrat ich die helle, luftige Eingangshalle mit den Panoramafenstern, dem ausladenden Empfangstresen und den dunklen Bücherschränken voller weißer Aktenordner. Ein Paar saß auf einem schwarzen Sofa und füllte Formulare aus, die auf einem quadratischen Tisch lagen. Die Tiere waren durch Glastüren von diesem Bereich getrennt, links war *Doggie Town*, *Kitty City* lag rechts.

»Guten Morgen!« Ein zierliches Goth-Mädchen hüpfte auf mich zu. »Gehörst du zu den Helfern von der Preston?«

»Ja. Ich bin Devon.«

»Angelica, Freiwilligenkoordinatorin. Ich freue mich so,

dass du hier bist.« Enthusiastisch schüttelte sie meine Hand, als sei mein Arm ein Pumpenschwengel. *Holy cow.* Viel zu munter für einen Samstagmorgen.

Sie zeigte auf den Empfangstresen. »Du kannst dich da drüben eintragen. Ich hab mir gedacht, ich steck dich zu den Hunden.«

»Wenn ich da gebraucht werde.« Ich schrieb meinen Namen in Druckschrift und kritzelte meine Unterschrift auf das Blatt.

Angelica warf einen prüfenden Blick auf ihr Klemmbrett. »Sieht ganz so aus, als würde heute nur noch ein Freiwilliger kommen. Er hat schon für uns gearbeitet, also warten wir nicht auf ihn.« Sie führte mich in ein kleines Büro und drückte mir einen Stapel Papiere in die Arme. »Füll die schon mal aus, dann zeige ich dir alles.«

»Danke.« Ich warf einen Blick auf die Formulare. Offizieller Briefkopf der Preston. Gesundheitszeugnis.

Ein Blatt, in das ich meine Stunden eintragen konnte. Ein Beurteilungsbogen. Die bei Weitem umfangreichste Eingangsprozedur aller Freiwilligenjobs, die ich je absolviert hatte.

»Hi, Angelica.«

Ich ließ den Stift fallen. Oh Jesus, nein! Nicht er schon wieder.

»Guten Morgen, Ashton! Ich freue mich, dass du hier bist. Wir haben noch eine andere Freiwillige, und ihr könnt als Paar arbeiten, hab ich mir gedacht. Du kennst sie vielleicht schon.«

So weit war ich noch nicht. Ein ganzer Tag mit ihm?

Tief atmen. Ich würde das packen. Als Angelica Ashton in den Raum brachte, hatte ich die Fassung schon wiedergewonnen. Ruhig, cool und total gefasst. Ganz so, wie es meine Art war.

»Dev!« Ein Leuchten ging über sein Gesicht. »Ich wusste nicht, dass du hier als Freiwillige arbeitest.«

»Pflichtstunden«, erinnerte ich ihn.

»Der beste Ort für so was«, sagte er. »Ich werde weitermachen, wenn ich meine vierzig Stunden abgeleistet habe.« Er hängte seine Jacke auf. »Bin gleich wieder da. Muss mir die Hände waschen.«

Ich starrte ihn an, als er den Raum verließ. Er sah einfach toll aus in seinen dunklen Jeans und dem hellblauen T-Shirt.

So verdammt toll.

Mein Herz flatterte wie Kolibriflügel. Eine Milliarde Schläge pro Minute.

Einatmen ... zwei ... drei ... vier.

Ausatmen ... zwei ... drei ... vier.

Reiß dich zusammen, Devon.

Jetzt.

Angelica warf mir eine pfirsichfarbene Schürze zu und begleitete mich nach Doggie Town. Sieben Hunde stürzten bellend auf uns zu, bis Angelica pfiff, da machten sie eine Vollbremsung. Ich japste erschrocken, als mir ein winziger brauner Chihuahua gegens Bein rutschte. Ganz erschüttert blieb er da sitzen, dann schnupperte er an meinen Schuhen und wetzte wieder davon.

Ashton war schon im Raum und kraulte einen mittelgroßen schwarz-weißen Mischling. »Du bist so ein guter Junge«, gurrte er und streichelte dem Hund den breiten Schädel. Dann schaute er zu mir hoch. »Das ist Buddy. Ist er nicht unglaublich?«

Vorsichtig kniete ich mich neben den Hund. »Er hat ein Handicap«, sagte Ashton. »Siehst du, dass ihm das rechte Auge fehlt?«

Ich berührte Buddys Nase und eine rosa Zunge kam zum Vorschein und leckte an meinen Fingerspitzen.

»Niemand weiß, was ihm zugestoßen ist. Sie sagen, er ist schon ewig hier.« Ashton kratzte Buddy die Ohren. »Er ist einfach klasse.«

Warum redet er mit mir, als wäre zwischen uns alles gut?

Die Spitzen von Ashtons Ohren waren knallrot. Das passierte nur, wenn er nervös und unsicher war. Kann sein, dass ich ein schlechter Mensch bin, aber ich fühlte mich viel besser, als ich ihn ein bisschen flatterig sah.

Und Buddy war wirklich toll.

Ashton kraulte Buddy wieder, und der fühlte sich anscheinend wie im Himmel, sein Schwanz klopfte auf den Boden.

Glücklicher kleiner Buddy.

Ja … das würde nicht funktionieren. Ich sprang auf und fing an, Quietschspielzeuge und vollgesabberte Plüschtiere einzusammeln.

»Zeit fürs Frühstück!«, rief Angelica. »Ashton, übernimmst du? Ich muss mich jetzt um diese Formulare kümmern, sonst reißt mir der Heimleiter den Kopf ab.«

»Ich mach das. Komm, Dev. Dann zeig ich dir, wie man diese Lümmel füttert.«

Dev. Er nannte mich immer noch so. Ich konnte sogar die Zuneigung in seiner Stimme hören, denselben Tonfall wie in jenem Sommer. Am liebsten wäre ich dahingeschmolzen.

Oder hätte ihm eine geknallt. So ganz sicher war ich mir noch nicht.

Sobald die Hunde zufrieden mampften, sammelten Ashton und ich das restliche Spielzeug auf und machten sauber. Es gab eine Menge Arbeit, aber das war nur gut, denn so konnte ich mich mehr auf die Aufgaben konzentrieren als auf mein emotionales Chaos.

Nach der Mittagspause mussten wir wieder putzen. Spielzeug abwaschen und Hundedecken ausschütteln. Verstreutes Trockenfutter auffegen und Pipi wegwischen. Ich sorgte dafür, dass ich immer was zu tun hatte, damit ich mich Ashton und diesen tiefen braunen Augen entziehen konnte.

Er machte das genaue Gegenteil. Er schaute mich ganz direkt an, fast so, als wolle er mal sehen, wie lange ich mich von ihm fernhalten konnte. Dann wieder sah er weg, ganz weit weg, mit beunruhigter Miene. Er erstarrte da, wo er gerade saß, und rührte sich nur, wenn ihm einer der Hund auf den Schoß sprang und ihn aus seinen Träumen riss. Dann lebte er auf und grub sein Gesicht in puscheliges Hundefell.

Dieser Stimmungsumschwung war total irritierend.

Als die Hunde zu ihrem Nachmittagsspaziergang aufbrachen, tat mir jeder Knochen im Körper weh. Ich wollte Tee, ich brauchte ein Nickerchen, da steckte Ashton seinen Kopf zur Tür rein und grinste mich an.

»Du siehst aus, als könntest du eine Pause gebrauchen«, sagte er. »Komm mit.«

Ich machte einen Schritt, dann zögerte ich. »Wohin?«

»Vertrau mir.«

»Warum?«

Er blinzelte – mit diesen Augen! – und drehte seinen Charme voll auf. »Bitte?«

Verdammt noch mal.

»Leg dich hin und mach die Augen zu«, sagte er, als wir einen hellen Raum in der hintersten Ecke von Doggie Town betraten.

»Wie bitte?«

»Vertrau mir«, wiederholte er.

Und ich legte mich tatsächlich auf den Boden. Aber natürlich nur, weil ich sehr müde war.

Wenn ich mir das nur immer wieder sagte, würde es irgendwann wahr werden.

»Sich drauf einzulassen, ist der Schlüssel.« Ashtons Stimme kam von oben. »Lass dich auf das ein, was nun passieren wird.«

Wo zum Teufel war ich hier reingeraten? »Und das wäre was genau?«

»Psst.« Und plötzlich überrollte mich ein Sturm aus kleinen Pfoten, nassen Nasen und Welpenatem. Ich kreischte und machte die Augen auf, und da war Ashton, neben mir, auf dem Boden, mit einem hemmungslos glücklichen Gesicht, während die Welpen von ihm zu mir tobten und ihr kleines Gekläffe durch ganz Doggie Town schrillte.

»Oh mein Gott!« Ich versuchte nicht mal, mein Lachen zu unterdrücken. »Wo kommen die denn her?«

»Sind eben von ihrer Pflegestelle abgegeben worden. Das hier ist der Aufnahmeraum.«

Ich kraulte einen kleinen schwarzen Welpen, der mir in die Nase biss. »Der beste Energieschub aller Zeiten.«

Ashton grinste mich herzzerschmelzend an. Meine Hände zitterten vor Anstrengung, dem zu widerstehen. Ihm zu widerstehen. Aber, Mann, dieser Junge hatte was Verhängnisvolles.

Ich wandte mich ab und konzentrierte mich auf den Welpen, der sich mit einem Plumps und einem Seufzen auf meinem Bauch niedergelassen hatte.

Aber mir war immer noch mehr als bewusst, dass Ashton da lag. Was mochte er denken? Und fühlen?

Ich drehte mich zu ihm um, und er sah mich an, mit einem sanften Lächeln auf den Lippen. Einem, das die schiere Freude in seinen Augen spiegelte. War er so glücklich, weil es das Beste überhaupt war, unter Welpen begraben dazuliegen – oder weil er mit mir hier war?

War das überhaupt wichtig?

Gott, war das schwer.

»Diese kleinen Süßen sind alle zur Adoption freigegeben.« Angelicas megamuntere Stimme brach den Bann. »Ihr bringt sie zur Welpenburg. Da ist alles für sie vorbereitet, aber ich möchte, dass ihr beide ihnen helft, sich in ihrem neuen Zuhause einzuleben.«

»Und wie machen wir das?«, fragte ich.

Sie grinste. »Ganz leicht. Spielt mit ihnen!«

Ashton salutierte, sprang auf und begann, die zappelnden, kläffenden Welpen einzusammeln. »Der beste Tag überhaupt.«

Kopfschüttelnd verließ Angelica den Raum.

»Die Pflicht ruft«, sagte Ashton zu mir.

Und sie rief auch die nächsten drei Stunden immer wieder. Die Welpenburg war riesig, mit Fenstern vom Boden bis zur Decke, durch die Sonnenlicht strömte. Es gab flauschige Hundekörbchen und Gummibälle und Näpfe mit Futter und Wasser. Und Spielzeug. Massenhaft Spielzeug, das sie total vernichten konnten.

Mit den Welpen konnte ich nicht mithalten. Immer wenn ich alle Spielsachen aufgesammelt hatte, waren sie sofort wieder überall im Raum verstreut. Gummifetzen, zerfledderte Plüschfiguren und irgendwelche Quietschtiere bedeckten den Boden. Obendrein waren nicht alle Welpen stubenrein, das Aufwischen nahm also kein Ende. Es war aussichtslos, diese Sache bekam ich nicht in den Griff, ich war kurz davor, völlig zusammenzubrechen und lautstark nach unanständigen Mengen Junkfood zu verlangen.

Aber dann zerfetzte der größte Welpe, ein goldbrauner Süßer namens Darby, eine Stoffmaus und ließ die Überreste in einer gelben Pfütze zurück.

»Ich heul gleich«, wimmerte ich und ließ den Mopp auf den Boden krachen.

Ashton guckte zu mir rüber, sah, worauf ich mit offenem Mund starrte, und brach lachend zusammen. Er wälzte sich auf dem Boden und lachte so sehr, dass seine Wangen rot anliefen. Und er prustete. Er prustete tatsächlich. Da konnte ich mich nicht mehr halten und wir jaulten beide los. Einige der Hunde jaulten mit. Darüber mussten wir noch mehr lachen. Jedes Mal, wenn Ashton und ich uns ansahen, lachten wir von Neuem los.

»Tut mir leid, dass ich scheiße bin«, sagte ich zwischen den Anfällen.

Und da guckte er wieder so zärtlich. »Du bist doch nicht scheiße. Hier bricht jeden Tag alles zusammen. Glaub mir, das liegt nicht an dir.«

»An dir also?«

Ein teuflisches Grinsen. »Du hast mich ertappt.«

Verdammt noch mal, Ashton, lass das mit dem Nettsein. Ich bin wütend auf dich und fest entschlossen, das auch zu bleiben. Ich verschränkte die Arme vor der Brust.

»Was jetzt?«

»Wir warten, bis die Hunde sich beruhigt haben. Dann machen wir noch mal sauber.«

Das hatte ich nicht gemeint. Gar nicht.

Wieder ein tiefer Blick – und dieses Mal störte keine Angelica. Nur eine kalte, nasse Schnauze, die sich in mein Ohr bohrte. Ich kreischte und sprang auf. Froh darüber, einen Grund zu haben, von Ashton wegzukommen. Um mich zu zentrieren. Zu atmen. Dieses Auf und Ab forderte seinen Tribut und ich musste mich sortieren. Und zwar sofort. »Gib mir mehr Papiertücher.«

Um vier war ich erschöpft und voller Hundehaare, aber glücklich. Denn, ganz ehrlich, wenn man den ganzen Tag mit Hunden spielt, kann man unmöglich traurig bleiben. Und jetzt durfte ich nach Hause gehen, ein Schaumbad nehmen und Ashton-frei leben bis Montag. Oder Dienstag, wenn ich so richtig Glück hatte.

Tja …

Als ich beim Händewaschen war, stand er hinter mir. »Hattest du einen guten Tag?«

Warum konnte er nicht ganz klar ein Arsch sein? Dann wäre es so viel leichter, ihn zu hassen. Aber nein, er musste nett sein. Er war immer nett gewesen. Vielleicht war das Teil des Problems

Manchmal war *nett* nicht genug.

Ich richtete mich ganz gerade auf. »War okay.«

Er nickte, stellte sich neben mich und wusch sich auch die Hände.

Mit der Stille wuchs die Befangenheit. Ich schüttelte die Wassertröpfchen von den Händen und erstarrte entsetzt, als mein Magen beschloss, mit lautem Knurren die Spannung zu durchbrechen. Ashton klappte der Mund auf, dann ging ein Grinsen über sein Gesicht.

Voll konzentriert trocknete ich mir die Hände ab. Aber ich spürte seinen Blick auf mir. Einen Blick, der mich anflehte. Mich anzog. Beinahe gegen meinen Willen schaute ich zu ihm. Er beobachtete mich mit irgendwie nachdenklicher Miene, ließ aber kein anderes Gefühl erkennen.

»Wir können nicht einfach …« Ich schüttelte den Kopf.

»Ich weiß.« Er zog am Reißverschluss seiner Jacke. »Aber ich würde gerne damit anfangen, dich zum Essen einzuladen.«

»Das musst du nicht.«

»Das *möchte* ich.«

Im Kopf zählte ich bis fünf. Sagte mir, dass ich einen Riesenfehler machte.

Und sagte: »Okay.«

9. Kapitel

AUF DEM PARKPLATZ WAR SCHON DEUTLICH DIESE SCHÄRFE in der Luft zu spüren, jene klare Frische, die ankündigte, dass die Zeit fürs Apfelpflücken näher rückte. Geruch nach brennendem Laub kitzelte meine Nase und erinnerte mich an Kürbislaternen, heißen Apfelpunsch und gemütliche Abende vor dem Kamin.

»Das ist dein Auto?« Wir waren vor einem schwarzen Porsche *Panamera* stehen geblieben.

Er warf mir einen verstörten Blick zu. »Hast du es denn noch nie gesehen?«

»Wir sind immer nur zu Fuß gegangen oder mit dem Rad am Strand langgefahren.«

Er hielt mir die Tür auf und eine Hitzewelle sengte mir beinahe die Augenbrauen weg. Da hatte jemand offenbar den ganzen Tag in der Sonne geparkt. »Du hast recht. Wir haben tausend Spaziergänge gemacht in dem Sommer.«

Dem Sommer.

Normalerweise hätte ich mich über dieses Luxusfahrzeug mit den Ledersitzen, dem blanken Holz des Armaturenbretts und seinem Geruch nach sauberem Auto ausgelassen. Aber dazu war ich gerade zu nervös, ich nagte an den Fingernägeln, und die Konturen unserer kleinen Innenstadt verschwammen im Vorbeifahren vor meinen Augen. Ich atmete immer wieder tief durch, um mein rasendes Herz zu beruhigen und meine rosa verfärbten Wangen zu kühlen.

»Ist Fast Food okay?«, wollte Ashton wissen. »Mir ist nach Fritten.«

Schnell und einfach. Toll. »Klingt gut.«

Wir hielten vor einem Burgerladen. »Mir ist es sogar egal, dass ich nach Hundehaaren rieche«, sagte er. »Ich möchte drinnen essen. Ist das in Ordnung?«

»Das geht klar. Ich hab was gegen das Drive-through.«

Wir bestellten Burger, Fritten und Apfeltaschen. Mein Magen knurrte wieder, dafür erntete ich ein spöttisches Grinsen. »Dein Magen will zur Sache kommen«, sagte er mit einem Zwinkern.

»Der verzichtet nicht so gern auf Mahlzeiten. Oder Zwischenmahlzeiten. Oder Süßigkeiten.«

»Wie schade, dass ich das nicht gewusst habe. Sonst hätte ich dir vorhin was von meinen M&Ms abgegeben.«

»Du hättest mir auf jeden Fall welche abgeben sollen, Raffzahn.«

»Tut mir leid. Die mag ich am liebsten.«

Na klar. Er war ganz wild auf Süßes. Wie hatte ich das vergessen können? Das war eine unserer großen Gemeinsamkeiten. Wir hatten so viele Abende am Strand verbracht, an denen wir Eis, Spritzgebäck oder Zuckerwatte verschlungen und dann in einem Zuckerrausch rumgemacht hatten.

Konzentrier dich.

»Ich besorge Ketchup und Servietten«, murmelte ich.

Als ich mir schließlich etwas zu trinken und die Würzsoßen geholt hatte, stand Ashton schon mit dem Tablett voll heißem Essen neben mir. Wir suchten uns einen Tisch und ich rutschte in die Nische ihm gegenüber.

Das Auswickeln der Burger erforderte alle Aufmerksamkeit. Das Salzen der Fritten und die Suche nach versprengten Zwiebeln ebenfalls.

Letzteres tat vielleicht nur ich.

»Dev, das hat Spaß gemacht, heute mit dir zu arbeiten.«

Mir auch. Aber das musste er nicht wissen. Er musste nicht wissen, dass mein Herz und mein Hirn sich in einem Tornado widersprüchlicher Gefühle befanden. Wut. Verlangen. Blinde Raserei. Lust. Ich klammerte mich an meinen Fruchtpunschbecher und versuchte, nicht zu fest zuzudrücken.

»Fand ich auch«, sagte ich schließlich.

Er lächelte mich ein bisschen an. »Manchmal bist du so förmlich.«

Ich lockerte den Griff um den Pappbecher. »Ich weiß nicht recht, wie ich mich in deiner Gegenwart benehmen soll.«

»Gehst du mir deshalb aus dem Weg?«

»Ja.« Ich fummelte mit meinem Strohhalm herum. »Du bist schlecht für meine Zurechnungsfähigkeit.«

Das Lächeln verblasste.

»War ein Witz«, sagte ich.

Aber nicht wirklich.

Eine Weile schwiegen wir.

»Ist das irgendwie seltsam?«

»Eindeutig seltsam.«

Wir verstummten wieder.

Diese Stille brachte mich um. Also plapperte ich das Erste

aus, das mir in den Sinn kam. »Du warst gestern nicht in der Schule.«

Na toll. Warum musste ich gerade das sagen? Jetzt hielt er mich wahrscheinlich für eine Stalkerin.

Er schaute auf sein Essen. »Mir geht so viel durch den Kopf.«

Ich hätte nicht drauf eingehen sollen. Stattdessen zog ich eine Fritte durch den Ketchup und holte tief Luft. »Willst du drüber reden?«

Er zögerte, dann sah er mir in die Augen. »Ich will das nicht bei dir abladen.«

»Ist alles in Ordnung?«

»Keine Ahnung.« Dann war er ganz lange still. Seine Finger glitten über die Tischplatte, hin und her. Sein Gesicht verriet mir, dass er mit den Gedanken Lichtjahre weit weg war und dass es da, wo immer er auch sein mochte, nicht schön war.

Mein Herz tat weh, ich wollte ihn trösten. Wollte unbedingt dieses nervtötende herzzerschmelzende Grinsen von vorhin zurückholen.

Meine Haut tat weh, ich wollte ihn warm und weich an mir spüren.

Mein Hirn tat weh. Was in aller Welt machte ich hier eigentlich?

»Ashton«, sagte ich leise. »Wo bist du?«

Die schiere Verletzlichkeit in seinen Augen hätte mich fast umgehauen. »Fühlst du dich auch manchmal überfordert? Von allem?«

Ich dachte an die emotionale Achterbahn, für die ich gerade eine Dauerkarte hatte. »Immerzu.«

»Dann verstehst du es.« Seine Finger kamen zur Ruhe und

er lächelte mich wieder ein bisschen an. »Das hast du immer getan. Mehr als irgendjemand sonst.«

Du bist sauer auf ihn, Devon. Wütend. Bleib stark! Dieser Junge hatte mich so was von hängen lassen, warum versuchte ich nur, ihn dazu zu bringen, sich mir zu öffnen? Logisch war das nicht.

»Erzähl's mir«, sagte ich.

Er vergrub den Kopf zwischen seinen Händen, dann nuschelte er leise vor sich hin.

Ich lehnte mich über den Tisch. »Das konnte ich nicht hören.«

Er schüttelte den Kopf. »Es ist so verkackt.«

Ich hätte schwören können, dass er gesagt hatte: Ich bin so verkackt.

Er knüllte die Verpackung von seinem Burger zusammen und zerdrückte sie in der Faust. »Mein Vater sagt, er sei *am Ende seiner Weisheit* mit mir. Ich müsse mich zusammennehmen. Offenbar hab ich noch eine letzte Chance, ehe ich auf die Militärschule verfrachtet werde.«

»*Militärschule?*«

»Ich will die ja gar nicht schlechtmachen oder so. Aber ich kenne mich. Das würde mich umbringen.« Sein Gesichtsausdruck wechselte von gequält zu nachdenklich. »Vielleicht sollte ich da hingehen.«

»Und dich umbringen lassen?«

Er zuckte mit den Schultern. »Ist wahrscheinlich leichter, als es selber zu machen.«

Ich ließ mein letztes Stück Burger fallen. »*Was?*«

Er schüttelte den Kopf. »Nichts. War blöd von mir. Beachte mich gar nicht.«

Ja, prima. Nichts leichter als das jetzt.

»Ashton, muss ich mir Sorgen um dich machen?«

»Nein. Wie gesagt, war blöd von mir.

Ich dachte nach. Die Sache war so: Immer noch kamen mir ständig Erinnerungen aus jenem Sommer in den Sinn, als er Sachen gesagt hatte, die ein bisschen komisch gewesen waren. So wie einmal, als er mit seinem Dad aneinandergeraten war und gesagt hatte: »Wahrscheinlich wäre er froh, wenn ich gar nicht da wäre.« Und: »Ich muss einfach einen Schlussstrich ziehen.« Das hatte ich so aufgefasst, als brauche Ashton einfach mal eine Weile Abstand von seiner Familie. Und alles wäre gut mit ihm, sobald er sich beruhigt hatte. Aber wenn er jetzt immer noch so redete … dann steckte vielleicht mehr dahinter.

Ich wollte ihm das alles gern aus der Nase ziehen, aber mir stand es nicht zu, ihn zu bedrängen.

»Ich wünschte, du würdest nicht so von dir reden«, sagte ich leise.

»Ich wünschte, ich würde nicht so von mir denken, aber so ist es nun mal.« Er drückte die geballte Faust fest auf den Tisch. »Wir sollten von was anderem reden. Wie ist dein Essen?«

Der plötzliche Themenwechsel brachte mich durcheinander. »Äh, was?«

»Dein Essen. Schmeckt es?«

Ich nahm meinen Burger wieder in die Hand. »Was soll ich sagen. Es ist Fast Food.«

Seine Hand entspannte sich. »In Frankreich haben wir auch Fast Food gegessen, aber das war nicht so herrlich beschissen wie hier.«

»Du bist in Frankreich gewesen?«

Er brach seine Apfeltasche mitten durch und nickte. »Im letzten Jahr bin ich da zur Schule gegangen. Das war schön, weil ich in den Ferien meine Oma besuchen konnte, statt nach Hause zu fahren. Sie lebt in Monaco.«

Ich grinste. »Wahrscheinlich hast du jede Menge Mist gemacht.«

Jetzt lächelte er richtig. »Erstaunlich wenig. Als ich klein war, hab ich sie gar nicht gern besucht. Was nicht zu begreifen ist, weil sie mich total verwöhnt hat. Aber ich glaub, für mich fühlte sich das viel zu sehr so an, als ob meine Eltern mich nur weggeschickt hatten, weil sie mich nicht um sich haben wollten. Und das ist ein ganz schön beschissenes Gefühl. Aber dann wurde mir klar, wie toll Oma ist. Ich bin echt gern mit ihr zusammen. Mit ihr rede ich über alles.«

Das Lächeln wich einem Stirnrunzeln. »Wie kommt es, dass wir schon wieder von mir reden? Gott, ich bin ein Megaarsch.«

»Irgendwie bist du faszinierend«, gestand ich ein.

Er schnaubte höhnisch. »Echt nicht. Nicht mal ein kleines bisschen. Du bist die Faszinierende. Beschäftigst du dich noch immer mit deinen Sternen?«

»Immerzu.«

»Toll. Dass du all diese Bilder und Geschichten am Himmel siehst, mag ich so gern. Das ist absolut großartig. An dem Abend damals zum Beispiel, als du mir von diesem einen Stern erzählt hast. Arc...?«

»Arcturus.«

Sein Gesicht entspannte sich, er lächelte wehmütig. »Daran erinnere ich mich.«

Ich erinnerte mich auch. Das war so eine magische Nacht gewesen. Ein Bananenmond. In der Luft lag der Geruch von Salzwasser. Und als die Flut kam, spülten uns die kalten Wellen über die Füße. Er hatte mir Millionen Fragen über den Mond und die Gezeiten gestellt, und dann wollte er, dass ich ihm meine Lieblingssterne zeige. Ich hatte seine Hand genommen und auf Arcturus gezeigt – aber er hatte nicht zum Himmel geschaut.

Er hatte mich angesehen.

Er hatte mich angesehen, als ob er für nichts anderes Augen hätte. Als ob ich das Einzige war, das existierte, und er nicht genug von mir kriegen könnte. Dann hatte er ganz leicht an meiner Hand gezogen, sodass ich gegen ihn fiel. Ich konnte fühlen, wie sein Herz schlug, seinen warmen Atem an meinen Lippen spüren. Und dann seine Lippen auf meinen.

Unser erster Kuss.

»Das war ein guter Abend«, sagte Ashton leise.

Ich blinzelte langsam und kam zögernd wieder zurück ins Restaurant. Ins Jetzt. »Ja. Stimmt.«

Er schaute auf meinen Mund mit einem Blick, der den stoischsten Stoiker aus der Bahn geworfen hätte. Die Art Blick, die Flammen im meinem Bauch auflodern ließ und meine Finger zum Zittern brachte.

Er schüttelte den Kopf ein wenig, so als würde er aus einer Trance erwachen, und sagte: »Ich finde es toll, dass du solche Sachen weißt. Über die Sterne. Das gehört zu den Dingen, die ich am liebsten an dir mag.«

Und wenn er so was sagte … war es schwer, weiterhin stinkwütend auf ihn zu sein.

»Aber stell mir bloß keine Testfragen. Ich weiß nichts mehr. Es ist lange her«, sagte er. Und mit Wucht kam der ganze Schmerz wieder zurück.

»Das ist nicht meine Schuld«, sagte ich leise.

»Ich weiß.« Er guckte auf die Tischplatte. »Unser Sommer hätte nicht so enden sollen.«

»Hat er aber.«

»Und dafür hasse ich mich«, sagte er und sah dabei völlig niedergeschmettert aus.

Hierherzukommen war eindeutig ein Fehler gewesen. Ich wusste nicht mal, was ich damit bezweckt hatte. Sollte ich jetzt Mitgefühl mit ihm haben? Mir Sorgen um ihn machen? Aber nein. Er *sollte* Schuldgefühle haben, meinetwegen. *Ich* bin diejenige, die ein Jahr lang nicht wusste, woran sie war, und sich immerzu gefragt hatte, wo zum Teufel er wohl steckte, während ich hier war. Genau hier.

»Warum hast du mich verlassen?« Meine Augen brannten, mein Hals auch, aber ich musste es wissen.

»Ich wollte das nicht.«

»Das hab ich nicht gefragt.«

Er guckte auf das zerknüllte Papier. »Dieses Gespräch möchte ich hier nicht führen.«

»Dann lass uns dazu irgendwo anders hingehen.«

Er nickte und nahm das Tablett. »Na, dann komm.«

10. Kapitel

»DANKE FÜR DAS ESSEN«, SAGTE ICH.

»War doch selbstverständlich.« Er startete das Auto. »Ich sitze gern mit dir zusammen.«

»Ich auch mit dir.«

Unsere Blicke trafen sich. Und obwohl alle Alarmglocken in meinem Kopf schrillten, guckte ich nicht weg. Ich erlaubte mir, die Konturen seines Gesichts zu betrachten. Die Tiefe seiner Augen. Die leichte Röte seiner Wangen.

Ich wollte ihn küssen, *so, so sehr.*

Ich klammerte mich an meinen Kettenanhänger. »Wir müssen reden.«

»Ich weiß«, sagte er ernst. »Lass uns zu mir fahren. Da sind wir ungestört.«

Genau *da* hätte ich mich nach Hause fahren lassen sollen. Noch besser wäre es gewesen, meiner Mom eine SMS zu schicken und sie zu bitten, mich abzuholen, damit ich so schnell wie möglich von ihm wegkam. Er hatte sich verändert. Ganz bestimmt steckte ganz tief drinnen noch irgendwo mein unglaublicher Freund, der mich mit Picknicks am Strand überrascht hatte und bei albernen Spielen auf der Promenade Plüschtiere für mich gewann. Aber jetzt dämpfte etwas Finsteres seine Sorglosigkeit. Jetzt war er ein Hurrikan, hinter seinen Augen lauerte Schmerz, und unheimliche Sätze kamen ihm über die Lippen.

Wie die über die Militärschule. Und das Gerede übers Ausrasten.

Ich wusste nicht, was ich davon halten sollte.

Die Spannung ließ die knappe Viertelstunde Fahrt viel länger erscheinen. Nach einer gefühlten Ewigkeit steuerten wir auf ein umzäuntes Anwesen zu, das allein lag und nicht Teil eines Villenviertels war.

Die Villa der Gründer. Ein Wahrzeichen unserer kleinen, hübschen Stadt. Das georgianische Backsteingebäude war riesig und einschüchternd, mit Fensterläden vor den Mansardenfenstern und manikürten Rasenflächen. Perfekt kugelig getrimmte Buchsbaumbüsche standen links und rechts vom Säulenvorbau und rosa Chrysanthemen blühten in einheitlich gestalteten Blumenbeeten. Die Auffahrt führte um einen dreistöckigen weißen Springbrunnen herum. Daran fuhr Ashton vorbei und weiter, hinters Haus.

Die Villa des Gründers. Denn selbstverständlich hätte ich mich in jemanden verlieben müssen, der zu den bedeutendsten Personen der Stadt gehörte.

Ashton parkte in einer Garage voller Luxusautos, dann gingen wir durch die Küche ins Haus. Die hätte das Set einer Kochshow sein können. Blitzende Edelstahlarmaturen. Jede Menge Arbeitsflächen. Auf der Kochinsel eine Schale mit frischem Obst. Fürs Kochen hatte ich nichts übrig, aber hätte ich so eine Küche, wäre ich durchaus bereit, damit anzufangen.

»Meine bescheidene Behausung«, sagte er, als ich versuchte den Mund wieder zuzuklappen.

»Bescheiden, hmh«, erwiderte ich. »Hab ich da draußen einen Maserati gesehen?«

»Das hast du. Und ich weiß, dieses ist Haus aberwitzig. Wir wohnen hier nur zu dritt.« Er sah mich aufmerksam an. »Du interessierst dich für Autos, oder?«

»Ich mag die ausländischen, die schönen, schnellen.«

Er nickte. »Mein Vater auch. Du müsstest mal unsere andere Garage sehen.

Die *andere* Garage. Mannomann.

Er machte den *Sub-Zero*-Kühlschrank auf und warf einen Blick hinein. »Kann ich dir was zu trinken anbieten?«

»Wasser, bitte«, sagte ich. Mein Mund war plötzlich so trocken.

»Kommt sofort.« Er holte zwei Smartwater raus und reichte mir eins.

»Danke. Wo sind deine Eltern?«

Er verzog das Gesicht. »Mein Vater ist geschäftlich unterwegs und meine Mutter auf irgendeiner D-O-R-Sitzung. Oder vielleicht auch D-A-R. Daughters of the Revolution oder so was.«

Jetzt verzog ich das Gesicht.

Er lächelte mich schwach an. »Ja, das trifft es. Komm, wir setzen uns in den Garten.«

»Keine Führung?«

Er warf seine Jacke auf die Arbeitsfläche. »Mach ich, wenn du das wirklich willst, aber ich bin lausig als Führer.«

»War nicht ernst gemeint.« War es doch. Ich wollte mir dieses Haus echt gern genauer ansehen.

In den Garten verliebte ich mich sofort. Der sah aus, als gehöre er zu einem englischen Herrenhaus, inklusive Statuen und Bänken, Vogelbädern und Schmetterlingen. Dicke Hummeln summten um Margueriten herum und der Duft von Rosen hing in der Luft. In meinem Hals kratzte es sofort, aber ich war so verzückt von ihrer Schönheit, dass es mir nichts ausmachte.

Dann fiel mir wieder ein, warum ich hier war. Schon stand ich erneut unter Vollspannung und war mir plötzlich gar nicht so sicher, ob ich überhaupt irgendwelche Erklärungen hören wollte.

»Ashton. Sind das da Schwäne?«

Er guckte gequält. »War so eine Idee meiner Mutter. Geh nicht in ihre Nähe. Die sind total fies.«

Ich warf ihm einen Blick zu. »Du sprichst offenbar aus Erfahrung.«

»Die mögen es nicht, wenn man versucht sie zu streicheln. Und sie rasten aus, wenn man sie auf den Arm nehmen will.«

Ich musste grinsen. »Du wolltest einen Schwan auf den Arm nehmen?«

»Ja, nur zu, lach über meinen Schmerz.« Er fasste sich ans Herz.

»Tut mir leid, aber die Vorstellung, wie du mit einem dieser Dinger da ringst, ist einfach zu viel für mich.«

»Ich war im Arsch. Mehr nicht.«

Wieder schaute ich zum Teich. Die Schwäne – ganz weiß, bis auf die schwarzen Schnäbel – glitten friedlich dahin. Trompetenschwäne. Wie reich musste man sein, um Trompetenschwäne zu besitzen? »Wie heißen sie?«

»Freddie und Flossie.«

»Nach den Bobbsey-Zwillingen?«

Er nickte. »Genau.«

»Hast du sie getauft?«

»Hab ich. Vielleicht hassen sie mich deshalb so sehr«, sagte er nachdenklich. »Vielleicht hätte ich sie Edgar und Agnes nennen sollen.«

»Wie kommst du gerade darauf?«

»Klingt doch schrullig und schlecht gelaunt, passt zu ihnen.«

Ich schüttelte den Kopf. »Das Haus ist wirklich unglaublich. Was macht deine Familie bloß mit so viel Platz?«

»Füllt ihn mit nutzlosem Mist.« Er zuckte mit den Schultern. »Meine Mutter liebt Antiquitäten. Das Haus ist seit Generationen im Familienbesitz.«

Die *Preston Academy* war vor 235 Jahren gegründet worden, Ashtons Familie musste es also schon lange davor gegeben haben. Wow. Was für ein Erbe.

»Meine Vorfahren wollten was Beeindruckendes und Repräsentatives für sich haben«, fügte er hinzu.

»Haben sie gekriegt, auf alle Fälle.«

»Ist nicht so leicht, dem gerecht zu werden«, sagte er leise, sein Lächeln war wie weggeblasen. »Komm, setz dich.«

Wir setzten uns auf eine graue Steinbank, die halb versteckt hinter einem riesigen Zuckerahorn stand. Weit genug weg von den Rosen, sodass meine Allergie nicht so richtig aufflammte, aber doch so nah, dass ich ihre Schönheit genießen konnte.

Allerdings beachtete ich die Blumen nicht so sehr. Mir schwirrte der Kopf. Diese Vertrautheit! Wie wir schließlich wieder in das entspannte Muster jenes Sommers gefunden hatten … All das gaukelte mir ein falsches Gefühl von Sicherheit vor.

Und jetzt wollte jede Zelle meines Körpers Ashton so nah wie möglich sein. Gott, das war so frustrierend. Dieses Auf und Ab und Hin und Her. Kein Wunder, dass ich derart geladen war, schon bei der kleinsten Berührung könnte ich hochgehen. Mit einem Schluck Wasser bekämpfte ich die Hitze, die in mir brodelte. Dies hier war die perfekte Kulisse, um da weiterzumachen, wo wir in jenem heißen Sommer aufgehört hatten.

Aber ich musste stark sein.

Ich nahm noch einen Schluck Wasser.

Ashton stupste meinen Fuß an. Seine dunkelbraunen Seglerschuhe stießen an meine schwarzen Chucks. »Hey.«

Ich richtete mich kerzengerade auf. Und wartete.

Sein Blick wurde sanfter. »Ich kann es immer noch nicht glauben. Nach so langer Zeit sitzt du endlich in meinem Garten. Ich hätte nie gedacht, dass ich dich wiedersehe.«

»Ja. Was war das eigentlich?«

»Was war das eigentlich?«, wiederholte er. Dann rieb er sich den Nacken. Und starrte dann für eine gefühlte Ewigkeit auf seine Schuhe.

»Ashton. Erzähl es mir einfach.«

»Es ist kompliziert.«

»Ich glaub, ich kann dir folgen.«

Er nickte. Dann stieß er einen zu Tode erschöpften Seufzer aus. »Also, meine Familie. Da wäre ziemlich viel Geschichte. Und ein Stammbaum ... Meine Mutter redet andauernd davon, dass wir in unseren Kreisen bleiben müssen«, seine Stimme wurde immer leiser und war fast nicht mehr zu verstehen, weil es ihm so peinlich war, »und unter unseresgleichen.«

Stille. Dann: »Deine Eltern mochten mich nicht?«

»Mutter mochte dich schon.« Sein Gesicht wurde langsam knallrot, er fuhr sich mit den Fingern durch die Haare. »Meine Eltern. Sie sind altmodisch und konservativ. Du wärst ja nett, haben sie gesagt, aber für unsere Familie nicht passend.«

Ich bekam den Mund kaum wieder zu. »Du willst damit sagen, ich war nicht Weiß genug?«

Er sog die Luft scharf ein, sein Gesicht glühte. »Meine Mutter dachte, ich würde herumexperimentieren. Sie meinte, sie habe so was erwartet. Aber ich war mit dir ins Strandhaus gekommen. Mehrmals. Und da dämmerte ihr, dass du kein kleiner Flirt warst. Und da fing der ganze Scheiß an.«

Es verschlug mir den Atem. »Experimentieren? Was soll *das* denn heißen?«

Er guckte mich gequält an. »Muss ich es wirklich aussprechen. Ich will das nämlich nicht. Ich will das nicht mal denken.«

Und dann kapierte ich es. Experimentieren. Ein bisschen von der frivolen, verbotenen Frucht probieren, ehe man sich mit der gesellschaftlich akzeptablen WASP-Prinzessin niederließ zu einem lebenslang währenden versnobten Traum in Schneeweiß.

Ich wünschte, ich könnte sagen, dass mich das überraschte, aber ich wusste Bescheid. Eine exklusive Privatschule besucht man nicht als People-of-Color-Stipendiatin, ohne etwas über die Politik des Alten Geldes zu lernen. Den Reichtum von Generationen. Vermächtnisse, die ganze Städte und Industrien aufgebaut hatten. Und Schulen.

Macht, Geld, Kontrolle. *Mein* Erbe sah anders aus. Meins

waren Campingausflüge, auf denen wir uns in einem winzigen Zelt zusammenkuschelten, während Dad uns Gespenstergeschichten erzählte, die nicht mal ansatzweise gruselig waren. Spaghettiessen, bis man nur noch auf allen vieren vom Küchentisch wegkriechen konnte. Eine Mutter, die Millionen-Villen verkaufen konnte, aber niemals selber eine besitzen würde. Eine, die mit ihrem stillen Stolz und ihrer Stärke meine ganze Familie umhüllte. Ein Vater, der süchtig war nach *Nestlé Crunch*-Schokoriegeln, sich *Riverdance* anschaute und versuchte, die Schritte nachzumachen, wenn er sich unbeobachtet glaubte. Der bis zum Umfallen arbeitete, damit ich mich auf meine Vorbereitungen konzentrieren konnte, statt nach dem Unterricht irgendwo jobben zu gehen. Eltern, die nie verlangen würden, dass ich eine Wahl traf zwischen Familienpolitik und jemandem, den ich liebte.

Solche Sachen spielten keine Rolle in Ashtons Welt. Da war wohl vor allem der schöne Schein wichtig. Und reinen Blutes zu sein. Na ja, ich hatte ernsthafte Zweifel daran, dass in meinen Adern blaues Blut floss. Mein Vater war zu 100 Prozent Ire. Meine Mutter zu 100 Prozent Schwarz. Und ich? Offenbar nicht gut genug für Ashtons Familie.

Erstaunt war ich nicht, es tat trotzdem höllisch weh.

»Ich bin nicht stolz drauf«, sagte Ashton. »Auf nichts davon. Und ich hab es noch schlimmer gemacht. Statt ihnen die Meinung zu sagen, bin ich abgehauen.«

»Warum?«

»Mein Vater ist die ultimative Autorität. Wenn er redet, hört man zu. Man tut, was er sagt – und sieht zu, dass man ihm nicht in die Quere kommt.« Ashtons Miene versteinerte. »Er macht mir eine Höllenangst, Devon, also hab ich's getan.

Statt zu dir zu stehen, statt offen mit dir zu reden, bin ich geflüchtet.«

»Ja. Das bist du.«

Er wandte sich nicht ab. Irgendwie wirkte er fokussierter. Intensiver. »Worte können nicht ausdrücken, wie leid es mir tut. Aber du würdest sie sowieso nicht hören wollen.«

»Also, ich würde sie schon gern hören«, gestand ich.

Ein kleines Lächeln, dann wurde er ernst. »Du hast diesen Sommer für mich so gut gemacht und ich hab dir dafür auf die denkbar mieseste Art gedankt.«

»Ich habe auf dich gewartet«, sagte ich leise. »Ich habe Stunden da gesessen.«

»Oh.« Er holte noch mal tief Luft. »Ich bin scheiße. Mein Gott, bin ich scheiße. Devon, ich hab nicht die leiseste Ahnung, wie ich das je wiedergutmachen kann.«

»Ich könnte dir in den Arsch treten, das wäre ein Anfang.«

Er zog eine Augenbraue hoch. »Du willst mir in den Arsch treten?«

»Ich will dir so wehtun, wie du mir wehgetan hast.«

Er zuckte zusammen. »Das hab ich verdient.«

Ich spürte den Schmerz wieder überall. Nicht so sehr wegen der Rassismussache. Achtzehn Jahre täglich mit Mikroaggressionen konfrontiert zu sein, hatte mich auf eine Art abstumpfen lassen. Aber die Lügen seiner Mutter. Ihre Falschheit. Dass sie mir ins Gesicht gelächelt hatte, während sie Gott weiß was über mich, meine Familie, meine Herkunft gedacht hatte. So ein heuchlerischer Scheiß. Und ich wusste nicht, ob ich ihr das vergeben konnte.

Ich wusste nicht mal, was das eigentlich für Gefühle waren, die gerade in mir tobten. Es war zu viel. Und nicht genug.

»Warum hast du mich hierhergebracht?«, fragte ich. »Sollte ich sehen, wofür ich nicht gut genug bin?«

»Nein! Devon!«

»Ich sitze hier in diesem wunderbaren Garten mit Blick auf dein wunderschönes Haus, und ich weiß nun, dass da Leute wohnen, die der Meinung sind, dass ich nicht gut genug bin, weil ich nicht in der richtigen Farbe zur Welt gekommen bin und mein Konto nicht die passende Dimension hat. Hast du eine Ahnung, wie beschissen sich das anfühlt?«

»Meine Eltern sind scheiße«, zischte er. »Ich schäme mich, zu dieser sogenannten Familie zu gehören.«

»Es ist *deine* Familie.«

Sein Gesicht verfinsterte sich wieder. »Ich bin nicht wie sie.«

»Tut mir leid, aber das nehme ich dir jetzt nicht ab.«

Er stöhnte und rieb sich das Gesicht. »Kann ich dir nicht vorwerfen.« Dann sah er mich wieder an, ganz direkt. Ganz offen. »Du hast mir jeden Tag gefehlt. Ich habe jede Nacht von dir geträumt.«

Ich zog die Augenbrauen hoch.

»Na ja, manchmal hatte ich auch Träume von Zombie-Osterhasen oder riesigen Bohnenranken, aber das ist Nebensache.«

Ich starrte ihn an. War das etwa ein Witz? Jetzt? Aber, nein. Um seine Augen herum war nicht das kleinste Fältchen zu sehen.

»Beim Aufwachen hab ich immer gedacht, du wärst da«, fuhr er fort. »Ich wollte dich unheimlich gern berühren. Feststellen, dass du wirklich bei mir bist. Aber das warst du nie.«

»Ich bin jetzt hier«, sagte ich mit wackliger Stimme.

»Und du trägst die Halskette, die ich dir geschenkt habe.« Er streckte die Hand nach dem Anhänger aus, zog sie dann aber wieder etwas zurück. »Ich will dich immer noch berühren.«

In seinen Augen war das Verlangen zu sehen, es war nicht zu missdeuten. Das war der Blick, mit dem er mich angesehen hatte, bevor er mich zum ersten Mal geküsst hatte. So, als würde er glauben, dass ich die Sterne, die ich so liebte, selbst am Himmel aufgehängt hätte. Dieser Blick konnte meine ganze Wut langsam schmelzen lassen und meinen Frust dämpfen, sodass alles bis auf das Hier und Jetzt in Vergessenheit geriet.

»Was hindert dich?«, fragte ich.

Lange Pause. Dann ein ganz neuer Gesichtsausdruck. Herzzerreißend, aber nicht so herzzerreißend wie das, was ihm über die Lippen kam. »Ich habe eine Freundin.«

Scheiße. Nein. Meine Hände schnellten vor, um ihn wegzuschubsen, aber er packte meine Handgelenke und hielt mich zurück.

»Lass mich los.«

»Devon.«

Meine Hände ballten sich zu Fäusten. Wenn ich meinen Blick darauf fokussierte, brannten die Augen nicht mehr. »Lass mich los!«

Selbstverständlich hatte er eine Freundin. War doch klar. Ich wollte irgendwas werfen. Am liebsten ihn.

»Ich bin weggegangen«, sagte er. »Und selbst wenn ich hätte hoffen dürfen, dich wiederzufinden … warum solltest du mich *danach* noch haben wollen?«

Mit einem Ruck befreite ich meine Handgelenke. »Du hast nicht mal versucht mich zu finden!«

Er erstarrte. »Das ist nicht wahr.«

»Noch mal: Tut mir leid, das nehm ich dir nicht ab.«

»Du bist diejenige, die keine sozialen Medien nutzt.«

Eine Chance hatte dieser Junge jetzt noch, ehe ich explodierte. »Wag es ja nicht, mir die Schuld dafür zuzuschieben. Du hattest meine Handynummer. Du hattest meine E-Mail-Adresse.«

»Devon, meine Eltern hatten mir Handy und Computer weggenommen. Sie haben mich gezwungen, meinen E-Mail-Account zu löschen. Irgendwann hab ich neue Geräte gekriegt, aber ich konnte die alten Daten nicht zurückbekommen.«

Ich starrte ihn so durchdringend an, dass er zappelig wurde. »War sie schon deine Freundin, als wir zusammen waren?«

Und jetzt hatte er doch tatsächlich den Nerv, gekränkt zu gucken. »Glaubst du wirklich, das würde ich dir antun?«

»Ich weiß nicht, was ich glauben soll. Ich hab das Gefühl, ich hab dich nie gekannt!«

Das schien ihn zu vernichten. »Du warst der einzige Mensch, der mich gekannt hat.«

»Du hast eine Freundin.«

»Hast du etwa keinen Freund?«

Einatmen … zwei … drei … vier.

Ausatmen … zwei … drei … vier.

Schlag ihm nicht ins Gesicht.

»Erstens: das geht dich nichts an. Zweitens: Was spielt das noch für eine Rolle?«

Er sprang auf und begann, auf und ab zu laufen. »Ich war geschockt, als ich dich am ersten Schultag getroffen habe.

Hat mich total umgehauen. Aber ich dachte mir, ich entschuldige mich und wir gehen getrennte Wege. Dann habe ich die Halskette gesehen. Den Schlüssel zu meinem Herzen.« Er blieb vor mir stehen. »Du trägst sie immer noch.«

Ich strich mit der Hand über die Kette. »Na und?«

Mit gequältem Gesicht schaute er mich an. Dann kapierte ich es.

»Oh.«

Unsere Blicke trafen sich. Dann, mit dem allerkleinsten Nicken: »Ich habe nie aufgehört, Dev.«

Eine Sekunde lang war ich irre glücklich. Dann machte mein Herz eine Bruchlandung. »Aber was ist mit ihr?«

Er ließ sich wieder auf die Bank fallen und vergrub das Gesicht in den Händen. »Rochelle.«

Rochelle. Sie hatte einen Namen. Damit wurde sie real. Und ich hätte wetten mögen, dass sie schön war und reich und Haut in perfektem Elfenbeinton besaß. Mit Rochelle hatten seine Eltern wahrscheinlich kein Problem.

Meine Lippen wollten nicht aufhören zu zittern.

Fuck. Nein. Ich würde nicht weinen. Das kam gar nicht infrage.

Ashton rieb sich die Stirn. »Das mit ihr ... damals war das so ... naheliegend, irgendwie. Ich kenne sie schon ewig, seit wir Kinder waren.«

Und das war's. Wie hätte ich da mithalten können? Sie hatten eine Geschichte. Ich hatte nur einen Sommer.

Schweigend saßen wir da. Bienen flogen von den Margueriten zu den Rosen. Eine leichte Brise wehte durch meine Haare und kitzelte mich an der Nase. Aber immer noch spürte ich nur zu genau, dass er neben mir saß.

Ich atmete ein paar Mal tief durch. Das hier war so was von unfair. Warum musste das so sein? Warum konnte ich ihn nicht haben? Oder wenigstens hassen? Ich machte die Augen zu und kämpfte gegen all die Liebe an, die in mir toste. Ich versuchte, meine Wut zu packen, sie ganz festzuhalten und in meinem Herzen zu vergraben, damit ich nichts Unvernünftiges tat. Vor Anstrengung dröhnte mir der Kopf. Meine Gefühle wurden aus der Umlaufbahn geschleudert und ich hatte Höllenangst abzustürzen.

»Du bist ein Arschloch«, sagte ich. Meine Stimme zitterte. »Ich halte es nicht aus in deiner Nähe.« Jetzt war Stahl in meiner Stimme. Auf keinen Fall würde ich zeigen, dass ich dabei war, auseinanderzufallen.

Sein Blick ließ meinen nicht los. »Ich werde die Sache in Ordnung bringen. Das verspreche ich.«

»Wie? Willst du Rochelle etwa sagen, dass deine alte Flamme von vor zwei Sommern wieder zurück in dein Leben getänzelt ist?«

»Genau das werde ich tun.«

Das würde ich mir nicht länger anhören. »Bring mich nach Hause. Bitte.«

Wir redeten nicht, nur wenn ich ihm Anweisungen zunuschelte, wie er fahren sollte. Es dämmerte, als wir bei mir zu Hause ankamen, die hellsten Sterne waren schon am Himmel. Diese verfluchten Sterne. Seit wann wurden die Wünsche denn wahr, die man an sie richtete! Warum mussten sie ihn zurückbringen? Und warum war mein Wunsch nicht präziser gewesen? Nächstes Mal bringt ihr mir den Jungen bitte ohne die miesen Eltern und die tolle Freundin. Danke schön. Die Freundin. Hat er sich beim Küssen auch ihre Haare um die Finger gewickelt? Wusste sie, dass er oben an seinem rechten Schenkel ein Muttermal hat? Hatte sie ihn da geküsst – so wie ich immer?

Als wir auf die Auffahrt einbogen, wurde die Gardine im Wohnzimmer ein bisschen auseinandergezogen, und die Umrisse von Moms Afro waren zu sehen. Dann ging das Licht auf der Veranda an.

Ich entriegelte die Tür. Dann hielt ich inne. »Schläfst du mit ihr?«

Er starrte aufs Lenkrad, dabei nagte er an der Unterlippe.

»Okay.« Ich stieg aus und knallte die Tür zu.

Es war *nicht* okay.

Ich war nicht okay.

11. Kapitel

OBWOHL ICH SCHON JAHRE IN DEN NACHTHIMMEL STARRTE, entdeckte ich jedes Mal etwas Neues. So war das mit dem Universum. Ich würde nie alles erkunden können. Meistens ging es mir damit ganz gut, denn was auch passierte, hier konnte ich immer meinen Ankerpunkt finden. Das hier war mein Herz, meine Seele, meine Welt.

Beim Sternegucken fokussierte ich jedes Mal auf etwas Neues. Ging ganz darin auf. So wie jetzt. Ich lag auf einem Schlafsack im Garten und suchte den Orion-Nebel.

In Wirklichkeit wollte ich mich von Ashton ablenken, und vom heutigen Abend. Ich wollte den Herzschmerz beenden und mich auf meine Zukunft konzentrieren. Die Sterne. Aber die Erinnerungen waren erbarmungslos, immer wenn es leer wurde in meinem Kopf, schlichen sie sich ein.

Also entschärfte ich meinen Blick, ließ den Himmel zu einem Gemälde von van Gogh verschwimmen und gab mich ihnen hin …

»Hey.« *Piks.* »Hey.« *Piks, piks.*

Ich packte seinen Finger. »Was machst du da?«

Er zeigte zum Himmel. »Welcher Stern ist das da?«

Ich blinzelte ihn an. »Macht dich das an? Wenn du mich in Astronomie testen kannst?«

»Statt was zu tun …?«

»Mich zu küssen?«

Er grinste. »Ich finde, ich sollte wenigstens so tun, als ob ich nicht bloß mit dir abhänge, weil du so heiß bist.«

Ich schubste ihn so heftig, dass er in den Sand fiel. Lachend zog er mich an sich.

»Du hast meine Frage nicht beantwortet«, sagte er.

»Das ist Deneb. Der hellste Stern im Sternbild Schwan. Teil des Sommerdreiecks.«

»Heißt das, im Winter ist er nicht zu sehen?«

»Ja.«

Er runzelte die Stirn. »Mist. Ist nicht zu fassen, dass der Sommer schon vorbei ist, oder?«

»Finde ich auch. Ich hab das Gefühl, ich bin gerade erst angekommen.«

»Die besten zweieinhalb Monate aller Zeiten. Ich freu mich nicht drauf, wieder in mein normales Leben zurückzukehren.«

»Ich schon«, sagte ich. »Astronomie lernt sich nicht von selber, weißt du.«

»Okay, erstens: Das ergibt keinen Sinn. Zweitens: Du bist komisch. Aber das überrascht mich nicht mal. Wie solltest du sonst an diesen Doktortitel kommen?« Er lächelte. »Dr. Devon Kearney. In meinen Ohren wird das immer toll klingen.«

Ich schluckte. »Glaubst du, dass wir uns dann immer noch kennen werden?«

Er wurde still und schaute aufs Meer. »Das hoffe ich sehr.

Mir kommt es schon jetzt so vor, als würde ich dich ewig kennen.«

»Mir geht es genauso. Ist das komisch?«

Er küsste mich auf die Stirn. »Vielleicht. Ist mir aber egal. Als ich dich zum ersten Mal gesehen habe, wusste ich, dass du mir wichtig sein würdest. Und das bist du.«

Ich schaute zu ihm rüber. »Glaubst du an Seelenverwandte oder *Twin Flames*?«

»Ich weiß nicht mal, was das ist.«

»Ashton.« Ich stupste seine Schulter. »Was weißt du eigentlich?«

Er packte meinen Finger und küsste die Spitze. »Ich weiß, dass du jedes Jahr hierherkommst. Du liebst Sushi und Sub-Sandwiches, aber du magst Leute nicht kauen hören. Du hast dir das Geld für dein erstes Teleskop mit Mini-Jobs in der Nachbarschaft verdient. Ich weiß, dass du die Sterne liebst und sie mit nach Hause nehmen würdest, wenn du könntest.«

»Aber das sind alles Sachen, die ich dir erzählt habe. Was weißt du?« Ich legte ihm die Hand auf die Brust. »Hier drinnen.«

Und dann hatte er mich angesehen, als ob er wirklich nie wieder etwas anderes auf der Welt tun wollte, als mich anzuschauen. »Ich weiß, dass sich die Vorstellung, dich nicht jeden Tag zu sehen, einfach falsch anfühlt. Wenn ich in deiner Nähe bin, ergibt nämlich alles irgendwie einen Sinn. Ich weiß, dass du mich dazu bringst, mich auf die Zukunft zu freuen. Dieser Sommer war so perfekt. Mir macht Angst, wie perfekt das war. Und es macht mir Angst, wie sehr … wie sehr ich dich liebe.«

Herzklopfen. Flache Atmung. »Was?«

»Ich verliebe mich in dich.«

Oh. *Wow*. Damit hatte ich nicht gerechnet. Warum, wusste ich nicht. Denn gefühlt hatte ich es. Jedes Mal, wenn ich ihn angeschaut hatte, flatterten Schmetterlinge in meinem Bauch, als wäre alles ganz neu. Jedes Mal, wenn er mich berührte, kribbelte mein Körper so sehr, dass es schon ein Wunder war, dass er keinen Stromschlag bekam. Ich konnte Stunden mit ihm verbringen und es trotzdem noch total aufregend finden, wenn er, zehn Minuten nachdem wir gute Nacht gesagt hatten, anrief oder mir eine SMS schickte. Wenn wir zusammen waren, dann waren wir die beiden einzigen Menschen auf der Welt. Keiner sonst war nötig.

Mir stockte der Atem, als ich sein Gesicht mit zitternden Fingern streichelte, mit dem Daumen an seinen Lippen entlangfuhr. Dann sagte ich: »Ich verliebe mich auch in dich.«

»Ach ja?« Er grinste. »Ich liebe dich. Ich liebe dich. Ich werde es niemals leid sein, das zu sagen.« Er wurde ernst. »Ich liebe dich, Devon.«

»Ich liebe dich auch.«

Und dann küssten wir uns, als sei die ganze Welt verschwunden. Es gab nur noch seine Haut an meiner. Seinen sanften Atem. Sein berauschend süßer salziger Geschmack.

»Ich will nicht, dass das hier zu Ende geht«, murmelte er, »nur weil der Sommer vorbei ist.«

Sommerlieben sollten nur Spaß machen, sie waren heftige Flirts, die unter *Wunderschöne Erinnerungen* abgelegt wurden. Ich kannte niemanden, der mehr daraus machen wollte. Aber mit Ashton … wollte ich, dass es mehr war.

Ich malte ihm ein Herz auf die Brust. »Morgen ist unser letzter Tag zusammen.«

»Ich meine, wir sollten mal sehen, ob es nicht doch funktioniert«, sagte er.

»Ist das realistisch?«

»Ich will es versuchen. Ich weiß, morgen müssen wir uns trennen, aber ich werde dafür sorgen, dass es nur für kurze Zeit ist.«

»Morgen wird scheiße sein.«

»Nein. Unseren letzten gemeinsamen Tag machen wir unvergesslich. Den ganzen Tag, die ganze Nacht, nur du und ich. Und dann … du und ich für immer.«

Ich packte seine Schultern. »Sag das nicht, wenn du es nicht so meinst.«

Er schaute mir in die Augen. »Ich will dich für immer, Devon. Und das ist mir ganz ernst.«

Aber so ernst war das dann wohl doch nicht gemeint gewesen, oder?

Denn jetzt hatte er eine Freundin.

Er hatte eine Freundin.

Ich riss ein Büschel Gras aus.

Egal. Ich war doch die ganze Zeit gut zurechtgekommen. Und ganz bestimmt würde es mir auch wieder gut gehen. Ich brauchte ihn nicht.

Ich brauchte ihn nicht.

Ich brauchte ihn nicht.

Ich starrte auf den Orion-Nebel und dachte daran, dass das, was so friedvoll aussah, in Wirklichkeit ein wirbelndes, sich veränderndes Phänomen war, eine Art Sternenbrutstätte, die Hunderte neue Sterne hervorbrachte. Vergleiche mit mir selbst drängten sich auf. Außen ein Kontrollturm, innen ein wilder, unberechenbarer Wirbel.

Ich musste die Dinge klären, die mein Herz zum Rasen brachten und mir den Atem verschlugen ... und ich musste sie jetzt klären. Nichts konnte zwischen mir und meinem Traum stehen. Kein Kerl. Kein Kummer. Kein Schmerz. Ab jetzt gab es nur Arbeit, Einsatz und Fokus.

Ich hatte es im Griff.

12. Kapitel

DREIEINHALB WOCHEN WAR DAS SCHULJAHR NUN ALT UND der Jahrbuch-Club war sich immer noch nicht über das Motto einig. »Es muss wirkungsvoll sein, aber keinesfalls verstörend. Universell, aber einzigartig. Und wahrhaft repräsentativ für unseren Jahrgang.«

Audens Getue bereitete mir Kopfschmerzen. Warum konnte bei ihr nie irgendwas einfach sein.

»Du zerbrichst dir viel zu sehr den Kopf darüber«, sagte Colton.

»Einer muss es ja tun!«

»Ja, klar, weil es in einem Jahr bestimmt noch jemanden interessiert. Komm runter, Auden.« Tyrell warf seinen Bleistift hoch und fing ihn wieder auf. »So ernst ist die Sache nicht.«

»Für mich schon. Wie ist das mit dir, Devon?«

Also, für mich auch, aber ... »Lass mich da raus.«

Professor Wilcox gähnte. »Leute, ihr müsst euch heute was einfallen lassen. Auch wenn das heißt, dass ihr nach der Schule wieder herkommt und die Nacht hier verbringt.«

Oh, Scheiße. Bloß nicht.

»Wie wäre es mit *Ein Spritzer Klasse*?«, fragte Auden.

»Auf gar keinen Fall«, sagte Tyrell. »Viel zu süß.«

»Ich steh auf süß.«

»Nur, weil du süß bist«, sagte Colton mit einem Zwinkern.

Vor Entzücken lief Auden rot an, strich ihren Titel aber von der Liste. »Gut. Woran hattest du gedacht?«

»Ein denkwürdiges Jahr.«

»Einfallsloser geht's wohl nicht«, protestierte Tyrell.

»Von dir hört man ja so gar nichts, Jenkins.«

»Brillanz erfordert eben Zeit.«

Colton nahm Tyrell in den Schwitzkasten. Auden und ich ignorierten das, denn das passierte bei wirklich jeder Besprechung.

Ich sagte nicht viel bei diesen Treffen, und das war blöd, da ich ja eine der Verantwortlichen war. Aber Colton und Tyrell waren so raumgreifende Persönlichkeiten, und Auden war so irre diktatorisch, da war es leichter, sich zurückzulehnen und den Dingen ihren Lauf zu lassen.

Den größten Teil der Zeit verbrachte ich ohnehin damit, Verkaufszahlen zu kalkulieren und die Rechnungen für Anzeigenkunden zu erstellen.

Jeder in der Schule würde irgendwann ein Jahrbuch kaufen, es ging nur darum, wie im Vorfeld schnell Geld in die Kasse kam. Je früher das war, desto mehr konnten wir noch ins Buch stecken. Dieses Jahr sorgte Coltons Charme dafür, dass uns die Vorbestellungen buchstäblich aus den Händen gerissen wurden.

»Ihr müsst das jetzt ernsthaft angehen«, sagte Wilcox. »Ich kann ja nicht mal über die farbliche Gestaltung nachdenken, solange das Thema nicht feststeht.«

»Wie wäre es mit *Das sind unsere Momente*?«, fragte ich.

Stille. Und dann: »Lasst uns Amen sagen!« Tyrell stieß die Faust in die Luft, seine Stimme dröhnte wie die eines Wanderpredigers.

»Sie hat gesprochen und Brillanz wurde uns zuteil.«

Wilcox strahlte. »Das ist es, Miss Kearney. Das ist das Motto. Hat jemand Einwände gegen Devons Idee?«

Wir schauten einander an und dann Wilcox, deren Lächeln sich übers ganze Gesicht ausbreitete. »Toll. Nächster Punkt. Wer berichtet über den Herbstball dieses Wochenende?«

»Daran arbeite ich«, sagte Auden. »Ich halte meine Spitzen-Kamera schon bereit.«

»Perfekt«, sagte Wilcox. »An die Arbeit.«

13. Kapitel

EIN HERBSTBALL WAR KEIN GANZ NORMALES SCHULFEST, das wusste ich, aber unserer übertraf dann doch alle meine Vorstellungen.

Der Präsidenten-Club, in derselben Straße gelegen wie die *Preston Academy*, war ein fester Bestandteil des nobelsten Viertels der Stadt. Das Gebäude wurde von Scheinwerfern in goldenes Licht getaucht, als eine Limousine nach der anderen exquisit gekleidete Schüler vorfuhr.

Der Ballsaal war atemberaubend. Tüll und funkelnde weiße Lichter an allen Wänden gaben dem Raum eine traumähnliche Atmosphäre. Kristallkronleuchter warfen Regenbögen auf schimmernde Marmorsäulen. Riesige orangefarbene Lilien schmückten die Tische. Ein DJ legte einen geilen Remix der Popsongs auf, die alle angeblich hassten, zu denen sie aber trotzdem hingebungsvoll tanzten.

»Das ist ja … *wow*.«

Blair sah sich um, ihre Augen strahlten. »Ich bin so glücklich damit. Mit allem.«

»Das kannst du auch sein. Du hast Herz und Seele in diese Sache gesteckt.«

»Hab ich doch, nicht?« Sie grinste. »Also los, feiern wir!«

Noch nie hatte ich so viele tolle Kleider abseits von Events auf dem roten Teppich gesehen. Meine Klassenkameradinnen sahen aus wie Filmstars, aber keine von ihnen überstrahlte Blair in ihrem langen, eng anliegendem roten Kleid.

Ich trug ein goldenes Kleid mit ausgestelltem Rock und herzförmigem Ausschnitt. Heute Abend fühlte auch ich mich wie ein Filmstar.

»Lächeln!« Auden hielt die offizielle Schulkamera hoch. »Moment, wo sind eure Dates?«

»Devon ist mein Date«, sagte Blair, schlang die Arme um mich und küsste mich auf die Wange.

Audens Augen leuchteten. »Ich hab es gewusst!«

»Was denn?«

»Ihr beide seid voll die Lesben! Oh mein Gott, das ist ja so cool« Und dann knipste sie circa hundert Bilder.

Nach dem Essen ging es so richtig los mit dem Feiern. Die Tanzfläche füllte sich mit schwitzenden Leibern und Lehrern, die versuchten, den Trockensex auf ein Minimum zu beschränken.

Von allen Seiten zogen Typen Blair auf die Tanzfläche. Ich tanzte auch mit so einigen Jungs, aber am meisten überraschte es mich, als Auden meine Hand nahm, mich herumwirbelte und dann abtanzte.

Manchmal verstand ich sie wirklich nicht.

»Was läuft, Devon?« Tyrell kam zu mir gehüpft, er sah einfach lecker aus. Zum Anbeißen. Wenn er doch nur mal in Erwägung ziehen würde, Blair um ein Date zu bitten. Aber da lief dieses Ding mit *Kein-Date-mit-einer-die-nicht-seine-Hautfarbe-hat*, Pech für meine beste Freundin.

»Ist das dein Ernst mit dieser Sonnenbrille?«, fragte ich lachend.

»Ist das übertrieben?«

»Irgendwie schon.«

»Nice.« Er betrachtete das Geschehen anerkennend. »Diese Party ist der Hammer. Und Blair hat das alles organisiert?«

»Hat sie.«

»Ja … das ist ihr Style.«

Hmm. Seltsam. Ich schaute ihn fragend an. »Und woher willst du wissen, was ihr Style ist?«

Er musterte mich, als sei ich der begriffsstutzigste Mensch auf Erden.

Und ich sah ihn an, als habe er das letzte bisschen Verstand verloren. Tyrell hatte noch nie Hemmungen gehabt, wenn es um Mädchen ging. Der Typ war so ziemlich das Dreisteste, was rumlief. Dann dämmerte es mir. »Oh mein Gott. Moment mal. Du magst sie?«

»Sie ist ganz in Ordnung.«

»*Tyrell.*«

»Ich weiß. Aber ich probier da gerade was ganz Neues aus, das nennt sich *offen sein.*«

Ich grinste. »Weil du sie magst.«

Tyrells Unterkiefer zuckte. »Sie macht mir Angst.«

»Und ich nicht?«

»Du machst mir auf andere Art Angst, Devon. Aber nicht so wie Blair.«

Ich grinste ihn an. »Du solltest sie zum Tanzen auffordern.«

Er warf einen Blick in ihre Richtung und lächelte. Diesen Gesichtsausdruck kannte ich – so eine dämliche Benommenheit, die Typen überfiel, wenn sie das Mädchen ihrer Träume etwas tun sahen, das sie für absolut anbetungswürdig hielten. Blair hatte die Augen geschlossen, ihre Hände wedelten in der Luft herum, während sie im Kreis herumwirbelte. Sie sah völlig absurd aus, wie weggetreten, und atemberaubend schön.

Ich stupste ihn an. »Ist nur ein Tanz.«

Er nickte und wirkte irgendwie nachdenklich. »Du hast recht. Das mache ich.«

Nach dem Ende des Songs ging ich rüber an den Tisch mit den Getränken. Ich sah, wie Tyrell Blair auf die Schulter tippte. Sie drehte sich um und dann hätte sie mit ihrem Strahlen den ganzen Raum erleuchten können. Die beiden begannen sich im Takt zu wiegen und sahen absolut toll aus zusammen. Als ich die vielen Paare auf der Tanzfläche sah, wurde ich ziemlich traurig, aber in meinem einsamen Herzen war trotzdem noch Raum genug, um mich unheimlich für Blair zu freuen. Sie wirkte glücklich, und mich machte es wahnsinnig froh, meine Freundin so strahlen zu sehen.

»Ich muss noch mal mit meiner allerbesten Freundin tanzen.« Grinsend zog Blair mich wieder auf die Tanzfläche.

»Wir rocken das!« Wir warfen unsere Hände in die Luft, kreischten *wuuuh*, schüttelten die Mähnen und tanzten ab und es war spitze.

Blair glänzte wie ein Stern, hell und funkelnd. Ihre Party war ein Megaerfolg und immer wieder kamen Leute und machten ihr Komplimente zu ihrem Werk. Ich würde darauf wetten, dass dies der beste Herbstball aller Zeiten war.

Lachend hielten Blair und ich uns an den Händen und wirbelten im Kreis herum. Als der Song zu Ende war, lehnten wir uns erschöpft aneinander. Wir lachten immer noch, und in meinem Kopf drehte sich alles, ich war total fertig vor Glück.

Und dann entdeckte ich Ashton.

Er schaute sich um, verschaffte sich einen Überblick und schien zutiefst angetan zu sein.

Ich konnte den Blick nicht wieder von ihm losreißen.

Er war wie der Sonnenschein, schimmernd und schmerzhaft. Sein dunkler Anzug konnte das Leuchten, das von seinem ganzen Wesen ausging, nicht trüben.

»Oh«, seufzte ich.

»Was?«, brüllte Blair über die Musik hinweg.

Ich wandte mich von ihm ab und fokussierte mich auf sie. »Nichts.«

Ein Blick und ihre Augen funkelten vor Übermut. »Forderst du ihn zum Tanzen auf?«

»Nein.«

»Er guckt her.«

»Ist mir egal.«

»Blödsinn«, trällerte sie. »Ist dir gar nicht egal.«

»Doch, echt.«

»Er kommt rüber«, sagte Blair.

Atmen. Atmen. Atmen.

Ich drehte mich zu dem nächsten Typen in Reichweite um. Groß, lockige dunkelbraune Haare, elfenbeinfarbene Haut, glänzende grüne Augen. Jeremy Irgendwas. Spielte Basketball. Und wollte gern mit mir tanzen.

Aber ich konnte Ashton sehen. Wie angewurzelt war er stehen geblieben und beobachtete mit düsterer Miene, wie

Jeremy und ich zu maschinengewehrartig ratternden Hip-Hop-Songs tanzten.

Ashton konnte gar nicht aufhören zu starren.

Nicht mal, als der Song vorbei war und ich mir Colton Myers schnappte. Und Mannomann, der Junge tanzte wie ein Stripper. Geradezu obszön. Seine blauen Augen funkelten, als er zum Dubstep-Remix vom letzten und allergrößten Hit der von allen so geliebten Popdiva die Hüften kreisen ließ.

Ashton stand immer noch da. Am Rand. Unbeirrt.

Dann waren wir plötzlich zu viert: Blair, Jeremy, Colton und ich. R & B, Hip-Hop. Schnell, verschwitzt, einfach berauschend. Ich wollte ganz im Tanzen aufgehen, aber ich konnte Ashtons sengende Blicke spüren, die mich lockten, die mich in Versuchung führten. Aber ich weigerte mich nachzugeben.

»Letzter Tanz«, murmelte der DJ ins Mikro, die harten Rhythmen verebbten, und ein langsamer Song füllte den Raum.

Ein Blick zu Blair rüber, aber sie war wieder in Tyrells Armen. Jeremy und Colton waren verschwunden. Ich schluckte und drehte mich um, weil ich mir eine Cola holen wollte ... und stand vor Ashton.

Mit der Fingerspitze strich er mir über den Arm. *Oh Gott.* Atmen, Denken, Vernunft rückten in weite Ferne, als ich dieses Gefühl auf der Haut spürte. Ich stand da – und zitterte, versuchte zu widerstehen – und wurde weich, als er mich an sich zog. Ich verschmolz geradezu mit ihm. Sein leidenschaftlicher Blick, seine Hände auf meinem Körper, die Musik, zu der wir uns bewegten, der schwindende Abstand zwischen uns brachen meinen Widerstand.

Ich versuchte nicht zu tief einzuatmen, schließlich wollte ich mich vom Duft seiner Haut nicht berauschen lassen. Ich versuchte auch nicht zu zittern, als seine Hände an meinem Rücken hinunterglitten. Ich versuchte mich nicht in dem Gefühl zu verlieren, von ihm gehalten zu werden, von seinem warmen Atem an meinem Hals, seinen Herzschlag an meinem.

Und ich scheiterte auf ganzer Linie.

Jetzt waren wir uns so nah. Meine Finger kitzelten seinen Nacken. Unsere Lippen berührten sich. Mein Mund sehnte sich danach, sich an seinen zu pressen. Ich konnte die Minze in seinem Atem beinahe schmecken.

Ich wollte sie schmecken. Ihn. Ich wollte ihn schmecken.

Dann war der Song vorbei. Die Lichter wurden wieder heller und die Stimmen um uns herum lauter. Langsam kam die Welt wieder zurück in den Fokus, aber ich konnte und wollte nicht aufhören, ihn anzusehen.

»Was ist das hier?«, flüsterte ich.

»Sehnsucht«, sagte er mit leiser Stimme, dabei schaute er mir noch immer in die Augen.

»Und was jetzt?«, fragte ich.

Aber ich wusste genau, was er wollte. Ihn so glühend vor schierem Verlangen zu sehen, jagte mir Schauer den Rücken runter.

»Sag Ja«, sagte er.

Das wollte ich. So sehr. Aber was sagte das über ihn? Und über mich?

»Komm mit mir nach Hause«, sagte er.

Meine Finger krampften sich zusammen, zerknitterten sein Hemd. »Warum?«

»Du weißt, warum«, sagte er. »Du weißt genau, was ich mit dir machen will. Die ganze Nacht. Jede Nacht.«

Ja, das wusste ich. Und ich wollte, dass er alles machte, was er wollte. Immer wieder.

»Dev …« Seine Stimme zitterte.

Und das war's dann. Unerträgliche Hitze schoss durch mich hindurch und ich musste unbedingt irgendwas damit anfangen. War das die beste Lösung? Nein, verdammt. Aber das Land der Vernunft hatte ich längst verlassen, ich steuerte geradewegs auf die Stadt *Ja bitte, auch wenn es nur für heute Nacht ist* zu.

»Bist du immer noch mit Rochelle zusammen?«, schaffte ich zu fragen.

Sofort ließ er mich los.

Damit war meine Frage beantwortet.

Ein kalter Schauer überlief mich. Dann überfiel mich tiefe Erschöpfung. Ich hatte es satt, dieses intensive Verlangen. Frustration und Alleinsein hatte ich satt, und das ganze Hin und Her und Auf und Ab. Ich war einfach erledigt.

Die Lösung lag auf der Hand. Aber ich konnte nicht diejenige sein, die sie ihm zeigte, und ich würde jetzt nicht eins von diesen Mädchen werden, die meinten, über das Leben von jemand anderem bestimmen zu können. Aber über mein Leben konnte ich bestimmen.

»Halt dich fern von mir.«

14. Kapitel

ALS DIE LIMOUSINE MICH ABGESETZT HATTE, GING ICH nicht ins Haus. Stattdessen sank ich auf die Treppe und suchte den Himmel nach Aquila ab, dem Fliegenden Adler. In der griechischen Mythologie trägt dieser Adler die Blitze des Zeus über den Himmel. Er hat auch den Sohn des Königs von Troja entführt – Aquarius, auch eines meiner Lieblingssternbilder. Es gefiel mir, dass die da oben waren und Nacht für Nacht ihre Geschichte durchspielten. Aber im Moment zogen Wolken vor ihrer Bühne auf und versperrten mir die Sicht. Heute Abend würde ich keinen Trost bei den Sternen finden.

Die Tür ging auf und hinter mir raschelte es. »Rübe?«

»Hallo, Dad.«

»Wann bist du nach Hause gekommen?«

»Vor etwa einer Stunde.«

»Möchtest du Gesellschaft?« Er setzte sich neben mich, also bekam ich wohl Gesellschaft, egal, wie ich das fand. »Ich sehe dich nie.«

»Du arbeitest zu viel.«

Er stieß mich mit dem Knie an. »Genau wie meine Tochter.«

Ich schaute auf. »Ich habe große Träume.«

»Das weiß ich. Deshalb arbeite ich so viel.« Er zögerte. »Also. Mom und ich haben geredet. Über dein College.«

Ich sah mir sein Gesicht genauer an. Dad hatte Ringe unter den Augen und Falten auf der Stirn, die vor dem Sommer noch nicht da gewesen waren. Seine kastanienbraunen Haare waren total zerzaust und standen in alle Richtungen ab, an einigen Stellen sogar senkrecht. »Oh?«

»Ich weiß, du hast dein Herz an die McCafferty gehängt. Und ich kenne niemanden, der es mehr verdient hätte als du, dahin zu gehen.«

Ich setzte mich aufrecht hin. »Aber?«

»Die McCafferty ist sehr teuer.«

Ich seufzte. »Ich weiß, Daddy.«

»Wenn ich könnte, würde ich dir die ganze Welt zu Füßen legen. Ich weiß nur nicht genau, wie viel Mom und ich dir fürs McCafferty geben können.«

Ich schüttelte den Kopf. »Nein, ich versteh das.« Wir saßen zwischen den Stühlen, weil meine Eltern zu viel verdienten, konnte ich mich nicht um Unterstützung bewerben, aber sie verdienten nicht genug, um die Studiengebühren aus eigener Tasche zahlen zu können. »Ich hab tausend Bewerbungen für Stipendien ausgefüllt. Ich werde Kredite aufnehmen, ich werde alles tun, was nötig ist. Ich habe nie erwartet, dass du und Mom die Kosten für meine Ausbildung tragt.«

»Nun ja, vielleicht wird es nicht ganz so schlimm«, sagte Dad. »Wir haben ja was für deine Ausbildung zur Seite gelegt. Das wird niemals für die gesamten Studiengebühren reichen, aber trotzdem eine Hilfe sein. Und die Preston-Stiftung wird dir den Weg bei den Stipendien ebnen.«

»Darauf zähle ich.«

»Hast du erwogen, die ersten zwei Jahre zu Hause zu wohnen und dir für die beiden letzten eine Wohnung zu nehmen?«, fragte Dad. »Ich weiß, dass du gern ins Wohnheim gehen würdest, aber das wären dann noch mal zwanzigtausend im Jahr obendrauf.«

Das hatte ich überhaupt nicht erwogen. In meiner Vorstellung bedeutete College, dass man in einem zu kleinen Zimmer mit einer Mitbewohnerin lebte, in Etagenbetten schlief und sich von Müsli, Popcorn und Nudelsuppen ernährte. Mom hatte mir ein Musikvideo aus den Neunzigern gezeigt, mit drei anderen Mädchen in einem Collegewohnheim. Beim Angucken hatte ich das Gefühl gehabt, genau da hinzugehören, und genau das war bei mir hängen geblieben. Wenn das Wohnheimleben in Wirklichkeit auch nur annähernd so cool war, dann wollte ich es miterleben.

»Denk drüber nach«, sagte er. »Wie ich schon sagte, wir haben einen Batzen zur Seite gelegt, aber die dreihunderttausend, die alles abdecken, haben wir nicht.«

Wieder schüttelte ich den Kopf. »Ich finde schon eine Lösung.«

»*Wir* finden eine Lösung«, korrigierte er.

Ich schlang die Arme um ihn und atmete seinen Dad-Geruch ein. Minze, Gewürzseife und Schokolade. »Du hast wieder genascht, oder?«

Er lächelte und zauste mir die Haare. »Sag es Mom nicht.«

»Dein Geheimnis ist sicher bei mir.« Ich hielt die Hand auf. »Aber das kostet dich was.«

Er fischte ein Knusperriegel-Mini aus der Tasche und ließ es in meine hohle Hand fallen. »Wie war der Ball?«

Ich stöhnte. Den Ball hatte ich fast vergessen. Und Ashton. »Der war toll. Bis auf das Ende.«

»Was ist passiert?«

Mein Gesicht wurde heiß. »Vergiss es. Da war nichts.«

»Das kann ich nicht glauben, wenn du herumrutschst, als würde dir eine Spinne am Bein hochkrabbeln.«

»Daddy, wenn das so wäre, würde ich hier nicht sitzen, sondern durch den Garten rennen und kreischen wie besessen.«

Dad lachte. »Weißt du noch …?«

Das Quietschen von Autoreifen erschreckte mich so, dass ich den Schokoriegel fallen ließ.

Dad sprang auf. »Wer zum Teufel …?«

Mist, Mist, Mist, dieses Auto kannte ich, und ich kannte die Person, die es fuhr. Ich stand da, mit Dads Hand auf meiner Schulter, als Ashton rausprang und auf mich zurannte.

»Ich mache Schluss mit Rochelle«, platzte es aus ihm heraus.

Ich war so überrumpelt, dass ich ihn nur anstarren konnte. Dann räusperte Dad sich.

»Dad, lässt du uns eine Minute allein?«

»Alles in Ordnung?«

Ich scheuchte ihn weg. »Bestens.«

»Was ich beim Ball gemacht hab, war nicht in Ordnung«, sagte Ashton, sobald die Verandatür zugeklappt war. »Ich hätte dir heute Abend nicht so nah kommen dürfen.«

»Du hast recht«, sagte ich. Dann seufzte ich. »Aber du hast auch nicht ganz für dich allein getanzt.«

»Egal. Ich bin der mit der Freundin.« Er schüttelte den Kopf. »Ich hab mich euch beiden gegenüber extrem unfair verhalten. Und das schon lange. Viel zu lange.«

Da wollte ich ihm nicht widersprechen.

»Rochelle ist in Frankreich. In der Schule.« Er hielt mir sein Handy hin. »Ich habe mir gerade ein Flugticket gekauft.«

Ich starrte auf die Bordkarte. »Ashton …«

»Ich muss das Richtige tun, persönlich.« Er guckte auch auf sein Handy. »Ich will nicht schon wieder der Scheißkerl sein, der ein Mädchen hängen lässt.«

»Okay.«

Er sah mir in die Augen. »Ich komme bald wieder.«

»Okay.«

»Dev.« Er zog mich an sich, und ich genoss das Gefühl, seine Arme um mich zu spüren, seine Finger in meinen Haaren, seinen Herzschlag an meinem.

Ich wollte niemals loslassen.

»Ich muss jetzt gehen«, flüsterte er. »Ich darf diesen Flug nicht verpassen.«

SCHEINE

15. Kapitel

»DU BIST FURCHTBAR STILL«, SAGTE BLAIR AM MONTAG-morgen vor meinem Spind. Sie hatte sich die Haare mit einem karierten Stirnband zurückgebunden, ihre Augen wirkten riesig. Und ihr Blick war noch durchdringender als sonst. »Hast du mir irgendwas zu erzählen?«

Dieses Spiel ließ sich auch zu zweit spielen. »Ich hab gestern versucht dich anzurufen. Wo bist du gewesen?«

Ihre Wangen liefen rosa an. »Ty und ich waren im Zoo.«

Mir klappte der Mund auf. »Und du hast mir keine SMS geschickt?«

»Ich hab vergessen, mein Handy aufzuladen.«

Das war verdächtig. Blairs Handy war immer voll, und sie hatte immer einen Akku dabei, damit es auch so blieb.

Ich sah mir ihr Gesicht genauer an. »Hast du Geheimnisse vor mir?«

»Natürlich nicht.« Ihr Blick zuckte hin und her. »Jetzt hab ich es dir ja erzählt, oder?«

Ziemlich dubios.

»Also, was läuft?«

»Er hat mir blaue Zuckerwatte gekauft und eine Plüschgi-raffe. Ich habe sie *April* getauft.«

»Süß.« Dann dämmerte mir was. »Ty?«

Sie schnaubte. »Ist kein großes Ding.«

»Kein großes Ding? Das ist ein Kosename. Kosenamen sind was Besonderes.« Mein Argwohn wuchs. »Was ist sonst noch passiert.« Ihre Wangen wurden knallrot.

Ich schnappte nach Luft. »Hat er dich geküsst?«

Sie nickte, ihr Gesicht war feuerrot.

Ich grinste und rieb mir die Hände. »Was noch?«

»Das war alles. Perverse.«

»Was auch immer. Du bist der totale Freak.«

Sie schmunzelte. »Meine freakige Seite hebe ich mir für unser zweites Date auf. Merk dir das.«

Ich zog die Augenbrauen hoch. »Zweites Date? Na hallo!«

»Wir gehen ins Aquarium. Wird bestimmt nerdtastisch.«

»Blair, das ist ja toll. Ich freue mich so für dich.«

»Du brauchst den Tempel noch nicht zu buchen. Apropos, ich hoffe doch, dass du gestern in die Kirche gegangen bist oder so was, denn dieser Tanz Samstagabend war megasündig!« Sie fächelte sich Luft zu. »Hast du dich davon erholt?«

Ich erzählte ihr von Ashtons Plänen.

»Ich werd verrückt. Das würde ja fast rechtfertigen, dass du ihm noch eine Chance gibst.«

Ich senkte den Blick.

Mit einem sanften Lächeln schüttelte sie den Kopf. »Du gibst ihm noch eine Chance, aber so was von.«

»Ist das schlimm?«, fragte ich kleinlaut.

»Na ja, das muss man ihm anrechnen, er ist verdammt romantisch, und er tut das, weil er dich so sehr will. Ich möchte nur nicht, dass er dich wieder verletzt.«

»Dieser Sommer damals war wie ein Traum. Ich muss wissen, ob das echt war.«

»Vor Samstagabend hätte ich dir echt die Hölle heißgemacht. Aber seit dieser Sache mit Tyrell? Da kapier ich es. Ich begreife es nicht, aber ich kapiere es irgendwie.« Sie zuckte mit den Schultern. »Liebe passiert einfach.«

Ich betrachtete ihre geröteten Wangen. Ihre funkelnden Augen. Das Lächeln, das sie zu unterdrücken versuchte.

»Du hast Liebe gesagt.«

Sie verdrehte die Augen. »Du weißt, was ich meine.«

Ja. Ich wusste es. Aber das hielt mich nicht davon ab zu vermuten, dass sie sich tatsächlich echt in diesen Typen verliebte.

16. Kapitel

AM DONNERSTAGABEND SETZTE ICH MICH HIN, UM MICH IN die Wunder des elektromagnetischen Spektrums zu vertiefen. Es klingelte an der Haustür, aber das ignorierte ich. Wahrscheinlich war das sowieso nur ein Vertreter. Das würde Dad glücklich machen. Er stritt sich gern mit denen herum.

Dann schickte Mom mir eine SMS.

Da ist 1er @ Tür für dich.

Warum konnte sie nicht wie ein ganz normaler Mensch schreiben. Sie und Dad waren die einzigen Menschen, die Abkürzungen aus der Steinzeit benutzten.

Ich schrieb zurück:

Wer?

Mom:

1 +++Süßer

Ein Stromschlag durchzuckte mich. Verdammt noch mal, das konnte doch nicht angehen. Seit dem Samstag nach dem Ball hatte Ashton sich nicht mehr in der Schule sehen lassen. Warum war er jetzt hier?

Mom:

Soll ich ihn wegschicken?

Ich:

Komm gleich runter.

Ich zog meine Kapuzenjacke über, bepinselte mein Gesicht mit Puder und machte mich auf den Weg zum Wohnzimmer.

Aus dem Stromstoß wurde ein Adrenalinschub, als ich Ashton in unserem Haus stehen sah, etwas zerknittert und mitgenommen von der Reise, in Hoodie und Jeans. Seine Haare standen zu Berge, offenbar war er sich wieder und wieder mit den Fingern durchs Haar gefahren.

Ich wollte zu ihm rennen. Ich wollte zur Säule erstarren. Ich wollte mich in seine Arme werfen und ich wollte mich irgendwo verstecken.

»Kommst du mit, damit wir reden können?«, fragte er. »Bitte?«

Ich war ganz starr vor Spannung. Dann holte ich tief Luft und nickte. »Okay.«

Dad, der sich wahrscheinlich schon auf einen Streit mit einem armen Außendienstmitarbeiter hochgefahren hatte, räusperte sich. »Komm nicht zu spät wieder.«

»Wir sind vor zehn zurück.«

»Wo fahren wir hin?«, fragte ich Ashton, als wir in seinem Auto saßen.

»Überraschung«, sagte er. Dann schaltete er das Radio ein. Mit klopfendem Herzen lehnte ich mich zurück und hörte den Ansager über Möbel faseln, die *ohne Anzahlung zu hammergeilen Konditionen* zur Abholung bereitstanden.

»Wie war deine Reise?«

»Lass es mich so sagen: Ich bin froh, dass sie überstanden ist.«

»So schlimm?«

»Willst du die Wahrheit? Ich wollte nur wieder zurück zu dir.«

Er verstand es, die richtigen Sachen zu sagen, so viel war sicher. Meine Wachsamkeit ließ langsam nach. »Kommst du direkt vom Flughafen?«

Er nickte. »Ich bin ganz schön erschöpft.«

»Hast du im Flugzeug nicht geschlafen?«

»Konnte nicht.«

Wir fuhren fast eine Stunde, die Sonne ging zwischen glühenden Wattewolken unter, während wir die Autobahn entlangrasten. »Meine zweitliebste Tageszeit«, sagte ich.

»Ich weiß«, sagte er. »Sunset Girl.«

Ein nostalgischer Schauer überkam mich. »So hast du mich immer genannt.«

»Ich weiß«, sagte er wieder.

Den Rest der Fahrt sagte ich nichts mehr. Ich beobachtete nur den Himmel, der eine seiner spektakulären Herbstshows auflegte, ehe er die Bühne frei machte für die Nacht.

»Wahrscheinlich hattest du längst raus, wo es hingehen sollte – wegen der Schilder«, sagte er, als wir auf den Parkplatz abbogen.

»Das Planetarium? Ja, stimmt. Warum sind wir hier?«

»Ich hatte das Gefühl, das würde dir gefallen.«

»Stimmt«, sagte ich leise.

Er ging ums Auto herum, dann öffnete er meine Tür, reichte mir die Hand und half mir mit dem schönsten Herzensbrecherlächeln beim Aussteigen, mittlerweile waren meine Handflächen verschwitzt.

»Was soll das?«, fragte ich mit wackeliger Stimme.

»Vertraust du mir?«

»Soll ich ehrlich sein? Eigentlich nicht.«

Sein Gesicht wurde weich, als er mir in die Augen schaute. »Kannst du mir die nächsten fünf Minuten trauen?«

Ich wollte es. »Ich kann's versuchen.«

»Ah, Mr Edwards! Willkommen!« Ein großer, blasser Typ trat hinter einem Tresen hervor, um Ashton die Hand zu schütteln. »Alles ist bereit. Hier entlang.«

»Ben. Mann.« Ashton schüttelte den Kopf, während wir folgten. »Übertreib nicht.«

»Das ist professionelles Verhalten«, sagte Ben, dann zwinkerte er mir zu.

Ashton wandte sich an mich. »Dieser Blödmann ist mein bester Freund Ben.«

Ich staunte. »Dein bester Freund arbeitet im Planetarium?«

»Das tut er«, sagte Ben und grinste. »Er ist obendrein Lebensretter im Schwimmbad und Barista.«

»Und er spricht viel zu oft in der dritten Person von sich«, sagte Ashton.

»Du hast drei Jobs?«

»Schauspielunterricht bezahlt sich nicht von selber«, sagte Ben. »Du musst Devon sein. Ich habe viel über dich gehört.«

»Oh nein.«

»Nur Gutes, Ehrenwort. Aber, egal«, er machte eine einladende Armbewegung, »das Sternentheater. Eine Stunde lang gehört es euch allein.«

Ashton versuchte Ben Geld zuzustecken, aber Ben lehnte ab. »Wenn ihr was braucht, wisst ihr, wo ihr mich findet.«

»Danke, Mann.« Ashton nahm meine Hand und führte mich in den dunklen Saal.

Ich war schon viele Male hier gewesen. Selbstverständlich.

Aber heute Abend war es anders. Keine Eltern. Keine Fremden. Keine Klassenkameraden und kein Astronomie-Professor. Nur die gewölbte Decke, die Kippstühle … und wir. Ashton und ich.

Das Licht wurde gedimmt und die Sterne tauchten auf.

»Was ist das?«, fragte ich mit unsicherer Stimme.

»Das ist der Himmel der Nacht, in der wir uns kennengelernt haben«, sagte Ashton.

»Was?« Ich starrte ihn an.

»Diese Nacht, Devon. Mir war noch nie jemand wie du begegnet, und ich glaube auch, dass ich so was nie wieder erleben werde. Mein Leben hat sich verändert. Deins auch?«

Ich schluckte. »Das hat es.«

»Und ich denke immer nur daran, wie perfekt das war, was wir hatten, und wie ich es versaut habe.« Er schaute auf. »Ich hab jede Nacht die Sterne beobachtet, weil sie mich an dich erinnert haben.«

»Die ganze Zeit, die wir getrennt waren?«

»Die ganze Zeit.«

Schweigend standen wir da und starrten an die Decke. Mir schwirrte der Kopf.

»Frankreich war eine ganz miese Vorstellung«, sagte er. »Also, absolut zum Kotzen. Andererseits war es auch das Leichteste, das ich je gemacht hab, weil ich wusste, dass du hier bist.«

»Obwohl das mit uns keine sichere Sache ist?«

Er nickte. »Ich wollte das Richtige tun. Es war nie fair Rochelle gegenüber, weil ich dich einfach nicht loslassen konnte.«

»Und was ist jetzt?«, fragte ich leise.

Ashton legte die zitternden Hände um meine. »Ich will mit dir zusammen sein. Mir fällt nichts ein, das ich lieber will.«

Mein erstes Gefühl: Benommenheit. Vielleicht wollte ich es auch nur nicht wahrhaben. Ich hatte so lange darauf gewartet, dass ich nicht mehr wusste, wie oder was ich jetzt fühlen sollte. Konnte ich ihm vertrauen? Wollte ich es versuchen?

Zweites Gefühl: Angst. Wenn ich mich jetzt auf ihn einließ, gab ich ihm Gelegenheit, mir noch mehr Herzschmerz zuzufügen. Ich wollte glauben, dass ich stark war. Aber ich hatte das Gefühl, dass er diese Stärke auf die Probe stellen würde – und ich war mir nicht sicher, ob ich bereit dafür war.

Drittes Gefühl: Erleichterung. Es war erledigt. Es gab kein Zurück. Es war abgeschlossen, und er war hier, und das jetzt. Und ich liebte ihn. Auch das war unumkehrbar.

»Ich hab solche Angst, dass du mir wehtun wirst«, gestand ich ein.

Er nickte. »Ich hab eine Menge falsch gemacht. Das weiß ich. Du hast jedes Recht der Welt, mir nicht zu vertrauen, das würde ich dir nie zum Vorwurf machen. Aber ich weiß auch eines: Ich will nie mehr fern von dir sein.«

Das war nicht gelogen, die verzweifelte Hoffnung, die ich in seinen Augen sah, versicherte mir das.

»Ich will, dass du glücklich bist«, sagte er. »Ich glaube, ich kann dich glücklich machen. Wenn du mir noch eine zweite Chance gibst.«

Jetzt wäre es so leicht gewesen, die Vergangenheit loszulassen und ihn wieder reinzulassen, eine echte Beziehung zu haben, hundert Prozent, vorbehaltlos. Und ich wollte das.

Aber irgendwas sagte mir, dass ich mein Herz noch ein bisschen länger beschützen sollte.

»Ich werde drüber nachdenken.«

Dieser Ausdruck auf seinem Gesicht … Er versuchte stark zu sein, war aber kurz davor zusammenzubrechen. Es hätte mich fast fertiggemacht.

Er nickte schnell. »Das ist nur fair.« Dann strich er mir eine Locke hinters Ohr. »Ist es okay, wenn ich dich in den Arm nehme.«

Ich machte einen Schritt auf ihn zu. »Ja.«

Er legte mir die Arme um die Taille und zog mich an sich. So standen wir da, wir beide, aneinandergeklammert, unter einem Meer von Sternen.

Unsere Herzen schlugen im selben Takt. Wir atmeten im selben Rhythmus.

Unsere Blicke trafen sich. Lange, qualvolle Sekunden verstrichen, während wir uns nur ansahen. Er streichelte mir die Wange und schaute mich an, als ob er nicht lange genug schauen könnte. Als ob er niemals lang genug schauen könnte. Dann packten meine Hände seinen Hoodie und zogen ihn noch näher heran. Meine Augen schlossen sich.

Unsere Lippen trafen aufeinander, Atem, Salz und Haut. Sterne, Galaxien und ganze Universen. Und ich fiel. Seine Leidenschaft, sein Hunger, seine Hitze verzehrten mich – und spiegelten, was ich selbst empfand. Wir waren eine Supernova, die sich aller Schichten entledigte.

»Devon.« Immer wieder sagte er meinen Namen. Ein Mantra zwischen Atemzügen. »Devon.«

Meine Finger strichen über seine geröteten Wangen, die zitternden Lippen.

Er schloss die Augen und hauchte kleine Küsse auf meinen Nacken. Ein Seufzen … und er drückte mich fester an sich. Näher, näher, näher. Atemlos lehnte er seine Stirn an meine und keuchend rangen wir nach Luft. Zitternd. Verlangend.

»Ashton«, flüsterte ich. Mein eigenes Gebet.

Er atmete bebend und vergrub die Finger in meinen Haaren. »Gott, hab ich das hier vermisst. Ich hab *dich* vermisst.«

»Dann geh nicht wieder weg.«

»Ich gehe nirgendwohin«, flüsterte er. »Das verspreche ich.«

Ich legte ihm die Hand auf die Brust. »Ich traue dir immer noch nicht.«

»Ich weiß.«

»Und ich vergebe dir immer noch nicht.«

Er wickelte sich eine meiner Locken um den Finger. »Nichts wünsche ich mir mehr, als dass ich in diesem Sommer nicht alles kaputtgemacht hätte, aber ich finde es aufregend, wieder Zeit mit dir zu verbringen.« Seine Stimme wurde leiser. »Dich wieder zu küssen.«

Tu mir bloß nicht wieder weh.

17. Kapitel

AM NÄCHSTEN MORGEN WARTETE ASHTON VOR MEINEM Spind auf mich. »Einen fröhlichen Freitag! Ich hab Tee für dich. Oder sollte ich lieber Sirup sagen?« Er grinste. »Drei Stücke Zucker, drei Tropfen Honig?«

Ein dämliches Grinsen zog über mein Gesicht, dann nahm ich einen Schluck. »Perfekt. Danke. Kaum zu glauben, dass du noch weißt, wie ich meinen Tee mag.«

»Ich weiß noch alles von dir.«

»Oh nein«, stöhnte Blair hinter mir. »Sagt bloß nicht, dass ihr zu einem von diesen megawürgreizerregenden Schnulzpaaren werdet.«

Jetzt gingen Ashtons Augenbrauen nach oben. Dann lächelte er und drehte sich zu Blair um. »Ich wäre hingerissen, wenn Devon und ich eins von diesen oberklebrigen Was-du-da-eben-gesagt-hast-Paaren werden würden.«

Wir blieben vor meinem Klassenzimmer stehen. »Ich muss hier rein«, sagte ich.

Blair rückte Ashton auf die Pelle. »Wenn du meiner besten Freundin das Lächeln wieder aus dem Gesicht wischst, trete ich dir so in den Arsch, dass du in hohem Bogen wieder an dem Strand landest, an dem sie dich zum ersten Mal gesehen hat.«

Ashton guckte sie mit leerem Blick an. »Okay.«

»Das ist ernst gemeint. Tu ihr wieder weh und du kriegst es mit mir zu tun. Das wird dir nicht gefallen.«

»Oh mein Gott. Komm jetzt.« Ich zerrte sie in die Klasse. »Bis später«, sagte ich zu Ashton.

Er küsste seine Fingerspitzen und hielt sie in meine Richtung, dann ging er den Flur runter.

»Du hast ihm gedroht, ich fasse es nicht!«, sagte ich zu Blair, nachdem wir uns auf unsere Plätze gesetzt hatten.

»Kennst du mich denn gar nicht? Selbstverständlich habe ich ihm gedroht. Weil ich dich liebe.«

Ich drückte ihre Hand. »Und das weiß ich zu schätzen. Aber jetzt scheißt er sich vielleicht vor Schreck in die Hosen.«

»Wenn ihn das schon erschreckt hat, dann ist er den Dreck unter deinen Schuhsohlen nicht wert, Devy.«

»Ich weiß.«

Sie holte ihre Schminksachen raus. »Du bist jetzt glücklich. Das gefällt mir. Und ich kann nur hoffen, dass sich das nicht ändert.«

»Blair ist ja ziemlich fies«, sagte Ashton nachmittags in seiner Küche.

»Sie ist meine beste Freundin.«

»So hat noch nie jemand mit mir geredet.«

Ich beobachtete ihn genau. »Macht dir das zu schaffen?«

Nachdenklich schüttelte er den Kopf. »Zuerst schon. Aber ich hab es wohl verdient.«

»Nun ja, das werde ich nicht abstreiten.«

Er nahm sich eine Apfelsine aus der Obstschale und ließ

sie auf der Arbeitsplatte hin und her rollen. »Danke, dass du hergekommen bist.«

»Danke für die Einladung.« Ich schaute mich um. »Ich komme mir hier immer noch komisch vor. Deine Eltern …«

Er warf mir die Apfelsine zu. »Das ist mein Zuhause und du bist mein Gast. Okay?«

»Okay.«

»Also.« Er fuhr sich mit den Fingern durch die Haare. »Vermutlich haben wir viel zu bereden.«

Ich zog die Augenbrauen hoch. »Vermutlich?«

»Wahrscheinlich.«

»Guten Tag.« Ashtons Mutter kam in die Küche, im perfekt gebügelten dunkelblauen Kostüm, mit seidig weicher elfenbeinfarbener Haut. Ihre blauen Augen waren wie Glas. »Ich habe gar nicht bemerkt, dass wir einen Gast haben.«

»Mutter.« Ashton stellte sich gerade hin und ergriff meine Hand. »Du wirst dich an Devon erinnern.«

Ihre Lippen verzogen sich zu einem glatten, höflichen Lächeln, aber die Art, wie sie ihre Perlenkette packte, sprach für sich. »Aber selbstverständlich. Wie geht es dir, meine Liebe?«

»Es geht mir gut, danke.«

Ashton schien es nichts auszumachen, dass mir der Schweiß von den Handflächen ran, also atmete ich aus und versuchte mich zu entspannen.

»Das höre ich gern.« Sie wandte sich an Ashton. »Ich muss dich sprechen. Unter vier Augen.«

Er blieb stehen wie ein Fels. Unverrückbar. »Kannst du nicht hier sagen, was du zu sagen hast?«

»Es ist eine ziemlich heikle Sache.« Sie lenkte das höfliche

Lächeln in meine Richtung. »Und damit wollen wir Devon doch ganz bestimmt nicht langweilen.«

Mit einem entschuldigenden Blick drückte Ashton meine Hand und folgte seiner Mutter aus der Küche. Ich konnte einen geflüsterten Wortwechsel hören – wie ein angenehmes Gespräch klang das nicht.

Ich amüsierte mich auch nicht gerade, ich kam mir total fehl am Platz und ungelenk vor.

Die Apfelsine legte ich wieder in die Obstschale. Mir war der Appetit sowieso vergangen.

Als sie dann zurückkamen, schaffte ich es, mein Gesicht so weit unter Kontrolle zu bringen, dass auch ich zu einem höflichen Lächeln fähig war. Hoffte ich wenigstens.

»Fühl dich wie zu Hause«, sagte Mrs Edwards zu mir. Ashton warf sie einen Blick zu, der ihm deutlich zu verstehen gab: Wir sind noch nicht fertig.

Ashton erstarrte, dann nahm er wieder meine Hand. »Komm, wir gehen nach oben.«

»Ist alles in Ordnung?«

»Ist es das je?«

Ashtons Zimmer war eher so was wie eine Suite. Es gab zwei Bereiche, einen Wohnbereich mit einem weichen Zweiersofa, einem Ledersessel und einem riesigen Fernseher und einen Schlafbereich mit einem Bett, das sehr gemütlich aussah.

Ein eleganter silberner Laptop stand zugeklappt auf seinem Schreibtisch neben einem Becher voller Stifte und einer Schale voller M&Ms. Sein Zimmer war extrem ordentlich, beinahe schon steril. Kein Klimperkram. Keine Wäscheberge, keine ringsum verstreuten Schuhe. Aber überall hingen

Fotos. Strände, Landschaften und Sonnenuntergänge. Bilder von seinem Pferd und diesen fiesen Schwänen aus dem Garten. Das Einzige, was auf diesen Fotos fehlte, waren Menschen.

Ich nahm ein Bild von einem hoch aufragenden Berg in die Hand. »Hast du das aufgenommen?«

»Ich hab alle Fotos gemacht.«

Ich sah mich noch mal um. »Die sind beeindruckend.«

Er zuckte mit den Schultern. »Sie sind okay.«

»Nein, die sind mehr als okay.« Ich drehte mich um und sah ihn an. »Ich wusste, dass du Fotos machst. Aber, Ashton, du bist ja total talentiert.«

»Es macht mir Spaß.«

»Mit dieser Art Spaß könntest du reich werden.« Ich hielt inne. »Oh, Moment mal.«

»Ha, ha«, sagte er mit einem Grinsen, das gleich wieder verschwand. »Ich kann das sowieso nicht richtig weiterverfolgen.«

»Warum nicht?«

Er zeigte mit dem Finger auf sich. »Das Familienunternehmen. Eines Tages bleibt das alles an mir hängen.«

Ach ja. Na klar. In der Schule mussten sich viele Leute mit so was rumschlagen. Egal, was sie wollten, ihre Zukunft war bereits vorgezeichnet und fest verknüpft mit den Erwartungen und dem Ansehen der Familien. Ich hatte wenigstens die Freiheit, meine eigene Wahl zu treffen, solange ich bereit war, für sie zu arbeiten.

Ashton ließ seine Büchertasche fallen und warf sich in den Sessel. Dann schaute er zu mir hoch. »Was ist?«

»Kriegst du Ärger?«

Er zuckte mit den Schultern. »Ist doch egal.«

»Ist es nicht. Sollte ich lieber nicht hier sein?«

»Doch, solltest du. Du bist mein Gast. Du bist meine Freundin.«

Ich hielt die Hand hoch. »Boah.«

»Letztendlich«, berichtigte er. »Hoffe ich.«

»Aber ich will deine Familie nicht auseinanderreißen.«

»Das wirst du nicht. Sobald sie sehen, wie wichtig du mir bist, werden sie schon einlenken.«

»Und das glaubst du wirklich?«

Lange Pause. »Das würde ich gern glauben.«

Ich sah mir ein anderes Foto genauer an. »Was hast du gemacht, als wir getrennt voneinander waren? Mal abgesehen von der Sache mit der Freundin?«

»Größtenteils bin ich rumgetappt und hab versucht, meinen Scheiß auf die Reihe zu kriegen, bin gescheitert und hab dann aufgegeben. Ein ums andere Mal und immer wieder.«

Ich schaute zu ihm rüber. »Führ das mal aus, bitte.«

»Da gibt's eigentlich nicht viel zu erzählen. Eine Menge Zeit ist für die Aufholjagd in der Schule draufgegangen. Zum Unterricht zu erscheinen, ist nicht grad mein liebstes Hobby.«

Das war mir schon aufgefallen.

Er schälte sich aus seinem Blazer und warf ihn auf den Schreibtisch. »Ich hatte ziemliche Probleme mit meinen Zensuren. Das ist einer von den vielen Gründen, aus denen mein Vater mich auf die Militärschule schicken will. Die Preston ist meine letzte Chance. Wenn ich ihn da blamiere, bin ich erledigt.«

Das war etwas, das ich nicht verstehen konnte: Wenn die

Preston seine letzte Chance war, warum schwänzte er dann immer wieder?

Ashton nahm eines der Fotos in die Hand. »Das einzig Gute am Internat war, dass wir eine Menge Ausflüge gemacht haben. Um unseren Horizont zu erweitern oder so. Ich hab echt eindrucksvolle Sachen gesehen. Und bin coolen Leuten begegnet. Und ich hab die wahnsinnigsten Nachspeisen gegessen. Einen Haufen Bilder habe ich auch gemacht.« Er reichte mir das Foto. »Das mag ich am liebsten.«

Ein einzelner Tempel. Hohe Bäume. Ein atemberaubender Sonnenaufgang. »Deine Schule ist mit euch nach Angkor Wat gefahren?«

»Oh mein Gott, Dev. So was hatte ich noch nie gesehen. Das war unglaublich.«

»Sieht so aus.« Ich stellte das Foto wieder hin. »Weißt du, was noch unglaublicher ist? Ich muss unbedingt mal in dein Bad.«

»Durch den begehbaren Schrank.«

»Danke.«

Ashtons Schrank war doppelt so groß wie mein Zimmer und perfekt aufgeräumt. Preston-Blazer auf der Stange. Anzüge nach Farben sortiert. Schuhe nach Stil und Jahreszeit. Und dann das Bad. Doppelwaschbecken. Eine enorme Badewanne. Und eine von diesen Regenwaldduschen mit breitem flachen Duschkopf. Und da war sein Duftwasser, Ashtons Duft, direkt vor mir in einer Flasche. Ich nahm sie und atmete ein. Frisch wie ein Wasserfall. Wie Gras, das sich im Wind wiegt.

Wie er.

Während ich mir die Hände abtrocknete, bemerkte ich die

offene Tür vom Medizinschrank. Ich hätte meine Nase nicht reinstecken sollen, aber ich konnte nicht anders, ich musste einfach einen Blick hineinwerfen, bevor ich ihn zuklappte.

Woa. So viele Pillen.

Ein. Zwei. Drei. Vier Gläser. Ich stupste die Tür noch ein Stück weiter auf und sah mir die Etiketten genauer an. Das waren alles seine. Die Namen der Medikamente sagten mir nichts, aber sie waren alle vielfach nachbestellt worden. Wozu brauchte er wohl so viele Medikamente? Ob es ihm nicht gut ging? Dann trat ich einen Schritt zurück. Ich hätte nicht spionieren sollen. Er würde es mir schon erzählen, wenn er so weit war. Wenn er mir denn überhaupt was erzählen würde.

»Hey, Dev, bist du reingefallen?«, rief Ashton.

Ich zuckte zusammen und konnte mich gerade noch zurückhalten, die Schranktür nicht zuzuknallen. Dann schoss ich aus dem Bad.

»Hoffentlich hast du Raumspray benutzt«, sagte er grinsend.

Mein Gesicht wurde heiß. »War nichts Großes.«

Lachend nahm er meine Hand und zog, sodass ich ihm auf den Schoß fiel. Als unsere Lippen sich berührten, fing mein ganzer Körper an zu kribbeln, und mein Herz hämmerte.

Die Pillen waren sofort vergessen.

Ich schob die Hand unter sein Hemd und ließ sie auf seiner warmen, glatten Haut ruhen. Er tupfte zarte Küsse auf meinen Hals und ich erzitterte. Wieder trafen sich unsere Lippen, ich stöhnte. Einmal, noch einmal. Ich war verloren. Hin und weg von rauschhaft-leidenschaftlichen Küssen. Seine Finger glitten unter meine Bluse, strichen über meine Taille, erkundeten meinen Bauchnabel und schoben sich unter meinen BH.

Faszinierend, wie ein Kuss sämtliche Zweifel und Ängste in mir auslöschen konnte, zumindest für einen Moment. Faszinierend, dass mein Körper völlig anders reagierte als mein Gehirn … wenn es denn funktionieren würde.

Faszinierend, wie ein Kuss mein Gehirn komplett ausschalten konnte.

Mindestens eine Stunde machten wir rum, berührten einander, atmeten einander. Reizten einander. Ich wollte nicht, dass es jemals aufhörte. Für immer wollte ich in diesem Sessel bleiben, in seinen Armen, in diesem Universum, das wir geschaffen hatten. So viel könnte passieren – und irgendwie wollte ich, dass es passierte.

Nein.

Noch nicht.

»Warte.« Ich rückte von ihm ab und legte ihm die Hände auf die Brust. »Das geht zu schnell.«

Er nahm meine Hand. »Tut mir leid.«

Außer Atem lehnte ich meine Stirn an seine. »Wir sollten uns wirklich Zeit lassen. Aber manchmal …«

»Ich weiß. Ich will, dass zwischen uns alles okay ist. Ich würde alles tun, damit es okay ist.«

»Du kannst damit anfangen, indem du ganz offen mit mir bist.«

»Okay.«

»Und ich werde ehrlich zu dir sein.« Ich nagte an meinem Daumennagel. »Ich hab in deinen Medizinschrank geschaut.«

Er wurde rot. »Dann hast du meine Pillen gesehen.«

»Tut mir leid. Die Tür war offen und ich …«

»Schon gut. Vielleicht ist es ganz gut, dass du sie entdeckt hast.«

»Erzählst du mir was drüber?«

Er zögerte, schaute zu Boden und sah mir dann in die Augen. »Ich hab dir doch erzählt, dass ich mit Sachen fertigwerden muss, weißt du noch?«

Ich nickte.

»Die Medikamente helfen mir dabei.«

»Genauer, bitte«, hakte ich nach.

Er seufzte und ließ die Finger ganz zart meinen Rücken runterwandern. »Ich will dich nicht verjagen.«

»Das wirst du nicht. Es sei denn, du bist ein Serienmörder, ein Vergewaltiger oder ein Pädophiler. Trifft irgendwas davon auf dich zu?«

»Was soll der Scheiß. Natürlich nicht.«

»Dann, okay. Erzähl's mir.«

Er nickte andeutungsweise – so als habe er eine Entscheidung getroffen. Seine Antwort war dann: »Manchmal werde ich depressiv.«

»So richtig traurig?«

»Mehr als das.« Seine Augenbrauen zogen sich zusammen. »Es ist so, als würde jedes deiner Glieder von einer schwarzen Last runtergedrückt. Alles ist trübe, dunkel, Furcht einflößend. Und du fühlst dich hilflos, weil du nichts dagegen machen kannst. Nach außen tust du so, als wärst du okay, aber innerlich schreist du.« Eine Weile saß er einfach nur da, mit diesem total entrückten Ausdruck im Gesicht. »Keiner hört das, weil du dich zu sehr schämst, es laut zu sagen. Denn, wenn du es laut sagst, wird es real.« Er sah mich ganz ernst an. »Und dass es real ist, willst du nicht.«

Ich war verletzt worden. Ich war traurig gewesen. Aber so einen tiefen Schmerz wie diesen konnte ich mir nicht vorstellen. Und ich fand es schrecklich, dass er so was erlebt hatte.

»Das tut mir so leid.«

»Ich hasse es, und deshalb nehme ich die Medikamente, obwohl ich das auch hasse.«

»Wie lange nimmst du sie schon?«

»Ewig, gefühlt jedenfalls. Es gefällt mir nicht, dass ich sie brauche.«

»Aber warum? Ist doch gut, wenn sie dir helfen, oder?«

»Nicht alle denken so. Es gibt Leute, die halten Typen wie mich für labil. Total im Arsch.«

Ich versuchte ihm in die Augen zu sehen. Aber sein Blick zuckte hin und her, ging überall hin, nur nicht zu mir.

»Das würde ich nie denken«, sagte ich. »Und du?«

Er schwieg lange. Dann sagte er: »Ich hoffe, du haust nicht ab jetzt, nachdem ich dir all das vor den Latz geknallt habe.« Sein Ton war leicht, aber die Anspannung um seinen Mund herum ließ darauf schließen, dass er das nicht scherzhaft gemeint hatte.

»Du hast mir nichts vor den Latz geknallt, ich habe gefragt. Und ich gehe nirgendwohin, selbst wenn mit dir was nicht stimmt. Wie ist das mit dir?«

»Wie meinst du das?«

»Wirst du diese Sache zwischen uns kommen lassen? Wenn ja, dann muss ich das jetzt wissen. Ich hänge nicht hier rum und warte darauf, wieder sitzen gelassen zu werden.«

»Ich hab's dir doch gesagt, Dev. Ich gehe nicht weg. Nicht noch mal.«

»Okay.«

Er starrte mich an. »Du glaubst mir nicht.«

»Nein. Das wird auch eine Weile so bleiben. Aber ich bin hier. Zählt das?«

Er nickte. »Ja. Und das ist alles, was ich im Moment will.«

Nach dem Abendessen setzte ich mich an meinen Schreibtisch.

Depressionen.

Ich tippte den Begriff bei Google ein und sofort tauchten zahllose Ergebnisse auf. Die ersten vier Seiten waren Anzeigen. Ich klickte die fünfte an: *National Institute of Mental Health.* Auf der Seite waren fünf verschiedene Arten beschrieben. Ich scrollte zu *Anzeichen und Symptome einer klinischen Depression.*

Fatigue
Gefühle von Wertlosigkeit oder Schuld
Mangelndes Interesse oder fehlende Freude
an nahezu jeder Aktivität
Selbstmordgedanken

Beim Nachdenken trommelte ich auf den Schreibtisch. Ein paar Dinge kamen mir in den Sinn. Besonders an das erste Mal, als Ashton mit mir ins Strandhaus seiner Familie gegangen war. Seine Eltern hätten nicht da sein sollen … aber sie waren es. Und das hatte bedeutet, peinliches Vorstellen und Vertuschen der Tatsache, dass Ashton und ich nach einem Ort gesucht hatten, an dem wir allein sein konnten, um rumzumachen … und mehr vielleicht.

Eleanor Edwards war groß und besaß eine Präsenz, die Respekt einforderte. Tristan Edwards war breit und imposant, mit einer Bräune, die von jeder Menge auf Golfplätzen getätigter Geschäftsabschlüsse sprach. Die beiden sahen gut aus, auf die unnahbare Art von Leuten, die seit Generationen reich sind.

Ich hatte höllisch Schiss vor ihnen.

Doch noch schlimmer war, wie sehr Ashton sich in ihrer Gegenwart veränderte.

Mein lustiger, leidenschaftlicher Freund wurde zu einem steifen, förmlichen jungen Mann mit kerzengerader Haltung und einem Mund, der zu keinem Lächeln fähig war.

Sein Vater schien sich unheimlich Mühe zu geben, Ashton in Verlegenheit zu bringen – indem er ihn warnte, ja nicht vom vorgeschriebenen Weg abzuweichen, und ihm geradezu drohte.

Seine Mutter musterte uns beide eingehend, über dem Rand ihres Weinglases kniff sie die Augen zusammen. Dennoch klang ihre Stimme recht freundlich, als sie mich nach den Dingen fragte, für die ich mich interessierte. Sie schien regelrecht entzückt davon zu sein, wie Ashton und ich uns kennengelernt hatten. Sie schien mich sogar ein bisschen zu mögen.

Aber Ashton war nur noch seine eigene Hülle. Fragen beantwortete er mechanisch – bis er über mich redete. Da lebte er auf eine Art auf, die den Blick seiner Mutter noch kritischer werden ließ.

Ich dachte, er würde wieder normal werden, sobald wir allein waren, aber er blieb nachdenklich. »Kannst du dir vorstellen, dass es immer so ist?«, hatte er gefragt.

Und dann hatte er etwas gesagt, das mir damals hätte Angst machen müssen, aber ich war so in unsere Romanze verstrickt, dass es mir nicht gleich aufgefallen war:

»Ich kann mir nicht vorstellen, den Rest meines Lebens so zu verbringen.«

Gott. Warum hatte ich es nicht kapiert?

Über Depressionen wusste ich nicht viel. Ich wusste nicht, ob sie plötzlich kamen oder nach und nach schlimmer wurden. War es für jeden anders? Wie konnte es sein, dass manche Leute damit zu funktionieren schienen, andere aber an den Rand des Todes getrieben wurden? Und wo auf dieser Skala befand sich Ashton?

Ich wusste nicht, was ich denken sollte. Würde mir diese Sache über den Kopf wachsen? Was bedeutete das alles für mich und unsere Beziehung? Hatte es irgendeine Bedeutung? War es wichtig? Denn, oh Gott, ich verliebte mich wieder ganz und gar in ihn.

Ich saß auf dem Boden und atmete, tief – und zur Beruhigung. Dieses Mal waren die Dinge anders. Neu und wunderbar. Alles würde gut sein.

18. Kapitel

»WIR GEHEN REITEN«, VERKÜNDETE ASHTON, NACHDEM ICH am Samstagmorgen in sein Auto gestiegen war. »Ich hab gemerkt, dass du gestresst bist, ich glaube, das wird dich entspannen. Außerdem will ich dir zeigen, was ich mache, wenn wir nicht zusammen sind.«

Mit meinen minimalen Reitkenntnissen fühlte ich mich in Bishop Stables völlig fehl am Platz.

Profireiter saßen auf Pferden mit glänzendem Fell, einige flogen weit vorgebeugt im Kreis über eine Rennbahn. Andere ritten stolz und aufrecht auf ihren Pferden über einen Platz, einige Reiter sprangen mit ihren Pferden über Hürden oder Zäunen. Zwei Körper, eine Bewegung. Absolut faszinierend.

»Springreiten.« Ashton zeigte auf die Springer. »Und das da drüben ist Dressur.«

Ich blinzelte. »Die Pferde da tanzen. Warum bringen sie Pferden das Tanzen bei?«

»So sind Pferde vor langer Zeit fürs Militär ausgebildet worden.«

»Bist du mal Dressur geritten?«

Er lachte. »Ist nicht so mein Ding. Ausritte bei gutem Wetter sind eher was für mich.«

Ich schaute runter auf meine Jeans, die weiße Bluse und die schwarzen Chucks. »Hätte ich Stiefel anziehen müssen?«

»Ich hol dir welche, ehe wir losreiten.« Wir blieben vor einer Box in einem Stall mit gekalkten Wänden stehen. »Zuerst will ich dir aber Leander vorstellen.«

Ein schokoladenfarbenes Pferd sah mich mit großen braunen Augen an, ehe es Ashtons Hand anstupste. Ashton öffnete die Hand, in der ein großes Stück Wurzel lag, das umgehend zwischen Leanders riesigen Zähnen zermalmt wurde.

»Er ist hinreißend«, sagte ich. »Darf ich ihn streicheln?«

»Das wird ihm gefallen.«

Ich streichelte Leanders seidigen Kopf. »Er nascht gern, so wie du.«

Leander blinzelte und stieß mich mit der Nase an.

»Er ist ein sanfter Typ, aber man muss ihm zeigen, wer der Boss ist«, sagte Ashton leise. »Lass dich nicht rumschubsen.«

»Okay.« Ich sorgte für einen sicheren Stand und schwankte nicht, als Leander mich wieder anstieß.

»Gut«, sagte Ashton. Seine Stimme klang so liebevoll. »Ich möchte wirklich, dass ihr einander mögt. Ich hab keinen besseren Freund auf der Welt.«

»Muss ich jetzt eifersüchtig sein, weil ich in deinem Leben an zweiter Stelle stehe?«

»An dritter. Du hast Ben vergessen«, sagte er mit einem Augenzwinkern.

»Klugscheißer.«

Er fuhr mit der Hand durch meine Haare. »Ich hab Maisie für dich aufsatteln lassen. Sie ist kleiner und sehr sanft. Ideal für Anfänger.«

Ich hatte in meinem ersten Jahr an der Preston den Pflichtkurs in Reiten absolviert, aber das war lange her. Deshalb hatte ich überhaupt nichts dagegen, die Stute zu nehmen.

»Das ist sie da drüben.«

Staunend sah ich mir den Apfelschimmel an, der auf der Weide graste.

»Sie ist ganz weiß! Ashton, die ist ja umwerfend!«

»Ich hol dir mal Helm und Stiefel«, sagte er lächelnd. »Bin gleich wieder da. Dann gehen wir in die Bahn.«

Es war ein herrlicher Herbsttag, das letzte Highlight, ehe die Kälte kam. Die Blätter loderten rot und orangefarben an den Bäumen. Das klare Blau des Himmels war endlos und die Brise warm und sanft. Ich holte tief Luft und ließ den freundlichen Geruch nach frischer Luft und Pferd auf mich wirken.

Maisie kaute Heu und wirkte gelangweilt, aber Leander beobachtete mich mit großen braunen Augen. Ich streichelte ihm weiter die Nase, dann legte ich meinen Kopf an seinen und seufzte. Ich konnte verstehen, warum Ashton dieses Pferd so liebte. Schon Leanders Gegenwart hatte was Entspannendes.

Ashton reichte mir einen neonpinkfarbenen Helm. »Ihr beiden kommt ja richtig gut miteinander aus.«

»Ich mag ihn. Aber Maisie will nichts mit mir zu schaffen haben.«

»Sie ist bloß schüchtern. Komm her, meine Kleine«, sagte er und schnalzte mit der Zunge. Maisie ging direkt auf ihn zu und stupste ihn an. »Soll ich dir Devon vorstellen? Sie ist das Mädchen, von dem ich erzählt habe. Sie geht heute mit uns ins Gelände.«

Dieses Mal stupste Maisie mich an!

»Siehst du?«, sagte er. »Ich hab dir doch gesagt, dass sie dich mag.«

»Ich mag sie auch«, sagte ich lächelnd. »Und ich mag dich.«

Da küsste er mich und seine Lippen waren so sanft wie die warme Brise. Süß und anhaltend ... und von Leanders ungeduldigem Kopfstoß gestört.

»Ich glaube, es wird Zeit aufzusitzen, sagte Ashton lachend. »Bist du bereit?«

Ich zog die hohen schwarzen Stiefel an. »Bereit.«

»Dann reiten wir los.« Er legte mir die Hand auf den Rücken. »Ich helfe dir rauf.«

Hilfe. Ich hatte ganz vergessen, wie hoch Pferde waren. Der Boden war meilenweit weg. Mir wurde schwindelig. Ich musste ein paar Mal tief durchatmen, als ich im Sattel saß.

»Alles okay mit dir?«, fragte er, als er auf Leander saß.

Ich umklammerte die Zügel. »Wird schon.«

Im Gelände entspannte ich mich. Goldene Blätter schwebten von dünnen Bäumen, als wir auf dem Waldweg waren. Maisie und Leander klippklappten gemächlich den festgetretenen Weg entlang. Der Geruch der Natur beruhigte mich und die wiegenden Bewegungen des Pferdes waren Balsam für mein rasendes Herz.

»Das ist schön«, sagte ich. »Ich verstehe, warum du so viel Zeit mit ihm verbringst.«

»Es ist friedlich«, sagte er. »Ich komme her, um meinen Eltern aus dem Weg zu gehen. Sie streiten.«

»Oh nein.«

Er seufzte. »Eigentlich kommunizieren sie nur, indem sie streiten, es sei denn, sie sind beide sauer auf mich. Dann kommen sie bestens miteinander aus. Aber in letzter Zeit ist es schlimmer geworden.«

»Weißt du, warum?«

»Mein Vater will die Therapie nicht mehr bezahlen. Ich will nur Aufmerksamkeit, meint er. Und, na ja, ich hätte es schon gern, wenn mein bescheuerter Vater mit mir reden würde, ohne mich die ganze Zeit rumzukommandieren, aber ich spiele ihm keine Depression vor, damit er es macht. Meine Mutter findet, er soll einfach die Rechnungen bezahlen und mich in Frieden lassen.«

»Und was meinst du?«

»Ich glaube, wenn sie meine Therapie kippen, wird das richtig schlimm für mich. Und ich fürchte, dass mein Vater diese Auseinandersetzung gewinnt. Er kann echt laut und überzeugend werden.«

»Was meinst du mit *schlimm*?«

Er wurde still. Dann sagte er: »Die Therapie hilft mir, nicht auseinanderzufallen.«

Ein Monarchfalter landete auf Maisies Mähne, flatterte ein Mal mit den Flügeln und setzte seinen Flug dann fort. »Hast du das Gefühl auseinanderzufallen, Ashton?«

Er schaute runter und machte eine Handbewegung, so als würde er das Thema wegwischen, und fragte: »Wovor hast du Angst?«

»Ich hab Angst davor, dass du dir was antun könntest«, gestand ich ein.

»Dev, mir geht's gut. Ehrlich.« Er zupfte an seinem Kragen. »Erzähl mir was von dir.«

Ich starrte auf Maisies Mähne. Weiß wie Schnee, ein silbriger Schimmer in all dem Gold, das uns umgab. »Ich habe Angst zu versagen. Ich hab all diese Ziele, und ich mach mir Sorgen, dass die ganze harte Arbeit vergebens ist … denn was, wenn ich es nicht schaffe?«

»Nicht zu fassen, dass von allen Leuten ausgerechnet du dir Sorgen über solche Sachen machst«, sagte er.

»Was meinst du mit *ausgerechnet du?*«

»Du bist klug und du strengst dich so an. Ganz anders als ich. Ich werde auf die McCafferty gehen, weil man das in meiner Familie seit Generationen so macht. Und dann kommst du daher und schuftest wie wahnsinnig, damit du kriegst, was du willst, während ich alles auf dem Silbertablett serviert bekomme. Das ist nicht richtig.«

Neid loderte in mir auf. »Du bist angenommen worden? An der McCafferty?«

Er druckste herum. »So gut wie. Das Erbe, du weißt schon.«

»So ist das also?« Ich war bestürzt. »Leute wie du bekommen alle Plätze?«

»Nicht alle. Aber viele.«

Ich sackte in mich zusammen. »Hat es überhaupt einen Sinn, es zu versuchen?«

»Auf jeden Fall. Die brauchen dich.«

»Hoffentlich hast du recht«, sagte ich. »Die hundertzwanzig Dollar Bewerbungsgebühren hätten mich schon abgeschreckt, wenn ich den Platz nicht unbedingt hätte haben wollen.«

Ungläubig starrte er mich an. »Hundertzwanzig Dollar? Für die Bewerbung?«

»Vermutlich wollen sie sicherstellen, dass sie nur ernst gemeinte Bewerbungen kriegen.« Oder die von reichen Leuten, die ohne Probleme die Studiengebühren zahlen konnten. McCafferty war die einzige Uni auf meiner Liste, die keine Anträge auf Gebührenerlass annahm.

»Nun, du gehörst da auf alle Fälle hin«, sagte Ashton. »Ich

wüsste niemanden, der es mehr verdient hätte. Und ich wenigstens bin mir zu hundert Prozent sicher, dass ich dich nächstes Jahr auf dem Campus sehen werde.«

»Na, das wird sich zeigen. Vielleicht können wir ja ein paar Kurse zusammen belegen.«

Er grinste. »Das wäre toll.«

Wir ritten noch eine halbe Stunde, dann stiegen wir ab und ließen die Pferde aus einem Bach trinken, während wir auch einen Imbiss nahmen. Mittlerweile stand die Sonne über uns und brachte die goldenen Blätter ringsherum zum Leuchten.

»Das hier ist ja so entspannend«, sagte ich. »Kommst du oft hierher?«

»Beinahe täglich.«

»Das ist dein Zufluchtsort.«

Er gab mir ein Stück Apfel mit Erdnussbutter und Nutella. »Ja, wirklich.«

»Danke, dass du es mit mir teilst.«

Er legte den Arm um mich und drückte mich. »Und du bist auch meine Zuflucht.«

»Ach ja?«

»Ich bin gern mit dir zusammen. Macht mich glücklich.«

»Ashton, das ist süß.«

»Das ist die Wahrheit.« Er schaute mich zärtlich an. »Schon als ich dich das erste Mal gesehen habe. Weißt du noch, wie wir uns auf dieser Party kennengelernt haben? Ich hatte dich schon morgens gesehen, als Todd und ich gerade angekommen waren. Du hattest diesen glänzenden blauen Bikini an und hast ziemlich gezögert, ins Wasser zu gehen. Du hast ewig gebraucht.«

Ich lächelte. »Das Wasser ist da immer eiskalt.«

Er schaute in den Wald. »Zuerst hast du immer nur den Zeh reingetunkt und bist kreischend zurückgesprungen. Dann hast du dir ein Herz gefasst und so einen hinreißenden Schrei losgelassen, als du endlich drinnen warst. Wie du gelacht hast. Dein Lachen, das ist wie Musik, Dev. Ich hab mich auf der Stelle in dich verliebt.«

»Und dann bist du mir am selben Abend begegnet.«

»Ich hätte fast die Nerven verloren, als du auf uns zugegangen bist.« Er nagte an seiner Lippe. »Ich hab zu meinem Cousin gesagt, dass ich dich eines Tages heiraten würde.«

Ich reichte ihm eine Erdbeere mit Nutella. »Heiraten, na so was? Was hat er gesagt?«

»Ich soll nicht so eine Memme sein.«

Ich prustete los. »Typisch.«

Er zögerte, dann sah er mich an. »Das denke ich immer noch, weißt du.«

»Dass du dich wie eine Memme aufgeführt hast?«

»Nein. Blödi.« Er wurde ernst, seine Wangen waren ein bisschen rosa geworden. »Ich denke immer noch daran, dich eines Tages zu heiraten.«

Ich brauchte eine Weile, bis diese Worte so richtig bei mir ankamen. »Aber ... Ash. Ich weiß immer noch nicht so richtig, wie das gerade ist mit uns beiden.«

Das tat ihm weh, er versuchte gar nicht, es zu verbergen. »Du bist dir immer noch nicht sicher?«

»Manchmal ist alles gut. Echt gut. Aber dann erinnere ich mich wieder. Du hast gesagt, du liebst mich, aber du bist gegangen. Und wir sind erst achtzehn.«

»Ich weiß, wir sind zu jung. Aber ich denke viel daran. Du nicht?«

Ich stippte eine Erdbeere ins Nutella. »Die Sache ist so: Ich kann mir mein Leben nicht ohne dich vorstellen. Aber eine Ehe hab ich überhaupt noch nicht auf dem Schirm.«

»Verstehe ich schon.«

»Hast du mit Rochelle je übers Heiraten gesprochen?«

»Absolut nicht.« Er schüttelte den Kopf. »Aber meine Eltern haben drüber gesprochen. War alles geplant.«

»Du machst Witze.«

Er nahm das Messer und schnitt noch einen Apfel auf. »Sie wollten die Sache mit dem Erhalt des Stammbaums so schnell wie möglich in trockenen Tüchern haben. Mutter war gar nicht froh, dass ich mit Rochelle Schluss gemacht habe. Das zerstört all ihre Pläne, sagt sie.«

»*Pläne*? So was wie eine arrangierte Ehe?«

»Nicht so ganz. Aber, ja, irgendwie schon.«

»Könnten sie dir das Leben schwer machen, wenn du nicht wieder zu ihr zurückgehst?«

Mit ein paar schnellen Schnitten zerlegte er den Apfel in Scheiben. »Jeder Schritt, den meine Eltern machen, hat rein gar nichts mit meinem Glück zu tun, sondern ausschließlich mit ihrem Image und dem Wachstum unseres Reiches.«

»Aber wird das Wachstum des Reiches dir nicht irgendwann weiterhelfen?«

Er gab mir noch ein Stück Apfel mit Erdnussbutter.

»Du bist fest entschlossen, ihnen einen Vertrauensvorschuss zu gewähren.«

»Ich will nicht, dass du mich hasst, weil ich deine Familie gesprengt habe.«

Er verdrehte die Augen. »Die sagen Sachen wie: *Was hast du denn für einen Grund, deprimiert zu sein? Du gehörst zu einer der mächtigsten Familien des Landes. Dir wird es nie an etwas fehlen, solange du tust, was man von dir erwartet.* Und das heißt, füg dich und heirate sie und alles ist in Butter. Nur wird es das nicht sein.«

Er schnappte sich noch einen Apfel und fing an ihn zu zerlegen. »Manchmal wünschte ich, ich wäre eins von diesen gewissenlosen Arschlöchern, die alles tun, was verlangt wird, ohne Rücksicht auf die Konsequenzen. Aber das bin ich nicht, vermutlich macht mich das zum Versager.«

Ich runzelte die Stirn. »Wünschst du dir wirklich, du wärst so jemand?«

»Es sollte doch wohl reichen, dass ich die Firma übernehme. Da müssen sie doch nicht auch noch entscheiden, wen ich heirate.«

Da war ich ganz seiner Meinung. »Warum muss es denn unbedingt Rochelle sein?«

»Ihre Familie ist mächtig. Meine Familie ist mächtig. Eine tolle Fusion.« Er stieß einen langen Pfiff aus. »Wir wären unschlagbar.«

»Woraus besteht euer Reich überhaupt?«

Er dachte kurz nach. »Die Zeitung, das Museum, die Bibliothek, ein paar Immobilien, *Preston Academy* und natürlich die Bank.«

»Und all das kriegst du mal?«

»Nicht alles. Ich habe Cousins.«

»Willst du irgendwas davon haben?«

Er zuckte mit den Schultern. »Die Sache ist die: Ich will immer noch, dass meine Eltern stolz auf mich sind. Obwohl ich mit dem Scheiß, den sie reden, zu neunundneunzig Prozent nicht einverstanden bin. Ist das nicht erbärmlich?«

»Nein. Natürlich nicht. Denn du liebst sie doch, trotz allem – oder?«

Er wurde ganz still. »Keine Ahnung.«

Oh.

Wow.

Ob er das je laut zugegeben hatte? Vermutlich nicht. Die zutiefst verstörende Trauer, die sich in seinem Gesicht zeigte, ließ jedenfalls darauf schließen. *Gut gemacht, Devon.*

»Tut mir leid. Ich hätte nicht …«

»Nein. Schon in Ordnung.« Er schüttelte den Kopf. »Mit meinen Eltern ist alles so kompliziert. Ich bin ein Einzelkind, deshalb lastet der ganze Erwartungsdruck auf mir. Aber ich bin nicht so gut in der Schule, ich gehe nicht mit dem Mädchen, das sie für mich ausgesucht haben. Ich mache alles falsch, und sie wissen nicht, wie sie sich mir gegenüber verhalten sollen, weil ich nicht so handele, wie ich das ihrer Meinung nach tun sollte. Ich kann nicht der sein, den sie sich wünschen. Und manchmal hasse ich das. Ich hasse mich.«

»Aber sie hassen dich doch nicht?«

Wieder zuckte er mit den Schultern. »Mutter nimmt mich schon in Schutz, aber ich weiß nie so recht, ob sie dabei eher das Ansehen der Familie verteidigt, oder doch einfach nur ihr Kind, verstehst du?«

Dazu konnte ich auch nichts sagen, also ließ ich es. Stattdessen drückte ich seine Hand.

»Und mein Vater«, sagte er. »Sein Vater war hart zu ihm. Ich glaube, er weiß nicht, wie er sonst sein soll, er kennt nichts anderes.«

»Nicht mal von deiner Großmutter?«

»Ich glaube, sie hat erst angefangen, was zu sagen, als mein Großvater weg war. Ich erinnere mich kaum an ihn. Er ist gestorben, als ich noch ein Baby war.«

»Gott, Ashton. Das tut mir so leid.«

Er schlug nach einer Fliege. »So ist das nun mal.«

»Aber sie sind deine Eltern.«

»So ist das nun mal«, wiederholte er. Fall war erledigt.

Da ich gerade dabei war, die schweren Geschosse abzufeuern, schluckte ich und würgte die nächste Frage raus. »Hättest du Rochelle geheiratet?«

Die Sonne versteckte sich hinter einer dicken Wolkenbank. »Vielleicht.«

Seine Antwort traf mich wie ein Schlag in den Bauch. »Hast du sie geliebt?«

Er richtete den traurigen Blick auf mich. »Spielt das eine Rolle, Devon?«

»Sollte es nicht. Tut es aber.«

»Sie und ich haben jede Menge Vergangenheit. Aber ich liebe sie nicht so, wie ich dich liebe. Ich werde nie jemanden so wie dich lieben.«

Ich schaute zu Boden. »Das ist keine Antwort.«

»Dev, Rochelle ist meine älteste Freundin. Auf diese Weise liebe ich sie. Nur so.«

»Ich hab das Gefühl, wenn jemand in der Lage wäre, dich mir wegzunehmen, dann sie.«

»Nein. Ich gehöre dir. Ganz und gar.« Eine Weile saß er still da, dann fragte er: »Gehörst du mir?«

Ich streichelte seine Wange. Mit einem Seufzen schloss er die Augen und küsste meine Handfläche. Und da hatte ich meine Antwort. Ich hatte sie schon lange gekannt.

Meine zitternden Lippen berührten seinen Mund. Ich ließ mich erfüllen von seinem Geschmack, seinem Duft, einer süßen Salzigkeit. Unser Kuss im Planetarium hatte etwas Explosives und Dramatisches gehabt, dieser hingegen war zärtlich, langsam, weich, er hatte etwas Verbindendes, Gefühlvolles und Wahres. Ich spürte ihn überall in mir, in meiner Seele und darüber hinaus.

»Dev?«

»Ja«, flüsterte ich.

»Ja?«

»Ich gehöre dir. Nur dir.«

Er legte die Hände auf meine Wangen. »Ich werde dich nicht wieder im Stich lassen.«

»Nein. Lass das. Mach nicht so viele Versprechungen. Nicht heute. Sei einfach bei mir.«

Er öffnete die Arme, damit ich mich an ihn schmiegen konnte. »Das kann ich.«

19. Kapitel

Ich konnte nicht schlafen.

Samstagabend. Halloween. Die meisten meiner Klassenkameraden waren wahrscheinlich unterwegs oder kamen gerade nach Hause. Blair verbrachte das Wochenende bei ihrer Großmutter. Ashton war wahrscheinlich im Bett. Er war wie ich, gehörte zu den Menschen, die unglaublich früh zu Bett gingen, sogar an Wochenenden, und vor Sonnenaufgang fit wie ein Turnschuh aufwachten. Nur heute Nacht ging das bei mir nicht. Es war fast Mitternacht, aber ich war total aufgedreht. Ich lag im Bett und starrte an die Decke. Die selbstleuchtenden Sterne waren schon vor Stunden verblasst, meine Augen fühlten sich sandig an, und ich konnte gar nicht mit dem Gähnen aufhören, aber meine Gedanken ließen sich nicht abstellen.

Ich schleuderte die Decke weg und schnappte mir meinen Laptop. Der helle Bildschirm blendete mich zuerst, aber meine Augen passten sich schnell an. Meine Finger flogen über die Tastatur, als ich die Webadresse der McCafferty-Uni eingab. Dann loggte ich mich ein und starrte auf mein Profil.

Es gab einen Grund, warum ich hier wach lag. Das war kein x-beliebiger Samstagabend. Morgen war der 1. November: die Deadline für die Abgabe meiner Frühbewerbung.

Meine Bewerbung, mein Aufsatz und meine Stipendien-unterlagen standen fein säuberlich in meinem Account. Meine Empfehlungsschreiben, Zeugnisse und Testergebnisse waren bereits ans Bewerbungsbüro geschickt worden. Alles war bereit. Nur ich nicht.

Ich war nicht in der Lage gewesen, den SENDEN-Button anzuklicken. Obwohl alle Unterlagen von Professor Trask abgesegnet worden waren. Er hatte die Startfreigabe verkündet. Trotzdem war ich total nervös. Was, wenn doch nicht alles perfekt war? Es musst perfekt sein.

Der Aufsatz musste aus dem Herzen kommen, aber weder Schwäche zeigen noch um etwas betteln. Hatte ich meine Kenntnisse und Fähigkeiten beschrieben, ohne zu prahlen? Jedes einzelne Wort hatte ich mir unter Qualen abgerungen. Ich musste genau den richtigen Ton treffen. Sie sollten glauben, dass sie mich brauchten, nicht umgekehrt.

Die Sache mit dem Schlafen gab ich auf, ich nahm mir mein Handy und schickte Ashton eine Nachricht. Es war unwahrscheinlich, dass er noch auf war, aber ich musste Dampf ablassen. Danach würde ich mich besser fühlen und er würde die Nachricht morgen früh bekommen.

Ich legte mich auf den Rücken und starrte an die Decke. Schon wieder.

Das Telefon summte, ich zuckte zusammen, und mein Plüschhase fiel aus dem Bett. Ich ging ran: »Du bist wach.«

»In einer Viertelstunde bin ich bei dir.«

»Das musst du nicht …«

»Ich will es. Außerdem will ich dir was zeigen.«

Ich war so froh, von ihm zu hören. »Bis gleich.«

Ich zog Yogahosen und ein Kapuzenshirt über, und als

mein Handy piepte, tappte ich ins Wohnzimmer. Meine Eltern kuschelten auf dem Sofa.

»Wir gucken einen Dokumentarfilm«, sagte Dad. »Verschwörungstheorien. Projekt Monarch und so was.«

»Warum?«

»Ist faszinierend«, sagte Mom. »Willst du mitgucken?«

»Nein danke. Ich bin mal eine Weile weg.«

Mom setzte sich auf. »So spät noch.«

Ich schlüpfte in meine Tennisschuhe. »Morgen ist ja keine Schule.«

Sie musterte mich, dann nickte sie.

»Pass auf dich auf.«

»Ich glaube, ihr seid größeren Gefahren ausgesetzt, wenn ihr dieses Zeug schaut.«

»Bleib nicht zu lange weg«, rief Dad.

Ich ging raus zu Ashton, der in seinem Auto saß. Seine Finger tänzelten übers Handy, offensichtlich spielte er was.

Als ich die Autotür aufmachte, ging ein Lächeln über sein Gesicht. »Hallo, du.« Er steckte das Handy in die Tasche und gab mir einen schnellen Kuss. »Ich bin so froh, dass du mir geschrieben hast.«

»Ich staune, dass du noch auf warst.«

»Konnte nicht schlafen.«

Ich zögerte. »Alles in Ordnung?«

Das Lächeln verflog und er verdrehte die Augen. »Wann ist es das je? Aber es geht hier nicht um mich, sondern um dich.«

»Ashton, wenn du über irgendwas reden willst ...«

»Will ich nicht.« Er fuhr an. »Ich will dir was zeigen. Es ist eine Überraschung.«

»Ich starrte ihn an, aber sein Gesicht war ausdruckslos

und wurde nur gelegentlich von den Straßenlaternen ange-
leuchtet.

»Ashton …«

Er nahm meine Hand. »Nein. Alles okay, wirklich.« Seine
Schultern entspannten sich. »Tut mir leid, dass ich dich an-
gefahren hab.«

Ich schaute aus dem Fenster und versuchte zu ergrün-
den, wo wir hinfuhren. Wir kamen an der altmodischen
Milchbar vorbei. Am Blumenladen der ständig meckernden
Mrs Armstrong, die Teenager für Gesindel hielt, nur zu Ball-
zeiten nicht, wenn sich alle ihre Ansträußchen kauften.
Dem inhabergeführten Café, vor dem die Leute bis auf die
Straße Schlange standen, und dem *Starbucks*, vor dem keiner
stand.

»Wir sind da«, sagte Ashton nach etwa einer halben
Stunde.

Ein Park. Außerhalb der Stadt. Manchmal joggte ich hier,
aber heute Abend war alles menschenleer. Friedlich. Wir
wanderten herum, bis wir zum Spielplatz kamen. Da legte er
mir die Hand auf die Schulter, damit ich stehen blieb. »Schau
hoch.«

Wow. Über mir war die Milchstraße in all ihrer Pracht, in
allen Schattierungen von Lila und Blau mit kleinen weißen
Schleierwolken zu sehen. So unfassbar groß und weit, so
unendlich und ewig. Atemberaubend schön. Ich schnappte
nach Luft und ließ mich von Ehrfurcht ergreifen. Das hier
würde niemals seinen Reiz verlieren.

Ashton trat hinter mich und schlang mir die Arme um die
Taille. »Das habe ich vor ein paar Wochen entdeckt, als ich mal
einen klaren Kopf gebraucht hab. Ich bin zum Nachdenken

hergekommen und dann habe ich nach oben geschaut. Da wusste ich sofort, dass ich mir das hier mit dir ansehen muss.«

»Ich bin froh, dass du mich hergebracht hast. Das hab ich nicht mehr gesehen, seit ich klein war.« Sternwarte, ja. Google-Bilder, immer. Und schon gar nicht mit meinem Freund, in den ich mich jeden Tag mehr verliebte. Dessen Wasserfallduft sich mit der Nachtluft verband, alle Gedanken aus meinem Kopf verscheuchte und ihn stattdessen mit Magie füllte.

Der Himmel war so klar. Wir waren nur eine halbe Stunde von meinem Haus entfernt, aber im Park gab es weder orangefarbene Straßenlaternen, noch wurde der wunderbare Blick von Bäumen verstellt. Wie konnte es sein, dass ich von diesem Blick nichts gewusst hatte?

Ashton legte mir das Kinn auf die Schulter. »Erzähl mir von deinem ersten Mal.«

Ich lächelte. »Das war im Yellowstone Park. Meine Eltern sind mit mir campen gegangen, ich bin ganz lange aufgeblieben und hab in den Himmel geguckt und beobachtet, wie die Sterne sich bewegten. Als ich ein paar Abende später wieder zu Hause war, hab ich gegoogelt: *Warum bewegen sich Sterne.* Ich bin in ein Kaninchenloch gefallen und hab entdeckt, dass eigentlich wir es sind, die sich bewegen. Und da wurde mir klar, dass ich Astrophysik studieren wollte.«

»Fällst du immer noch in diese Kaninchenlöcher?«

»Andauernd. Hast du gewusst, dass es Milliarden Planeten in der Milchstraße gibt?«

»Ich hatte keine Ahnung«, sagte er und guckte mich erstaunt an.

»Und vielleicht sogar Trillionen Sterne. Alle Arten. Jede

Menge Supernovae.« Ich schüttelte den Kopf. »Mein Gott, ist das schön.«

»Glaubst du, dass da draußen noch andere sind? Also, wir können doch nicht die Einzigen sein, oder?«

Ich nickte. »Und ich will sie finden.«

»Dev, du wirst an der McCafferty angenommen. Die brauchen jemanden, der das alles so liebt wie du.«

Ich erstarrte, dann drehte ich mich zu ihm um. »Wenn ich meine Bewerbung abschicke.«

Verwirrt sah er mich an. »Was meinst du mit *wenn*?«

»Das ist mein einziger Versuch, und ich habe eine Höllenangst, alles zu verpatzen.«

»Dev. Du bist jung, zäh und hungrig. Die werfen deine Bewerbung nicht in den Papierkorb.« Er nahm mein Gesicht zwischen die Hände und schaute mir in die Augen. »Devon. Versprich mir, dass du diese Bewerbung abschickst.«

Ich nagte an meinem Daumennagel. »Ich hab Angst.«

»Warum?«

»Was mache ich, wenn sie mich nicht zulassen?«

»Devon, wenn du nichts abschickst, bist du jetzt schon abgelehnt.«

»Das hat Professor Trask auch gesagt.«

»Professor Trask ist ein sehr weiser Mann.« Ashton hielt meinen Daumen fest. »Devon, versprichst du es?«

Ich stieß einen zittrigen Atemstoß aus, der in der kalten Luft hängen blieb. Dann nickte ich. »Ich verspreche es.«

»Gut.« Er drückte einen zarten Kuss auf meinen Daumen. Dann schloss er mich in die Arme und küsste mich so, dass ich alles vergaß. Es gab nur noch ihn und mich und die Sterne über uns.

20. Kapitel

»LASS UNS ZU MIR NACH HAUSE FAHREN«, FLÜSTERTE ER
später.

»Warum?«

»Ich will was von dir.«

»Und deine Eltern?«

»Die sind nicht in der Stadt.«

Ich lächelte und er durfte meine Hand nehmen.

»Irgendwie komm ich mir so unartig vor, wenn ich hier her-
umschleiche«, sagte ich, als wir in seinem Zimmer angekommen waren. Es war ziemlich dunkel, nur die kleine Lampe auf
dem Nachttisch spendete etwas Licht.

Er drängte mich näher ans Bett. »Du bist doch unartig.«

Unsere Kleidung bekam Knitterfalten. Unsere Haare waren zerzaust. Aber wir küssten uns nonstop. Warm, ein bisschen salzig, nur er. Der Rausch war intensiver als nach einer
extremen Dosis Zucker, er war süßer als alle Süßigkeiten,
besser als die krasseste Droge.

Seit wir wieder zusammen waren, hatten wir immer nur
voll bekleidet rumgemacht, tastende Finger, die erhitzte Haut

unter Shirts erkundeten. An diesem Abend überkam mich etwas Draufgängerisches und ich zog Kapuzenshirt und T-Shirt aus. Dann küssten wir uns wieder.

»Ich will dich sehen«, flüsterte ich. »Es ist so lange her, seit ich dich gesehen habe.«

Ashton setzte sich auf, seine Brust hob und senkte sich heftig. Dann schaute er mir lange ganz tief in die Augen und zog dann langsam sein T-Shirt aus. Ich ließ den Blick über seinen goldenen Leib wandern. Er war dünn, aber muskulös, mit Arm- und Bauchmuskeln, die ein bisschen definiert waren. Mit der Hand fuhr ich über seine warme, glatte Haut, dann lächelte ich.

»Was ist?«

»Du bist so dünn.«

»Na und?«

»Du hast dich verändert. Seit jenem Sommer.« Mit dem Finger malte ich ihm ein Herz auf den Arm. »Mir gefällt es, dass du kein Muskelprotz bist.«

Er prustete los. »Muskelprotz? Wer redet denn so? Und du hast dich auch verändert. Deine Brüste sind größer.«

Ich starrte an mir herunter. Typisch, dass er das bemerkte.

Er sog die Luft scharf ein, als er den Blick über mich wandern ließ. »Mein Gott, Devon. Du bist makellos.«

Mein Gesicht wurde ganz warm. »Nee, nee.«

»Oh doch.«

Wir küssten uns wieder, seine Hände tasteten über meinen Rücken, lösten den Verschluss meines BHs. Dann glitten seine Fingerspitzen über meine nackten Schultern und nahmen die zarten Träger mit. Seine Lippen folgten den Fingerspitzen und bedeckten Schlüsselbein und Schultern mit kleinen Küssen, die wie Stromstöße waren. Dann trafen sich unsere Blicke wieder, und seine Augen fragten, ob es in Ordnung war, wenn er die Träger ganz herunterschob.

Das war in Ordnung.

Wir legten uns wieder hin, unsere Küsse wurden immer leidenschaftlicher. Haut auf Haut, Herz an Herz. Mein Körper schmerzte von all den Küssen auf Gesicht, Hals, Lippen.

»Ich will dich berühren«, murmelte er. »Überall.«

»Das wünsche ich mir auch«, gab ich bebend zu.

Noch ein langer Kuss, dann glitten seine Finger unter die Gürtellinie. Er hatte nicht vergessen, was ich mochte, fand genau die richtigen Stellen, brachte mein Herz zum Rasen. Die Intensität dieser Gefühle versetzte mich in Hochspannung. Er wusste noch immer, wie er meine Gefühle anheizen konnte, bis ich in einem Zustand atemloser Wonne war. Mein Gott, er wusste noch alles.

»Gut?«, fragte er.

»Hmm.«

»Wie früher?«

»Besser.«

»Gut«, sagte er noch mal, seine Augen waren halb geschlossen, sein Lächeln träge und zufrieden.

Ich küsste ihn wieder, dann ließ ich die Fingerspitzen über seinen Bauch tänzeln. »Nun zu dir.«

»Langsam werde ich müde«, sagte ich später mit einem Gähnen. Ich griff nach meinem Kapuzenshirt. »Ich muss wohl mal nach Hause.«

»Ich möchte, dass du vorher noch etwas tust«, sagte er. Er

ging mit mir zu seinem Schreibtisch und klappte den Laptop auf. »Schick es ab, Dev.«

Sofort wurden mir die Handflächen feucht und meine Knie fingen an zu zittern. Das warme Gefühl der Zufriedenheit von eben war wie weggeblasen, an seine Stelle trat nackte Angst.

»Ich versteh ja, dass du nervös bist.« Er streichelte mein Handgelenk. »Aber du wirst es wahnsinnig bereuen, wenn du es überhaupt nicht abschickst.«

Warum war das nur so schwer? Ich musste doch nur McCaffertyUniversity.edu eintippen.

Benutzername und Passwort.

Auf SENDEN klicken.

Stattdessen erstarrte ich und glotzte nur auf den Monitor.

»Ich bin bei dir«, flüsterte Ashton. Ich spürte seinen Atem im Nacken, warm und beruhigend.

»Kannst du das nicht für mich machen«, sagte ich im Scherz, aber eigentlich war es keiner.

»Es ist dein Traum«, sagte er sanft. »Das musst du machen.«

Vor mir loderte der Bildschirm. »Kein Druck oder so was.«

»Du solltest es nicht machen, wenn du nicht wirklich bereit dazu bist.« Jetzt streichelte er meinen Arm. »Aber ich glaube, du bist es.«

»Warum kann ich es dann nicht tun?«

»Weil das eine große Sache ist, Devon. Und sobald du diesen Button anklickst, hast du keinen Einfluss mehr drauf. Da kriegt man doch Schiss.«

Ich ließ die Fingerspitzen über die glatten schwarzen Tasten gleiten. »Event Horizon.«

»Was ist das?«

»Das ist so, als würdest du am Rande eines schwarzen Loches stehen, und sobald die Schwerkraft dich erfasst, war's das. Es gibt kein Zurück. Hast du das schon mal empfunden?«

Er nickte. »Als ich in diesen Flieger nach Frankreich gestiegen bin. Ich wusste, dass meine Familie total angepisst sein würde und Rochelle auch nicht glücklich wäre. Aber als ich dann in der Luft war, fühlte es sich richtig an. Und so wird es hiermit auch sein.«

»Bereust du es?«

»Kein bisschen, Dev. Mir fällt wirklich nichts ein, was ich jetzt lieber möchte als das hier.«

Ich schlang die Arme um mich. Warum zum Teufel zitterte ich? Das war eine Uni-Bewerbung. Kein großes Ding. Echt nicht.

»Dev, du willst schon ewig auf die McCafferty. Wenn du das hier nicht machst, bist du schon gescheitert. Und was dann?«

»Dann mache ich mir Vorwürfe.«

»Und das wollen wir doch beide nicht.«

Er hatte recht. Ich musste mich zusammennehmen. Das hier war mein Traum. Ich musste vernünftig sein und diese Sache durchziehen. Und zwar jetzt.

Ich zog den Lederstuhl unterm Tisch heraus und setzte mich. Dann klickte ich mich ein letztes Mal durch die hochgeladenen Dokumente. Bewerbungsschreiben. Essay. Stipendienanträge. Alles war noch da. Ich tippte Dads Visa-Daten ein – die ich inzwischen auswendig kannte. Dann schloss ich die Augen und sprach ein ganz kleines Gebet, holte drei Mal tief Luft und drückte schließlich auf den SENDEN-Button.

Ein weißer Bildschirm, ein sich drehender grauer Kreis – und dann:

DANKE, DASS SIE SICH AN DER MCCAFFERTY UNIVERSITY BEWORBEN HABEN!

Und ich fühlte … gar nichts. Keine Erleichterung. Nicht den kleinsten Funken Furcht. Ich fühlte mich ganz normal. So als ob alles schon immer so sein sollte. Meine Hände hörten auf zu schwitzen. Meine Knie zitterten nicht mehr.

Mit mir war alles in Ordnung.

Ashton drückte meine Schulter. »*Jetzt* kann ich dich nach Hause bringen.«

21. Kapitel

ICH HASSTE SCHNEE VOR THANKSGIVING. VOR DREI WO-
chen waren wir noch Reiten gegangen. Jetzt schlingerte Ashtons Auto, als er nach der Schule vor meinem Haus bremste.

Ich ließ den Haltegriff über dem Fenster los. »Ich finde, du
solltest zum Abendessen bleiben.«

Ashton schluckte: »Heute?«

Ich nickte. »Mom hat mir gerade eine Nachricht geschickt.
Sie hätten das gern.«

Seine Hände umkrampften das Lenkrad. »Und wenn sie
mich nicht mögen?«

»Sie lieben dich jetzt schon.« Ich zog seine Hand an die Lippen und küsste sein Handgelenk. Und da fiel mir die Narbe
auf. Silbrig weiß, fast verblasst. Leicht zu übersehen, wenn
man nicht allzu genau hinschaute. Sachte fuhr ich daran entlang, dann sah ich ihn an und stellte meine Frage mit einem
Blick.

Er schaute auch auf die Narbe, seine Nasenflügel blähten
sich beim Atmen. Dann schüttelte er den Kopf. *Nicht jetzt,*
sagte seine Miene. Seine Stimme sagte: »Okay. Dann esse ich
mit deinen Eltern zu Abend. Aber wenn ich da nicht lebend
wieder rauskomme, gebe ich dir die Schuld.«

»Hör mal!«

Ashton sah, nun ja … aschfahl aus, als wir auf die Veranda traten. Ich berührte seine Wange. »Alles gut. Das verspreche ich.«

Sein Blick verriet, dass er ans genaue Gegenteil glaubte.

»Nimm das, du rattenfressendes Arschgesicht!«

Ashton erstarrte, er packte meine Hand. »War das deine Mutter?«

»Und wenn du sie noch mal angreifst, vernichte ich dich und deine Kuh!« Das war Dad.

Ich verdrehte die Augen. »Die spielen Videospiele.«

Das schien ihm einzuleuchten. »Verstehe. Na klar.«

Ich schleppte ihn ins Wohnzimmer.

Mom und Dad nahmen ihre Headsets ab und lächelten wie in der Margarinewerbung. Niemand würde je draufkommen, dass sie vor einer halben Minute noch Zwölfjährige zum Weinen gebracht hatten.

Mom saß in ihrer ganzen Hippiepracht da, mit Schlauch-Top und wallendem langen Rock. Dad hatte ein Hawaiihemd an (ein Hawaiihemd!!!) und Cargoshorts. Denn irgendwie war noch nicht zu ihnen durchgedrungen, dass es draußen schneite.

»Also, wen haben wir denn hier?«, sagte Mom mit übermütigem Funkeln in den Augen. »Der Mensch, der meine Tochter zum Leuchten bringt wie ein Leuchtdings, das leuchtet!«

»Danke für die Einladung, Mr und Ms Kearney.« Dann guckte er mich an, als wollte er sagen: *Mach ich das richtig so?* Aber klar. Er war im Höflichkeitsmodus, der Inbegriff von guten Manieren und Charme.

»Nun denn.« Mein Vater räusperte sich und rieb sich die

Hände. »Was sind Ihre Absichten hinsichtlich meiner Tochter?«

Mom kniff die Augen zu und schüttelte den Kopf. Mir blieb der Mund offen stehen. »*Dad*.«

Aber Ashton schien das nicht zu schocken. »Ich bin gern mit Devon zusammen, und mir gefällt es, sie immer besser kennenzulernen.« Dann schaute er mich zärtlich an. »Ich hoffe, dass wir uns noch lange so nah sein werden.«

»Du bleibst doch zum Essen?«, fragte Mom. »Es gibt Spaghetti. Es sei denn, du hast eine Lebensmittelallergie oder irgendwelche Einschränkungen zu berücksichtigen. Dann können wir auch ganz schnell etwas anderes in den Topf werfen. Oder wir bestellen was. Sushi mögen wir besonders gern.«

Ashton guckte sie erstaunt an. »Sie wissen ja gar nicht, wie gut das klingt, Mrs Kearney. Ich hab schon ewig keine Spaghetti mehr gegessen.«

»Lori«, sagte sie. »Darauf bestehe ich. Und willkommen bei uns zu Hause. Wir freuen uns, dass du hier bist.«

Erst jetzt entspannten sich Ashtons Schultern. »Danke.«

Ich drückte seine Hand. »Komm, du bekommst die große Führung.«

Ich versuchte mein Zuhause mit Ashtons Augen zu sehen. Es war keine tolle alte Villa mit tausend Räumen. Es roch nicht nach altem Geld und war nicht mit Museumsstücken vollgestopft. Doch es war warm und behaglich. Reich an Geschichten, wie zum Beispiel den Strichen an der Wand im Badezimmer, die mein Wachstum dokumentierten. Oder den getrockneten Spaghetti an der Küchendecke von Moms Aldente-Tests. Und dem Glitter auf dem Teppich von der Party im letzten Frühjahr.

Moms Boho-Stil fand sich in allen Räumen wieder. Lichterketten baumelten an den Wänden, der Duft von *Nag Champa*-Räucherstäbchen zog durch den Flur. Perlenvorhänge schmückten die Fenster, üppige grüne Pflanzen streckten sich bis zur Decke, und Bücherstapel schwankten auf abgetretenen Holzböden.

Ashtons Gesicht nahm einen ernsten, irgendwie entrückten Ausdruck an, als wir unsere Köpfe in das Familienzimmer steckten, in die Küche und das offizielle Wohnzimmer, das wir außer zu Festen und Familienfeiern nie benutzten.

Ich stieß ihn mit der Schulter an. »Alles okay mit dir?«

»Hier ist so viel Liebe. Sie ist greifbar. Ja, Mann, das ist wirklich ein Heim.«

Ich legte ihm den Arm um die Hüfte. »Und jetzt gehörst du mit dazu.«

Er sah mir in die Augen. »Ist das ernst gemeint?«

»Ja«, flüsterte ich und küsste ihn. Seine Lippen zitterten. Ich berührte seine Wange mit dem Daumen.

Er blieb vor meiner *Hall of Fame* stehen und sah sich die Schulfotos aus jedem Jahr seit der Vorschule ganz genau an. »Du warst ein sehr süßes Kind.«

»Danke. Ich frag mich immer, was dann wohl passiert ist.«

»Du bist zu erwachsen und umwerfend geworden, das ist passiert.« Er nahm einen perlenverzierten Bilderrahmen vom Beistelltisch. »Trägst du da ein Cinderella-Kleid?«

»Da war ich in Disney World! Klar, ist das ein Cinderella-Kleid.«

Er lächelte ein bisschen. »Das ist verdammt niedlich.« Dann guckte er wieder ernst. »Da bin ich noch nie gewesen. In Disney World.«

Ich drückte ihn. »Irgendwann fahre ich mit dir hin.«

Er stellte den Rahmen auf den Tisch zurück und nickte bedächtig. Dann schlang er die Arme um mich und legte das Kinn auf meine Schulter. »Irgendwie bin ich neidisch auf deine Kindheit. Und mit irgendwie neidisch meine ich total neidisch.« Er löste sich von mir und nahm das Bild wieder in die Hand. »Sieh dir mal an, wie dein Dad dich anschaut. So sieht er dich immer noch an, Devon. Du bist wirklich seine kleine Prinzessin. Meine Eltern – die schauen mich nie so an.« Seine Mundwinkel gingen nach unten. »Die sehen mich überhaupt nicht.«

»Ashton …«

»Nein.« Und so schnell, wie sie gekommen war, war die finstere Stimmung wieder verschwunden. Er strahlte wieder wie ein Feuer, das zu heiß brennt. Dann löste er sich aus unserer Umarmung und warf einen Blick den Flur hinunter. »Zeig mir dein Zimmer.«

Ich stieß die Tür auf und ließ ihn rein. Dann beobachtete ich ihn, als er mit den Fingern zart über meinen Schreibtisch strich, immer wieder. »Ashton? Ist auch ganz bestimmt alles in Ordnung?«

Sein Kopf fuhr herum. »Mir geht es gut.«

Es ging ihm nicht gut. Das merkte man daran, dass er mir nicht in die Augen sehen wollte … und an den heruntergezogenen Mundwinkeln. Aber er strengte sich gewaltig an, mich – und wahrscheinlich auch sich selber – davon zu überzeugen.

»Wow«, sagte er und sah sich mit gezwungenem Lächeln in meinem Zimmer um. So als könne das Strahlen seiner weißen Zähne vertreiben, was immer ihn da überwältigen wollte.

»Genau wie ich es mir vorgestellt habe. Yogamatte auf dem Fußboden. Schreibtisch mit einem riesigen Bücherstapel. Teleskop. Was ist das für ein Bett? Das sieht aus, als wäre es in Wirklichkeit gern eine Couch. Aber der Baldachin gefällt mir.«

»Das ist ein Tagesbett. Tagsüber ist es eine Couch, nachts ein Bett. Ashton ...«

»Und wer ist das denn?« Er hob mein Plüschhäschen auf und streichelte ihm die nicht vorhandene Nase. »Sie sieht sehr geliebt aus.«

Ich seufzte. »Das ist Honey. Ich hab sie als Baby bekommen.«

»Süß. So wie du.« Dann legte er Honey ach so vorsichtig hin und tätschelte ihr den Kopf.

»Ich wünschte, du würdest mir sagen, wenn was nicht stimmt.«

»Ich hab's dir doch gesagt. Mir geht es gut.« Er zog mich wieder an sich. »Warum riecht es hier so genial?«

Widerstrebend gab ich es auf. Jedes Mal wechselte er das Thema und so langsam nervte mich das. Aber es hatte keinen Zweck, ihn zum Reden zwingen zu wollen, wenn er sich nicht drauf einlassen mochte.

»Ich zünde immer Räucherstäbchen an«, sagte ich.

Er warf seinen Blazer auf mein Bett, dann ging er zum Fenster. »Ist es das Teleskop, für das du gespart hast?«

»Nicht zu fassen, dass du dich daran erinnerst. Das habe ich dir vor einer Ewigkeit erzählt.«

»Eines Tages wirst du mir glauben, wenn ich dir sage, dass ich mich an alles erinnere, was du in jenem Sommer gesagt hast.« Er bückte sich und linste durch das Okular. »Benutzt du dein Teleskop zum Sternegucken oder spionierst du damit deine Nachbarn aus?«

Ich lachte. »Hast du meine Nachbarn gesehen? Glaub mir, so was will niemand ausspähen.«

»Ich frag mich, ob irgendwer von denen vielleicht dich ausspäht.« Er wackelte mit den Augenbrauen. »Ich würd's tun. Ganz bestimmt.«

»Igitt.«

»War ein Scherz.«

»Ich benutze es wirklich zum Sternegucken, nur zu deiner Information. Das hier ist ein einfaches Refraktor-Teleskop, ich kann also einige coole Sachen sehen. Aber eigentlich möchte ich ein Reflektor-Teleskop haben. Oder ein katadioptrisches.«

Er reckte sich, dabei rutschte sein Hemd aus der Hose.

»Was ist der Unterschied zwischen diesem und dem … wie hieß das noch?«

»Na ja, mit diesem hier kann ich Planeten und Sterne sehen, aber mit einem Reflektor- oder einem katadioptrischen Teleskop könnte ich den erdfernen Weltraum sehen. Galaxien und Nebulae und so was.«

»Ich weiß nicht mal, was Nebulae sind, hört sich aber cool an.« Er legte mir den Arm um die Taille. »Aus dir wird die allerbeste Wissenschaftlerin.«

»Das hoffe ich.«

»Das weiß ich. Wenn man so leidenschaftlich bei der Sache ist wie du, kann man gar nicht schlecht sein.«

Ashton war jetzt völlig entspannt, die Unruhe von vorhin war verschwunden. Oder vielleicht bloß gut versteckt. Er drückte mich an die Wand. »Und jetzt würde ich dich echt gern küssen, wenn du nichts dagegen hast.«

»Nur wenn du mir versprichst, mich niemals auszuspionieren.«

»Ich verspreche, dir niemals hinterherzuspionieren, dich zu stalken oder dir sonst was Gruseliges anzutun«, sagte er ernst. »Meine heiße Wissenschaftler-Freundin.«

Seine weichen Lippen entfalteten ihren Zauber, der Kuss wurde immer intensiver und drängender. Tastende Finger glitten unter mein Shirt und streichelten meine Haut, sodass mir Blitze bis in die Zehen hinunterschossen. Seinen Hunger und seine Leidenschaft konnte ich schmecken und das brachte mich auf ganz gewagte Gedanken.

An Sex.

»Ähem!« Mom räusperte sich.

Ashton und ich fuhren so schnell auseinander, dass er zwei Bücher von meinem Schreibtisch stieß.

Mom warf mir einen wissenden Blick zu. »Ich wollte nur wissen, ob Ashton was trinken möchte, aber …«

Seine Ohren liefen rot an. »Alles gut, Mrs äh … Lori.«

Sie grinste ihn an. »Ja, kein Zweifel. Ihr beide solltet vielleicht zu uns rüberkommen.«

Mit flammenden Gesichtern folgten Ashton und ich Mom ins Familienzimmer.

»Sorry«, murmelte er.

Dad schlich sich hinter uns rein und drückte Ashton ein Videospiel in die Hand. »Spielst du?«

Mit offenem Mund starrte Ashton das Spiel an. »Das ist Tidal Destruction III. Aber das kommt erst nächsten Monat raus. Wie …?«

»Das, fürchte ich, ist streng geheim.«

»Nein, das ist cool … aber … *wow*.« Ashton war kurz vorm Sabbern, so würdelos hatte ich ihn noch nie gesehen. Das war ebenso süß wie beunruhigend.

»Willst du spielen?«, fragte mein Dad.

Ashton zögerte nicht. »Ja. *Ja*, das will ich.«

»Dann lassen wir euch Jungs mal in Ruhe«, sagte Mom, und sie und ich gingen in die Küche. »Das ist also dein Freund.« Sie schaute mich anerkennend an. »Mannomann, Mädchen.«

Mein Gesicht wurde warm. Okay, es war eine Sache, wenn Mädchen in meinem Alter Ashton anschmachteten. Aber meine Mutter?!!!.

»I ain't mad at you-ooo«, sang sie und füllte Wasser in einen Topf.

Jetzt war mir am ganzen Körper heiß, ich konnte mich kaum auf das Zupfen vom Kopfsalat konzentrieren, so peinlich war mir das alles. »Könntest du das bitte lassen?«

»Hey, ich mag ja nicht mehr auf dem Markt sein, aber das heißt nicht, dass ich mich nicht am Angebot erfreuen kann.«

»MOM!«

Sie lachte. »Dir ist alles so schnell peinlich. Das muss aufhören. Dein Freund sieht sehr gut aus. Genieß es.«

»Glaub mir, das tu ich«, sagte ich, ohne nachzudenken, und jetzt stand ich wirklich in Flammen.

Verwundert starrte sie mich an. »Du liebst ihn.«

Ich entspannte mich und lächelte. »Wie verrückt.«

Sie zog eine Augenbraue hoch. »Müssen wir uns über Empfängnisverhütung unterhalten?«

»Ich glaube schon. Bis jetzt war das nicht nötig, aber …«

Sie hatte die Spaghetti in den Topf gegeben und legte den Arm um mich. »Aber es rückt näher?«

Zur Zeit fiel es mir schwer, die Klamotten anzubehalten, wenn Ashton und ich allein waren. Ehrlich gesagt, strengte ich mich auch nicht besonders an. Oder gar nicht. Dass ich mich ihm gefühlsmäßig öffnete, schien irgendwie mit dem Wunsch einherzugehen, mich auch körperlich zu öffnen. Je mehr wir miteinander teilten, desto näher wollte ich ihm sein. Ich war süchtig danach, seine Haut auf meiner zu spüren, und ich wollte alles von ihm fühlen. Rückte es näher? Eigentlich waren wir schon da.

Ein langsames Nicken. »Ja.«

»Dachte ich mir«, sagte sie. »Ich hab es gemerkt, an der Art, wie ihr beide einander anseht. Und wie ihr vorhin nicht voneinander lassen konntet, als ich reingeplatzt bin.«

Jetzt war mir wieder total heiß. »Sorry.«

Sie drückte mich, dann rührte sie in den Nudeln. »Hey, wie ich schon sagte: Genieß es. Genieße ihn.«

»Findest du nicht, dass es zu schnell geht?«, fragte ich mit Piepsstimme.

»Ich bin deine Mutter. Selbst wenn du verheiratet wärst und drei Kinder hättest, würde ich finden, dass es zu schnell geht. Meinst *du*, dass es zu früh ist?«

Ich fing an den Salat zu wenden. »Überhaupt nicht.« Kann gar nicht früh genug sein, hätte ich am liebsten gesagt.

»Nun, wenn du dich bereit dazu fühlst und die Verantwortung dafür übernehmen kannst, würde ich sagen: dein Körper, deine Regeln.«

»Heißt das, ich kann mir seinen Namen auf die Brust tätowieren lassen?«

Sie drehte sich um und starrte mich an, ihr Gesichtsausdruck wog jede Peinlichkeit auf, die ich gerade in dieser Küche erlitten hatte.

»Mom, du weißt, dass das ein Witz war, oder?«

»Mein Gott.« Sie fächelte sich Luft zu. »Beinahe hätte ich

einen Herzinfarkt gekriegt. Bitte, lass dir niemals irgendeinen Namen tätowieren, egal von wem.«

»Aber du hast gesagt, mein Körper, meine Regeln.«

Sie seufzte. »Mir wäre es lieber, wenn du dir keinen Namen tätowieren lässt.«

»Ich weiß, Mom. Ich hab dich lieb.«

Später an diesem Abend saß ich an dem Schreibtisch, über den Ashtons Finger geglitten waren.

Depression.

Seit Ashton mir von seiner Diagnose erzählt hatte, hatte ich diesen Begriff jeden Tag gegoogelt. Die Ergebnisse waren immer dieselben.

Fatigue
Gefühle von Wertlosigkeit oder Schuld
Mangelndes Interesse oder fehlende Freude
an nahezu allen Aktivitäten
Selbstmordgedanken

Meine Hand erstarrte. Die Narbe an Ashtons Handgelenk. Sein verzweifelter Blick, als ich sie bemerkt hatte. Als ob er verschwinden wollte. Als ob das Auto ihn verschlucken sollte.

Was, wenn er das Undenkbare versuchen würde?

Ich schloss die Augen und holte tief Luft. Dann googelte ich weiter. Ich fand einen Link zu einer Seite, auf der stand, wie man einen geliebten Menschen mit Depressionen unterstützen konnte. Die speicherte ich.

Für alle Fälle.

Es klopfte zwei Mal, dann kam Mom mit einer kleinen Papiertüte in der Hand rein. Ich klappte den Laptop zu und lehnte mich auf dem Stuhl zurück. »Was ist das?«

»Worüber wir gesprochen haben.« Sie schloß die Tür.

Mom hatte mir »den Vortrag« schon vor Jahren gehalten, wie Geschlechtsverkehr technisch lief, wusste ich also. Alles andere wusste ich nicht. Was war das für ein Gefühl? Machte das Angst, wenn man jemandem so nahkam und so verletzlich war? Würde es wehtun?

»Kondome«, sagte sie. »Broschüren. Eine Liste mit Websites, auf der du Dinge nachlesen kannst, die du mich nicht fragen willst, weil dir das zu peinlich ist. Und wenn du beschließen solltest, dass du die Pille willst, hier ist der Name meiner Gynäkologin. Du kannst allein hingehen, wenn du willst, aber ich komme auch gern mit.«

»Hattest du diese Sachen schon für mich vorbereitet?«

»Gleich als du anfingst, so viel Zeit mit ihm in der Auffahrt zu verbringen. Glaub nicht, dass mir diese beschlagenen Autofenster nicht aufgefallen sind.«

»Öh …«

»Und, Schätzchen? Rede mit ihm. Wenn du dich nicht mit ihm hinsetzen und offen über Sex reden kannst, dann solltest du keinen mit ihm haben.«

»Und worüber reden wir dann?«

»Worüber redet ihr nicht«, erwiderte sie. »Empfängnisverhütung, eure Geschichte, Untersuchungen auf Geschlechtskrankheiten. Und vergesst die Logistik nicht, so was wie, wo und wann, was ihr mögt und was nicht und was ihr bereit seid, miteinander auszuprobieren. Redet über alles.«

Das schien mir sinnvoll. »Das mache ich.«

Sie zeigte auf die Tüte. »Guck dir das an, und wenn du Fragen hast, komm zu mir. Okay?«

»Okay.« Ich sichtete den Inhalt der Tüte, dann sah ich sie an. »Das ist eine ziemlich ernste Sache, oder?«

»Da hast du verdammt recht. Es ist ernst. Ich hab versucht, Sex positiv zu sehen und offen mit dir zu sein, aber ich muss es dir ganz unverblümt sagen: Es ist eine große Sache, wenn du zum ersten Mal jemanden so nah an dich heranlässt. Wenn du diesen Schritt machst, wirst du Dinge fühlen, die du noch nie zuvor empfunden hast. Und das kann deinen Verstand und deine Gefühle völlig durcheinanderbringen.«

Ich nickte. »Ich weiß, Mom. Und ich liebe ihn. Sehr.«

»Das weiß ich. Aber vor gar nicht so langer Zeit hast du seinetwegen geweint. Ich mag ihn, aber ich vertraue ihm noch nicht ganz.« Sie küsste mich auf die Stirn. »Aber dir vertraue ich. Und ich hoffe, er ist es wert. Man hat nur ein erstes Mal. Und ich möchte, dass deins was ganz Besonderes ist.«

22. Kapitel

»MEINE LEHRER HABEN DEN LETZTEN FUNKEN VERSTAND verloren«, stöhnte Blair am Mittwoch nach Thanksgiving. Dieses Mal war sie nicht in Panik. Nur verärgert. »Für Haushalts-Management soll ich ein Budget erstellen. Was weiß ich denn über Budgets? Dafür haben wir Buchhalter. Und ich kann das nicht einfach unter den Tisch fallen lassen. Das *Fashion & Design Institut* wird bis zum Schulabschluss alle meine Zensuren prüfen, ich muss also alles liefern.« Sie schimpfte leise weiter und verwünschte diverse Lehrer. Wenn sie so drauf war, konnte man nur zurücktreten und warten, bis sämtlicher Dampf über die Ohren entwichen war.

Mein Kalender sah auch nicht so toll aus. Die Hausaufgaben nahmen kein Ende, ich verbrachte viel Zeit in der Bibliothek und stöberte nach dieser ganz besonderen Sache, die meinen Projekten das gewisse Etwas geben würde. Mein Laptop begleitete mich überallhin und ich erstellte ständig Tabellen und Schaubilder, tippte Aufsätze und bearbeitete sogar Videos. Und dann waren da noch die eigentlichen Prüfungen. Zusätzlich zu den staatlichen Prüfungen galt es auch noch, Prestons eigene strenge Examen zu bestehen. Nein, nicht bloß zu bestehen, sondern mit Eins abzuschließen.

Wenn ich nicht an Schulprojekten arbeitete, war da auch noch das Jahrbuch. Stundenlang Fotos sortieren, clevere Überschriften erfinden, Seiten gestalten. Die Bestellungen im Blick behalten und die Buchführung erledigen. So langsam nahm das Jahrbuch Gestalt an. Es bestand nicht mehr nur aus endlosen leeren Seiten und Planungslisten, die nur den Eindruck vermittelten, dass die Sache nicht zu bewältigen war.

Das war mein Erbe für die Nachwelt. Es musste perfekt sein.

Aber nur kein Druck …

Und dann war da Ashton. Ich hatte so viel Arbeit, aber … ganz ehrlich: Ich konnte mich kaum konzentrieren, weil ich doch eigentlich nichts anderes wollte als ihm die Kleider vom Leib reißen.

Ich gierte nach ihm. Ständig. Ich machte die Augen zu und dachte nur noch daran, wie er roch, wie er sich anfühlte. Und an seine tiefen, tiefen Küsse. Und dieses aufregende Kitzeln, wenn er mir die Bluse aufknöpfte und meine Brust mit lauter kleinen Küssen bedeckte – bis runter zum Bauch. Seine Haut auf meiner, nachdem ich ihm sein Hemd ausgezogen und es auf den Boden geworfen hatte. Seinen fragenden Blick, wenn seine Finger unter meinen Rock glitten, und seine stumme Frage, ob er weitergehen dürfe. Und dann, dann gierte ich nach diesem Schauer, den ich danach empfunden hatte … als ich ihm mit Ja geantwortet hatte.

»Erde an Devon.« Blair wedelte mit der Hand vor meinen Augen.

»Kommst du heute nach der Schule mit zu mir? Ich brauch noch ein Model für die Kleider, die in meine Mappe sollen?«

»Oh, Mensch. Das würde ich gern machen, aber ich hab heute schon was vor mit Ashton.«

»Was mit Sex?«

Mein Gesicht wurde heiß. »Kann schon sein.«

Sie schüttelte den Kopf. »Dich hat's ganz schlimm erwischt.«

Sie hatte ja keine Ahnung.

Nach der Schule rannten Ashton und ich hoch in sein Zimmer, so wie wir es oft machten. Wir legten uns in sein Bett und küssten uns, bis die Lippen geschwollen waren. Ließen die Finger an geheime Stellen wandern. Aber dieses Mal hielt ich ihn zurück, ehe wir uns mitreißen ließen. »Wir sollten reden«, sagte ich atemlos.

Reden war so ziemlich das Letzte, was ich tun wollte.

»Das lässt nichts Gutes ahnen«, sagte er mit halb geschlossenen Augen. »Ist alles in Ordnung?«

»Ehrlich gesagt, ich weiß es nicht.«

Er zog die Augenbrauen zusammen. »Was ist los?«

Ich drehte seine Hand um, sodass die silbrige Linie an seinem Handgelenk sichtbar wurde. »Ich muss es wissen. Hast du …« Die Worte blieben mir im Hals stecken.

Lange sagte er gar nichts. Und dann … ein kleines Nicken.

Ich drückte seine Hand. Fest.

»Das ist in jenem Sommer passiert«, sagte er leise. »In unserem Sommer. Ich hab eine Rasierklinge genommen. Meine Mutter hat mich gefunden.«

Unser Sommer …

»Meine Eltern haben mich weggebracht. Mich in eine Klinik gesteckt.« Er starrte in seinen Schoß und sprach noch leiser. »Das ist der wahre Grund dafür, dass ich mich nicht von dir verabschieden konnte.«

Ich schluckte, dann zog ich sein Handgelenk an meine Lippen und versuchte mit dem Zittern aufzuhören. Ich hatte ja gern recht, aber in diesem Fall hätte ich alles darum gegeben, falschgelegen zu haben.

»Warum hast du es getan?«

»Ich kann's nicht mal erklären, Dev.«

»Ich will das einfach wissen. Ich will wissen, wie du bist.«

Er rieb sich das Gesicht, während er nach Worten suchte. »Ich nenne es *das Dunkel*. Es ist immer da, schlummert gleich unter meiner Haut. Meistens kann ich damit leben. Ist nicht schön, aber ich komme zurecht. Aber dann passiert irgendwas und es wacht auf. Und wenn es wach ist, dann könnte ich mir die Haut abreißen.« Er packte ein Büschel Haare und zerrte daran. »Und an jenem Abend? Da war ich schon fertig, weil der Sommer vorbei war und ich dich lange nicht sehen würde. Dann haben mir meine Eltern noch verboten, mich mit dir zu treffen. Nie wieder. Und da fing das Dunkel an zu brüllen. Und mich zu fragen, ob ich denn nie was richtig machen könne. Ich sei der schlechteste Mensch überhaupt, sagte es mir, sonst wären meine Eltern nicht ständig sauer auf mich.«

»Oh Gott, Ashton.« Ich legte ihm die Hand auf die Wange.

»Und so macht es immer weiter, es redet mir ein, dass ich ein Loser bin. Und schließlich frag ich mich dann, warum zum Teufel ich hier eigentlich Platz verschwende.« Er rutschte unruhig hin und her. »In jener Nacht wusste ich, dass es ganz egal war, welche Wahl ich auch traf, irgendjemand wäre immer enttäuscht. Ich wusste, du würdest weinen. Das konnte ich nicht ertragen. Also …« Er holte Luft. »Ich kam zu dem Schluss, dass ich ein beschissener Typ bin. Und beschissene Typen verdienten es nicht zu leben.«

»Du bist nicht beschissen, Ashton. Ganz und gar nicht.«

Er schüttelte den Kopf. »Das Dunkel kratzt so was nicht. Und ich war verzweifelt. Ich hab mir die Pulsadern aufgeschnitten, damit es endlich Ruhe gibt.«

Er hatte früher schon von dieser Dunkelheit in sich gesprochen. Und ich hatte Anflüge davon gesehen. Wenn er sich völlig zurückzog. Wenn die Gedanken ihn überkommen hatten und sein Mund zu einem Strich geworden war. Aber dann hatte er sich wieder zu mir umgedreht und so strahlend gelächelt, dass ich überzeugt war, alles sei okay.

Doch diese Dunkelheit war größer, als ich es mir vorgestellt hatte. Für ihn war sie ein echtes Wesen, etwas, das ihn zerstören konnte. Und zwar völlig.

»Denkst du immer noch daran … so was zu tun?« Ich konnte mich nicht dazu überwinden, es beim Namen zu nennen. Dadurch würde es real werden, noch realer. »Versucht das … das Dunkel immer noch, dich zu vernichten?«

»Dev …« Er presste das Gesicht an meinen Hals.«

»Tut es das?«

Er nickte. »Ja.«

»Ashton.« Ich schlang die Arme um ihn, schloss die Augen und versuchte die Angst runterzuschlucken.

»Mein Therapeut nennt das *Suizidgedanken*«, sagte er. »Ich denke so viel an den Tod und wie viel besser es allen gehen würde, wenn ich nicht mehr da wäre, dass es zu einem Teil von mir geworden ist. Das ist wie ein Reflex. Meistens merke ich nicht mal, dass ich es mache.«

Ich drückte ihn noch fester. »Wie ernst sind diese Gedanken? Also, ich weiß, sie sind ernst, aber ...«

»Ich hab nicht vor, es durchzuziehen. Nicht mehr.«

Nicht mehr.

»Versprichst du das?« Ich biss mir auf die Lippe, damit sie aufhörte zu zittern. »Ich will dich nicht verlieren.«

»Versprochen.«

Ich sah ihm ins Gesicht. Log er? Aber er sah ganz normal aus. Was immer normal auch bedeuten mochte.

Ich war mir da nicht mehr so sicher.

»Ich hab in jenem Sommer auf so vielen Ebenen Mist gebaut«, sagte er, seine Finger trommelten auf dem Bett herum. »Aber dich so zu verlassen? Das werde ich mir nie verzeihen.«

»Ashton. Das haben wir doch schon hinter uns.«

»Ich hätte mich mehr anstrengen müssen, dich zu finden.«

Ich nahm seine Hand, wob meine Finger zwischen seine, bis sie aufhörten zu zucken. »Du warst in der Klinik.«

»Es gibt keine Entschuldigung. Ich hab getan, was leicht war, statt das zu tun, was richtig war. Und zwar die ganze Zeit. Ich hab nie aufgehört, dich zu lieben, an dich zu denken, dich zu vermissen und zu begehren. Nicht ein Mal.« Eine Weile saß er da, ballte die freie Hand immer wieder zur Faust. Dann wurde sein Gesicht nachdenklich. »Ich muss dir was zeigen.«

Er sprang auf und ging an seinen Schreibtisch, durchwühlte eine Schublade. Dann gab er mir ein Buch.

Ein Fotoalbum. »Wow, wie oldschool!«, sagte ich leichthin. Aber dann bekam ich einen Kloß im Hals. Das Album war an der Stelle aufgeklappt, an der das Foto von uns beiden steckte, das ich so liebte. Wir saßen im Sand, er hatte mir den Arm um die Taille gelegt. Meine Hand war auf seiner Brust. Unsere Lippen waren geschlossen, so als hätten wir ein Geheimnis zu bewahren. Unser Geheimnis. Und dann Seite um Seite Fotos von jenem Sommer. Bilder von mir und ihm, auf denen deutlich zu sehen war, was wir füreinander empfanden. Bilder von dem Tag, an dem wir an den Treibholzstrand gegangen waren und er Millionen Fotos von mir gemacht hatte. Es gab Fotos vom Sand, der Sonne, dem Mond, dem Wasser, doch hauptsächlich ging es in diesem Album um uns.

Damals war ich so verliebt in ihn … Und das war ich immer noch.

»Ich erwarte nicht von dir, dass du mir glaubst«, sagte er, »aber es ist kein Tag vergangen, an dem ich mich nicht gefragt habe, wo du bist. Und was du machst. Ob du mich noch liebst.« Mit zitternden Fingern streichelte er meine Wange.

»Sogar als du mit Rochelle zusammen warst?«

»Sie ist nicht du, Dev.«

Ich küsste ihn. Innig, leidenschaftlich. Verzweifelt. Wir küssten uns, als ob die Welt untergehen würde, wenn wir aufhörten. Wir küssten uns, bis wir keine Luft mehr bekamen und unsere Herzen rasten. Und dann küssten wir uns weiter.

Wir lösten uns etwas voneinander, um wieder zu Atem zu kommen, aber unsere Nasen berührten sich noch immer. Unsere Blicke trafen sich. In seinem flackerte Unruhe. Und jetzt waren diese Nachmittage, an denen wir herumgemacht und uns berührt hatten, nicht mehr genug. Ich wollte weitergehen. Ich wollte alles von mir mit ihm teilen.

»Dev …« Er knöpfte die obersten Knöpfe meiner Bluse auf und tupfte mir Küsse auf die Haut.«

»Ich will dich«, murmelte ich.

Sein Kopf schoss hoch, seine Augen wurden groß. Dann schluckte er. »Jetzt ... jetzt gleich?«

»Bald.«

»Du siehst total verängstigt aus.«

»Bin ich irgendwie auch. Ich hab es noch nie gemacht. Hab noch nie Sex gehabt, meine ich.«

»Das ist okay. Wir helfen uns. Aber ich warne dich – wahrscheinlich wird das ein bisschen chaotisch und komisch.« Er sah mich hinreißend verlegen an.

»Chaotisch und komisch?«

Er zog mich an sich, sodass ich mich an seine Brust schmiegen konnte. »Mmmm. Sex ist was Seltsames, Devon. Bist du sicher, dass du es mit mir machen willst?«

»Absolut.«

»Gut. Denn es kann auch toll sein – und das will ich wirklich mit dir zusammen erleben.« Er streichelte meinen Daumen. »Das will ich schon so lange.«

»Ich auch«, sagte ich leise.

23. Kapitel

»ICH KANN NICHT FASSEN, DASS DU MICH DAZU ÜBERREDET hast!« Blair guckte das SATYA YOGA-Schild skeptisch an. »Wir sollten jetzt auf dem Weg ins Nagelstudio sein, stattdessen zwingst du mich zu so was. Du weißt doch, dass meine zarte Haut Sport nicht verträgt.«

»Aber deine *zarte Haut* verträgt Anal-Bleaching?«

»Das war nur das eine Mal«, grummelte sie.

Ich zog die Tür auf. Zur linken stand ein kleiner Empfangstresen voller Pflanzen, rechts war eine Garderobe. Fotos von Yogis in verschiedenen Stellungen schmückten die Wände. Sonnenlicht strömte durch die Fenster, während Mädchen mit Pferdeschwänzen über blanke Holzböden schritten. In der Luft lag der Duft von weißem Salbei. Ich atmete tief ein. Blair auch.

»Riecht so, als würde hier jemand was rauchen«, murmelte sie.

Ich pikte sie in die Schulter. »Tut es nicht.«

»Sagt das Mädchen, das nie einen durchgezogen hat.«

»Devon?«

Oh Gott. Nicht sie. Nicht an meinem Lieblingsort. »Hi, Auden.«

Auden kam hinter dem Tresen hervor und mit ihr eine Erdbeerduft-Wolke. »Ich wusste gar nicht, dass du Yoga machst.«

»Und ich wusste nicht, dass du hier arbeitest.«

»So was in der Art«, sagte sie. »Das gehört zu meinem Seva.«

»Was ist Seva?«, fragte Blair.

»Uneigennütziges Dienen. Eine Art, der Yoga-Gemeinschaft etwas zurückzugeben.« Ihr selbstgefälliges Lächeln. »Bei mir gehört das zu meiner Lehrerausbildung.«

Blair starrte Auden skeptisch an. »Du wirst Yoga-Lehrerin?«

Audens Grinsen steigerte sich zum Zahnpastareklame-Strahlen. »Zusätzlich zur Psysiotherapie. Der Unterrichtsplan in der Schule für PT ist ziemlich straff, deshalb mache ich mein Zertifikat jetzt. Wollt ihr in den Kurs um fünf?«

»Ich habe das erwogen«, sagte Blair, ihr Misstrauen wuchs sichtlich.

»Oh, mach das, unbedingt! Ich assistiere, da kann ich dir beim Training helfen.« Sie warf einen Blick in den Übungsraum. »Ich muss alles vorbereiten. Wir sehen uns dann gleich!« Und dann warf sie ihren Pferdeschwanz zurück und verschwand.

»Auden Cooper. Yogalehrerin. Wer hätte das gedacht«, murmelte Blair nachdenklich.

»Du sagst es.« Als wir den Übungsraum betraten, versuchte ich einen Anflug von Groll zu unterdrücken. Auden hatte alles auf der Reihe. Ich wollte auch alles auf der Reihe haben. Aber beim Yoga geht es darum, präsent zu sein, also musste ich versuchen, ihn zu unterdrücken.

Ich atmete tief den Salbeiduft ein. Ich genoss die Wärme des sonnendurchfluteten Übungsraumes. Ich konzentrierte mich auf den mit einem grünen Tuch bedeckten Altar voller Kerzen und Statuen von Hindu-Gottheiten wie Shiva, dem Gott der Schöpfung und Zerstörung, und Ganesh, dem Beseitiger von Hindernissen. Mir fielen da ein paar Hindernisse ein, die ich gern beseitigt hätte. Zum Beispiel den ganzen Stress, unter dem ich zur Zeit stand.

Ich ließ mich auf meiner Matte nieder und rollte die Schultern. Erst Yoga. Später Nagelstudio und Sushi zum Abendessen. Alles mit meiner besten Freundin. Das würde mir guttun. Das musste es einfach.

»Diese Seva-Sache klingt wie eine Masche, aber das kommt mir wohl nur so vor.« Blair schaute sich um und runzelte die Stirn. »Ich überleg mir das noch mal. Schau mal, ist das nicht seltsam?« Sie zeigte auf den Altar. »Was soll das da mit den Statuen und dem Zeug? Und was, wenn sie uns jetzt chanten lassen oder so was?«

»Die zwingen dich nicht dazu.«

»Moment mal, meinst du damit etwa, dass hier gechantet wird? *Devon?*«

»Hallo, alle zusammen. Ich bin Serena«, sagte die Kursleiterin mit verträumter Stimme. »Willkommen bei Yoga I. Es ist mir eine große Freude, dass ihr heute hier seid. Setzt euch bequem hin, dann beginnen wir unsere Übungen damit, unsere Aufmerksamkeit auf die Atmung zu lenken.«

Das war gut! Das war schön! Verbindung zu meiner Atmung aufzunehmen gelang mir immer.

»Atmet tief ein, erlaubt eurem Bauch, sich beim Einatmen zu weiten. Atmet sanft aus, lasst den Bauch weich werden.«

Einatmen … zwei … drei … vier.

Ausatmen … zwei … drei … vier.

»Stellt euch ein weißes Licht in eurem Herzen vor. Stellt euch vor, wie dieses Licht sich ausdehnt, eure ganze Brust ausfüllt. Stellt euch vor, wie beim Ausatmen dieses Licht nach außen fließt und euch umfängt wie eine Hülle.«

Und da war Schluss für mich.

Die Sorgen der letzten Wochen schossen mir wieder durch den Kopf.

Vor über einem Monat hatte ich meine Bewerbung an die McCafferty-Uni abgeschickt. Hatten die sie immer noch nicht bearbeitet?

Ich hatte all meine Stipendienanträge eingereicht, aber auch da hatte ich noch kein Wort gehört.

Auden. Sie saß neben Serena auf einem Polster und sah selbstbewusst und sicher in ihre Zukunft. Sie hatte schon was Konkretes getan, um ihre Ziele zu erreichen, während ich nur die Aussicht auf sehr viel Arbeit und den Kopf voller Träume hatte. Und nützte mir das irgendwas, wenn ich das Geld nicht zusammenbekam, um mir diese Träume zu finanzieren?

Ashton. Seine Depressionen. Wie weit er ging, um davon wegzukommen.

Unsere Liebe. Und Sex.

Ich wollte nicht hier sein. Ich wollte sein, wo er war. Aber ich musste mich konzentrieren und präsent sein, wie ein guter Yogi. Nur überfielen mich die Sorgen so heftig, dass ich kaum still auf meiner Matte liegen konnte.

»Und wenn ihr merkt, dass eure Gedanken abschweifen, lasst die Gedanken kommen, aber haltet nicht an ihnen fest.

Beobachtet nur, wie sie vorüberschweben wie Wolken am Himmel.«

Zu spät.

☆

Später, im Nagelstudio, sank ich in den weichen Ledersessel und versuchte erneut mich zu entspannen.

»Weißt du was«, sagte Blair. »Ich hab Meditation ja immer für einen Haufen Hippiescheiß gehalten, aber heute hat mir das echt geholfen. Ich hab ein viel besseres Gefühl wegen Tyrell.«

Sofort war ich wachsam. »Muss ich dich zur Vernunft bringen?«

Sie lachte. »Nein. Er schlägt sich nur mit seinen Glaubenssätzen zum Dating mit Weißen Mädchen rum, während er mich datet. Er schwafelt viel rum. Echt viel. Und ich hab beschlossen, ihn ganz allein auf eine Lösung kommen zu lassen und gar nicht erst zu versuchen, ihn draufzubringen.«

»Und das ist okay für dich?«

»Jetzt ja! Ernsthaft, Meditation ist spitze.« Sie legte den Kopf schräg. »Ehrlich gesagt, glaube ich, das könnte mir dabei helfen, mit dem Rauchen aufzuhören.«

»Das wäre toll. Ich fände es großartig, wenn meine beste Freundin nicht an Lungenkrebs sterben würde.«

»Sehr witzig. Aber sag mal, warum hibbelst du denn die ganze Zeit so übellaunig rum?« Ein Blick und es dämmerte ihr. »Ohhh. Auden natürlich.«

Ich sah zu, wie die Nagelexpertin mir ein nach Zitronen duftendes Peeling auf die Waden schmierte. »Sie hat ihre Sachen auf der Reihe. Ich hingegen hätte diese Woche von der

McCafferty hören sollen und flippe fast aus. Was, wenn …?«
Ich schüttelte den Kopf. Das konnte ich nicht mal denken.

»Ich weiß, was meiner Meinung nach passieren sollte, aber
das Universum hat nicht immer den Anstand, auf mich zu
hören. Ich wünschte, ich könnte dir sagen, dass alles so kommen wird, wie du es willst. Aber das kann ich nicht, Devy.«

»Und dann sind da noch diese ganzen Sachen mit Ashton.«

Ihre Schultern verspannten sich. »Er macht jetzt schon
Scheiß? Ich mag ja happy vom Meditieren sein, aber einen
Rattenarsch kann ich trotzdem noch auf den Pott setzen.«

»Nein. So ist das nicht.« Ich erzählte ihr alles. Es fühlte sich
gut an, das Zeug in meinem Kopf loszuwerden, aber trotzdem war ich kurz vorm Hyperventilieren.

»Hör mal. Ich frag dich jetzt was, und das gefällt dir vielleicht nicht«, sagte Blair ungewöhnlich ernst. »Du hast so viel
auf dem Zettel, muss da jetzt auch noch Ashtons Zeug dazu-
kommen?«

»Ich liebe ihn. Und jemanden, den man liebt, gibt man
nicht so einfach auf.«

»Aber zu welchem Preis?«

»Da gibt es keinen Preis.«

Wie sie mich da ansah, mit einer Mischung aus Trauer,
Mitleid und Verständnis. »Aber das ist echt schwerer Stoff.
Ich hab Angst, dass du darin versinkst.«

Ich schluckte, als die Fußpflegerin mir die Zehennägel in
zartem Grün lackierte. Vielleicht hatte *ich* auch ein bisschen
Angst.

24. Kapitel

ZURÜCKGESTELLT.

Zuerst kam der Schock. Kaltes Blut. Eisige Finger. Dann die Scham. Allumfassende, alles verzehrende, brennende Scham. Sie kroch durch meine Adern, schob die Kälte weg und füllte mich mit Wut. Ich hatte von nichts anderem als von der McCafferty reden können. Für die Aufnahme an meiner Traum-Uni hatte ich alles getan, und jetzt las ich eine E-Mail, in der mir mitgeteilt wurde, dass ich meinen Traum nicht einfach so leben konnte.

Ich stakste ins Wohnzimmer und hielt meinen Eltern den Laptop hin. Sie spielten gerade irgendein Spiel, in dem sie Festungen bauten und Leute umbrachten. Keine Ahnung. Stirnrunzelnd guckten sie mich an und dann auf den Bildschirm. Moms Gesicht wurde lang. Dads auch.

»Oh Häschen«, sagte Mom. »Das tut mir ja so leid.«

Ich sagte gar nichts. Stand einfach da und kämpfte gegen die Tränen.

Sie zog mich neben sich aufs Sofa. »Das ist kein Weltuntergang. Du hast noch Chancen, an der McCafferty angenommen zu werden.«

»Und wenn nicht?«

»Dann ist das offen gesagt ihr Verlust«, sagte mein Vater. »Ich kann mir nicht vorstellen, was zum Teufel die sich denken!«

»Weiß ich auch nicht.« Ich nahm den Computer wieder an mich und guckte auf die E-Mail.

Wir möchten Ihnen mitteilen, dass Ihre Bewerbung zur weiteren Prüfung zurückgestellt worden ist.

Ich knallte den Laptop zu. Denn scheiß drauf.

Ernsthaft.

»Hast du dich nicht noch bei fünf anderen Unis beworben?«

Ich knirschte mit den Zähnen. »Ja.«

»Und die haben alle ganz ausgezeichnete naturwissenschaftliche Studiengänge, oder?«

Ich zuckte mit den Schultern. »Ja, schon.«

»Dann wirst du vermutlich nicht zu kurz kommen, wenn du stattdessen auf eine dieser anderen Unis gehst.«

»Aber ich werde die Assistentenstelle nicht kriegen, und das spezialisierte Curriculum in Astrophysik. Ich will die McCafferty«, schmollte ich.

»Und du solltest die McCafferty kriegen«, sagte Dad.

»James, das ist nicht hilfreich.«

»Ich fühle mich gerade wie menschlicher Müll.« Übertrieben dramatisch, war mir aber egal. Meine Träume waren gerade zu Bruch gegangen. Da hatte ich doch wohl das Recht auf einen Wutanfall?

»Hör zu«, Mom hielt mich auf Armeslänge von sich weg und fixierte mich. »Ich sag jetzt was und das wird dir nicht gefallen.«

Warum wollten auf einmal alle Leute mir ständig Sachen erzählen, die mir nicht gefallen würden?

»Manchmal ist das, was wir zu wollen glauben, nicht das, was wir brauchen«, sagte sie.

Ich bemühte mich nach Kräften, nicht die Augen zu verdrehen. »Ich hab dich lieb, Mom, aber das Hippiezeug kann ich gerade nicht ab.«

»Devon«, warnte Dad. »Ich reg mich auch auf. Aber deine Mutter ist ein Quell der Weisheit. Du solltest ihr vielleicht zuhören.«

Unbeeindruckt fuhr sie fort: »Vielleicht weist dich das in eine andere Richtung. Du hast dich so ausschließlich auf diese eine Uni fokussiert, dass dir gar nicht bewusst ist, was es da draußen noch alles gibt. Vielleicht passt ja was anderes besser für dich.«

Ich versuchte nicht mal, mir das anzuhören. Ich hatte mich bei den anderen Unis beworben, weil ich alternative Pläne vorweisen musste. Mir war nur nie in den Sinn gekommen, dass ich vielleicht tatsächlich darauf würde zurückgreifen müssen.

Wie arrogant von mir.

Der Gedanke, die Planung meiner nächsten paar Lebensjahre umzuarrangieren, machte mir das Herz schwer. Aber der Gedanke, nirgendwo hinzugehen, tat noch mehr weh. Also, was jetzt?

Ich guckte starr auf Professor Trasks Schreibtisch, während der seinen Aktenschrank durchsuchte. Seine Mickey-Maus-Sammlung war seit meinem letzten Besuch hier gewachsen. Sogar seine Büroutensilien waren disneyfiziert. »Neue Maus?«

Er grinste. »Gefällt sie dir?«

»Hat die Form von Mickeys Handschuh. Muss einem doch gefallen.«

»Du hast einen ausgezeichneten Geschmack. Hab ich dir das je gesagt?«

Professor Trask setzte sich und gab mir eine Broschüre mit dem Titel *Zurückstellungen und Wartelisten. Was jetzt?* Auf dem Cover war ein Mädchen abgebildet, das ungläubig auf ein Blatt Papier guckte. Wahrscheinlich hatte ich genauso ausgesehen.

»So, Devon. Ich weiß, du bist enttäuscht, aber als Erstes musst du dir klarmachen, dass du immer noch eine starke Kandidatin bist. Wenn nicht, hätten sie dich direkt abgelehnt.«

Das hatte ich auch auf sämtlichen Websites gelesen, aber was nützte das? »Wenn ich so stark bin, warum bin ich dann nicht gleich angenommen worden?«

»Dafür konnte es diverse Gründe geben, aber was passiert ist, ist passiert – und es tut dir nicht gut, deswegen ständig zu grübeln.«

»Sie haben recht«, sagte ich leise. Liebevolle Strenge. Darin war Professor Trask Experte.

»Die McCafferty will von den zurückgestellten Studenten gern eine Reaktion, du musst jetzt also am Ball bleiben«, sagte er. »Schreib einen Brief an die Aufnahmekommission, und mach ganz deutlich, dass du dich auf die McCafferty festgelegt hast. Schreib über die Professoren, von denen du so viel gehört hast und bei denen du studieren möchtest, und schreib auf alle Fälle über die Möglichkeiten, die dir dort und sonst nirgendwo geboten werden. Beschreib ganz genau, was dich an der McCafferty anzieht.«

»Das ist leicht.«

»Du bist jetzt in der offiziellen Bewerbergruppe, und das könnte ein Vorteil für dich sein, Devon. Folge allen Anweisungen, lerne weiter und arbeite, und vor allem: Gib die Hoffnung nicht auf.«

Ich schob die Unterlippe vor. »Das ist nicht so leicht.«

»Und wenn schon, konzentriere dich auf die Zukunft.«

Ich nickte. »Voran und aufwärts und all so was.«

Er trommelte auf seinen Schreibtisch. »Schreib diesen Brief, und gib ihn mir, damit ich noch mal drüberschaue. Wir werden tun, was wir können, damit du nächstes Jahr auf diesem Campus sein kannst. Aber das musst du wissen: Selbst wenn es mit der McCafferty nicht klappt, hast du großartige Optionen. Was auch passiert, du stehst gut da.«

25. Kapitel

»LASS UNS GLEICH ZU MIR NACH HAUSE FAHREN«, ASHTON ließ das Auto an und drehte die Sitzheizung hoch. »Das Wetter soll völlig irre werden.«

Ich lachte.

Er legte die *Hamilton*-CD ein, die er so gern mochte.

»Sind deine Eltern da?«

»Nee. Die sind irgendwo auf dem Land zu einer Wohltätigkeitsveranstaltung oder so – und ich bin heilfroh, dass sie mich nicht mitgezerrt haben.«

»Ich auch.« Letztes Wochenende hatten Ashtons Eltern ihn zu irgendeiner langweiligen politischen Veranstaltung im Süden verschleppt. Er hatte mir detaillierte Textnachrichten über alle öden Reden, aufgesetzten Gespräche und plumpen Machtdemonstrationen zukommen lassen.

»Meine Samstage verbringe ich eindeutig lieber mit dir«, sagte er jetzt und nahm meine Hand.

»Wie war's heute Morgen bei Happy Paws?«, fragte ich.

»War viel los. Haufenweise Leute wollten ein Tier adoptieren.« Er verzog das Gesicht. »Ich hatte weniger Zeit mit Buddy. Ich möchte ihn am liebsten mit nach Hause nehmen, aber meine Eltern würden ausrasten.«

»Meine haben mich auch nie ein Haustier halten lassen. Nicht mal einen Goldfisch.«

»Ich kapier das nicht. Na ja, in meinem Fall schon. Ich war ja im Internat.« Er schaute nachdenklich. »Ich finde nur, dass alle Kinder einen Hund, eine Katze oder sonst was haben sollten.«

»Ich hab mir ein Häschen gewünscht.«

Er sah zu mir rüber. »Häschen sind süß. So wie du.«

Ich drückte seine Hand. »Wenigstens hast du Leander. Er ist so was von toll.«

»Ich liebe dieses Pferd wirklich. Aber das ist doch anders, als einen Hund im Haus zu haben. Jemanden, der immer glücklich ist, dich zu sehen, bedingungslos. Buddy hat sich so gefreut, als ich heute Morgen gekommen bin. Besonders, weil ich ihm einen neuen Kauknochen mitgebracht hab.«

»Freut mich, dass es heute gut war. Aber, Ash, du musst unbedingt duschen.«

Er grinste wieder. »Was, Eau de Welp magst du nicht?«

Ich zog die Nase kraus. »Nicht so richtig.«

»Och. Du weißt meinen feinen Duft einfach nicht zu schätzen.«

Bei ihm zu Hause hängte er unsere Jacken in den Garderobenschrank, dann gingen wir in Ashs Zimmer. Ich sah zu, als er sich die Klamotten abstreifte und sie in den Wäschekorb warf. Ich fand es gut, dass es keine große Sache war, wenn wir uns voreinander auszogen.

»Möchtest du noch mal schnuppern, ehe ich das alles wegwasche?«

Ich zog die Nase kraus. »Nein danke.«

»Bin gleich wieder da«, sagte er lachend.

Sein natürlicher Geruch störte mich nicht. Das war eindeutig er, beruhigend und irgendwie anmachend. Aber ungeduscht und voller Hundehaare und –sabber? Nicht gerade sexy.

Während er unter der Dusche aus voller Kehle *The Story of Tonight* schmetterte, schaute ich mir die Fotos in seinem Zimmer genauer an. Es gab jetzt ein paar neue. Eins von Buddy, der einen Ball vernichtete. Eins von einem goldenen Vollmond. Und eins von mir an dem Tag, als wir reiten waren, mit Sonnenstrahlen im Haar und auf der Haut. Ich wirkte ätherisch und leuchtete irgendwie. Ob er mich so sah? Kein Wunder, dass er mich sein Sunset-Girl nannte.

Am Wochenende nach Thanksgiving waren Ashton und ich im Kunstmuseum gewesen. Er hatte mich auf Arbeiten eines berühmten Fotografen aufmerksam gemacht, an dessen Namen ich mich nicht erinnern konnte. »Solche Bilder will ich machen«, sagte er. »Siehst du, wie sie Geschichten erzählen?«

»Ich finde, dass deine Fotos auch Geschichten erzählen«, sagte ich, aber er schüttelte den Kopf.

»Nein, meine sind okay. Ein paar könnten auch gut sein, keine Ahnung.« Er zuckte die Achseln. »Ich will Leute berühren, auch wenn mein Bild bloß einen Sonnenuntergang oder einen Berg zeigt.«

Er stellte sein Licht unter den Scheffel. Ich konnte bei jeder Aufnahme genau sagen, in welcher Stimmung er gewesen war, als er sie gemacht hatte. Sogar bei denen von jenem Sommer. Die frühen waren strahlend und fröhlich. Jede Menge Sonne und Farben. Aber zum Ende hin waren die Motive Glasscherben und dunkles Treibholz, nichts als scharfe

Ecken und Kanten. Seine neueren Fotos waren wieder farbig, aber eher gedämpft. Und das Foto von mir. Kaum zu glauben, dass ich das war. Aber es war offensichtlich, dass der Fotograf schwer verliebt in sein Motiv war.

Nach dem Fotorundgang setzte ich mich mit meinem Astrophysikbuch in den Sessel.

Ashton und Astronomie. Beide nahmen in meinem Leben gerade sehr viel Platz ein. Beide konkurrierten um denselben Platz in meinem Gehirn. Mein Körper wurde ständig von zu viel Adrenalin geflutet. Vielleicht wäre es ganz angebracht, eine Tabelle aufzustellen. Nur um sicherzugehen, dass meine Prioritäten auch richtig gesetzt waren.

In eine Dampfwolke und den Wasserfallduft seines Duschgels gehüllt, kam Ashton aus dem Bad zurück. Seine Jeans saßen genau richtig und ein T-Shirt klebte an seiner feuchten Brust. Seine Haare tropften und oh mein Gott, ja.

»Ist das hier besser?«, fragte er.

»Viel besser. Komm her.« Ich zerrte ihn zu mir und küsste ihn. Zusammen sanken wir in den Sessel und vergaßen alles um uns. Wir küssten uns und küssten … bis mein Magen sein typisches monströses Knurren von sich gab. Da lösten wir uns lachend voneinander.

»Himmel, Devon«, sagte er schnaubend. »Lass uns was essen gehen.«

Nach dem Essen machten wir uns auf ins Spielezimmer. Ashton hatte eine Retro-Konsole, wir spielten also alte Computerspiele und kicherten angesichts der albernen Grafik. »Ihr Busen sind zwei Dreiecke«, sagte ich. »Guck dir das mal an!«

»Hey, die haben das Beste aus dem gemacht, was sie zur Verfügung hatten.«

»An dreieckigem Busen ist nichts Gutes. Gar nichts.«

Bedauerlicherweise spielte es keine Rolle, wie alt die Spiele waren. Ich gab trotzdem die Totalversagerin.

Nachdem eine oldschool Lara Croft wieder mal mit einem trommelfellzerreißenden Schrei von der Klippe gestürzt war, gab ich Ashton den Joystick. »Mach du weiter. Und weißt du was? Ich glaube, du bist so gut, weil dir die Konsole gehört. Du hast einen Heimvorteil.«

Er schüttelte den Kopf. »Nee. Du bist einfach nur schlecht.«

»So schlecht nun auch wieder nicht.«

Er sah mich an, als gäbe es nichts Süßeres auf der Welt. »Doch, das bist du.«

»Mach nur so weiter, zieh mich runter!«

Er warf den Joystick zur Seite und kitzelte mich, bis ich vor Wonne kreischte. »Gib's zu«, sagte er, »ich bin der Champion!«

»Nie im Leben.«

»Dann höre ich auch nicht auf, dich zu kitzeln!«

»Nein!« Ich wand mich aus seinem Griff und flitzte zu einem der luxuriösen Kinositze. Er erwischte mich, aber als er mich gerade weiterfoltern wollte, summte sein Telefon.

Er guckte kurz aufs Display und runzelte die Stirn. »Meine Mutter. Da geh ich lieber ran.« Er sprang auf, nahm das Gespräch an und begann, hin und her zu tigern.

Wenig später legte er auf und lief ans Fenster. »Ach du meine Scheiße«, murmelte er. »Komm und sieh dir das mal an.«

Ich ging zu ihm und musste blinzeln. Ich konnte nicht mal den Baum direkt vorm Fenster erkennen, so viel Schnee wirbelte durch die Luft. Ein totaler Whiteout.

»Ruf lieber deine Eltern an«, sagte er. »Sag ihnen, dass du nicht nach Hause kommst.«

»Soll das die ganze Nacht so weitergehen?«

Er nickte. »Meine Eltern bleiben auf dem Land.« Er schaute wieder aus dem Fenster. »Bei dem Wetter will ich echt nicht fahren müssen.«

Ich hatte mein Handy schon gezückt. »Versteh ich.«

»Bleib da, wo du bist, Schatz«, sagte Mom ein paar Minuten später. »Ich will nicht, dass du da draußen dein Leben riskierst.«

»So was hab ich noch nie gesehen.«

»Angeblich kriegen wir einen halben Meter Neuschnee«, sagte Mom.

»Na, dann bleiben wir heute Nacht hier.«

»Ihr habt genug zu essen und zu trinken? Wolldecken? Taschenlampen, falls der Strom ausfällt?«

Ich sah Ashton an. Er nickte.

»Wir haben alles«, sagte ich zu Mom.

»Kondome?«

»Mom.«

»Habt ihr Kondome?«, fragte sie unbeirrt.

»Ja!«

»Dann ist alles okay. Schönen Abend. Sei vorsichtig«, sagte sie.

Ich glaube, sie meinte nicht den Schneesturm.

Als ich das Gespräch beendete, lag eine enorme Spannung in der Luft. Ashton sah mich an und mein Herz hämmerte.

»Hm, wir sollten die Notfallsachen zusammensammeln. Falls der Strom tatsächlich ausfällt«, sagte ich. »Taschenlampen, Wolldecken, Wasserflaschen …«

»Devon, wir brauchen das Zeug nicht. Wir haben einen Generator, bei Stromausfall springt der an.«

»Ich würde mich besser fühlen, wenn wir was griffbereit haben. Das ist die Pfadfinderin in mir.«

Er blinzelte. »Du warst Pfadfinderin?«

»Ist lange her. Dann mussten wir Kekse verkaufen. Meine Gruppe hat das viel zu ernst genommen. Ich bin mit dem Druck nicht klargekommen.«

Er nahm meine Hand. »Komm, wir holen die Sachen. Ist alles in der Stiefelkammer. Nur die Wolldecken nicht. Die sind oben.«

Oben.

»Okay.«

Ich konnte nicht verstehen, warum ich plötzlich so nervös war, aber er merkte es sofort und legte mir die Hand auf den Arm. »Das ist nur ein Schneesturm. Bis morgen früh ist alles vorbei.«

Eigentlich müsste ihm klar sein, dass ich nicht wegen des Wetters zitterte. Wir waren allein. In seinem Haus. Und das würde die ganze Nacht so bleiben. Und er sah so gut aus und roch so wunderbar …

Dass wir darüber gesprochen hatten, miteinander zu schlafen, schien ewig her zu sein – und ich war so bereit. Bisher hatte es nie den richtigen Zeitpunkt gegeben. Zu viele Hausaufgaben. Zu viele Eltern in der Nähe. Zu wenig Zeit.

Aber jetzt schien plötzlich alles zu passen.

Ich hatte heute beim Aufwachen nicht geplant, mit Ashton zu schlafen. Aber da sich jetzt die Gelegenheit bot, hatte ich die Absicht, sie zu nutzen.

Er richtete den Blick auf mich, und wir standen da, sahen

einander an. Ob er merkte, was ich dachte? Ahnte er jetzt, dass ich den Kopf voller Bilder hatte, von ihm und mir …?

Er strich mir eine Locke aus der Stirn. »Komm. Wir sammeln alles zusammen, dann können wir uns entspannen.«

Wir warfen alles im Spielezimmer auf den Fußboden. Extra Decken, extra Wasserflaschen, extra Snacks. Klar, die brauchten wir. Mit dem Finger fuhr ich über die Kante des Billardtisches, der wahrscheinlich teurer war als das Auto meiner Mutter. »Wenn es draußen kalt ist, wirkt dein Haus noch leerer als sonst.«

Ashton schaute sich um. »Dieses Haus hat mir früher immer Albträume beschert. Ich dachte, es würde mich verschlucken.« Seine Mundwinkel gingen ein wenig nach unten. »Und ich fühle mich hier immer noch klein. So als könnte ich niemals erfüllen, was es von mir erwartet.«

»Darf ich dich was fragen?«

»Selbstverständlich.«

»Liegen Depressionen bei euch in der Familie?«

»Wenn das so ist, dann weiß ich nichts davon.« Er imitierte den knappen Ton seiner Mutter. »Über solche Dinge wird nicht geredet.«

»Und was glaubst du?«

Er nahm einen Stift in die Hand und spielte damit herum. »Ich weiß nicht, ob noch jemand derart betroffen ist wie ich, aber ich bin mir ziemlich sicher, dass ich nicht der Erste bin.«

Ich schlang die Arme um seine Hüfte, zog ihn an mich. »Ich finde, du bist wunderbar. Wusstest du das?«

Er drückte mich. »Nein. Du.«

Ich lächelte ihn ein bisschen an. »Da ist so viel, was du nicht weißt.«

»Ich weiß. Ich will aber lernen. Alles.«

»Zum Beispiel?«

»Gibt es in deiner Familie irgendwelche Skandale, von denen ich wissen sollte?« Jetzt wirbelte er den Stift wie einen Trommelstab herum.

»Na ja ... hast du gewusst, dass ich zur Hälfte Schwarz bin?«, fragte ich in einem übertriebenen Flüsterton.

Er prustete los. »Bist du blöd!«

»Meine Familie mütterlicherseits sieht aus wie eine Benetton-Anzeige.«

Er tippte mir mit dem Stift auf die Nase. »Was bedeutet das?«

»Dad hat mir davon erzählt. Die Firma hat mal vor ewigen Zeiten eine Modekampagne gemacht, bei der Leute aller Rassen zusammen abgebildet waren. Damals war das wohl was Besonderes.«

»Und wie sieht es väterlicherseits aus?«

»Soweit ich weiß, sind die alle gleich. Haben alle kastanienbraune Haare, blaue Augen und blasse Haut. Mit denen hatte ich aber nie viel zu tun, ich fühle mich eher mit Moms Seite der Familie verbunden. Die geben mir nie das Gefühl, weniger Wert zu sein oder nicht dazuzugehören, weil ich nicht ganz Schwarz bin.«

»Ihr habt so eine coole Beziehung, du und deine Mom.«

»Sie ist die Beste. Total loyal. Sie hat nie zugelassen, dass ich mich geschämt hab, wenn Weiße Leute mich als *dreckig* beschimpft haben und mich wegen meiner Haare aufgezogen haben – oder wenn Schwarze Leute mich *Oreo* oder *Zebra* genannt haben.«

Er wurde blass. »Du bist als *dreckig* beschimpft worden?«

Ich nickte.

»Arschgeigen. Wenn ich die in die Finger kriege.«

»Ich krieg's von beiden Seiten. Das Gute und das Schlechte.«

Er zog die Augenbrauen hoch. »Die Familie deines Vater?«

»Die meisten haben ganz aufgehört, mit ihm zu reden, als er Mom geheiratet hat. Es spielte keine Rolle, dass sie schon ewig zusammen waren. Vermutlich hat er mit der Hochzeit irgendeine rote Linie überschritten.«

Ashton runzelte die Stirn. »Das ist furchtbar.« Er hielt inne, dann wurde sein Gesicht ganz traurig. »Und es erklärt, warum die Reaktion meiner Eltern keine Überraschung für dich war.«

Ich schluckte. »Hast du je gewünscht, ich wäre Weiß?«

Die Traurigkeit wich Verwirrung. »Warum sollte ich?«

»Um all das hier zu vermeiden«, ich fuchtelte mit der Hand herum. »All das Zeug. Mit deinen Eltern. Allen anderen.«

Er sah mich an. Ruhig. Eindringlich. »Wünschst *du* dir manchmal, Weiß zu sein?«

Ich grübelte eine ganze Weile über seine Frage nach. Es gab ein paar Sachen, die ich an mir nicht mochte. Zum Beispiel, dass ich mich immer fragte, was Leute wohl dachten, die mich ein bisschen zu lange mit runtergezogenen Mundwinkeln und gerunzelter Stirn ansahen. Es gefiel mir nicht, wie megabewusst mir war, anders zu sein … oder immer wieder daran erinnert zu werden, wenn ich es mal für ein paar Minuten vergaß.

Aber *ich* zu sein brachte auch so viel Gutes mit sich. Meine tollen Eltern zum Beispiel. Blair. Die Schule. Und dann natürlich die Sterne. Wünschte ich mir also, jemand anders zu sein? Etwas anderes? Ich schüttelte den Kopf. »Nein, nie.«

»Gut. Denn du bist perfekt, so wie du bist. Hoffentlich vergisst du das niemals.«

»Und du bist bereit, das auf dich zu nehmen, wie Leute auf … unsere Art Beziehung reagieren?«

»Devon, wenn ich mich mit Arschgeigen anlegen oder jemandem eins reinhauen muss, dann werde ich es tun. Ich werde niemanden zwischen uns kommen lassen. Also, die Antwort auf deine Frage lautet: Nein, ich wünsche mir nicht, dass du Weiß wärst. Ich will dich so, wie du bist. Nicht anders. Denn das ist der Mensch, den ich liebe. Ich liebe jeden Teil deiner Herkunft, deiner Geschichte und dich.«

Meine Knie zitterten, weil seine Finger meine Arme rauf- und runterwanderten. Weil er sich an mich schmiegte. »Ich liebe dich, Dev.«

Da küsste ich ihn. Langsam. Zärtlich. Intensiv. Ich konnte ihn gar nicht fest genug halten. Ich konnte nicht genug davon kriegen, wie er schmeckte. Ein wenig salzig. Ein wenig süß. Ganz er. Ganz mein.

»Dev«, sagte er leise, »willst du mit nach oben gehen?«

Ich wusste, was er wirklich fragte.

»Ja.«

26. Kapitel

KEINE FÜNF SEKUNDEN NACHDEM ASHTON DIE TÜR HINTER uns zugemacht hatte, küssten wir uns schon. Zehn Sekunden danach fiel mein Pullover auf den Fußboden. Dann mein BH. Sein T-Shirt. Er zog mich an sich und wir küssten uns wieder. Das Gefühl von Haut auf Haut, sein kräftiger Herzschlag, sein Atem – das alles liebte ich so sehr. Ich liebte ihn so sehr. Ich ließ die Finger über seine Brust nach unten gleiten. Über seine Bauchmuskeln. Dann knöpfte ich ihm die Jeans auf.

Er sog die Luft scharf ein und legte die Hand auf meine. »Bist du sicher?«

Ich sah ihm tief in die Augen. »Ja.«

Er führte mich zum Bett. Immer wieder trafen sich unsere Lippen, nahmen voneinander Besitz. Wir verzehrten einander, überwältigten einander – und das war immer noch nicht genug, würde niemals genug sein. Ich wollte … brauchte mehr von ihm. Alles.

Mit zitternden Händen zogen wir einander aus. Ganz sacht strich er über meine Haut, es durchzuckte mich von Kopf bis Fuß, und ich atmete keuchend. Seine Küsse wanderten immer tiefer an meinem Körper herunter, brachten mich an den Rand des Wahnsinns, doch kurz davor begab er sich auf den Rückzug – und ich glühte vor Verlangen. Nur er konnte diesen Schmerz stillen.

»Jetzt«, keuchte ich. »Bitte.«

Mit dem Daumen streichelte er meine Wange. »Ich mache es langsam. Ich will dir nicht wehtun.«

Ich nickte und sah zu, als er das Kondom überzog.

»Du bist nervös«, flüsterte ich.

Unsere Blicke trafen sich, als er wieder näher rückte. »Ja.«

»Aber du hast das schon mal gemacht.«

Er nahm mein Gesicht zwischen die Hände. »So noch nicht. So eine Bedeutung hatte es noch nie.«

Seine warme Haut auf meiner. Sein Herz, das an meiner Brust schlug. Sein Atem, der meine Lippen kitzelte.

Mein ganzer Körper kribbelte.

»Devon«, murmelte er. »Ich liebe dich.«

»Ich liebe dich auch. So, so sehr.«

Langsam und leidenschaftlich, zärtlich und warm. Haut an Haut, verschwitzt, ein Gefühl, das alle Vernunft überstieg. Sein Duft, sein Gewicht, sein süßer salziger Geschmack erfüllte meine Sinne, und jetzt war da so viel von ihm … aber immer noch nicht genug.

Unsere Blicke trafen sich, als mein Körper aufblühte, sich ihm langsam öffnete, mehr und immer mehr. Ich atmete tief, als ich mich an dieses neue Gefühl gewöhnte – und daran, mich mit ihm zu bewegen. Das war ich, und das war Ashton, und das waren wir. Worte gab es da nicht, aber ich konnte ihn fühlen, und das ging über das Physische hinaus, über das Kosmische, über alles, was ich verstehen konnte oder je erlebt hatte. Und ich konnte ihn sehen. Alles von ihm. Roh, verletzlich, nackt. Mein.

Danach lagen wir umschlungen da, bebend und heftig atmend. Ich wollte nichts sagen, den Bann nicht brechen und das schien er zu spüren. Er malte Kreise auf meine Arme und ich grub die Finger in seine Haare. Er hielt mich, bis mein Herz langsamer schlug und der Schweiß auf meiner Stirn trocknete. Dann lagen wir da, sahen einander an. Sein Blick war zärtlich, ruhig, verfolgte mich.

»Dev? Wie fühlst du dich? Geht es dir gut?«

Ich streichelte ihm mit dem Finger über die Wange. »Besser.«

»Ein bisschen verstört?«

Ein kleines Lächeln. »Ja. Du auch?«

»Ich hab nicht gewusste, dass es so …«

»Ich weiß.«

»Ja«, sagte er mit einem Seufzen. »Wie viel ich gerade fühle, ist überwältigend.«

»Zerbrechlich«, sagte ich. Als ob ich bei der kleinsten Bewegung in tausend Stücke springen würde.

»War es wirklich okay für dich? Ich hab gesehen, wie du das Gesicht verzogen hast, als … am Anfang. Hat es wehgetan?«

»Ein bisschen. Zuerst.«

»Tut mir leid. Ich hab versucht sanft zu sein.«

»Warst du auch. Echt. Mir geht es gut.« Mit dem Daumen fuhr ich an seinen Lippen entlang. »Und du? Wie war es für dich?«

Er ließ sich Zeit mit seiner Antwort. Ich dachte schon, er wäre eingeschlafen, aber er war hellwach und nagte an seiner Lippe. »Wenn alles so gut läuft, rechnest du dann auch ständig damit, dass irgendwas kommen muss und alles kaputtmacht?«

Ich starrte ihn an. »Was? Nein.«

»Ich ja«, sagte er. »Jetzt zum Beispiel. Ich bin zu glücklich. Es fühlt sich verkehrt an, so glücklich zu sein.«

»Du findest das mit uns verkehrt?«

»Nein. Wir sind perfekt zusammen. Und deshalb hab ich solche Angst. Zum letzten Mal war ich nämlich in jenem Sommer so glücklich. Und du weißt ja, was dann passiert ist.«

Ich tastete nach der Narbe an seinem Handgelenk. »Ashton, ich möchte, dass du ehrlich zu mir bist. Denkst du daran, dich selbst zu verletzen?«

»Ich wünschte nur, dieses Falschgefühl würde verschwinden.«

»Kannst du dich nicht auf das Gute fokussieren? Auf uns? Auf heute Nacht?«

»Okay.« Er flocht seine Finger zwischen meine. Jetzt konnte ich nicht mehr ran an seine Narben. »Also«, sagte er nach einer Weile, »da war der Teil, als wir uns lange geküsst haben. Und der, als ich dich ausziehen und dich überall berühren durfte. Aber am liebsten mochte ich, dass du so nah bei mir warst.«

»Können wir das noch mal machen? Bald?«

»Soll das ein Witz sein? Wir werden es immer wieder tun. Da gibt es noch so viel für uns zu entdecken.«

»Und es wird immer chaotisch und irgendwie komisch sein? Und dann ... wow.«

Er zog die Augenbrauen hoch. »Du fandest es komisch?«

»Am Anfang, als wir ... als du ... Hey, du hast selbst gesagt, dass es komisch werden würde!«

Er küsste mich auf die Stirn. »Das gehört uns, Dev. Mit aller Peinlichkeit und so. Ist das in Ordnung?«

»Es ist perfekt.«

27. Kapitel

»Irgendwas ist anders an dir«, sagte Blair am Montagmorgen.

Ich schüttelte den Schnee von der Jacke und hängte sie in meinen Spind. »Keine Ahnung, wovon du redest.«

Sie legte den Kopf schräg und musterte mein Gesicht. Dann nickte sie, grinste und sagte: »Du hast definitiv mit ihm geschlafen.«

»Shh!« Ich guckte schnell rüber zu Ashtons Spind, aber da gab es nichts, worüber ich mir hätte Sorgen machen können. Er war nicht da und konnte gar nicht mithören.

So ein Mist.

Gestern Morgen hatte ich noch mal mit ihm zusammen sein können – und ich hatte jede Minute genossen. Danach hatten wir gefrühstückt, und als die Straßen frei waren, hatte er mich nach Hause gebracht. Gestern Abend hatten wir telefoniert. Aber ich hatte ihn nicht mehr gesehen, seit … na ja, seitdem.

Und ich wollte ihn unbedingt sehen.

Blair drückte meinen Arm. »Meine kleine Devy wird erwachsen.«

»Du benimmst dich gruselig.«

Sie wackelte mit den Augenbrauen. »Wie war es? Wie in den Liebesromanen? Hast du Sterne gesehen? Hat er deine Welt aus den Angeln gehoben?«

»Oh mein Gott, hier rede ich nicht über so was!«

»Über was redest du nicht?« Tyrell tauchte hinter Blair auf und legte ihr den Arm um die Schultern.

»Unsere Tage«, sagte Blair.

Er nickte. »Cool.«

Nie hätte ich gedacht, dass Blair mal jemanden so schmachtend angucken würde.

»Guten Morgen, ihr wunderbaren Menschen!«

Ich unterdrückte ein Seufzen. Der plötzliche Geruch nach Erdbeershampoo und Lipgloss konnte nur eines bedeuten. »Ja, Auden?«

Sie zeigte auf Tyrell. »Du nimmst das also so hin, dass er dein Mädchen betatscht?«

»Wir sind keine Lesben, Auden«, sagte Blair.

»Moment mal, was?«, prustete Tyrell. »Du dachtest, Blair steht auf Mädchen?«

Auden verdrehte die Augen. »Ich albere nur rum. Mein Gott. Aber ehrlich gesagt, wäre es schön, in dieser Schule so was wie Familie zu haben.« Dann lief sie rosa an. »Tut so, als hättet ihr das nicht gehört.«

Blair, Tyrell und ich schauten uns an. Dann schauten wir alle Auden an.

Auden wandte sich wieder an mich. »Eigentlich bin ich hier, weil ich mit dir reden will.«

Ich schulterte meine Tasche. »Was ist?«

»Mathe. Gerüchten zufolge plant Professor McJunkin einen Überraschungstest.«

Was war das denn? Dieses Mädchen gab doch nie irgendwelche Infos weiter, die sie zu ihrem Vorteil nutzen konnte. »Warum erzählst du mir das?«

Sie grinste selbstzufrieden. »Mein guter Vorsatz zum neuen Jahr ist, netter zu meinen Rivalen zu sein. Aber ich dachte mir, warum bis zu einem willkürlich festgelegten Zeitpunkt damit warten? Das ist also meine gute Tat an dir, meine liebe Rivalin Devon.«

Ich blinzelte. »Okayyy. Dann sag ich mal Danke.«

»Wir sehen uns beim Jahrbuchtreffen!« Und weg war sie.

»Ist das ein seltsamer Tag«, sagte Blair. »So viele Enthüllungen. Ich brauche Kaffee.«

»Dann wollen wir dir mal welchen besorgen«, sagte Tyrell. »Bis später, Devon.«

Blair zeigte auf mich. »Verlass dich drauf, kleines Fräulein, wir unterhalten uns später noch.«

Ich winkte ihnen nach. Und sah wieder rüber zu Ashtons Spind.

Er hatte sich überhaupt nicht blicken lassen.

28. Kapitel

Das Vibrieren meines Handys riss mich aus festem Schlaf. Ich rieb mir die Augen und schaute aufs Display. Vier Uhr morgens. Am Weihnachtstag. Eine Nachricht von Ashton, der mir mitteilte, dass er vorne auf unserer Veranda stand.

Was war das denn? Ich sprang aus dem Bett und in meine Yogahose, dann schlich ich zur Haustür, damit meine Eltern mich nicht hörten. »Was machst du hier?«

»Darf ich reinkommen?«, fragte er in drängendem Flüsterton. »Ist ganz schön kalt.«

Ich zog ihn ins Haus. »Du solltest erst um zehn kommen.«

Er ließ die Tasche fallen, die er mitgebracht hatte, und schlang die Arme um mich, presste das Gesicht an meinen Hals.

»Hey.« Ich streichelte ihm den Rücken. »Was ist denn los?«

Er löste sich von mir und starrte mich an. »Ich musste dich sehen.«

»Ist alles okay?«

Er antwortete nicht. Stattdessen sah er sich um, registrierte die Strümpfe am Kamin, das Weihnachtsdorf im Regal, die funkelnden Lichter am Weihnachtsbaum. Dann atmete er tief ein. »Ist das ein echter Baum?«

Ich schaute auf die weichen, duftenden Nadeln. »Wir schlagen jedes Jahr einen.«

»Das riecht so gut.« Er atmete wieder ein. »Das ist hier ein Weihnachtswunderland.«

Mein Dad ist katholisch erzogen worden, aber meine Familie war nicht religiös. Mom und Dad glaubten aber schon, dass jeder spirituelle Führer – und damit jeder Feiertag – wichtig war.

Aber Weihnachten mochten sie am liebsten.

Sie waren wie kleine Kinder, jeden Tag öffneten sie eine Tür am Adventskalender, schüttelten die Päckchen unterm Weihnachtsbaum und backten haufenweise Kekse. Und dann sahen sie sich immer wieder *A Christmas Story* an, wobei sie Zuckerstangen lutschend vor dem Kamin kuschelten.

»Meine Eltern übertreiben es ein bisschen«, bekannte ich.

»Es ist perfekt, Devon.« Er nagte an der Unterlippe, sein Blick unstet.

»Ashton?«

Ein Schulterzucken. »Bei mir zu Hause ist alles künstlich. Raumausstatter und Essen vom Caterer. Aber hier … das fühlt sich echt an. Wie im Fernsehen.« Er runzelte die Stirn. »Moment mal, das ist Unsinn.«

Ich zog ihm die Mütze vom Kopf. Sie war feucht wegen der schmelzenden Schneeflocken. »Bin ich froh, dass du hier bist.«

Endlich sah er mir wieder in die Augen, sein Blick war zärtlich. »Ehrlich, wenn ich dich nur ansehe, hab ich das Gefühl, dass alles gut werden könnte.«

»Ist denn nicht alles gut?«

»Nein. Aber ich bin hier.«

»Willst du drüber reden?«

»Nein. Ich will dich küssen.«

Ich drückte seine Hände und tupfte ihm einen Kuss auf die Lippen. Seine Haut war eiskalt, aber er wurde schnell wieder warm.

»Hmm, du bist so schläfrig und zerzaust. Sexy«, murmelte er.

Sein Stimmungsumschwung machte mich nervös. Wie er so plötzlich von dunkel zu hell wechseln konnte. Aber ehe ich allzuviel darüber nachdenken konnte, streiften seine Lippen mein Ohr, und ein wunderbares Kribbeln rieselte durch meinen ganzen Körper.

»Du kriegst auch einen Strumpf«, sagte ich, um ihn abzulenken – und mich.

Er zog die Augenbrauen hoch und ließ die Hände an meinem Körper runtergleiten.

»Wir sollten in dein Zimmer gehen.«

»Ashton.« Ich hielt seine Hände fest. »Wenn wir das machen, müssen wir uns zusammenreißen. Ich würde mich nicht wohlfühlen, mit meinen Eltern gleich nebenan.«

Er nickte. »Okay.«

»Das meine ich ernst.«

»Ich bin artig. Versprochen.«

Artig sein bedeutete lange, zärtliche Küsse und Berührungen. Wir schmiegten uns aneinander, bis er in meinen Armen einschlief. Ich hatte nicht vorgehabt, so ein Mädchen zu sein, das ihrem Freund beim Schlafen zuschaut, aber ich war total das Mädchen, dass ihrem Freund beim Schlafen zuschaute.

Wenigstens zwei Mal täglich sagte ich Ashton, dass ich ihn liebte. Aber in diesem stillen Augenblick überwältigte die Liebe mich. Was brachte ihn dazu, im Traum die Lippen so hochzuziehen? Das wollte ich wissen und seine Leidenschaften kennen, seinen Schmerz, sein Leben.

Ich wühlte mein Gesicht in seine Haare, während er weiterschlief. Irgendwann döste ich ein und träumte von frischen Wasserfällen und warmen Brisen. Der Traum veränderte sich. Ein enormes schwarzes Loch saugte alle ein, die ich liebte. Blair verschwand in einem Wirbel aus Zigarettenrauch. Erst wurden meine Eltern wie Wasser in einen Abfluss gesogen. Dann Ashton, der verzweifelt die Arme nach mir ausstreckte, nach mir rief. Sein Gesicht war kalkweiß. Aber ich konnte ihn nicht retten. Meine verschwitzten Hände rutschten von seinen Fingerspitzen ab.

Und er war weg.

Helles Sonnenlicht riss mich wieder zurück in die wirkliche Welt. Nein, das war nicht die Sonne. Ashton starrte mich an, seine Augen waren ganz groß vor Sorge. Es war seine Stimme gewesen, die ich im Traum gehört hatte, aber das war real gewesen.

Ich fuhr hoch.

»Devon.« Ashtons Stimme war ruhig, ich spürte seine Fingerspitzen sanft auf meinen Wangen. »Du hast schlecht geträumt.« Er zog mich an sich und streichelte mir über die Haare. »Du hast geweint. Ich wollte da reinspringen und den Albtraum vertreiben.«

»Wenn du das doch getan hättest. Er war schrecklich.«

»Erzählst du mir, was es war?«

Ich schüttelte den Kopf. »Das will ich vergessen.«

»Was kann ich tun?«

»Halt mich fest.«

»Okay.« Er schlang die Arme fester um mich, sein Kinn ruhte auf meinem Kopf. Irgendwann verblasste der Albtraum und wir waren allein.

»Ich bin so froh, dass du hier bist«, sagte ich.

»Kannst du dir vorstellen, jeden Tag so aufzuwachen?«, fragte er.

»Wünschst du dir das?«

»Ohne die Albträume.«

Ich schnaubte. »Ach?«

»Aber neben dir aufwachen? Das will ich. Sehr sogar.« Seine Stimme wurde leise. »Du bringst mich dazu, mich auf die Zukunft zu freuen, Dev.«

Ich sah ihn an. Er schien weit weg zu sein.

»Darauf kann ich mich fokussieren, wenn es schwierig wird«, ergänzte er.

»Ich weiß, dass es jetzt gerade schwierig ist. Aber ist das oft so?«

»Meistens, der Gedanke an die nächste Stunde ist schon überwältigend. Also denke ich: Wenn ich die nächsten fünf Minuten überlebe, ist alles gut. Und dann noch fünf. Und noch mal. An manchen Tagen ist das alles, mehr kann ich nicht tun.«

»Auch an den guten Tagen?«

»Manchmal sind die guten Tage sogar noch schlimmer. Ich warte ständig darauf, dass alles auseinanderfällt. Und das Verrückte ist, ich weiß nicht mal, wie das aussieht. Ich weiß nur, dass es schlecht ist.«

»Das Dunkel?«

»Ich hab Angst, dass es wieder wach wird. Und dass ich nichts dagegen machen kann.«

Ich strich ihm Haare aus der Stirn. »Du weißt, dass du immer mit mir reden kannst, oder? Du musst dich nicht geschlagen geben. Ich bin da.«

Er nickte langsam. Dann lächelte er mich strahlend an. Er war wie ein Pingpong-Ball. Hin und her und wieder zurück.

»Erzählst du mir bitte was über das Weihnachtsessen? Was habe ich heute Abend zu erwarten?«

Ich musterte ihn genau, aber er sah gut aus. »Pute und in Honig marinierter gebackener Schinken.«

»Ich glaub, so einen Schinken habe ich noch nie gegessen«, sagte Ashton nachdenklich.

»Soll das ein Witz sein?«

»Nee. Aber so wie du schaust, ist mir da was entgangen. Welche mir unbekannten Gerichte tischt ihr noch auf?«

»Stielmus. Das hast du bestimmt noch nie gegessen.«

»Was ist das denn? So was wie Wirsing?«

»Nein. Senf und Pastinake. Das kochen wir mit geräucherter Schweinehaxe oder Putenhälsen.«

»Putenhälse.«

»Wegen des Geschmacks. Du wirst es probieren, oder?«

Er zog die Augenbrauen hoch. »Die Putenhälse oder das Stielmus?«

Ich schubste ihn. »Letzteres.«

»Ich werde alles probieren. Schon der Gedanke daran macht mich hungrig. Bitte sag mir, dass irgendwo auch noch ein Süßkartoffelpie beteiligt ist, so was habe ich nämlich vor langer Zeit mal gegessen, und es war der Hammer.«

»Der Hammer? Wie alt bist du denn? So was sagen nur meine Eltern.«

»Das hab ich tatsächlich von deinem Dad. Und was gibt es noch?«

Mein Magen knurrte. »Kartoffelbrei. Makkaroni mit Käse. Dressing.«

»Dressing?«

Ich klopfte ihm auf die Brust. »Bei euch Weißen heißt das *Füllung*. Wir stopfen es aber nicht in den Vogel rein. Wird aus Maisbrot gemacht. Aber Mom bereitet auch Füllung zu. Dad und Stephanies Familie bestehen darauf. Du erinnerst dich doch noch an Stephanie?«

Er nickte.

»Und du wirst meine Großmutter Mama Lee und meinen Onkel Ricky kennenlernen.«

Er drückte mich. »Ich kann es nicht erwarten.«

»Ich glaube, du wirst sie mögen. Und ich glaube, sie dich auch.«

Er grinste. »So habe ich mich schon ewig nicht mehr auf ein Fest gefreut.«

»Bist du deshalb so früh aufgetaucht?«

Das Grinsen verschwand. »Die Wahrheit?«

»Raus damit.«

»Gestern Abend sind meine Gedanken an tausend dunkle Orte gewandert. Ich wollte nicht allein sein.«

»Musst du auch nie wieder.«

Er nickte bedächtig. »Danke.«

»Du musst mir nicht danken.«

Er küsste mich auf die Schläfe. »Weißt du, dass du mein Lieblingsmensch bist?«

Ich grinste ihn übermütig an. »Ich hatte so ein Gefühl. Wenn du willst, kannst du mir das aber ruhig öfter sagen. Stört mich nicht.«

Er pikste den Finger in meine Schulter. »Du bist ja so doof.«

»Du liebst mich.«

»Stimmt, ich lieb dich.« Noch ein Schläfenkuss. »Über alles. Was für ein Glück, dass ich dich habe.«

»Genau. Vergiss das bloß nie.«

Er lachte leise und gab mir schnell einen Kuss. »Tu ich nicht. Versprochen.«

Wir lagen noch eine Weile zusammen da, dann ging er ins Wohnzimmer, während ich ein paar Yogaübungen machte, duschte und mich anzog. Als ich zu ihm kam, grinste er sein Handy an.

»Was machst du?«

»Rede mit meiner Oma auf FaceTime.« Schon hatte er das Handy auf mich gerichtet. »Komm, sag Hallo.«

Da war sie, trug einen hässlichen Weihnachtspullover und große Tannenbaumkugeln als Ohrringe. Sie lächelte und ihre Augen funkelten dabei.

»Devon!« Sie klatschte in die Hände. »Ich bin entzückt, dich endlich kennenzulernen. Du bist ja noch schöner als auf den Fotos.«

Ihre Stimme war wie rosa Zuckerwatte, weich und süß. Ich mochte sie sofort. »Ich freue mich auch. Ashton hat mir viel von Ihnen erzählt.«

»Alles Skandalöse hoffentlich?«

»Sie kennt alle deine schmutzigen Geheimnisse, Grandma«, sagte Ashton. Er schlang die Arme um mich.

»Du hast ihr aber nicht erzählt, dass ich beim Kartenspielen schummele, oder? Denn das machst nur du immer, leugne es nicht.«

Ashton lachte los. Seine Augen leuchteten. »Aufgeflogen!«

So war er also in ihrer Gegenwart: total relaxed, ganz offen, entspanntes Lächeln. Wunderschön.

»Schade, dass ich mich so kurz fassen muss«, sagte seine Großmutter, »aber mein Wagen ist hier. Ich bin mit Freunden zum Lunch verabredet. Wir ziehen alle unsere hässlichsten Weihnachtspullover an.«

»An dir kann doch nichts hässlich aussehen«, sagte Ashton.

»So ein Schmeichler.« Sie strahlte. »Ich freue mich ja so, dass ich mit euch beiden sprechen konnte. Hoffentlich sehen wir uns bald mal, Devon.«

»Hoffe ich auch.«

»Bring dich nicht zu sehr in Schwierigkeiten, Grandma«, sagte Ashton.

»Ich doch nicht!« Sie zwinkerte, dann war sie verschwunden. Ashtons Bildschirmschoner – ein Foto von mir – erschien wieder.

»Okay, sie ist toll. Ich kann es nicht erwarten, deine Großmutter eines Tages persönlich kennenzulernen.«

»Nun. Wie der Zufall es will, gibt meine Familie eine Silvesterparty. Ich fände es wunderbar, wenn du mich begleiten würdest.«

»Und deine Großmutter kommt auch?«

Er nickte. »Normalerweise würde ich sie in Monaco besuchen. Aber ich wollte hier bei dir bleiben. Sie fliegt am siebenundzwanzigsten ein.«

Der Gedanke, das neue Jahr mit Ashtons Eltern zu begrüßen, erfüllte mich mit Schrecken, aber ich wollte das Familienmitglied, das er am meisten liebte, wirklich gern kennenlernen. »Wenn das so ist, dann wäre ich gern dein Date.«

Er grinste. »Toll. Lächele weiter so.« Er richtete das Handy wieder auf mich und machte ein Foto. »Perfekt.«

Ich zeigte auf sein Handy. »Kann ich mal sehen.«

Er gab mir das Telefon, dann drehte er sich zum Kamin um. »Darf ich jetzt meinen Strumpf aufmachen?«

»Nur zu.«

Während Ashton in den samtig roten Strumpf langte, scrollte ich seine Fotos durch. Alle Bilder waren kleine Kunstwerke. Sorgfältig arrangiert und gerahmt. Immergrüne Bäume, von Schnee bedeckt. Ein gefrorener Teich, dessen glatte Fläche in der Sonne glänzte. Sogar die Schnappschüsse waren einzigartig. Kein Vergleich mit dem Zeug, dass die Fotospeicher der meisten Leute verstopfte, so wie Blairs ständige Selfies oder Bilder von ihren diversen Lippenstiften. Oder Selfies von ihr, wie sie diverse Lippenstifte trägt. Oder meine erbärmlichen Versuche, den Sternenhimmel zu fotografieren, bei denen normalerweise nur irgendwas Verschwommenes herauskam. »Ashton. Die sind ja so gut.«

»Hmm?« Er stopfte sich einen halben mit M&Ms verzierten Cookie in den Mund.

»Mann. Wie wär's denn mit ein bisschen Selbstkontrolle?«

Er schluckte. »Wenn M&Ms ins Spiel kommen, verliere ich den Verstand.«

Ich gab ihm sein Handy zurück. »Deine Fotos. Die sind hinreißend.«

Seine Wangen liefen rosa an. »Danke.«

»Ich glaube, das könntest du beruflich machen.«

»Dazu liebe ich es zu sehr. Ich will weiter Spaß daran haben können.« Dann richtete er das Handy wieder auf mich. »Lächeln!«

Bis meine Eltern schließlich zu uns stießen, hatte Ashton schon die Hälfte seiner Kekse und eine kleine Tüte M&Ms gegessen, er lutschte gerade an einer Zuckerstange. Moms Adlerblick richtete sich sofort auf ihn, ein Seitenblick schoss rüber zu mir. »Hallo, Ashton!«, sagte sie. »Mit dir hatten wir noch gar nicht gerechnet.«

»Ich konnte nicht schlafen«, sagte er.

Sie grinste uns beide vielsagend an.

»Aufgeregt, weil der Weihnachtsmann kommt?«

Er und ich wechselten einen kurzen Blick.

»Könnte man so sagen.« Er bekam rote Ohren.

Dad drehte sich zu uns um, er hatte gerade ein knisterndes Feuer im Kamin entzündet. »Wann darf ich meine neue Uhr auspacken?«

Mit der Hand auf der Hüfte sah Mom ihn streng an. »Wer sagt denn, dass du eine bekommst?«

»Ich hab da so ein Gefühl.«

»Oder du hast an allen Päckchen gelauscht, bis du eines gefunden hast, das tickt«, sagte ich.

Er legte die Hand auf die Brust und brachte es fertig, beleidigt zu gucken. »Also, so was würde ich doch nie tun.«

»Aber klar!«

Mom gab Ashton eine kleine Geschenktüte. »Das ist für dich.«

Ashton saß wie angewurzelt da, mit einer Falte zwischen den Augenbrauen.

»Was? Das war doch nicht …«

Sie schüttelte den Kopf. »Pack's aus.«

Mit rotem Kopf schob Ashton das grüne Glitzerpapier zur Seite und holte eine Tannenbaumkugel in Joystickform hervor, die mit seinem Namen und der Jahreszahl versehen war. Er kriegte den Mund nicht wieder zu. »Oh wow.«

»Du darfst sie selber aufhängen«, sagte Mom.

»Sicher?«

»Such dir einen Platz aus.« Dad zeigte auf den Baum. Das Lächeln auf Ashtons Gesicht wärmte den Raum noch mehr als das Kaminfeuer.

Meine Eltern drückten sich die Hände, als Ashton nach dem perfekten Platz für seinen Baumschmuck suchte. Dann drehte er sich zu uns um, sein Gesicht war immer noch gerötet, aber jetzt vor Freude.

»Danke.«

»Komm, setz dich zu mir.« Ich zog ihn auf die Couch. »Das war noch nicht alles.«

Nachdem die Geschenke verteilt waren, wurde Ashton schweigsam. Starrte vor sich hin. Plötzlich war er so nachdenklich, so … still. Irgendwas daran machte mir Angst und ich schaute weg, zum Kamin. Die Flammen tanzten, loderten auf, wurden kleiner, kämpften mit dem Holz, als wäre das ihr Schicksal.

Ich wandte mich wieder Ashton zu, in seinen Augen sah ich den gleichen Kampf. Womit schlug er sich herum? Vorsichtig berührte ich seinen Arm, er drehte sich zu mir, und ein Lächeln ging über sein Gesicht. Die Angst schmolz wie eine Schneeflocke auf heißem Asphalt. Weg war sie. Einfach so.

Er musste gemerkt haben, dass ich besorgt war, denn er lehnte sich zu mir rüber und flüsterte. »Alles gut. Wirklich.«

Ich glaubte ihm nicht, seine Augen erzählten eine andere Geschichte.

Mom ordnete die geöffneten Pakete unter dem Baum, als Ashtons Zeh meinen Fuß anstupste. Ich schaute auf und sah, dass er aus seiner Tasche noch ein großes Paket hervorgezaubert hatte und mir nun reichte.

»Was ist das denn?«

»Mach's auf.« War er nervös – oder bildete ich mir das ein?

»Das ist schwer.« Ich riss das Geschenkpapier ab und mein Herz blieb fast stehen. »Das kann doch nicht dein Ernst sein?«

Er musterte mich. Eingehend. »Gefällt es dir?«

»Ashton.« Meine Augen brannten. Mir wurde ganz schwindelig.

»Wow, das sieht teuer aus«, sagte mein Vater, der Meister des Offensichtlichen.

»Das ist … das ist ein Celestron NexStar …«, japste ich. »Oh mein Gott, nicht zu fassen, dass du mir so was schenkst. Also, ich kann nicht … den hab ich mir schon ewig gewünscht.«

»Was ist das genau?«, fragte Dad.

»Ein katadioptrisches Teleskop.«

Dad sah mich mit leerem Blick an.

»Damit kann ich die Cassini Division und den Great Red Spot und Galaxien und Nebulae sehen …«

»Ach, ich kapier gar nichts.«

Ich holte drei Mal Luft und drehte mich zu Ashton um. »Woher wusstest du, welches das Richtige ist?«

»Ich hab mit Professor Trask geredet.«

»Aber, Ashton …« So langsam begriff ich, wie enorm das war, was er getan hatte. Es machte mich schwindelig. Ich hatte für ihn ein Tidal Destruction II und dazu eine DLC-Karte besorgt, aber gegen das hier war es gar nichts.

»Sag jetzt bloß nicht, dass du es nicht annehmen kannst«, warnte er. »Das ist viel zu wichtig für dich. Für uns beide.«

Ich schlang die Arme um ihn. »Dann sag ich Danke. Tausend Mal. Ich liebe es. Und ich liebe dich. So, so sehr.«

Er drückte das Gesicht in meine Haare. »Ich liebe dich auch, Dev.«

Dad hustete und holte Ashton und mich aus unserer Blase. »Genug Gesülze. Mir steht der Sinn nach Tidal Destruction.« Er wandte sich an Ashton. »Bist du dabei?«

Zögernd löste Ashton sich von mir. »Okay?«

»Ja.«

Ashton schnappte sich ein Headset und zeigte Dad den erhobenen Daumen. »Dann bin ich dabei.«

»Komm, Schatz. Wir machen Frühstück«, sagte Mom.

In der Küche holte sie eine Schachtel Eier und ein Paket Bacon aus dem Kühlschrank. »Leg die Baconstreifen in die Glasform. Und stell den Ofen auf 220 Grad.«

»Wir backen ihn?«

»Warum nennt sich das wohl Bacon?«

»Äh, ich glaube nicht …«

»Wir müssen über dich und Mr Ashton reden.«

Oh. »Wie meinst du das?«

Sie legte eine Schürze an und warf mir einen Blick zu, der sagte: Du weißt verdammt gut, wie ich das meine. »Ich weiß, dass er schwerreich ist, aber er hat dir ein wirklich sehr teures Geschenk gekauft. Devon, das ist keine normale Highschool-Romanze. Dein Dad hat mir Schokoriegel geschenkt und mir Milkshakes ausgegeben.«

»Ja, aber eure Highschool-Zeit liegt tausend Jahre zurück.«

Ich duckte mich, als sie mit dem Geschirrhandtuch nach mir schlug. »So alt bin ich nun auch wieder nicht und ich seh sogar noch jünger aus.«

Das stimmte.

»Ihr habt ein ganz extremes Tempo drauf«, sagte sie. »Er kauft dir teures wissenschaftliches Gerät und schaut dich an, als hättest du den Mond an den Himmel gehängt. Wie lange geht ihr schon miteinander?«

Ich konzentrierte mich darauf, die Baconstreifen voneinander zu trennen. »Sechs Monate, wenn du jenen Sommer mitzählst.«

»Ich bin mir nicht sicher, dass ich das tue.« Sie sah mich nachdenklich an. »Die Sache ist die, ich will nicht, dass du dich so sehr auf ihn einlässt, dass du gar nicht mitkriegst, was sich dir da draußen sonst noch bieten könnte.« Dann lächelte sie. »Aber wenn ich euch beide zusammen sehe, dann erinnert mich das an die Zeit, als dein Vater und ich in eurem Alter waren. Ich freue mich für dich, aber trotzdem mache ich mir Sorgen. Egal, was ihm auch passieren mag, er wird schon klarkommen. Der Reichtum seiner Familie garantiert das. Aber du kannst es dir nicht leisten, dich ablenken zu lassen. Ich will nicht, dass diese Liebesgeschichte deine Pläne zum Scheitern bringt.«

»Mom, die Schule steht bei mir an erster Stelle. Das wird sich nicht ändern.«

Sie sah mich lange an. Als ob sie nicht recht wüsste, ob sie mir glauben sollte oder nicht. »Okay. Aber komm zu mir, wenn irgendwas ist. Ich bin immer für dich da.«

»Ich weiß. Und ich weiß das zu schätzen. Wirklich.«

Sie umarmte mich, dann machte sie sich an die Arbeit.

»Ich bin echt am Verhungern, wir müssen jetzt mal was kochen. Was soll es sein? French Toast oder Waffeln?«

»French Toast«, sagte ich. »Mit Zimt.«

Ich sah zu, als sie die Eier in eine Schüssel schlug, Milch und Vanille hinzufügte, alles miteinander verrührte. »Wie war das mit dir und Dad? Hast du es immer gewusst? Hattest du je Zweifel?«

»Natürlich gab es Zweifel, Schatz. Aber die kamen eigentlich nicht von mir. Ich hatte so viel damit zu tun, mir den Kopf darüber zu zerbrechen, was alle anderen von mir dachten, weil ich mich verliebt und so jung geheiratet hatte, dass ich gar nicht auf mein eigenes Herz hören konnte. Als ich das dann tat, war es leicht.« Sie tunkte die Brotscheiben in die Eiermasse und wendete sie darin. »Hörst du auf dein Herz? Und wenn du dir deine Zukunft vorstellst, siehst du ihn da? Und macht dich das glücklich?«

Ich nickte und lächelte. »Er gehört dahin.«

Sie wischte sich die Hände an der Schürze ab und umarmte mich noch mal. Dann hielt sie mich auf Armeslänge und sah mich an. »Ich hoffe, er macht dich immer so glücklich, wie du jetzt aussiehst.«

Ich lächelte noch mehr. »Ich auch.«

»Und fürs Protokoll, ja, ich hab's immer gewusst mit deinem Dad. Als wir fünf waren, habe ich ihm gesagt, dass ich ihn heiraten würde. Er hat einen Wurm nach mir geworfen und ist weggerannt.« Sie guckte verträumt. »Damals wusste ich, dass wir füreinander bestimmt sind.«

»Das ist ein Witz.«

»Gar nicht.« Sie zwinkerte mir zu. »Würmer mochte ich schon immer.«

29. Kapitel

»ICH KANN NICHT FASSEN, DASS DU MICH SITZEN LÄSST, weil du mit deinem Freund abhängen willst.« Blair verteilte Feuchtigkeitslotion auf meinen Wangen. »Nun ja, ich weiß, es ist Silvester, die Nacht, in der dieser überaus wichtige Kuss die Vorzeichen für das ganze Jahr setzt … aber, Mann, Devon. Was soll nur aus uns werden?«

»Übertreib nicht«, sagte ich. »Immerhin sitzt du ja nicht allein.«

Die Sache mit ihr und Tyrell machte ernsthaft Fortschritte. In den Winterferien in Aspen war er ihr über den Weg gelaufen, und sie hatten viel Zeit damit verbracht, *einander warmzuhalten.*

»Jetzt kapiere ich, warum du andauernd so albern glücklich aussiehst«, hatte sie gesagt, als sie heute zu mir gekommen war.

»Wie macht ihr das, wenn deine Familie ständig in der Nähe rumhängt?«

Sie hatte geheimnisvoll gelächelt und in ihren Augen lag ein Funkeln. »Wo ein Wille ist, da ist ein Weg. Und glaub mir, den Willen habe ich.«

Ich glaubte ihr aufs Wort. Besonders weil sie mir einen

detaillierten Bericht des Events in Echtzeit geliefert hatte. Ich hätte mich deutlich besser gefühlt, wenn ich nichts davon gewusst hätte.

Niemals würde ich ein Glas Nutella wieder unbefangen ansehen können.

»Wann holt Tyrell dich ab?«, fragte ich.

»Um zehn.« Sie sah mich kopfschüttelnd an. »Du und Make-up, hoffnungslos.«

»Was kann ich dafür, dass ich naturschön bin«, sagte ich. In Wahrheit sah ich überhaupt nicht ein, warum man Make-up benutzen sollte. Nachdem meine Mom hundert Dollar für Make-up hingelegt hatte, das aussehen sollte, als würde sie keins tragen, dachte ich mir, dass ich die ganze Sache einfach überspringe und erst gar nicht damit anfange.

Abgesehen davon war es nicht so leicht etwas zu finden, das zu meiner Haut- und Augenfarbe passte. Blair schien dieses Problem nicht zu haben. Sie sah sich mein Gesicht genau an, die kleinen Rädchen in ihrem Gehirn rotierten, und dann stürzte sie sich auf ihren Schminkkoffer und holte Farben heraus, die perfekt zu mir passten.

Sie gab mir eine Kopfnuss. »Es geht nicht darum, ein hässliches Mädchen hübsch zu machen, sondern all diese Schönheit erblühen zu lassen.«

»Sag mir noch mal, wohin du mit Tyrell heute Abend gehst«, sagte ich.

»In den Präsidenten-Club.« Sie griff nach der Wasserflasche.

»Oooh, nobel!«

Sie runzelte die Stirn. »Eine Cocktailparty und Dinner in der Villa des Gründers ist auch ziemlich nobel.«

»Ich weiß. Haufenweise wichtige Leute schlagen da auf, und Ashton hat gesagt, dass er mich allen vorstellen wird. Aber du wirst die echten VIPs treffen. Der Präsidenten-Club ist grandios. Das Regionalfernsehen sendet den Countdown von da.« Das brachte mich auf einen Gedanken. »Vielleicht kommst du ins Fernsehen!«

»Ha. Ich frag mich, wie mein Vater wohl reagiert, wenn er mich mit Tyrell im Fernsehen tanzen sieht.«

»Seine unschuldige, kostbare Tochter auf einem Date?! Mit einem Jungen? Ich kann es mir vorstellen«, sagte ich.

Blair prustete. »Hör auf damit. Ich muss mich um deine Lippen kümmern.«

»Klopf, klopf.« Mom steckte den Kopf zur Tür herein, dann kam sie zu uns und fuhr mir mit den Fingern durchs Haar. »Ich mach dir deinen Dudel, mein Pudel.«

Ich stöhnte. »Mom.«

Ihre starken Finger massierten mir Kokosöl in die Kopfhaut, bevor sie die kräuseligen Strähnen zusammendrehte.

»Sieht Devon nicht hübsch aus, Mrs K?«

»Sie sieht immer hübsch aus«, sagte Mom. »Aber du hast unglaublich tolle Arbeit geleistet mit dem Make-up.«

»Mit dem Kleid auch«, sagte Blair. »Darauf bin ich besonders stolz.«

»Ich kann immer noch nicht glauben, dass du es für mich entworfen hast.« Dunkelgrün, oben glitzernd mit einem herzförmigen Dekolleté und einem fließenden Chiffonrock. »Mein allererstes Couture-Teil. Es ist atemberaubend.«

»Freut mich, dass es dir gefällt.« Sie wurde rot.

»Gefällt? Ich bin verrückt danach!«

Punkt neun Uhr klingelte es an der Tür.

»Dein Date ist da«, rief Dad.

Ich schluckte die aufsteigende Panik runter. »Ich bin nervös.«

»Du wirst sie alle umhauen«, sagte Blair.

Ich drückte ihre Hände. »Danke. Für alles.«

Sie umarmte mich und gab mir dann einen Schubs.

Und da war Ashton, im perfekt sitzenden grauen Anzug, mit strahlendem Lächeln.

»Wie sehe ich aus?« Ich präsentierte ihm mein Kleid.

»Du bist wunderschön«, sagte Ashton mit sehnsuchtsvollem Blick.

Er nahm meine Hand. »Können wir los?«

Ich nickte.

»Erst noch ein paar Fotos«, rief Mom.

»Mom, das ist kein Schulball.«

»Tut's mir zuliebe«, sagte sie. »Ihr seid beide hinreißend. Das will ich dokumentieren.«

Als die Paparazzi-Session vorbei war, nahm Ashton wieder meine Hand. »Nun komm, Schönheit. Lass uns das neue Jahr einläuten.«

»Viel Spaß, passt auf euch auf, blabla«, rief Mom.

»Warte nicht auf mich«, sagte ich.

»Hatte ich nicht vor.«

Ich schnappte mir meinen Mantel und eine winzige Handtasche, dann gingen wir hinaus in die klare Luft. Da blieb ich dann wie angewurzelt vor dem tollen braunen Auto stehen. »Ist das dein Ernst?«

Er grinste. »Ich dachte, das würde dir gefallen.«

»Dein Vater hat dir erlaubt, den Maserati zu nehmen?«

Ashton hielt mir die Tür auf. »Ich darf jedes der Autos fahren, Devon.«

Ich sank in den butterweichen Ledersitz und atmete tief ein. Hmmm. »Unglaublich, dass ich in diesem Ding fahre.«

Er stieg ein, zog Lederhandschuhe über und startete den Motor. »Wenn du artig bist, darfst du heute Nacht nach Hause fahren.«

»Damit scherzt man nicht.«

»Tu ich auch nicht. Du kannst ihn später fahren.«

»Den Maserati?«

Er wackelte mit den Augenbrauen. »Den Maserati.«

Dieses Motorengeräusch, diese Kraft beim Beschleunigen. Gänsehaut. Überall. »Du bist der beste Freund aller Zeiten.«

Er schenkte mir ein Lächeln, das alles in mir zum Schmelzen brachte. »Darf ich dir sagen, dass du heute Abend so richtig heiß aussiehst?«

»So was darfst du immer zu mir sagen.«

»Du siehst so heiß aus«, sagte er. »Und sobald wir allein sind, werde ich dich küssen, bis dir die Knie weich werden.«

Ein Schauer überlief mich. »Erzähl mir mehr.«

»Ich werde dich aus diesem süßen Kleidchen rausholen«, murmelte er. »Und jeden Zentimeter deines Körpers berühren, bis du keine Luft mehr kriegst.«

»Und was dann?«

Er schaute mich bedeutsam an. »Was glaubst du, was dann passieren sollte?«

»Ich finde, wir sollten uns lieben«, flüsterte ich. »Die ganze Nacht.«

»Ja, ja, tausend Mal ja. Ich wünschte, wir könnten das Abendessen auslassen und sofort ins Bett gehen. Wäre es nicht schön, das neue Jahr so zu beginnen?«

»Besser ginge es nicht.«

»Komm her«, wisperte er, nachdem wir geparkt hatten. »Ich muss dich küssen. Jetzt.«

Ich löste den Sicherheitsgurt. »Damit bin ich immer einverstanden.«

In fiebriger Eile fanden sich unsere Lippen. Wir küssten uns bestimmt zehn Minuten. Wenigstens fühlte es sich so an. Es war aber ganz normal, dass ich das Zeitgefühl verlor, wenn ich ihn küsste. Also ... wer weiß, wie lange wir wirklich da draußen waren.

»Wir machen in einem Maserati rum«, sagte ich mit einem kleinen Grinsen.

»Ja, verdammt, das tun wir«, sagte er. Dann küsste er mich wieder.

»Wir kommen zu spät«, murmelte ich.

»Ist mir egal«, sagte er atemlos.

»Wir werden Ärger kriegen.«

Seine Lippen kitzelten meine. »Das ist es wert.«

»Ashton.«

Noch ein langer Kuss. Dann löste er sich von mir und seufzte tief. »Ich muss dir was sagen.«

»Warum klingt das unheilvoll?«

»Rochelle ist hier. Ich hab nicht mal dran gedacht, bis meine Mutter heute was zu mir gesagt hat.«

Na klar. Das Universum hatte beschlossen, mir Rochelle direkt vor die Nase zu setzen. Toll. »Also, im Grunde wird das heute peinlich.«

Er wand sich etwas und nickte. »Im Grunde, ja.«

»Hervorragend.« Ich grinste so, dass mein Gesicht die Form verlor. »Fantastisch.«

»Wir sollten jetzt lieber mal reingehen und uns der Sache stellen.« Er schüttelte den Kopf. »Aber lächele nicht so.«

»Moment, du hast Lippenstift überall im Gesicht.«

»Ups.« Mit einem Taschentuch behob er den Schaden. »Besser?«

»Viel besser. Wie sehe ich aus?«

»Als ob du ewig rumgemacht und das total genossen hättest.«

»Hab ich doch, also …« Ich holte die Puderdose raus und brachte meinen Mund in Ordnung.

»Bist du bereit reinzugehen?«, fragte er.

Zur Stärkung holte ich noch mal tief Luft, dann nickte ich. Ich würde das schaffen.

»Hallo, Mutter.«

Mrs Edwards trug ein langes, eng anliegendes schwarzes Kleid und ein mit Diamanten besetztes Halsband, dessen Funkeln mich blendete. Ihr Blick fiel auf mein Kleid, und da sie daran nichts auszusetzen fand, lehnte sie sich vor und hauchte mir einen Kuss an die Wange. Der Duft von Chanel N° 5 stieg mir in die Nase und kitzelte im Hals.

Ich würde das schaffen.

»Hallo, Ashton. Devon, hübsch wie immer.«

Ich musste das schaffen.

»Danke. Sie auch.«

Sie schmunzelte und strich mit den Händen über ihre Hüften. »Zu liebenswürdig. Ashton, mein Lieber, nimmst du Devon den Mantel ab?«

Er lächelte steif. »Selbstverständlich.«

Mrs Edwards hakte sich bei mir ein. »Ich bin entzückt, dass du gekommen bist. Ich muss dir ein neues Kunstwerk zeigen, das wir gestern bekommen haben. Ich weiß, wie gern du dir die Bilder im Strandhaus angeschaut hast.«

Die Frau hatte Nerven, das musste man ihr lassen. Sie spielte auf jenen Sommer an, als wäre es gestern gewesen. Als würde nicht ein Jahr Schmerz und Verrat zwischen damals und heute liegen. Falsche Leute fand ich echt erstaunlich.

Kunst interessierte mich nicht besonders. Schöne Bilder mochte ich, aber ich war kein Fan. Ich konnte Akryl- nicht von Öl- oder Aquarellfarben unterscheiden, ich wusste nicht mal, ob der Künstler überhaupt Farben verwendet hatte. Die Kunstwerke im Strandhaus hatte ich mir angesehen, um mir die Wartezeit zu vertreiben, bis Ashtons Eltern ins Bett gingen.

»Hier ist eine Arbeit von Ludmila Kondakova«, sagte Mrs Edwards. »The Magic Hour.«

Ich ließ die seltsamen rosa und lila Töne auf mich wirken, die kugelrunden Bäume, die Dächer, die dem Bild Tiefe gaben und den Fokus hervorhoben: den Eiffelturm. »Das ist wirklich hübsch.«

»Natürlich, das ist Paris, deine Lieblingsstadt, oder?«

Woher wusste sie das?

»Ich bin der Meinung, jeder sollte Zeit außerhalb der Vereinigten Staaten verbringen«, sagte Mrs Edwards. »Und die Perspektive erweitern. Bist du je im Ausland gewesen?«

»Noch nicht.« Das Observatorium in Paris rief noch immer nach mir. Nicht so laut wie die McCafferty, aber das Flüstern war permanent vernehmlich.

Sie fuhr mit dem Finger am Rand ihres Weinglases entlang. »Dir ist sicher bewusst, dass Ashton dich heute Abend in der Absicht eingeladen hat, dich offiziell in unseren Kreis einzuführen. Allem Anschein nach ist es ernst mit euch beiden.«

»Ich liebe ihn«, sagte ich leise.

»Ich weiß«, erwiderte sie. »Und es ist offensichtlich, dass er dich liebt. Aber ich habe Bedenken. Heute habe ich gehört, wie Ashton mit seiner Großmutter über Ringe gesprochen hat.«

Ich erstarrte. »Verlobungsringe?«

Sie machte mich nervös, ihr Blick bohrte sich in meinen, als wollte sie all meine Geheimnisse aufdecken. »Hat er nicht mit dir darüber geredet?«

»Das Thema kam mal auf, Mrs Edwards. Als etwas, das eines Tages vielleicht passieren könnte.«

Sie wandte den Blick nicht von mir ab. »Aber ihn beschäftigt das genug, um zu fragen. Und deshalb bin ich ernsthaft alarmiert.«

Ich auch. Warum hatte er mir das nicht gesagt? Und warum nahm er jetzt nicht an diesem Gespräch teil?

»Das geht sehr schnell bei euch«, sagte sie. »Zu schnell. Von einer Heirat mit einem Mädchen zu reden, das er erst ein paar Monate kennt – nun, das ist ausgesprochen dumm.«

Ich musste zugeben, ich teilte ihre Bedenken, zumindest einige. Wie in jenem Sommer war meine Beziehung zu Ashton rasant sehr intensiv geworden. Für mich war das in Ordnung. Meistens gelang es mir, die nagende Sorge beiseitezuschieben, er könne mich wieder sitzen lassen und einfach weggehen. Aber sie war da. Ich liebte ihn sehr, aber traute ich ihm?

Ich ließ mir das durch den Kopf gehen.

Nach all der Zeit, und obwohl ich mit ihm schlief, vertraute ich nicht völlig darauf, dass Ashton mich nicht wieder verletzen würde. Und wenn ich ihm nicht vertrauen konnte, dann stand es mir nicht zu, auch nur im Traum daran zu denken, ihn zu heiraten. Abgesehen davon, träumte ich gar nicht davon. Also konnte Mrs Edwards sich gleich mal beruhigen.

»Zudem seid ihr so jung«, fuhr sie fort und holte mich damit aus meiner Trance. »In drei Monaten seid ihr vielleicht ganz andere Menschen – und davon, was in drei Jahren ist, wollen wir gar nicht reden. Aber wenn du ihn heiratest, dann ist das für den Rest deines Lebens. Edwards lassen sich niemals scheiden.«

Bei ihr klang das so endgültig. Wie Todesstrafe oder Gefängnis. Das entsprach nicht meinen Vorstellungen von der Ehe. Meine Eltern waren füreinander die Lieblingsmenschen – das war in vielen kleinen und noch mehr großen Dingen offensichtlich: wie Moms Gesicht immer strahlte, wenn Dad nach der Arbeit zur Tür rein kam. Und wie die beiden miteinander tanzten, wenn eines ihrer Lieder (und glaubt mir, davon gibt es massig) auf einer Playlist auftauchte. Und wenn er ihr jeden Abend Tee brachte, genau so, wie sie ihn gern mochte.

Aber laut Ashton stritten seine Eltern ständig. Sie hatten gewollt, dass er ein Mädchen heiratete, dass ihn noch reicher machte, und nicht das Mädchen, das ihn liebte. Vielleicht war es seiner Mutter auch so ergangen. Vielleicht war die Ehe für sie ja eine Gefängnisstrafe?

»Und das Wichtigste: die Familie meines Mannes ist sehr mächtig. Wir haben ein Image zu bewahren, ganz zu schweigen von den Verpflichtungen, die damit einhergehen, ein Teil des Preston-Edwards-Imperiums zu sein. Wenn wir in diese Ehe einwilligten, würden Erwartungen an dich gestellt werden, denen du nicht gewachsen wärst.«

Einwilligen?

Was war das denn gerade? Ash hatte gesagt, seine Eltern wären altmodisch, aber das hier überstieg dann doch all meine Vorstellungen.

Mrs Edwards lächelte und schüttelte den Kopf. »Du machst meinen Sohn glücklich. Er strahlt, wenn er von dir redet. Aber ich bin mir nicht sicher, ob das ausreicht. Euer Umfeld ist immerhin sehr unterschiedlich.«

»Woher wissen Sie denn so viel über mein Umfeld?«, fragte ich vorsichtig.

»In jenem Sommer haben wir uns umfassend informiert, Devon. Als er dich zum ersten Mal ins Strandhaus mitgebracht hat, kamst du mir bekannt vor. Du warst unter den Jahrgangsbesten der *Preston Academy*, die du als Vollstipendiatin besuchst. Ich war in dem Fünferkomitee, das über deine Aufnahme entschieden hat.«

Wie war das?

Sie redete weiter und merkte gar nicht, wie geschockt ich war. »Wir Sponsoren bekommen jedes Jahr einen Brief, der uns über die Fortschritte der Stipendiaten in Kenntnis setzt.«

Ich hätte nicht geschockt sein sollen. Seine Familie hatte die verdammte Schule gegründet, selbstverständlich hatten sie da Mitspracherecht, wenn es darum ging, wer von der Academy angenommen wurde und das Geld bekam. Dann ging mir ein Licht auf. »Deshalb haben Sie Ashton in jenem Sommer gedrängt, mit mir Schluss zu machen.«

»Du musst Verständnis für meinen Standpunkt haben«, sagte sie. »Mein einziger Sohn war bereit, alles aufs Spiel zu setzen für ein Mädchen, das er erst ein paar Wochen kannte. Mit sechzehn. Versteh mich nicht falsch – ich war überaus froh, ihn so glücklich zu sehen. Aber es gab weitreichende Konsequenzen, die er überhaupt nicht in Betracht zog. Jemand musste ihm den Kopf geraderücken.«

»Aber das war nur eine Sommerliebe.«

»Du und ich, wir wissen beide, dass es mehr war als das«, sagte sie. »Und wenn du Ashton heiraten würdest, dann wäre für dich alles besser gelaufen, als du es dir in deinen kühnsten Träumen ausmalen könntest.«

Die Unterstellung war ein Schlag in die Magengrube. »Sie halten mich für eine Goldgräberin?«

»Das mag nicht dein Ausgangspunkt gewesen sein, aber es wäre doch ein Grund, an ihm festzuhalten, oder?«

Ich musste mich anstrengen, nicht die Fäuste zu ballen. Die Sache war die: Mrs Edwards wusste alles über die finanzielle Lage meiner Familie, in den Stipendienanträgen hatten wir alle Informationen offenlegen müssen.

»Das ist nicht fair«, sagte ich. »Ich hatte keine Ahnung, dass er zu diesem riesigen Imperium gehört, als wir in jenem Sommer zusammen waren. Zudem wissen Sie so viel über mich, da müsste Ihnen auch bekannt sein, wie hart ich arbeite.«

»Aber in diese Familie einzuheiraten würde für dich alles so viel leichter machen. Mein Sohn wird ein Erbe antreten, das jenseits deiner Vorstellung liegt. Unser Geld und unsere Verbindungen würden jede Tür für dich öffnen. Die zur McCafferty eingeschlossen.«

Mir blieb fast das Herz stehen. Ich hätte praktisch meinen Erstgeborenen dafür gegeben, um mir einen Studienplatz an der McCafferty zu sichern. Aber das konnte sie nicht wissen.

»Ich hab wirklich nie an so etwas gedacht«, ich bemühte mich ruhig zu bleiben. »Ich wollte nur mit Ashton zusammen sein.«

»Hinzu kommt, dass wir in unserer Familie noch nie Menschen hatten, die ... wie sagt man noch ... divers sind«, fuhr sie fort. »Wenn Ashton dich heiraten würde, dann wäre die Familie mit einer ganz neuen Entwicklung konfrontiert ... und die älteren Mitglieder der Familie würden mit erheblicher Ablehnung auf jemanden reagieren, der nicht so ist wie wir.«

Nicht wie wir. Hörte sie eigentlich, welche Worte da aus ihrem Mund kamen? Wie konnte sie so gefasst dastehen und ihren Wein nippen, wenn ich kurz vor der Explosion stand?

»Ich bin nicht anders als Sie«, sagte ich mit etwas schriller Stimme. »Wie können Sie mir das absprechen?«

Sie seufzte. »Ich mag dich. Und ich mag, was du für Ashton tust. Aber ich fürchte, so einfach ist das nicht.« Sie sah mich nachdenklich an. »Deine Familie ist dir wichtig. Habe ich recht?«

Ich nickte. Meine Familie bedeutete mir alles.

»Und du würdest alles für sie tun.«

»Ja.«

»Dann müsstest du verstehen, was ich meine. Ich habe ein Erbe zu beschützen. Sein Erbe. Meine Familie. Du würdest alles tun, um deine Familie vor Schaden zu bewahren. Und genau das tue ich.«

»Ich will Ihrer Familie nicht schaden«, sagte ich leise. »Ich will nur Ihren Sohn lieben.«

»Und ich möchte dir glauben«, sagte sie traurig. »Wirklich. Aber es steht zu viel auf dem Spiel. Wenn du ein Teil dieser Familie werden willst, musst du beweisen, dass du es verdienst.«

Eine gefühlte Ewigkeit starrten wir einander an. Dann läutete ein Glöckchen.

»Das Abendessen wird bald serviert. Lass uns zu den anderen gehen.« Ashtons Mutter drückte meinen Arm und ging ins Speisezimmer.

30. Kapitel

Wow. Wer sucht sich denn für so ein Gespräch eine Party aus? Und dann auch noch eine, bei der man Gastgeberin ist? Ich bohrte die Fingernägel in meine Handflächen. Wie konnte sie es wagen?

Beweisen, dass ich es verdiene! Die meisten Leute, die im Raum nebenan plauderten, waren in ihr Luuxusleben hineingeboren worden. Warum sollte *ich* mich beweisen? Schließlich hatte ich das gleiche Recht, hier zu sein – das gleiche Recht zu existieren – wie sie.

Wie satt ich es hatte, dass Leute mich, meine Familie, unsere Werte, unser Leben runtermachten. Der Wunsch, zur Tür rauszugehen und diese Familie ihren blutigen Kämpfen um Macht und Politik zu überlassen, wuchs mit jedem Atemzug. Aber das war ja genau das, was sie wollte – und diesen Wunsch würde ich ihr bestimmt nicht erfüllen. Nein, verdammt. Obwohl ich, solange ich mit Ashton zusammen war, unablässig mit strengem Blick beäugt werden würde.

Ashton. Mit seiner sanften Unterstützung, den heißen Berührungen und der verzehrenden Liebe. Ashton, den ich im Speisezimmer entdeckte, wo er mit einem atemberaubend schönen Mädchen plauderte. Makellose dunkelbraune

Locken. Reine, samtige Haut. Kurven, die mich aussehen ließen wie einen zwölfjährigen Jungen. Und sie trug keine Schuhe mit winzigen Absätzen, so wie ich. Sie hatte Stilettos an, denn jemand wie sie trug selbstverständlich Schuhe für Erwachsene.

Rochelle.

Sie verkörperte diese Welt: die tollen Autos, teuren Champagner, Designerkleider und glitzernde Diamanten. Sie war das absolute Gegenteil von mir: wilde Haare, Kleider von der Stange und Zensuren, für die ich wie besessen gearbeitet hatte. Sie sah aus, als würde das Leben sie keine Anstrengungen kosten. Und wahrscheinlich war dem auch so.

Was wollte ich hier? Mit Rochelle konnte ich unmöglich konkurrieren. Und mit all diesen anderen Leuten auch nicht.

In mir zerbrach etwas. Es ging mir nicht gut. Ich lief ins Bad, um die Fassung zurückzugewinnen, und sah mich im Spiegel. Heiße Wangen. Augen, in denen unvergossene Tränen glänzten. Zitternde Lippen. Alles drehte sich, mir wurde schlecht.

Einatmen … zwei … drei … vier.

Ausatmen … zwei … drei … vier.

Ich weigerte mich zusammenzubrechen. Denn wenn ich mich heute Abend nicht zusammenreißen konnte, wie zum Teufel würde ich dann durchhalten, wenn seine Familie wirklich anfing, Druck auf mich auszuüben?

Ich konnte das schaffen.

Ich würde es schaffen.

Die größere Frage aber war: War Ashton das alles wert?

Ich wollte ihn nur lieben. An die McCafferty gehen. Die Sterne studieren.

Mrs Edwards hatte gesagt, so einfach sei das nicht. Aber warum denn nicht?

Ich könnte den ganzen Abend hier in diesem Raum bleiben, mich auf das gemütliche kleine Sofa setzen, an den hübschen Seifen und Parfums schnuppern. Und mich vor den hübschen Menschen verstecken, die hier rumwimmelten und auf ihr hübsches Abendessen warteten.

Aber das hatte ich nicht nötig. Also, geh da raus, Devon. Sofort.

Ich spritzte mir kaltes Wasser ins Gesicht, wischte mir die Augen, trug neuen Lippenstift auf – und dann zwang ich mich dazu, den Raum zu verlassen.

Und da waren sie.

Sie lehnte sich weit zu ihm rüber und flüsterte etwas, was Ash zum Lachen brachte. Himmel, die sahen aus wie eine Parfumwerbung. Ich hatte Lust, sie mit was zu bewerfen.

Stattdessen schluckte ich schwer und brachte mich dazu, zu ihnen rüberzugehen.

Ganz leicht kitzelte ich Ashtons Hand. Er drehte sich zu mir und lächelte, sein ganzes Gesicht strahlte. Selbst wenn seine hinreißende Ex-Freundin neben ihm stand, konnte er mir das Gefühl geben, das hübscheste Mädchen im Raum zu sein.

Jetzt fühlte ich mich schon mutiger, deshalb wandte ich mich Rochelle zu. Ihr Blick streifte mich – und ich fühlte mich wie ein kleines Mädchen, das Verkleiden spielt. Der Drang, wegzurennen und mich zu verstecken, wallte in mir auf, aber ich unterdrückte ihn. Ich wollte ihn nicht wieder allein lassen mit diesem Mädchen, dass so perfekt in sein perfektes Leben passte. Das Mädchen, das er geheiratet hätte, wenn ich nicht wieder ins Bild getreten wäre.

Atme.

»Du musst Devon sein.« Sie lächelte – klar hatte sie Grübchen – aber da war irgendwas in ihren Augen, das ich nicht recht deuten konnte. »Ich bin Rochelle«, sagte sie.

»Hallo.« Ihr Händedruck war fest, was mich enttäuschte. Aber wie konnte ich auch erwarten, dass jemand, der aussah wie ein Victoria's Secret Model, einen schlaffen Händedruck hatte.

Ashtons Mutter machte ihm ein Zeichen, und er sah mich entschuldigend an, bevor er zu ihr ans andere Ende des Raumes ging. Er ließ mich allein mit Rochelle. Der Ex-Freundin. Oh mein Gott.

»Du bist also Ashtons Sunset-Girl«, sagte sie. Wieder schaute sie mich an, dann nickte sie. »Ich kann es sehen.«

Plötzlich überkam mich die Liebe zu Ashton mit einer solchen Wucht, dass es mich beinahe umgehauen hätte. Ich schaute rüber zu ihm. Was immer seine Mutter gerade zu ihm sagte, schien ihn schwer zu nerven, sein Kiefer zuckte.

»Ist lange her, dass er mir von dir erzählt hat«, sagte Rochelle. Ich riss den Blick los von dem Mutter-Sohn-Austausch und schenkte ihr meine ganze Aufmerksamkeit. »Sein Blick, wenn er von dir geredet hat … die Art, wie er deinen Namen sagte … ich hab immer gewusst, wenn er dich je wiedersehen würde, wäre ich Geschichte. Aber ich hätte nie gedacht, dass es tatsächlich passiert.«

Nun, was sollte ich dazu sagen?

Sie schaute wieder rüber zu ihm. »Er ist irgendwie fragil, aber er ist was Besonderes. Brich ihm nicht das Herz, okay?«

Ich schnaubte. »Wahrscheinlich bricht er mir eher meines.«

Boah. Was war denn mit mir los? Ich tauschte hier Insiderinformationen mit der Ex aus!

»Damit hat er Erfahrung«, sagte sie. »Was er mit dir gemacht hat, war mies.«

»Du weißt davon?«

Sie zupfte an ihren Haaren. »Ich musste ihn da rausholen. Er hat sich deswegen lange hundeelend gefühlt.«

»Ich auch.«

»Verständlich.« Sie seufzte. »Hör mal, pass gut auf ihn auf. Es sei denn, er tut dir weh. Dann solltest du ihm in den Arsch treten.«

Oh. Ich mochte sie. In einem anderen Leben hätten wir wahrscheinlich Freundinnen werden können. »Ist das seine Großmutter, die sich den beiden eben angeschlossen hat?«

Jetzt lächelte Rochelle mich strahlend an. »Der liebste Mensch auf der Welt für ihn. Ich geh jetzt, damit er sie dir vorstellen kann, ohne dass es zu seltsam wird.« Ermutigend klopfte sie mir auf den Arm und schlenderte davon.

Ashtons Großmutter war groß, hatte eine tadellose Haltung und eine stille Autorität. Sie trug ein langes, elegantes graues Kleid mit einer Diamantenbrosche und einen strengen Knoten. Als sie rüberschaute, erwischte sie mich beim Starren. Ein erfreutes Strahlen ging über ihr Gesicht und sie flüsterte Ashton etwas zu.

Ashtons Gesicht wurde weicher, als seine Großmutter mit ihm sprach. Während die beiden auf mich zugingen, entspannte er sich wieder, und die Falten auf seiner Stirn glätteten sich. Aber seine geballten Fäuste und der Blick, den er seiner Mutter zuwarf, zeigten mir, dass er sich gewaltig zusammenreißen musste.

Aus der Nähe sah ich das Augenzwinkern von Ashtons Großmutter. Ein kleines Lächeln umspielte ihren Mund und deutete heimlichen Übermut an. Mein Herz klopfte, als würde ich vor einem Weltstar stehen.

Ashton legte mir den Arm um die Schultern. »Devon, ich möchte dich jetzt offiziell meiner Großmutter Harriet Edwards vorstellen«, sagte er. »Großmutter, das ist Devon Kearney, meine Freundin.«

Die alte Dame reichte mir beide Hände. Wärme und Freundlichkeit strömten mir entgegen. »Devon. Es ist wunderbar, dich offiziell kennenzulernen.«

Meine ganze Anspannung verschwand. »Danke, das finde ich auch.«

Die Dinnerglocke läutete zum zweiten Mal.

Ashton hakte mich und seine Großmutter unter und führte uns ins Esszimmer. Nachdem alle Gäste am Tisch Platz genommen hatten, warf er seiner Mutter einen harschen Blick zu. Dann lehnte er sich zu mir rüber, mit verkrampftem Gesicht, die Lippen zusammengepresst. »Du warst vorhin so aufgewühlt. Was hat meine Mutter zu dir gesagt?«

Ich schüttelte den Kopf. »Erzähl ich dir später.«

Er nickte. »Gut, dann später.«

Während des Essens beobachtete ich Ashton und seine Großmutter. Ihre entspannte Unterhaltung, die kleinen Insiderjokes. Wie locker er in ihrer Gegenwart war – und wie glücklich er wirkte. So gut er konnte, bezog er mich in das Gespräch ein, aber ich war nicht immer ganz bei der Sache und zufrieden damit, den beiden zuzuhören.

Nach dem Essen gingen die meisten Gäste ins Wohnzimmer. Dort spielte eine vierköpfige Band schmissige Melodien, während die Leute an die Bar strömten und sich bedienen ließen. Einige ältere Paare schoben zu Klassikern im Foxtrott übers Parkett. Die meisten jüngeren Leute versammelten sich in einer Ecke. Ashton hatte mir gesagt, das seien die Gleichaltrigen, mit denen er abhing, weil ihre Eltern alle VIPs waren, die ebenfalls miteinander abhingen. Zum Golfen, um Wohltätigkeitsveranstaltungen zu organisieren und miteinander Geschäfte zu machen.

Immer mehr Gäste trafen in Pelzmänteln, funkelndem Schmuck und Wolken von teurem Parfum ein. Ashton verbrachte einige Zeit damit, die Neuankömmlinge zu begrüßen, und dann noch eine weitere Stunde, um freundliche Worte mit allen Gästen zu wechseln, die zur Party gekommen waren.

»Das ist meine Freundin, Devon Kearney«, sagte er stolz zur Presse, zu Freunden, zur Familie und jedem, der zuhören wollte. Und die ganze Zeit hatte Ashton den Arm um mich gelegt. Das hatte fast schon etwas Trotziges, so als wolle er die Leute herausfordern, etwas Unpassendes zu sagen.

»Bitte lächeln«, riefen Fotografen der Gesellschaftsmagazine unter Geklicke und Geblitze.

Ashton zu beobachten, wie er seine Rolle spielte, war ebenso faszinierend wie verstörend. Die perfekte Mischung aus formell und charmant. Er wusste genau, wie man schmeichelte, und die Leute fraßen ihm aus der Hand. Groß und stolz stand er da und verkörperte die Macht seiner Familie auf eine Art, die mich beeindruckte und auch einschüchterte.

Hier entdeckte ich nichts von dem leidenschaftlichen, verletzlichen Jungen, der er war, wenn wir allein waren. Ob das eine typische Eigenschaft reicher Leute war, schlüpften sie alle einfach in eine andere Haut, wenn es ihnen passte?

Widerstreitende Gefühle wegen seines Familienerbes setzten Ashton ständig unter Stress. Aber heute Abend merkte man ihm das überhaupt nicht an. Zu sehen, wie leicht er in diese Rolle wechselte, machte mir zu schaffen. Mir wurde klar: Ashton passte in diese Welt – ich hingegen würde das nie tun.

Eine leichte Hand legte sich auf meine Schulter, beinahe hätte ich meinen Cider verschüttet. »Du machst das gut mit deinem Debut«, sagte Ashtons Großmutter.

»Oh, hi.« Ich drückte die flache Hand an die Brust.

»Ups. Ich wollte dich nicht erschrecken. Aber mir hätte auffallen müssen, wie intensiv du meinen Enkel ansiehst.«

Mein Gesicht wurde warm. »Ich bin froh, dass Sie jetzt zu mir gekommen sind und mit mir reden, Mrs Edwards.«

»Bitte, nenn mich Harriet«, sagte sie und schaute sich um. »Ich weiß, das muss ziemlich viel für dich sein. All diese Leute, die dich anstarren, dir Fragen stellen und Fotos schießen.«

»Ist schon ein bisschen überwältigend.«

»Aber du wirst dich dran gewöhnen. Da bin ich mir sicher.«

Meine Hände zitterten, der Cider schwappte. »Glauben Sie, dazu halte ich lange genug durch?«

»Ashton sieht dich an, als seist du seine ganze Welt. *Er* glaubt es. Selbst wenn es sonst keiner tut. Und – fürs Protokoll – ich glaub es auch.«

Ich atmete auf. »Danke.«

»Hör zu, ich weiß, dass seine Mutter eine ganz harte Nuss ist«, wisperte sie.

Ich unterdrückte ein Prusten.

»Sie nimmt Dinge wie Klasse und Abstammung sehr ernst.«

»Habe ich gemerkt, glauben Sie mir.«

»Ich war genauso. Doch es gibt Wichtigeres als die Frage, wie blau dein Blut ist oder wie viel Reichtum deine Vorfahren angehäuft haben, das habe ich gelernt. Liebe. Das ist wichtig. Und wenn du einen Menschen hast, den du wirklich liebst und der dich wirklich liebt, dann ist das genug Reichtum. Mehr braucht man nicht.«

Sehr schöner Gedanke, aber sie war stinkreich, ich wusste also nicht recht, ob ich ihr das so ganz abnehmen konnte.

»Und wie ist das mit seinem Vater?«

Wir sahen, wie Mr Edwards strahlte und Ashton einen harten Klaps auf den Rücken gab. Er tat so, als wäre er stolz auf Ashton, aber ehrlich gesagt, wirkten die beiden so, als könnten sie einander nicht leiden. Überhaupt nicht. Ashton lächelte, aber da war eine unterschwellige Anspannung zu spüren. Nur jemand, der ihn gut kannte, würde merken, wie unwohl er sich fühlte.

Harriets Mundwinkel gingen ein wenig nach unten. »Tristan ist sehr konservativ. Er glaubt, Dinge sollten auf bestimmte Art getan werden, und würde niemals davon abweichen.«

»Und dass sein Sohn eine Schwarze Freundin aus der Mittelschicht hat …«

»Weicht definitiv vom Normalen ab. Für ihn. Mein Einfluss reicht nicht so weit. Sein Vater war hart gegen ihn und leider hab ich mich nicht besonders für ihn starkgemacht. Das war ein großer Fehler, das sehe ich jetzt ein. Er findet natürlich, dass ich kein Recht habe, ihm zu erzählen, wie er sein Leben führen soll. Aber wenn ich darauf hinweise, dass für Ashton doch wohl das Gleiche gilt …«

»Wird er laut.«

Sie sah mich von der Seite an.

»Hab ich gehört«, ergänzte ich.

»Manchmal kommt es mir so vor, als hätte Tristan etwas dagegen, dass ich Ashton die Aufmerksamkeit schenke, die *er* als Kind hätte bekommen sollen. Das will ich nicht von meinem Sohn denken, aber so behandelt er ihn. All die Beschränkungen und Forderungen, und dann lässt er Eleanor die Schmutzarbeit machen. Das tut mir im Herzen weh. Und ich kann mir vorstellen, dass es Ashton genauso geht.«

Tiefes Bedauern zeigte sich auf ihrem Gesicht.

»Also, was mache ich?«

»Liebe Ashton. Steh an seiner Seite. Kämpfe für ihn. Ich werde tun, was ich kann, aber letztendlich hängt es von euch beiden ab.«

»Wie hältst du dich?«, fragte Ashton, als die Kameras nicht mehr liefen und die Aufnahmegeräte weggepackt waren.

»Schlag mich so durch.«

»Ich bin froh, dass du hier bist.«

Ich streichelte ihm die Wange. »Ich bin froh, dass ich bei dir bin.«

Dreißig Minuten vor Mitternacht ging die Party so richtig ab. Lautes Lachen, in Strömen fließender Champagner und – Mannomann, was einige da auf der Tanzfläche trieben!

Während des Countdowns zog Ashton mich beiseite zu

einem langen, zärtlichen Kuss. Seine Lippen fühlten sich so gut an auf meinen, dass ich nicht wieder von ihm lassen wollte.

Ich passte vielleicht nicht in seine Welt, aber er und ich passten zusammen.

Als alle *Auld Lang Syne* sangen, schlichen Ashton und ich aus dem Wohnzimmer. Er sah mir ins Gesicht, dann strich er mir eine Locke aus der Stirn.

»Irgendwas macht dir zu schaffen«, sagte er. »Rede mit mir.«

»Deine Großmutter mag ich sehr«, sagte ich. »Sie glaubt, dass wir eine gemeinsame Zukunft haben. Aber deine Mutter nicht.« Ich erstarrte. »Das hätte ich nicht sagen sollen.«

Seine Miene versteinerte. »Nein. Sprich weiter.«

Zuerst hielt ich mich zurück. Weder Ort noch Zeitpunkt waren passend. Aber er hatte gefragt, also rückte ich mit allem raus. Als er hörte, dass seine Mutter mich praktisch als Goldgräberin bezeichnet hatte, konnte man ihm die eiskalte Wut ansehen. Und als ich dann noch die Sache mit der Diversität erzählte, ballte er die Fäuste und knirschte mit den Zähnen. Dann explodierte er.

»Ich finde das eine, das einzige verdammte Wesen, das mich glücklich macht – und sie will es loswerden? Zum Teufel mit ihr.«

Ich schüttelte den Kopf. »Nein, ich versteh das schon. Es steht eine Menge auf dem Spiel.« Jetzt klang ich wie seine Mutter.

Grimmig schüttelte er den Kopf. »Nein, ist nicht wahr. Sogar das britische Königshaus ist im 21. Jahrhundert angekommen, was das angeht. Das ist die Realität. Und der

Scheiß, den meine Mutter zu dir gesagt hat? Alles Blödsinn.«
Er runzelte die Stirn. »Hat sie dir gedroht?«

»Nicht ausdrücklich, aber ...«

»Komm.«

Er zog mich mit ins Wohnzimmer. Zu seiner Mutter und
Rochelle ... und einer anderen Frau, die Rochelles Mutter
sein musste, denn sie hatte die gleichen üppigen Locken, die
gleichen tiefen Grübchen und war auf die gleiche unange-
strengte Art glamourös.

Sie hielten halb leere Champagnergläser in den Händen und
lachten miteinander. Sorglos. Privilegiert. Hochglanzpoliert.

»Oh, da ist ja Ashton.« Mrs Edwards drückte seine Schulter. »Und seine kleine Freundin Devon.«

»Meine feste Freundin Devon«, berichtigte Ashton mit
eisiger Stimme.

Rochelles Mutter fuhr herum. Sie starrte ihre Tochter an,
die wohlgeformten Augenbrauen schossen bis zum Haaran-
satz. »Seine feste Freundin?«

Rochelle verdrehte die Augen. »Darüber haben wir gesprochen. Gott. Devon, das ist Janelle Ryan, meine Mutter.«

»Ich freue mich, Sie kennenzulernen, Mrs Ryan.« Ich
streckte ihr die Hand hin, doch sie umklammerte ihr Glas
nur noch fester.

Na gut.

»*Das* ist die neue Freundin?«, sagte Mrs Ryan. »Die hat er
dir vorgezogen?« Dann veränderte sich ihre Miene. »Ach, ich
versteh schon.«

»Haben Sie ein Problem?«, fragte Ashton leise.

»Ashton!« Mrs Edwards packte seine Schulter fester, aber
er war nicht zu erschüttern.

Mrs Ryan schenkte ihm ein glanzloses Lächeln. Ein wissendes Lächeln. »Ganz und gar nicht.«

Egal. Ihrem süffisanten Grinsen und der Art, wie sie mich musterte, konnte ich entnehmen, dass sie mich nicht für eine Bedrohung hielt. Ich würde mich nicht lange halten. Bald wäre wieder alles beim Alten.

Rochelles Gesicht war zu einer Maske der Entnervtheit und des Entsetzens geworden, doch sie sagte nichts. Machte sie das zu einem genauso schlimmen Menschen?

»Mutter, ich muss mit dir reden«, sagte Ashton.

»Ashton, das ist jetzt wirklich nicht der passende Ort …«

Aber Ashton hatte sich bereits umgedreht und ging mit mir weg.

Ich hörte Mrs Edwards eine Entschuldigung murmeln und dann das Klappern ihrer Absätze hinter uns.

»Ashton Edwards. Wie kannst du es wagen, mich vor meinen Gästen zu blamieren?«

Er schnaubte. »Oh, bitte. Janelle ist so zu, es wäre ein Wunder, wenn sie sich in zehn Minuten noch an irgendwas erinnert.«

Mrs Edwards seufzte. »Worum geht es?«

»Wie konntest du solche Sachen zu Devon sagen?«

Mrs Edwards blitzte mich mit eiskaltem Blick an. »Ich gebe auf unsere Familie acht. Du solltest das besser wissen als jeder andere.«

»Mutter …«

Eine entschlossene Handbewegung mit ihrer beringten Hand. »Das werden wir zu einem passenden Zeitpunkt besprechen.«

Ashton stellte sich seiner Mutter gegenüber. »Devon ist

meine Freundin. Ich liebe sie – und ich lasse nicht noch einmal etwas zwischen uns kommen.« Sein Ton war so tödlich, dass mir die Hände zitterten. »Nicht mal die Familie.«

Mrs Edwards' makellose Haut wurde fleckig. »Wenn du selbst erst Vater bist, wird dir klar werden, welche Wahl du zu treffen hast.« Wieder funkelte sie mich an. »Ich muss zurück zu meinen Gästen.« Sie drehte sich um und ließ Ashton und mich in der Halle stehen.

Wut blitzte in seinen Augen. »Als ob der passende Zeitpunkt je kommen wird«, murmelte er. »Diese Familie ist ein Witz.« Dann ließ er die Schultern hängen. »Ich hätte dich nicht mit hineinziehen sollen. Ich weiß ja nicht mal, warum ich noch hier bin.«

»Weil das nun mal deine Familie ist. Weil es dein Vermächtnis ist.«

»Jaja, na, vielleicht sollten wir uns um unser eigenes Vermächtnis kümmern.«

Ich schaute zu Boden. »Ich weiß nicht. Manchmal hab ich das Gefühl, ich gehöre nirgendwo hin.«

Seine Züge wurden wieder weicher, die Strenge – und vielleicht ein wenig Schmerz – verflogen. »Dev …«

Ich schlang die Arme um mich. »Meistens kann ich es beiseiteschieben. Aber dann hat deine Mutter all diese Sachen gesagt … und diese schlechten Gefühle waren wieder da.«

Er packte meine Schultern und hielt sie ganz fest. »Hör mir zu. Du gehörst hierher. Mehr als irgendjemand sonst. Und auf jeden Fall gehörst du zu mir.«

»Du hast dich nach Verlobungsringen erkundigt«, platzte ich heraus.

»Weil ich mir ernsthaft eine Zukunft mit dir vorstelle. Ich weiß, es ist nicht nötig, dass ich für dich sorge, aber ich will es. Ich denke ständig daran, Dev. Aber ... ich hätte das nicht tun sollen. Nicht, ohne erst mit dir zu reden.«

»Du könntest mit Rochelle zusammen sein und viel Drama vermeiden. Sie ist perfekt – und deine Mutter liebt sie offensichtlich.« Ich warf einen Blick ins Wohnzimmer, wo Mrs Edwards und Rochelle wieder miteinander lachten. »Ich kann damit nicht konkurrieren.«

Ashton trat näher an mich heran und wühlte die Finger in meine Haare. Mein Knoten löste sich, die Locken fielen mir über die Schultern. »Es gibt keinen Wettbewerb. Hat es nie gegeben. Ich habe mit ihr Schluss gemacht, weil ich mit dir zusammen sein will.« Er schaute mir in die Augen, so tief, so intensiv, dass es schon wehtat. »Ich brauche dich.«

Ich zitterte, als unsere Lippen sich berührten. Jetzt brachte ich seine Haare in Unordnung, aber das war mir egal. Völlig. Ich lehnte mich an die Wand, und wir küssten uns wieder, tief und leidenschaftlich. Sein ganzer Körper presste sich an mich – und auch ohne Worte wusste ich genau, was er empfand. Wieder lief ein Schauer über meinen Körper, denn ich erwiderte sein Begehren.

»Komm mit nach oben«, flüsterte er.

»Du verdrückst dich auf deiner eigenen Party?«

»Ich muss mit dir allein sein. Jetzt gleich.«

Das war Ashton. Mein wunderschöner, komplizierter Freund. Der Junge, den ich über alles liebte. Doch war er das wert? Ja – und wie. Zum Teufel mit allem und allen anderen.

»Dann los.«

31. Kapitel

DER 25. JANUAR. EIN TROSTLOSER MONTAG. MANCHE behaupteten, es sei der deprimierendste Tag des Jahres. Die Feiertage waren vorbei, ein langer, kalter Winter lag vor uns. Man wurde mit Weihnachtsrechnungen konfrontiert und den gescheiterten guten Vorsätzen fürs neue Jahr.

Doch für mich war es der Tag, an dem die Welt meines Freundes zerbrach.

Der Schulkoch hatte Minestrone gekocht, über die Ashton und ich uns gerade hermachen wollten, als so etwas wie ein kalter Hauch durch die Schulküche wehte. Ich guckte rüber zur Tür, und da stand Ashtons Vater, mit ernster Miene.

»Willst du stilles Wasser oder Sprudel?«, fragte Ashton mit dem Kopf im Kühlregal.

»Ash«, ich stupste ihn an.

»Was?«

Ich sagte nichts und er drehte sich rum. »Was ist …?« Dann sah er seinen Vater. Sofort wurde er ganz starr. »Vater.«

»Ashton und ich brauchen einen Moment allein«, sagte Mr Edwards.

»Selbstverständlich«, erwiderte ich leise.

Ashton berührte meinen Arm, seine Finger waren ein klein wenig verkrampft. »Bin gleich wieder da.«

Ich nickte, die beiden verschwanden, und ich war allein.

Eine Ewigkeit verging, ehe Ashton zurückkam und meine Hand nahm. Ich merkte, dass er etwas sagen wollte, aber keine Worte finden konnte. Sein Mund ging immer wieder auf und zu. Er atmete flach und hastig. Und er wirkte völlig vernichtet.

»Ash ...?«

»Großmutter«, platzte es aus ihm heraus. »Sie ist gestorben.«

In Filmen finden Beerdigungen immer an regnerischen Tagen statt. Schwarz gekleidete Menschen mit schwarzen Regenschirmen stehen um einen Sarg herum, während ein Priester Gebete spricht. Leute werfen Sand auf den Sarg, ehe sie sich mit ernsten Gesichtern vom Grab entfernen.

Dieser Tag war nicht verregnet. Es war bitterkalt und ich wäre fast erfroren in meinem schwarzen Kleid und den Strumpfhosen. Und zweimal wäre ich beinahe auf dem Eis ausgerutscht in meinen Pumps, aber das war mir so was von egal.

Mein Freund trauerte – und das brach mir das Herz.

Ich hatte ihn an diesem Morgen zu Hause abgeholt. Dort herrschte ernste Stille, nur die Standuhr tickte.

Mrs Edwards' Blick durchbohrte mich, aber ich hatte nur Augen für Ashton. Er sagte kein Wort, auch nicht, als ich ihm den Schlips gerade rückte, der eigentlich perfekt saß. Er starrte mich nur an, fast so, als wolle er versuchen, aus meinem tiefsten Inneren Kraft zu schöpfen.

»Es wird Zeit«, sagte seine Mutter. Sie zog ihren Mantel an.

»Bist du bereit?«, fragte ich ihn. Er schüttelte den Kopf, doch dann atmete er tief durch und gab mir seine Hand.

Der Gottesdienst war furchtbar steif. Die Trauer war greifbar hier in der Lutherischen Dreieinigkeitskirche, der Ashtons Großmutter angehört hatte. Und auch ihr Umzug nach Monaco hatte daran nichts geändert, sie war mit der Gemeinde in Verbindung geblieben, hatte großzügig gespendet und sie immer besucht, wenn sie in der Stadt war. So viele Menschen waren gekommen, um ihr die letzte Ehre zu erweisen und sich die Augen mit seidenen Taschentüchern zu tupfen. Und die Blumen. Wunderbare Treibhausblumen, die bei mir triefende Augen und ein Kratzen im Hals verursachten.

Bauchspeicheldrüsenkrebs hatte Harriet Edwards das Leben gekostet. Sie hatte Chemotherapie und Bestrahlung abgelehnt, da die Krankheit schon zu weit fortgeschritten war, als sie die Diagnose bekam. Ihrer Familie hatte sie die Untersuchungsergebnisse nicht mitgeteilt, stattdessen hatte sie ihr Leben, so gut sie konnte, ausgekostet – bis zum Ende.

Sie war zweiundachtzig Jahre alt gewesen.

Ich wünschte, ich hätte noch einmal mit ihr reden können, aber meine Traurigkeit war nichts im Vergleich zu dem, was mein Freund empfand. In seinen Augen sah ich unverhohlene Trauer, Hoffnungslosigkeit, Unruhe. Es war, als würde sich ein Sturm zusammenbrauen.

Ich saß bei Ashton und seinen Eltern. Er drückte meine Hand so fest, dass sie abzusterben drohte, aber ich ließ nicht los.

☆

Ashton wollte nicht weinen. Er wollte nicht essen. Er nahm kaum Kenntnis von den Leuten, die zur Beerdigung gekommen waren. Selbst seine besten Freunde machten lieber einen Bogen um ihn. Und als die Zusammenkunft nach dem Gottesdienst bei ihm zu Hause langsam heiterer wurde, weil die Leute anfingen, über ihre Erinnerungen zu sprechen, zerrte Ashton mich mit in sein Zimmer. »Ich kann das Gelächter nicht ertragen«, sagte er. »Ich kann das alles nicht ertragen.«

»Nicht mal, wenn sie über was Gutes reden?«

»Das ist alles nur Show, Devon. Warte nur, bis das Testament verlesen ist.« Er sah tieftraurig aus. »Mal sehen, ob sie dann noch lachen.«

Die Fäden, die Ashton hielten, lösten sich vor meinen Augen auf. Er rutschte auf den Boden und hielt sich die Hände vors Gesicht. Ich zog ihn an mich, als er von stummen Schluchzern geschüttelt wurde.

Ich strich ihm übers Haar und küsste seine Stirn. Ich trocknete ihm die Wangen und gab ihm so viel Zeit, wie er brauchte, bis er schließlich mit rot verschwollenen Augen zu mir aufschaute.

»Ich wollte mit dir nach Monaco fahren«, flüsterte er mit erstickter Stimme. »In den Frühlingsferien. Angeblich ist der Sternenhimmel da ganz unglaublich.«

Ich wusste nicht, was ich sagen sollte.

»Ein paar Wochen nach … in jenem Sommer war sie die Einzige, die mich nicht so behandelt hat, als müsse ich mich dafür schämen, dass ich mich so hatte gehen lassen. Sie war die Einzige, die begriffen hatte, dass ich um jeden Preis rauswollte aus der Dunkelheit. Und sie hat zu mir gesagt … solange sie lebe, würde sie mich davor beschützen. Sie wusste, dass sie das nicht konnte, aber es war ein schöner Gedanke. Doch jetzt ist sie nicht mehr da.«

Er schnappte keuchend nach Luft und lehnte den Kopf an meine Schulter. »Und wer beschützt mich jetzt.«

Die Wolke von Chanel N° 5 erreichte uns schon, ehe das Klappern der Absätze uns auseinanderfahren ließ. Schlechtes Gewissen, obwohl wir nichts gemacht hatten.

»Warum bist du nicht unten bei der Familie?«, fragte Ashtons Mutter ihn mit einer Stimme, die Glas hätte schneiden können.

»Ich brauchte etwas Zeit. Allein.«

»Aber du sitzt hier mit deiner Freundin, was höchst unpassend ist.« Ihr Blick ging zu mir. »Wie ihr beide wisst.«

Ihr Sohn war ein Wrack und sie interessierte sich nur für korrekte Umgangsformen?

»Wir haben geredet.« Ashton stand auf und zog mich mit hoch. »Seit wann ist das ein Verbrechen?«

Sie presste die Lippen zusammen. »Du respektierst das Andenken an deine Großmutter nicht. Hättest du nicht noch eine Stunde aushalten können? Die Leute gehen jetzt.«

»Ich konnte den Scheiß nicht ertragen.«

»Achte auf deine Ausdrucksweise!«

Ashton raufte sich die Haare. »Gerade haben wir den einzigen Menschen in dieser Familie begraben, dem überhaupt was an mir liegt – an mir lag. Und ich …« Er brach ab und rieb sich die Stirn. Dann atmete er tief durch, richtete sich etwas mehr auf und sah Mrs Edwards in die Augen. Wie von Zauberhand waren die Röte seiner Wangen und das Zittern seiner Hände verschwunden. Der Nervenzusammenbruch war irgendwie verpufft – und jetzt war er so glatt wie ein Politiker.

Wie zum Teufel hatte er das gemacht?

»Du hast recht«, sagte er. Die Leidenschaft in seiner Stimme war weg. »Es tut mir leid. Wir beide bedauern das.«

Moment mal? Was? Ich hatte überhaupt nichts zu bedauern. Warum sagte er so was?

»Entschuldigung angenommen. Ich verstehe, dass du aufgewühlt bist. Sorgt dafür, dass so etwas nicht wieder vorkommt. Alle beide«, erwiderte sie energisch.

»Ich bringe Devon nach Hause.« Er fegte an ihr vorbei und zog mich mit.

»Ashton«, rief sie.

»Ja?«

»Sie ist nicht die Einzige.«

Er erstarrte.

»Deine Großmutter. Sie war nicht – ist nicht die Einzige in dieser Familie, der was an dir liegt.«

Meine Eltern waren nicht zu Hause. Ich nahm Ashton mit in mein Zimmer und schaltete die Lichterkette ein. Er sah zu, als ich mir die steifen Klamotten auszog und in die bequemen Yogasachen schlüpfte. Dann ließ ich mich mit einem tiefen Seufzer aufs Bett fallen.

»Besser?« Er lächelte ein wenig.

»Viel besser.« Ich streckte die Arme aus. »Komm zu mir.«

Er legte sich neben mich und spielte mit meinen Fingern.

»Was war das da vorhin? Bei dir zu Hause?«, fragte ich. »Das hatte was von Dr. Jekyll und Mr Hyde.«

Da lachte er bitter. »Manchmal ist es einfacher, nicht zu streiten und sie glauben zu lassen, sie hätte recht.«

»Du hättest aber so was von gewinnen können. Sie hatte Gäste, vor denen sie das Gesicht wahren musste.«

Er schnaubte höhnisch. »Sie hat gesagt, ihr liegt was an mir. Ziemlich verkackte Art, mir das zu zeigen, finde ich.«

»Tut mir leid. Ich wünschte, ich könnte das alles für dich in Ordnung bringen.«

Er schüttelte den Kopf. »Egal. Genug davon, ich will nicht mehr drüber reden.«

Aber dran denken musste er immer noch. Das konnte ich an seiner gerunzelten Stirn sehen. Mit den Fingerspitzen glättete ich die Falten, bis er sich mit einem Seufzer auf den Rücken wälzte.

»Rück näher. Bitte.«

Ich kuschelte mich an ihn, atmete seinen Duft ein und ließ die Ereignisse des Tages in den Hintergrund treten.

Er drückte meine Schulter. »Deine Zimmerdecke ist so schön. Sind sie nach echten Sternbildern angeordnet?«

»Das sind sie. Ich habe die Sterne angeklebt, als ich elf war. Und ich habe alle kolossal genervt, weil es perfekt sein musste. Meine Eltern waren so bedient von mir.«

Er kicherte. »Ich kann mir gar nicht vorstellen, dass du dich derart aufführst.«

»Frag Dad. Der wird dir gern *alles* darüber berichten.« Ich streichelte Ashton die Wange, damit er mich ansah. »Willst du heute Nacht bei mir bleiben?«

Er rieb seine Nase an meiner. »Ich will nicht, dass du Ärger kriegst.«

»Im Moment ist mir das egal. Nur du bist mir wichtig.«

»Dann gerne. Das war ein Scheißtag heute. Ich will ihn vergessen.«

Ich spielte an seinem Schlips herum. »Vielleicht kann ich dich auf andere Gedanken bringen. Wenn das ... wenn das in Ordnung ist.«

Er holte tief Luft. »Ja, ich glaube, das wäre wohl in Ordnung.« Seine Stimme schwankte, und seine Hand zitterte, als er mein Gesicht berührte.

Ich küsste seine Fingerspitzen. »Wie schön, dass du immer noch so reagierst.«

»Es wird immer etwas Besonderes bleiben, Devon«, sagte er. »Auch in zwanzig Jahren werde ich noch so reagieren. Jedes Mal.«

»Ich mag es gern, wenn du von unserer Zukunft redest«, sagte ich. »Ich mach mir Sorgen um dich.«

»Aber sorg dich jetzt nicht, okay?« Er schloss die Augen. »Wir wollen uns nur lieben.«

Da küsste ich ihn und dann sprachen wir ganz lange kein Wort.

32. Kapitel

»SIE WOLLTEN MICH SPRECHEN, PROFESSOR TRASK?«

Er nickte ernst. »Bitte, setz dich.«

Ich wusste, warum ich hier war. Auf diesen Moment – oder einen viel schlimmeren – hatte ich gewartet und mir währenddessen die Fingernägel abgekaut.

Der Winter hatte mit voller Wucht zugeschlagen. Jeden Tag wurden wir von Stürmen, Schnee und Eis gebeutelt. Das Wetter zog mich runter, eindeutig.

Dass Ashton sich plötzlich von mir zurückgezogen hatte, aber auch.

Wir hatten den besten Valentinstag aller Zeiten miteinander verbracht, ganz für uns bei ihm zu Hause mit Filmen und Junkfood. Seitdem hatte ich die herzförmigen Tiffany-Ohrringe, die er mir geschenkt hatte, jeden Tag getragen. Aber seitdem war ein Monat vergangen und dieser Tage war er sehr still. In sich zurückgezogen. Geheimnisvoll – aber nicht auf eine gute Art.

Heute hatte ich ihm drei Nachrichten geschickt. Ohne eine Antwort zu bekommen. Und er schwänzte schon wieder die Schule.

»Einige deiner Professoren machen sich Gedanken um

dich«, sagte Professor Trask. »Du hast Hausaufgaben nicht abgeliefert und bei den letzten Tests nicht so gut abgeschnitten wie sonst. Gibt es da etwas, über das du reden möchtest?«

Ja, Professor Trask. Wo soll ich anfangen?

1. Die Depressionen meines Freundes gewinnen die Oberhand und er schottet sich vor mir ab.

Es war das erste Mal, dass ich mir das eingestand. Aber die Zeichen waren da. Der Rückzug. Die Erschöpfung mit den dunklen Ringen unter seinen Augen. Die unheimliche Stille, die so anders war als unser übliches friedliches Schweigen. Irgendwie schien er einen ganz persönlichen Krieg in seinem Inneren zu führen. Sogar an unseren guten Tagen hatte er in letzter Zeit distanziert gewirkt. Mit den Gedanken war er an tausend Orten gewesen, nur nicht bei mir. Und jetzt redete er überhaupt nicht mehr mit mir.

2. Bis zum endgültigen Bescheid von der McCafferty wird noch ein Monat vergehen. Wahrscheinlich sollte mich das beruhigen, aber es macht mich nur noch nervöser.

3. Deshalb ist mir die Schule gerade nicht ganz so wichtig, wie meinen Freund von einer Verzweiflungstat abzuhalten. Aber er redet nicht mehr mit mir.

4. Der komplette Kontrollverlust, den ich gerade in allen Lebensbereichen spüre.

Ich wollte nicht wegen schlechter Leistungen von der Schule fliegen. Aber von all den Sorgen um so viele Dinge war ich derart erschöpft, dass in meinem Hirn kein Platz mehr war für Gleichungen, Recherchen und hammerhartes Lernen. Und daran merkte ich, dass etwas ganz schrecklich verkehrt war.

Wie konnte ich denn kein Interesse mehr an Sternen haben?

»Devon?«

»Alles bestens«, platzte es aus mir heraus.

Selbstverständlich glaubte Professor Trask mir kein Wort. Ich tat es ja selber nicht.

»Devon, du bist unsere beste Schülerin, aber wenn du so weitermachst ...«

»Ich weiß.«

Er schüttelte den Kopf. »Ich glaube nicht, dass du das tust. Offensichtlich machst du gerade eine schwere Zeit durch, aber wenn du mich nicht lässt, kann ich dir nicht helfen. Du hast hier zu viel zu verlieren, also bitte, überleg dir, worauf du dich einlässt. Und, bitte, such dir Hilfe, die muss ja nicht von mir kommen.«

Ich starrte in meinen Schoß.

»Noch ist Zeit genug, wieder in die Spur zu finden«, sagte Professor Trask sanft. »Du entscheidest über dein Vorgehen.«

»Ich werde es besser machen«, sagte ich. Meine Stimme klang ganz rau. Heiser.

»Sag das nicht mir. Sag es dir selbst. Und dann tu wirklich was.«

33. Kapitel

IN EINEM WIRBEL AUS PROJEKTEN, BEURTEILUNGEN UND Hausaufgaben flog die Woche dahin. Ich war auf Autopilot. Das Einzige, das mich aus meiner Stumpfheit katapultierte, war eine Vier in einem Astronomietest. Eine Vier. In Astronomie.

Ich starrte auf das Papier, die Worte verschwammen, die rote Vier kam mir vor wie ein Blutfleck auf meiner akademischen Karriere. Und in diesem Augenblick hasste ich alles. Ich hasste Professor Trasks Besorgnis und Enttäuschung. Ich hasste Ashton, weil er mir so viel Sorgen machte. Und ich hasste mich selbst, weil ich mich auf ihn eingelassen hatte und mir meine Zensuren versaute. Und mein Leben.

In meinem Kopf rappelten ständig Stimmen. Professor Trask, dessen Enttäuschung offensichtlich war, als ich wieder mal eine Hausaufgabe zu spät ablieferte. Auden, die mich zum tausendsten Mal darauf hinwies, dass ich die Rechnungen für das Jahrbuch verschicken musste. Blair, die mir mit sorgenvoll gerunzelter Stirn eine Million wichtiger Fragen stellte, die den Knoten lösen sollten.

Ich musste aufhören, während der Mittagspause auf Ashtons leeren Stuhl zu starren.

Ich musste aufhören, alle zehn Sekunden auf mein Handy zu sehen.

Ich musste aufhören, meine Zukunft für einen Jungen aufs Spiel zu setzen, der mich nicht an sich heranlassen wollte.

Es wurde Zeit für einen neuen Plan.

Was willst du?, brüllte ich mich innerlich an.

Ich wollte, nein, ich musste meine Antriebskraft und meinen Ehrgeiz wiederfinden, damit ich aufstehen und Auden zeigen konnte, was Sache war.

Und was hindert dich daran?

Dass ich mir so viel Sorgen um Ashton machte.

Was war also die Lösung?

Sorgen eliminieren, neu sortieren und fokussieren.

Aber erst mal knüllte ich den Test zusammen und saß stumpf Professor Trasks Vorlesung ab.

34. Kapitel

ICH LIEBTE DIE STERNE. DARAN GAB ES KEINEN ZWEIFEL.

Aber manchmal brauchte ich eine Pause.

Ich liebte Ashton. Auch daran gab es keinen Zweifel.

Aber von ihm brauchte ich ebenfalls eine Pause.

(Na ja, er reagierte nicht mal auf meine Nachrichten, aber trotzdem.)

Freitagabend. Nicht zum Feiern unterwegs, sondern zu Hause, wo es warm und ruhig war. Ein Räucherstäbchen sorgte für einen klaren Kopf und ich rief die Jahrbuch-Seite auf meinem Laptop auf. Loggte mich ein. Klickte mich durch.

Hunderte von Fotos zu analysieren, hätte wahrscheinlich nicht so befriedigend sein sollen, aber es hatte was Meditatives, nach der perfekten Aufnahme zu suchen und sie so zu bearbeiten, dass sie schärfer, farbiger und lebendiger rüberkam.

Beim Durchblättern lachte ich darüber, wie Colton das Gruppenfoto von wirklich jedem Club gecrasht hatte. Er als Steakfreund bei den Veganern! Aber da war er, stand in der letzten Reihe und grinste wie ein Irrer. Ich staunte über Tyrells Talent, allein durchs Layout Geschichten zu erzählen. Und ich musste sogar eingestehen, dass Audens Vorwort gelungen war und das Motto des Buches – und unserer Schule – perfekt auf den Punkt brachte.

Da waren Fotos von unserem Abendessen im Restaurant – Professor Wilcox hatte uns eingeladen, weil wir es geschafft hatten, schon vor dem Frühling alle Jahrbücher zu verkaufen.

Vermutlich bereute sie es, uns mit in die Öffentlichkeit genommen zu haben. Auden und Tyrell hatten sich angezickt wie immer. Colton hatte allen Essen vom Teller geklaut. Und ich hatte nur in meinem Essen rumgestochert, weil ich mit den Gedanken tausend Meilen weit weg war.

Und jetzt war mein Gesicht nass. Weil ich diese Fotos sah – Bilder aus jedem Schuljahr –, die haufenweise Erinnerungen wachriefen. Blair, die mich am ersten Schultag unter ihre Fittiche genommen hatte, als ich mich ängstlich und verloren gefühlt hatte. Audens selbstgefälliges Grinsen an meinem zweiten Tag, als sie unseren inoffiziellen offiziellen Wettstreit ausgerufen hatte. Professor Trask mit seinem herzlichen Lachen, der meine Obsession für alles Kosmische unterstützt hatte.

Einladungen zum Tee bei Dr. Steelwood, die es den neuen Schülern leichter machen sollten, sich an der Schule zu akklimatisieren. Benimmunterricht in der Oberstufe, wo wir lernten, wie wir bei einem Dinner die Gabel zu halten und das Brot zu essen hatten. Die Prüfungen im letzten Jahr. Stress pur.

Und jetzt sauste unser Abschlussjahr nur so dahin. Die Preston war so voll von den verschiedensten Persönlichkeiten, und obwohl ich nicht viel Zeit außerhalb meines kleinen Kreises verbrachte, tat es mir doch weh, dass wir uns bald trennen würden. Sie würden mir alle fehlen.

Sogar Auden.

Weil das Ende meiner Zeit in der *Preston Academy* näher rückte, weil Ashton so distanziert war und mein künftiger Studienplatz so unsicher war, kam ich mir vor wie ein zerzauster Schmetterling, der vom Wind hin und her geworfen wurde. Alles, was mich zusammengehalten hatte, löste sich auf – und ich wusste nicht, was als Nächstes kommen würde. Zum ersten Mal war ich nicht bereit für die Zukunft.

Ich hatte furchtbare Angst davor.

35. Kapitel

AM SAMSTAGMORGEN RIEF ICH ALS ERSTES ASHTON AN.

»Dad hat mir sein Auto geliehen. Ich muss heute zu Happy Paws. Kommst du mit?«

»Ich glaub, ich bleib zu Hause.« Seine Stimme klang matt, dumpf.

»Was ist mit unserem Brunch-Date?«

Lange Pause, dann: »Ist das heute?«

»Wir wollten diesen neuen Waffelladen ausprobieren. Weißt du noch?«

Noch eine Pause. »Kann ich das verschieben?«

»Ash, wir müssen ja nicht ausgehen. Ich kann auch rüberkommen, wenn ich im Tierheim fertig bin.«

»Nein, Dev. Genieß deinen Samstag. Mach dir um mich keine Sorgen.«

»Ich mach mir immer Sorgen um dich.«

»Na, lass das einfach. Okay? Wir reden später.«

Er legte auf. Das hatte gesessen. Wie erstarrt hockte ich auf meinem Bett. Herzzerreißende Szenen schossen mir durch den Kopf. Was, wenn das doch keine Depression war? Was, wenn er mich nicht mehr liebte. Was, wenn das mit uns vorbei war? Gott, wie ich diesen Schwebezustand hasste. Ich brauchte Antworten von ihm, aber wie sollte ich die kriegen, wenn er nicht mit mir reden wollte?

Nein, hier rumzusitzen und mich selbst zu bemitleiden war keine Option. Ich hatte zu viel zu tun. Also schluckte ich den Kloß im Hals runter, schnappte mir die Autoschlüssel und sah zu, dass ich aus dem Haus kam.

Seit meinem Freiwilligendienst im September war ich nicht mehr bei Happy Paws gewesen. Wahrscheinlich wäre ich überhaupt nicht mehr zurückgekommen, wenn da nicht noch mehr Formulare auszufüllen gewesen wären, damit meine Stunden auch tatsächlich zählten. Der helle Empfangsraum wirkte warm und einladend, ein krasser Gegensatz zur bitteren Kälte draußen.

»Hi! Devon, nicht wahr?« Da war Angelica, genauso munter wie bei unserer ersten Begegnung. Nur trug sie die Haare jetzt in den Farben des Regenbogens.

Ich versuchte ein Lächeln, das ebenso strahlte wie ihre Locken. »Stimmt.«

»Toll. Ich hol dir das Formular gleich. Willst du inzwischen Buddy begrüßen? Er ist jetzt unser offizielles Maskottchen.«

»Ist er immer noch hier?« Ich zog die Stirn kraus. »Das ist ja so traurig.«

»Er ist auch ziemlich traurig. Sein Freund hat schon eine ganze Weile nicht mehr reingeschaut.«

Ich erschrak. »Ashton?«

Sie nickte. »Ist mindestens vier Wochen her.«

Was war das denn? Ashton liebte diesen Hund. Allerdings

hatte er auch gesagt, dass er mich liebte – und was hatte es mir gebracht?

Sofort schickte ich ihm eine Nachricht und fragte, was eigentlich los sei. Keine Antwort. Also, echt jetzt, was soll das, Ashton?

Buddy war in einen kleinen Raum mit älteren Hunden verlegt worden, die zusammengerollt dalagen und mich mit schläfrigem Blick beobachteten. Ich hockte mich auf den Boden und Buddy kam zu mir geschlurft und legte seinen Kopf auf meinen Schoß. Ich kraulte ihn hinter den Ohren und er seufzte zufrieden. So viele Leute liefen jeden Tag durch dieses Tierheim. Wie konnte es sein, dass sie an diesem tollen Tier einfach vorbeigingen? Wie konnte Ashton ihn im Stich lassen? Ich leistete Buddy Gesellschaft und holte mein Handy raus.

Depressionen: Unterstützung für ein Familienmitglied oder einen Freund

Symptome:

Reizbarkeit?

Ja.

Verlust des Interesses an Hobbys?

Traurig guckte ich Buddy an. Ja.

Vergesslichkeit?

Jap.

Inzwischen kannte ich das alles nur zu gut. Wissen wollte ich aber, wie ich ihm helfen konnte. Wenn ich es denn konnte. Aber diese Website war eher keine Hilfe. Rede mit der betreffenden Person. Okay, gut. Kein so nützlicher Rat, wenn die betreffende Person nicht mit mir reden will. Frustriert stopfte ich das Handy in meine Tasche und drückte das Gesicht in Buddys Fell.

Nachdem mein Formular ausgefüllt war, fuhr ich in der Stadt herum und überlegte hin und her, was ich machen sollte. Ashton hatte gesagt, ich solle den Tag genießen, aber wie konnte ich das, wenn in meinem Hirn andauernd die schlimmsten Szenen abliefen? Außerdem wollte ich ja seine Privatsphäre respektieren und ihm Raum geben, wenn das sein Wunsch war. Nur wusste ich nicht, ob er das tatsächlich wollte oder ob das Dunkel ihm sagte, dass er nichts anderes verdient hatte, als allein zu sein.

Ich parkte beim Supermarkt und lehnte den Kopf gegen das Lenkrad. Wie ich das alles hasste. Die Depressionen. Die Lügen, die damit einhergingen. Und die Dunkelheit und ihre alles an sich reißende Macht. Ich hasste das Gefühl der Hilflosigkeit. Ich fühlte mich so machtlos. Wie mochte Ashton empfinden?

Ich ballte die Fäuste. Scheiß drauf.

Ich legte den Gang ein.

36. Kapitel

ICH FUHR ZUM TOR, GAB DEN CODE EIN UND KURVTE UM den Springbrunnen, dann parkte ich genau vor dem Haupteingang, lief sofort nach oben und stürmte in Ashtons Zimmer.

Mit einem Joystick in der Hand lag er wie hingegossen auf dem Boden und starrte auf seinen Fernseher. Er sah ziemlich fertig aus, war aber nicht überrascht von meinem Erscheinen, als er mit stumpfem Blick zu mir aufschaute. Pyjamahosen. Glänzendes Gesicht. Fettige Haare. Überall Fast-Food-Verpackungen.

»Hey«, sagte ich. »Kann ich mich zu dir setzen?«

Er sagte nichts, reichte mir nur den zweiten Joystick. Bei dem Spiel musste man die Kiste mit dem Goldschatz holen, ehe das Ungeheuer aufwachte. Aber es gab Fallen und Timer und jede Menge Tricks, auf die ich jedes Mal reinfiel. Wir spielten, bis wir sämtliche Leben verloren hatten.

»Sorry«, sagte ich.

Er ließ den Joystick fallen und schenkte mir ein mikroskopisch winziges Lächeln. Dieses kleine Lebenszeichen war eine enorme Erleichterung für mich, auch wenn das nicht lange vorhielt.

Ich legte meinen Joystick ebenfalls hin und schlang die Arme um ihn. Er legte den Kopf auf meine Schulter. So saßen wir da, ganz still, ganz ruhig, gefühlt stundenlang.

»Ash«, sagte ich, »ist mit uns alles gut?«

Er starrte direkt in meine Augen. Dann nickte er.

»Geht es dir gut?«

Dieses Mal antwortete er nicht. Er schlang die Arme nur fester um mich.

»Wie kann ich helfen?«, fragte ich, obwohl ich mich genauso hilflos fühlte, wie er aussah.

Er stieß einen zittrigen Seufzer aus. »Keine Ahnung, ob du das kannst.«

»Ich kann es versuchen. Ich werde nicht so tun, als wüsste ich, was du durchmachst, aber ich bin da. Ich werde immer da sein. Ich liebe dich.«

Er straffte die Schultern, lächelte mich strahlend an. Aber das Lächeln reichte nicht bis an seine Augen. Es knisterte nur und verpuffte dann, weil die Voltzahl zu weit hochgedreht war. »Keine Sorge, Dev. Ich komm da durch. Ich schaff das schon.«

Wen wollte er damit überzeugen? Sich selbst oder mich?

Und warum konnte ich ihm nicht glauben?

37. Kapitel

HIMMELSKOORDINATENSYSTEME: DIE POSITION VON STER-
nen, Planeten und Galaxien. Es gab fünf verschiedene Sys-
teme, um diese Positionen festzulegen – und die musste ich
alle lernen. Eigentlich wäre das genau mein Ding gewesen.
Es war faszinierend, dass diese komplizierten Berechnungen,
mir so viel über etwas erzählen konnten, das so weit entfernt
war.

Nur konnte ich mich im Moment überhaupt nicht dafür
erwärmen. Hoffnungslos stierte ich in mein Astronomie-
lehrbuch, wo Buchstaben, Zahlen und Symbole in einem
nicht entzifferbaren Durcheinander herumwirbelten.

Gestern Abend hatte ich an Ashtons Seite bleiben wollen.
Aber mein Handy hatte mich mit Nachrichten von Mom
bombardiert.

Wo bleibst du?

Ich bin am Verhungern. Alles okay bei dir?

Warte seit 10 Min.

Ich zähl jetzt bis dreißig. Wenn ich nichts
von dir höre, rufe ich die Polizei.

& esse deinen Bacon.

Ashton hatte mich praktisch aus der Tür geschubst. Ich

sollte die Mutter-Tochter-Zeit genießen und mir um ihn keine Sorgen machen. Warum sagte er das nur immer? Er musste doch wissen, dass ich ständig auf mein Handy sehen würde. Und dass Mom es dann einkassieren würde, damit ich ganz da sein und unser abendliches Frühstück in dem altmodischen Diner genießen konnte.

»Schatz, du isst ja gar nichts«, hatte Mom gestern Abend gesagt. Kritisch beäugte sie jeden Bissen, den ich auf dem Teller herumschob. »Deinen Blaubeertoast hast du kaum angerührt.«

»Hab keinen großen Hunger.«

»Aber sonst bist du immer ganz wild drauf. Stimmt was nicht?«

Mit der Gabel verstümmelte ich meinen Toast und riss ihn in Fetzen. »Alles bestens.«

»Wie fühlst du dich?«

Wie eine Tüte Kekse, auf die einer draufgetreten ist. Aber dieses Gefühl schluckte ich runter und zwang mich, einen Bissen zu nehmen. Der Frenchtoast war wirklich köstlich. »Bin bloß müde.«

Ich merkte an ihrem Blick und der Art, wie sie die Lippen spitzte, dass ich ihr nichts vormachen konnte. Aber wie gesagt, Mom wusste immer, wann sie mich in Frieden lassen musste, sogar wenn sie das eigentlich gar nicht wollte. Sogar wenn ich selbst unsicher war, ob ich selbst es wirklich nicht wollte.

»Leg dich heute lieber früh aufs Ohr«, sagte sie. »Du kannst es dir nicht leisten, jetzt krank zu werden.«

Kein bisschen – die Halbjahresprüfungen standen bevor. Und deshalb lernte ich jetzt. Na ja, ich versuchte es jedenfalls. Bei Ashton lief was ganz Ernstes, und trotz meiner allergrößten Anstrengungen – die ehrlicherweise zur Zeit nicht so groß waren – litten meine Zensuren immer noch darunter. Professor Trask war einfach davongeschwebt wie die Wolken, von denen Yogalehrer bei der Meditation so gern sprachen. Jeden Tag saß ich nägelkauend im Unterricht und rechnete damit, ins Büro gerufen zu werden, wo Dr. Steelwood mir eröffnen würde, dass ich rausgeschmissen worden war. Meine Konzentration war zum Teufel und statt Formeln und Lösungen sah ich nur Ashtons Gesicht vor mir. Und die Verzweiflung in seinen Augen.

Gleichungen, Gleichungen. Ich rechnete wirklich gern. Aber ganz egal, wie ich die Zahlen auch anordnete, wie viele Tabellen ich auch anlegte, ich konnte keine Lösung finden. Das war ein Problem.

Ich klappte das Heft zu und ging zum Spiegel. Goldene Locken, blasse Wangen und dunkle Ringe unter den Augen. Keine Sterne mehr.

Aber meine Stimme war kräftig.

»Devon Kearney, du kannst das besser. Das ist deine Zukunft. Deine. Nicht die von jemand anderem. Reiß dich zusammen und leg los, sofort.«

Ich musste überzeugender werden.

»Das ist ganz ernst. Das ist dein Leben. Dein Traum. Und jetzt benimm dich wie jemand mit Verstand, und mach dir klar, was dir wichtig ist!«

Mein Spiegelbild bekam einen trotzigen Zug um den Mund. Ich musste die schweren Geschütze auffahren.

Ein tiefer Atemzug.

Und los.

»Wenn du dich nicht zusammennimmst, wirst du eine Wahl treffen müssen. Die Schule oder er.« Ich schluckte. Schwer. »Willst du Ashton aufgeben? Denn das musst du, wenn du deine Sachen nicht auf die Reihe kriegst. Anders geht es nicht.«

Ich hielt mich an der Kommode fest. Mir wurde schon schwindelig, wenn ich es nur aussprach. Ich hatte solche Angst, ihn zu verlieren. Ich wollte ihn absolut nicht aufgeben. Aber ich musste Schluss machen mit diesem Unsinn.

Mein Blick wurde hart. Wen interessierten diese albernen Gleichungen denn? Ich würde das packen. Ich konnte in der Schule klarkommen und ihn behalten. Das würde nicht leicht werden, aber was war schon leicht?

Also dann.

Ich nahm mein Handy und schickte ihm eine letzte Nachricht.

Ich bin da, wann immer du bereit bist.

Dann zwang ich mich, wieder zurück zu meinem Buch und meinen Notizen zu gehen.

Gerade war ich mit einer Umrechnung äquatorialer in ekliptikale Koordinaten fertig geworden, da klingelte es an der Tür. Ich ließ den Bleistift fallen und machte auf. Und da stand Ashton, in der Kälte.

»Hey, du!« Ich zog ihn ins Haus. Dann sah ich seinen Gesichtsausdruck. Hilflos. Verletzt. Am Boden zerstört. »Was ist passiert?«

»Wir streiten ganz schrecklich, immerzu.« Seine Stimme war leise und belegt. »Mein Vater und ich. Aber handgreiflich ist er bis jetzt nie geworden.«

»*Was?!*«

»Er hat mich gepackt und von sich gestoßen. Ich bin gestürzt und hab seinen Barwagen umgerissen. Er ...« Ashton
schluchzte auf. »Ich kann nicht drüber reden. Ich kann nicht
mal glauben, was da passiert ist.«

Ich ballte die Fäuste und kniff die Augen zu.

Einatmen ... zwei ... drei ... vier.

Ausatmen ... zwei ... drei ... vier.

»Warum?«, würgte ich heraus.

Er warf sich aufs Sofa und hielt sich die Hände vors Gesicht. »Er war betrunken. Und er hat furchtbare Sachen gesagt. Er trinkt jetzt ständig. Und wenn er anfängt zu trinken,
darf ich ihm nicht in die Quere kommen. Seit Großmutter
tot ist ... ist das ein verdammter Albtraum.«

Ich nahm seine Hände. »Oh Gott.«

Er redete weiter, so als hätte er mich nicht gehört. »Er hat
gesagt, ich sei wertlos. Zu nichts nütze.« Seine Hände zitterten. »Das stimmt nicht. Ich bin nicht wertlos.« Dann sah er
mich an, sein verletzlicher Blick brach mir das Herz. »Devon,
bin ich wertlos?«

»Nein.« Ich drückte seine Hände. »Das bist du nicht.«

Eine Weile war er ruhig, er nahm sich zusammen. Dann
setzte er sich ein bisschen aufrechter hin. »Gestern wurde das
Testament verlesen.«

»Warst du dabei?«

»Mittendrin hab ich abgeschaltet, aber Tatsache ist, dass
alle sauer auf meinen Vater sind. Und auf mich.«

»Aber was hast du denn gemacht?«

Er lachte bitter. »Ich war ihr Liebling.«

Ich konnte mir so ungefähr vorstellen, was das bedeutete.

»Und jetzt streiten sich alle, mein Vater, seine Geschwister … Gestern Abend ist er nach Hause gekommen und hat sich vollaufen lassen. Heute ist er zu Hause geblieben und hat sich gleich wieder betrunken. Ich war am falschen Ort zur falschen Zeit.«

»Heilige Scheiße, Ashton.« Ich sah mir sein Gesicht genauer an. Gab es Schnittwunden oder blaue Flecke? »Weiß deine Mutter davon?«

Er schnaubte. »Die ist nicht besser. Sie redet immer nur davon, dass ich mit dir zusammen bin. Pausenlos. Eine Verbindung mit Rochelle sei mehr im Interesse der Familie. Sie sei besser darauf vorbereitet, mit dem Druck zurechtzukommen, den die gesellschaftliche Stellung mit sich bringt. Sie sei passender. Dass ich Rochelle nicht liebe, spielt keine Rolle, sagt Mutter. Denn offenbar heiratet man in der Familie Edwards wegen der Macht und nicht«, er imitierte den hochnäsigen Ton seiner Mutter, »wegen so etwas Albernem wie einer Sandkastenliebe.«

»Oh Ashton.«

»Und hier kommt der Hammer: Rochelle ist jetzt mit irgendeinem europäischen Adelstypen zusammen. Ich dachte, wenn ich meinen Eltern das erzähle, hab ich sie von der Backe, aber nein. Sie wollen trotzdem nicht, dass ich mit dir zusammen bin, weil mich das offenbar davon ablenkt, die *richtige* Person zu finden.«

»Boah.«

»Vater hat damit gedroht, mich zu enterben, wenn ich nicht mit dir Schluss mache.«

Ich war entsetzt. Irgendwas im Testament seiner Großmutter musste das hier ausgelöst haben. Deshalb war ich schnellstmöglich loszuwerden.

Mein Magen krampfte sich zusammen. »Bist du deswegen hier? Weil du mit mir Schluss machen willst?«

Er warf mir einen kurzen Blick zu. »Würdest du mit mir zusammenbleiben, wenn ich enterbt werde?«

Oh verdammt. Familiendrama hin oder her, das hier war der totale Blödsinn. »Ich kann nicht fassen, dass du so was überhaupt fragst. Was soll das?«

»Nein. Dev.« Er schüttelte den Kopf. »So habe ich das nicht gemeint. Wegen mir, meinte ich. Warum solltest du mit jemandem zusammen sein wollen, den nicht mal seine eigenen Eltern leiden können?«

Ich war so müde. »Ashton, ich bin nicht die Freundin deiner Eltern.«

»Weiß ich, aber …«

»Sie haben nichts mit dem zu tun, was hier gerade vorgeht.«

Er schluckte. »Du hast recht.«

»Aber, ganz ehrlich, ich glaube nicht, dass du bei mir bleiben würdest.«

Er lief rot an. »Was? Wie kommst du denn darauf?«

»Hör zu. Für mich wäre das keine so große Sache, wenn du enterbt wirst. Aber du bist mit all dem Reichtum und so aufgewachsen. Du kennst es nicht anders. Kannst du leben wie ein ganz normaler Mensch? Weißt du überhaupt, wie das geht?«

Er seufzte niedergeschlagen. »Ich weiß nur, dass ich dich liebe und dass ich alles tun würde, um dich in meinem Leben zu behalten. Was wir beide haben, das ist das Beste in meinem Leben – und ich hab nicht vor, das – uns – wegzuwerfen. Nicht für meine Eltern. Und auch nicht für irgendwas anderes.«

»Nicht mal für das Geld deiner Familie?«

»Dafür schon gar nicht.«

Ich könnte es uns leicht machen. Ich könnte mit ihm Schluss machen. Er könnte sein Geld behalten. Irgendwann würde er bestimmt eine WASP-Prinzessin zum Heiraten finden. Dann wäre alles harmonisch in seiner Familie und ich hätte nichts mit Dramen, Politik und prüfenden Blicken zu schaffen.

Doch beim Gedanken daran kam mir die Galle hoch. Egal, was in der Zukunft auch passieren mochte, jetzt hatte ich ein Recht auf ihn, und ich liebte ihn so sehr. Auch, wenn das eigennützig war, er gehörte mir, und ich würde ihn nicht so schnell hergeben.

Abgesehen davon spielte es keine Rolle, welche Wahl ich traf, am Ende würde ich doch immer als die Goldgräberin dastehen, für die seine Eltern mich hielten. Warum also sein Herz brechen?

So konnte ich ihn wenigstens bei mir behalten.

»Ich hab meinem Vater gesagt, er soll sich verpissen. Deshalb ist er handgreiflich geworden.«

Eigentlich konnte ich Ashton verstehen, ich hätte Tristan Carter Preston Edwards jetzt selber auch gern was Entsprechendes mit auf den Weg gegeben. Aber ich hielt den Mund.

»Weißt du, wie das ist, wenn man einen Vater hat, der einen ständig ansieht, als hätte man ihn enttäuscht?« Ashton warf mir einen Blick zu. »Nein, natürlich weißt du das nicht. Und ich bin froh darüber. Denn es ist schrecklich. Ich wünschte, es wäre mir egal. Aber das ist es nicht – und ich hasse es.«

»Ist doch klar, dass dir das nicht egal ist und dass du es hasst. Das ist doch in Ordnung.«

Er sprang auf und fing an, auf und ab zu laufen. »Keine Ahnung, ob ich wie ein normaler Mensch leben kann. Aber ich bin bereit, es zu versuchen. Ich würde gern meinen Platz im Familienbetrieb einnehmen und allen zeigen, dass ich ihn besser und größer machen kann, als er je war.« Er fuhr sich mit den Fingern durchs Haar. »Aber ich muss unbedingt weg von meinem Vater, auch wenn das heißt, dass ich alles zurücklasse.«

»Aber wenn sie dich enterben …«, ich brach ab.

Eines hatte ich über reiche Leute gelernt: Sie sorgten dafür, dass sie versorgt waren, egal, was passiert. Aber ich hatte keine Ahnung, wie das alles funktionierte. Könnten seine Eltern alles für sich behalten? Würden sie ihn mittellos dastehen lassen? Für mich ergab das alles keinen Sinn, in seiner Welt galten Regeln, die ich nie verstehen würde.

Ich nagte an meinem Daumen. Alles war jetzt so kompliziert. In jenem Sommer war alles einfach gewesen. Ashton und ich: zwei Verliebte. Jetzt fühlte es sich an wie eine Staatsaffäre. Hinzu kam noch seine Depression und der Druck, den ich in der Schule hatte … die Erschöpfung kroch mir in die Knochen und nistete sich da ein.

»Devon, wir schaffen das«, sagte er. »Oder?«

Ich schlang die Arme um seine Hüfte und schloss die Augen. »Das hoffe ich.«

38. Kapitel

MEINE ELTERN WAREN DIE TOTALEN HIPPIES UND MOM trieb es manchmal ziemlich weit mit der Esoterik. Ich war pragmatischer. Das lag wohl daran, dass ich von den Sternen besessen war. Und all das mit den psychischen Verbindungen und der außersinnlichen Wahrnehmung war nie so recht mein Ding geworden.

Doch das Ziehen im Bauch, das mir sagte, das Ashton in Gefahr war, konnte ich nicht ignorieren.

Heute hatte er die Schule geschwänzt. Er wolle nach Hause gehen, hatte er gesagt. Also wieder an den Ort zurück, den er so sehr hasste.

Und genau da wollte ich auch sein, ihn halten und ihn von der Dunkelheit ablenken, die immer mehr Einfluss gewann. Ihn überzeugen, ja nicht das zu tun, was ich befürchtete. Ich wollte zu ihm ins Bett kriechen und die letzte Nacht noch mal erleben – nachdem wir aufgehört hatten, über seine Eltern zu reden, still geworden waren, die Augen geschlossen hatten. Da hatte das Bedürfnis, einander ganz nah zu sein, die Oberhand gewonnen, und unsere Lippen hatten sich berührt, als wäre das unser erster und unser letzter Kuss. Nackt hatten wir uns in den Armen gelegen, versunken in unsere eigene Welt. Eine Welt ohne Schmerz, Drama und Dämonen. Eine Welt, in der nur Ashton und ich und unsere Liebe existierten. So nah, so ehrlich, so leidenschaftlich und echt.

Letzte Nacht, er stand schon in der Jacke da, hatte ich sein Gesicht gestreichelt und ihn lange geküsst. Dann legte ich ihm den Finger auf die Lippe. »Weißt du, ich liebe dich.«

»Ich liebe dich auch. So sehr.« Sein Blick hatte mich erschreckt. Er hatte mich angesehen, als ob er mich nie wiedersehen würde. Und als ich aufwachte, fand ich keine Nachricht von ihm auf dem Handy.

Langsam breitete sich das unheilvolle Gefühl mit jeder Stunde, mit jedem Klingeln mehr aus, bis für nichts anderes mehr Raum war. Auden schrieb unseren Mathetest flink und mit diesem total nervigen Lächeln im Gesicht. Aber vor meinen Augen verschwammen die Fragen auf dem Papier zu schwarzem Kauderwelsch.

Mein Telefon summte.

Zwei Nachrichten von Ashton, blankes Entsetzen durchzuckte mich.

Oh.

Gott.

Ich musste zu ihm.

Moment. Wenn ich in diesem Test durchfiel, war mein Zeugnis versaut, ich wäre nicht mehr Klassenbeste, und den Platz an der McCafferty konnte ich abschreiben. Wenn ich die Schule unerlaubt verließ, würde ich einen Tadel bekommen – und das würde mein Stipendium gefährden.

Er oder meine Zukunft?

Blair wartete an meinem Spind auf mich. »Ich fahre dich.«

Wir fuhren zu ihm. Gingen sofort in sein Zimmer.

»Ashton.« Ich hockte mich neben ihn auf den Boden, sah nur den kranken Jungen, der zusammengekauert, schwitzend und zitternd vor mir saß. Ich riss seinen Kopf hoch, sodass wir Nase an Nase waren. »Was hast du gemacht?«

Aber ich wusste, was er getan hatte. Natürlich wusste ich es. Warum hätte ich sonst hierherrasen sollen?

Er sah mir in die Augen, völlig verzweifelt. »Ich hab solche Angst«, nuschelte er mit schwacher Stimme.

Ich schluckte ein Schluchzen herunter. »Ash …«

»Ich wollte, das alles aufhört. Das Streiten, das Brüllen. Ich wollte, dass die Dunkelheit weggeht.« Seine Lider zuckten. »Ich wollte sterben, dachte ich, aber das will ich nicht.« Sein Blick bekam etwas Wildes, Tierisches. »Ich will nicht sterben.«

»Dann musst du jetzt wach bleiben«, sagte ich mit fester Stimme. Aber ich fühlte mich kein bisschen sicher, in mir fand eine Meteoritenexplosion der Angst statt.

»Ich wähle den Notruf«, sagte Blair. »Die Pillendosen nehme ich mit.«

»Ashton«, sagte ich energisch. »du musst jetzt bei mir bleiben.«

»Es tut mir leid«, sagte er, seine Augen fielen wieder zu. Und da versuchte ich gar nicht mehr, mich zurückzuhalten. Es war zu schwer, stark zu bleiben.

»Bitte, verlass mich nicht.« Heiße Tränen stürzten mir übers Gesicht. »Ich kann dich nicht wieder verlieren. Bitte.«

Er schlug die Augen auf. Sie waren glasig. »Dev. Wann bist du denn gekommen?«

Dieses Mal kämpfte ich nicht gegen das Schluchzen an. »Ashton Edwards, du darfst nicht einschlafen, hast du mich verstanden?«

Seine Stimme wurde schrill. »Ich hab solche Angst.«

Ich wischte ihm die Stirn. Kalt, klamm, verschwitzt. »Dann geh nicht. Jetzt nicht. Heute nicht. Bleib bei mir. Bitte, bitte, bleib bei mir.«

Er verzog das Gesicht. »Mir wird schlecht.«

Ich schnappte mir den Papierkorb, den ich ihm vor die Brust drückte. Dann rieb ich ihm den Rücken, während er sich übergab. Danach war er blass und zitterte.

»Was hast du genommen?« Irgendwie musste ich ihn am Reden halten.

»Keine Ahnung. Vicodin. Oxy-sonst-was.« Seine Stimme wurde wieder leise. »Und andere Sachen.«

»Wo hast du das her?«

»Gekauft.«

Das hieß, er hatte es geplant. Wie lange schon?

»Bleib bei mir«, bettelte ich wieder. »Bitte.«

Er war still, doch seine Lippen zitterten. Und er ballte die Hände immer wieder zu Fäusten.

Er kämpfte.

»Du schaffst es«, sagte ich verzweifelt. Das musste er mir glauben und ich auch. »Du wirst das überleben. Das wirst du.«

Er sah mich an, dann wurde sein Blick ganz zärtlich.

»Devon«, flüsterte er. »Ich liebe dich. Und es tut mir so leid.«

»Ashton, bitte, bleib wach.« Ich war dabei, ihn zu verlieren, und ich konnte nichts dagegen tun, nur zusehen, wie er sein Leben aufgab. Jeder Knacks in mir, den ich bekommen hatte, weil ich mich für ihn zusammengerissen hatte, brach auf. Stücke von mir prasselten zu Boden und zersprangen. Und Asthons Augen waren geschlossen.

»Sie sind hier drinnen.« Blairs Stimme klang, als wären wir unter Wasser.

Zwei Sanitäter liefen zu Ashton. Sie fühlten seinen Puls. Stülpten ihm eine Sauerstoffmaske übers Gesicht und schnallten ihn auf einer Trage fest. Dabei riefen sie sich fortwährend Anweisungen zu. Ich folgte den Sanitätern nach unten und in die Kälte hinaus. Ich wollte Ashton nicht aus den Augen lassen.

Sie wollten mich nicht mitfahren lassen. Blairs starke Arme verhinderten, dass ich ihnen die Augen auskratzte. Wut und Verzweiflung wurden immer stärker, als ich mich gegen meine beste Freundin wehrte. Ashton brauchte mich.

Ich konnte überhaupt nichts sehen, ich weinte so sehr, dass mir ganz schwindelig war. Ich fühlte mich winzig, verängstigt und zittrig.

Das Blaulicht. Die körperlosen Stimmen aus dem Funkgerät. Das Motorengeräusch. Wie konnte das passieren? Wie konnte das Wirklichkeit sein?

»Weckt ihn auf«, schluchzte ich. »Bringt ihn dazu aufzuwachen!«

»Devon, sie kümmern sich um ihn«, sagte Blair.

Ich wollte ihr glauben. Aber ich hatte ihn aufgeben sehen.

Ich roch ihren vertrauten Kokosduft schon, ehe ich sie sah. Ehe sie mich in die Arme schloss.

»Mom?«, keuchte ich. Wie kam sie hierher? Wo war ich? Was war los?

»Danke, dass Sie gekommen sind, Mrs K«, sagte Blair. »Sie hat einen Schock und ich habe Angst.«

»Ich bringe sie ins Krankenhaus«, sagte Mom. »Willst du mitkommen?«

Meine Freundin war so blass, dass sie fast durchscheinend war. »Ja«, sagte sie mit schwacher Stimme.

»Dann los.«

Ashtons Eltern waren schon im Wartezimmer, als wir ankamen. Seine Mutter beschimpfte die Schwester am Empfang, während sein Vater mit leerem Blick auf und ab lief. Ich funkelte ihn wütend an, weil ich jemandem die Schuld geben wollte und weil mit Ashton jetzt wer weiß was gemacht wurde und weil ich hier sitzen musste und weil mir die Tränen in die Haare liefen.

Ich konnte nicht aufhören zu weinen.

»Kommt, wir setzen uns«, sagte Mom. Blair rückte an meine Seite und hielt mir die Hand. Schwer zu sagen, wer von uns beiden mehr zitterte.

Tage vergingen. Vielleicht waren es auch Stunden. Es hätten auch Minuten sein können. Jemand wickelte mich in eine Decke. Blair, Mom und ich hockten eng beieinander und warteten darauf, etwas zu hören. Irgendwas.

Ashtons Mutter war durch mit ihrer Tirade, sie lief jetzt wie ihr Mann auf und ab. Danach dann immer im Kreis herum. Es hatte was Hypnotisierendes, den beiden beim Umeinander-Rumlaufen zuzusehen. Wie vorsichtig sie auftraten. Aber ich konnte ihr wahres Gesicht sehen. Ich konnte die kalte Wut jedes Mal in ihren Augen blitzen sehen, wenn sie ihren Mann anfunkelte, und ich konnte die Scham in seinem Blick sehen.

Der Arzt kam und nahm Ashtons Eltern beiseite. Leise murmelnd sprach er mit ihnen. Ich wollte unbedingt zuhören, aber das stand mir nicht zu. Ich liebte Ashton mehr als alles auf der Welt, aber ich war nur seine Highschool-Freundin. Jemand, der – was die Edwards anging – in ein paar Monaten vielleicht gar keine Rolle mehr spielte.

Ashtons Eltern verschwanden durch eine Schwingtür. Was hatte das zu bedeuten? Mein Herz schlug schneller, meine Hände wurden feucht.

Mom hielt mich noch fester, während ich mein Gesicht an ihre Schulter drückte und mich bemühte, mir nicht das Schlimmste vorzustellen.

Eine Ewigkeit verging, und dann kam endlich Ashtons Mutter wieder zum Vorschein. Sie ging auf mich zu. Ich rückte ein Stück von meiner Mom ab, als Mrs Edwards meine Hand nahm.

»Jetzt ist er erst mal stabil«, sagte sie. »Sie bringen ihn auf die Intensivstation.«

»Ist er wach?«

Sie machte die Augen zu und hielt sie lange geschlossen. Dann öffnete sie sie langsam wieder und sagte: »Er ist immer noch ohne Bewusstsein.«

»Ich muss ihn sehen«, sagte ich heiser.

»Geh lieber nach Hause. Ruh dich aus.«

»Ich kann doch nicht schlafen.« Ich schüttelte den Kopf. »Erst muss ich ihn sehen.«

Sie nickte und seufzte. »Ich dachte mir schon, dass du das sagst. Aber sie lassen dahinten niemanden zu ihm, nur die Familie.«

»Kommt er durch?«

Sie schluckte und schaute zu Boden. »Das wissen wir nicht.«

Ich presste die Hand auf den Mund.

»Er hat eine Menge Tabletten geschluckt. Sie mussten ihm den Magen auspumpen. Gut, dass du gekommen bist. Mein Mann und ich wären erst Stunden später zu Hause gewesen. Ich weiß nicht, was passiert wäre, wenn …« Sie sprach nicht weiter.

»Ich muss ihn sehen.« Meine Stimme brach. »Bitte.«

»Devon«, sagte Mrs Edwards. »Ich bleibe hier. Und ich verspreche dir, ich benachrichtige dich, wenn sich etwas verändert.«

Wenn.

»Komm mit, Schatz«, sagte Mom. »Es ist spät. Du kannst morgen wiederkommen.«

NEBEL

39. Kapitel

BLAIR KAM MIT ZU MIR NACH HAUSE. WIR SCHAUTEN WE-
der Filme noch experimentierten wir mit Make-up herum.
Wie versteinert saßen wir da, geschockt und stumm. Irgendwann kletterte ich ins Bett, aber der Schlaf kam nicht. Ich lag
wach. Mit offenen Augen. Leer.

Der Schlaf wollte immer noch nicht kommen, als ich die
Augen zumachte. Aber die Tränen strömten. So viele Tränen.
So viel Angst und Sorge. Was hätte ich machen können, um
es zu verhindern? Warum hatte ich ihm nicht mehr geholfen?

Seine Nachrichten hatten sich mir ins Gedächtnis einge-
brannt.

Dev, ich hab was gemacht.

Ich hab Angst.

Die Angst drehte mir den Magen um. Immer wieder. Die
Bilder wollten nicht weggehen. Die erschreckenden Nach-
richten. Das Blaulicht. Sein blasses Gesicht und die klamme
Haut.

Schlaf konnte ich vergessen, also starrte ich an die Decke.
Sah den selbstleuchtenden Sternen an der Decke beim Ver-
blassen zu, während ein neuer Tag heraufdämmerte. Würde
Ashton den neuen Tag erleben?

Ich drückte meinen Plüschhasen und betete.

Als der Wecker ging, sprang Blair einen guten halben Meter hoch. Dann schüttelte sie den Kopf und trapste wortlos ins Bad.

Meine Augen waren sandig vor Müdigkeit, mein Kopf tat weh, aber ich wälzte mich trotzdem aus dem Bett. Yoga ließ ich aus. Und das Frühstück. Ich hätte auch das Duschen ausgelassen, aber das ließ Blair nicht durchgehen.

Mom gab mir die Erlaubnis, zu Hause zu bleiben, aber ich wollte zur Schule. Ich wollte die Ablenkung, die Arbeit, das Klingeln und Audens unausstehliches Lächeln. Ich wollte die Vorlesungen und die knallenden Spindtüren und mein Putensandwich in der Mittagspause.

Aber das alles half nichts.

Schwach vor Sorge konzentrierte ich mich ganz auf das Sortieren von Jahrbuchbestellungen und machte Notizen, aus denen ich später nicht mehr schlau werden würde. Die Vorlesungen hörte ich kaum. Aber mein Kopf tat nun noch mehr weh. Blair wich mir kaum von der Seite. Während der Mittagspause schwieg sie – was sie sonst nie tat. Ich spürte, dass sie mich beobachtete, auch wenn sie so tat, als wäre sie mit irgendwas auf ihrem Handy schwer beschäftigt.

Mein Handy blieb stumm. Ich nagte an den Fingernägeln und sehnte mich verzweifelt danach, irgendwas zu hören. Nein, nicht irgendwas. Ich wünschte mir gute Nachrichten. Ich brauchte gute Nachrichten.

»Es tut mir leid, aber ich kann dich nicht reinlassen«, sagte die Krankenschwester. »Du gehörst nicht zur Familie.«

Ich ballte die Fäuste. »In den Hausregeln steht, dass Partner und enge Freunde zur Familie zählen. Ich bin seine Freundin.«

»In der Intensiv-Abteilung gelten andere Regeln. Es tut mir leid.«

Zitternd vor Wut ging ich zurück ins Wartezimmer. Ich war gleich nach der Schule hergekommen, nicht mal umgezogen hatte ich mich, und jetzt würde ich mich nicht einfach abwimmeln lassen. Sie konnten mich vielleicht daran hindern, zu ihm zu gehen, aber ich würde dieses Krankenhaus nicht verlassen, ohne irgendwas von irgendwem gehört zu haben.

Atme das Gute ein, atme das Schlechte aus.

Meine Augen brannten.

Atme das Gute ein, atme das Schlechte aus.

Ein Schluchzer entschlüpfte mir. Und trotzdem atmete ich weiter.

Ein … zwei … drei … vier. Und aus … zwei … drei … vier.

»Devon?«

Mein Kopf schnellte hoch. Mrs Edwards stand vor dem Wartezimmer und schaute mich verwundert an.

Der übliche gelackte Look war hin. Sie trug noch immer das Kostüm vom Vortag, ihr Make-up war verschmiert und die Frisur zerzaust. Diese Frau, gegen die ich so einen Groll gehegt hatte, war nur noch ein Schatten ihrer selbst, ein Spiegel meines Kummers und meiner Liebe für den kranken Jungen am anderen Ende des Flures.

»Wie geht es ihm?«, fragte ich.

»Er ist immer noch nicht aufgewacht.«

»Die wollen mich nicht zu ihm lassen.«

»Wolltest du einfach da sitzen bleiben?«

»Ich muss in seiner Nähe sein.«

Sie sah mich seltsam an. »Du liebst ihn wirklich.«

»Er ist alles für mich«, sagte ich leise.

Sie nickte und schluckte. Dann ging sie durch den Raum und sank auf den Stuhl neben mir. So saßen wir Stunden, jedenfalls fühlte es sich so an, im Hintergrund dröhnten die Nachrichten im Fernseher. Ich zuckte zusammen, als sie anfing zu sprechen.

»Ich bin in einem Haus aufgewachsen, in dem kaum Gefühle gezeigt wurden«, sagte sie mit bebender Stimme. »So was tat man einfach nicht. Und so habe ich Ashton erzogen. Wenn er geweint hat, habe ich ihn vom Kindermädchen auf den Arm nehmen lassen. Sie hat ihn aufgezogen, bis mein Mann ihn ins Internat geschickt hat. Aber Ashton braucht Liebe.« Ein bitteres Auflachen. »Wenn ich nicht so darauf bedacht gewesen wäre, alles auf die *richtige* Weise zu tun … wenn ich aus seinem ersten Versuch, so was zu tun, gelernt hätte, dann würden wir vielleicht nicht schon wieder hier sitzen.«

Ohne zu überlegen, griff ich über die kalte Metalllehne hinweg und nahm ihre Hände. Ich hatte das Gefühl, dass auch sie Liebe brauchte.

»Bei jeder sich bietenden Gelegenheit habe ich ihn zu seiner Großmutter geschickt, weil sie anders war als wir anderen. Ich habe ihn weggestoßen. Muss ich da wirklich noch fragen, warum er so distanziert ist?« Sie schüttelte den Kopf. »Wie dumm.«

Ich wusste nicht, was ich sagen sollte. Aber vielleicht brauchte ich ja überhaupt nichts zu sagen.

»Mein Mann hat ihn geschlagen und ich bin erstarrt. Ich habe nicht eingegriffen. Ich habe meinen Sohn verraten. Schon wieder.« Sie schüttelte den Kopf. »Das wird sich ab heute ändern. Das wird sich sofort ändern. Wenn er durchkommt.« Sie kniff die Augen zu. »Bitte, mach, dass er durchkommt.«

Die schlaflose Nacht holte mich ein. Ich nickte weg.

Aber ich war sofort hellwach, als der Mann im blauen Arztkittel auf uns zukam und die schönsten Worte der Welt sagte: »Er ist wach.«

»Oh, Gott sei Dank. Gott sei Dank, Gott sei Dank.«

Mrs Edwards sank vor Erleichterung in sich zusammen, doch dann schien sie sich wieder in den Griff zu kriegen. »Bringen Sie mich zu ihm.«

»Gewiss doch«, sagte der Arzt.

Mrs Edwards drückte meine Hand. »Komm, dann wollen wir Ashton besuchen«, sagte sie mit echter Wärme.

Wir folgten dem Arzt durch die Schwingtür. Den antiseptischen Geruch, der mir in die Nase stieg, bemerkte ich kaum, auch nicht die Schwestern in OP-Kleidung, die mit IV-Beuteln in die Zimmer liefen. Nur die grelle Beleuchtung.

Ein großer Kontrast zu dem gedämpften Licht und dem leisen Piepen des Herzmonitors ins Ashtons Zimmer.

Er lehnte schlaff in seinem Bett, Schläuche und Drähte wanden sich um ihn herum. Seine Haut war so kalkweiß wie die Bettwäsche, er hatte dunkle Ringe unter den Augen. Er hätte auch schlafen können, so friedlich hob und senkte sich seine Brust. Aber der Anblick an sich hatte nichts Friedliches, denn mein Freund lag im Krankenhaus, weil er versucht hatte, sich umzubringen.

In meinem Kopf tobte ein Kampf. Ich wollte zu ihm rennen, aber ich blieb stehen und sah zu, als Mrs Edwards zu ihrem Sohn ging. Ihm die Haare aus der Stirn strich. Ihren Tränen freien Lauf ließ.

Er blinzelte. Dann sah er seine Mutter an, sein Gesichtsausdruck war nicht zu deuten.

»Es tut mir so leid«, sagte sie zu ihm. Dann legte sie den Kopf auf seine Brust, was er ohne ein Wimpernzucken hinnahm.

Ich hätte das nicht sehen sollen. Sämtliche Instinkte trieben mich in den Flur hinaus, dieser Augenblick sollte nur ihnen gehören. Aber dann winkte er mich heran.

»Ich lasse euch eine Weile allein.« Mrs Edwards drückte Ashtons Hand, ehe sie ging und die Schiebetür hinter sich schloss.

Ich nahm seine Hände. Er rückte ein Stück und machte mir Platz im Krankenhausbett. Ich kletterte rein und zog ihn an mich.

»Ich hatte solche Angst«, flüsterte ich.

Er seufzte matt. »Ich weiß. Ich auch. Ich … ich werde mir Hilfe holen.«

»Versprochen? Ich will mir nämlich niemals Kleider und Blumen für deine Beerdigung aussuchen müssen.« Ich lachte unsicher. »Tut mir leid. Das war makaber.«

Er schenkte mir ein fahles Lächeln. »Hab verstanden.«

»Für unsere Hochzeit eines Tages würde ich das viel lieber machen. Das weißt du doch, oder?«

Seine Züge bekamen wieder etwas Weiches. »Du willst immer noch mit mir zusammen sein. Sogar nach allem, was passiert ist?«

Ich strich ihm übers Haar. Und über die Wangen. Immer wieder. Er war warm. Und atmete. Er war nicht kalt und starr. Nicht tot. »Ja.«

Er schloss die Augen und lehnte sich an mich, hielt sich an meinem Blazer fest.

Wir redeten nicht mehr. Wir klammerten uns aneinander wie an Rettungsinseln. Und irgendwie, glaube ich, waren wir in diesem Moment genau das füreinander.

40. Kapitel

ZWEI TAGE NACH SEINEM SELBSTMORDVERSUCH WURDE Ashton von der Intensiv- auf die Psychiatrische Station verlegt. Dort besuchte ich ihn jeden Tag nach der Schule. Er redete nicht viel, rutschte aber immer rüber und machte Platz für mich im Krankenhausbett. Er schmiegte sich an mich, wenn ich Hausaufgaben machte, und zwischendurch küsste ich ihm die Stirn oder spielte mit seinen seidigen Haaren. Er war immer so still, so ruhig. Woran er wohl dachte? Er sagte es nie. Aber er hörte mir zu, wenn ich endlos über die Schule plapperte. Er lachte, wenn ich ihm von Blairs Faxen berichtete, und wurde sauer, wenn ich von Audens jüngsten fiesen Versuchen erzählte, mich herabzusetzen.

Eine Woche später wurde er ins *Lucerne Institut* verlegt, eine Reha-Klinik am Stadtrand. Dort wurde er von der Außenwelt abgeschnitten, damit er sich ganz auf die Behandlung konzentrieren konnte. Ich zählte die Tage bis zu unserem Wiedersehen.

Der 16. April. Der Tag der Entscheidung. Ich saß zwischen meinen Eltern auf dem Sofa und aktualisierte ständig meinen

Mail-Account. Mom blätterte in einer Zeitschrift, Dad brüllte in sein Headset – und die Aktivitäten der beiden trugen absolut gar nichts dazu bei, meine zum Zerreißen gespannten Nerven zu beruhigen.

Folglich verwandte ich viel Zeit darauf, mich davon zu überzeugen, dass eine Zusage von der DeKinsey-Uni der Traum meiner schlaflosen Nächte war, eine der Unis von meinem Plan B. Die DeKinsey hatte ein gutes naturwissenschaftliches Angebot. Astrophysik war kein Schwerpunkt wie bei der McCafferty, aber die Grundkurse würden mich auf das weiterführende Studium an einer Uni vorbereiten, bei der das zum Programm gehörte. Weitere Punkte auf meiner mentalen Liste, um meine Nervosität in Schach zu halten:

1. DeKinsey war längst nicht so teuer wie McCafferty – das hieß: weniger Schulden für den Studienkredit.

2. Sie hatten mir zugesagt und ein Stipendium angeboten.

3. Ich hatte zudem einen Haufen private Stipendien bekommen, eins von einer großen Stiftung. Meine Zensuren waren wieder auf dem Niveau, das sie vor Ashtons Zusammenbruch gehabt hatten. Und wenn ich so weitermachte, hatte ich das Preston-Senior-Stipendium in der Tasche.

4. Der Campus der DeKinsey war neunzig Minuten von zu Hause entfernt, zu weit fürs Pendeln, aber nah genug, um an den Wochenenden nach Hause zu kommen und Wäsche zu waschen.

Es gab so viele Gründe dafür, lieber an die DeKinsey zu gehen. Was machte es schon, dass Auden mit dem Annahmeschreiben für ihre Traum-Uni rumwedelte. DeKinsey hatte einen großen, sehr schönen Campus mit einem weiteren Glockenturm, in den ich mich verlieben konnte. Anständiges Essen in der Cafeteria. Ausgezeichnete Professoren. Und, das war das Wichtigste: Sie wollten mich. Alles würde gut werden. Alles war gut.

Egal, was passierte.

Ein Ping von meiner Inbox und …

Da.

War.

Es.

Ich packte Moms Arm. Sie ließ die Zeitschrift fallen. »Und?«

Ich erstarrte. »Ich kann das nicht.«

»Ich auch nicht.«

Wir schauten uns an.

»Und was nun?«, fragte ich.

Sie langte über mich rüber und stupste Dad an. »James.«

»Sekunde … JA. Ich hab dich, du Scheißer!«

Mom drückte Dad den Laptop in die Hand. Verwirrt sah er sie an. »Was?«

»Devons Brief von der McCafferty ist da.«

»Oh. Ohhhh!«

Er klickte. »Da steht, ich muss mich einloggen.«

»Klick auf den Link. Mein Passwort müsste gespeichert sein.«

Dad klickte zwei Mal, seine Miene verriet nichts, als er den Monitor zu mir drehte.

Sehr geehrte Miss Kearney,

Herzlichen Glückwunsch! Im Namen der Fakultät und des Kollegiums ist es uns eine Freude …

»Ich bin drinnen.« Ich saß stocksteif da und ließ es sacken. »Oh mein Gott, ich bin drinnen!«

Mom kreischte und schlang die Arme um mich. Dad stieß die Faust zwei Mal in die Luft und brüllte das fetteste »JA«, das ich je gehört hatte. Damit war die Spannung weg und wir brachen lachend zusammen. Wir lachten und lachten. Es war so gut, wieder Freude zu spüren.

»Schatz, das ist wunderbar«, schrie Mom. »Sag alles ab, was du vorhast – wir feiern jetzt! Ruf Blair an! Sie soll mitkommen.«

»Ich bin ja so stolz auf dich!« Dad drückte mich fest. »Ehrlich gesagt, bin ich nicht mal überrascht, aber dieser Augenblick ist trotzdem was ganz Besonderes. Wie fühlst du dich?«

»Ich hab einen Schock«, sagte ich.

Sie lachten wieder. Aber das war kein Scherz gewesen. Passierte das hier wirklich?

Den Beweis hatte ich vor Augen. Die Sterne konnte ich im Moment nicht sehen – es war ja noch Tag –, aber ich wusste, dass sie da waren. Und jetzt würde ich sie fangen dürfen.

Ich sah zum Himmel auf und bedankte mich stumm beim Universum.

Indessen kaute Dad schon die Zahlen durch. »Mit deinen Stipendiengeldern und dem, was wir für dich zurückgelegt haben, werden wir für dein Grundstudium keine allzu großen Kredite aufnehmen müssen.«

»Und ich kann ja immer noch arbeiten gehen.«

Dad legte die Stirn in Falten. »Mom und mir wäre es lieber, du würdest dich ganz auf dein Studium konzentrieren.«

»Für den Fall kommen für mich ein paar Studienkreditangebote infrage«, sagte ich leise. »Ich hab die Formulare schon bei der allgemeinen Bewerbung ausgefüllt.«

Erschüttert sahen Mom und Dad einander an – und dann mich.

»Tut mir leid, dass es mir nicht leidtut, aber euer TurboTax-Passwort war megaleicht zu knacken.« Ich rief eine Datei auf und drehte den Bildschirm zu Dad.

Mit leichtem Stirnrunzeln nickte er und gab noch ein paar Zahlen in den Taschenrechner auf seinem Handy ein. Dann sahen er und Mom sich wieder an. Sie nickte ihm zu.

»Also, die Sache ist so«, sagte Dad. »Seit unserem letzten Gespräch im Herbst haben Mom und ich viel über all das geredet, und wir hatten schon beschlossen, einen Kredit für dich aufzunehmen. Wir konnten einen privaten Kredit zu sehr günstigen Konditionen bekommen.«

»Das müsst ihr nicht …«

»Spar dir deine Kredite fürs Aufbaustudium und lass uns erst mal für dich sorgen.«

Mir blieb die Luft weg. »Das ist also Wirklichkeit.«

»Das ist Wirklichkeit, mein Schatz.«

»Und ich gehe an die McCafferty?«

»Du gehst an die McCafferty«, bestätigte Dad. »Schick dein Annahmeschreiben ab und mach uns alle stolz.«

41. Kapitel

ENDE APRIL ANTWORTETE ASHTON ENDLICH AUF DIE TAU-
send Briefe, die ich ihm geschickt hatte. Mir stiegen die Tränen in die Augen, als ich an einem megamiesen Montag den
Brief im Kasten entdeckte. Ich konnte gar nicht schnell genug
in mein Zimmer kommen, um ihn zu lesen.

Liebe Devon,

wie geht's dir so? Hoffentlich gut. Ich vermisse dich
ständig.

Danke für die vielen Briefe. Jetzt habe ich abends vor
dem Schlafengehen was zu lesen.

Du hast gefragt, wie meine Tage aussehen. Wir
werden jeden Morgen um sechs geweckt, sogar an den
Wochenenden. Ich darf zehn Minuten lang duschen und
ich muss einen elektrischen Rasierapparat benutzen,
weil sie mir mit Klingen nicht trauen. Das Frühstück
ist okay an Müsli-Tagen. Die Gruppentherapie macht
mich total fertig. Ich sitze da mit einem Haufen Leuten
rum, die genauso verkorkst sind wie ich - und der
Gruppenleiter pickt sich jeden Tag einen von uns raus.

Der schlimmste Tag für mich war Donnerstag. Da bin ich im stillen Raum gelandet, da kommen wir zum Ausrasten hin. Aus irgendwelchen Gründen hat mich das eine Stufe höher befördert und deshalb haben sie mir endlich deine Briefe gegeben.

Ich habe jeden Tag eine Einzeltherapiesitzung. Der Therapeut stellt jede Menge echt schwere Fragen, und ich glaub, er fährt total drauf ab, wenn ich anfange zu weinen. Jedes Mal wenn ich eine Sitzung so richtig schlecht fand, sagt er mir, ich soll nur weiter so gut mitmachen.

Mittwochs und sonntags darf ich Besuch haben.

Ich hoffe, ich sehe dich bald.

Ich liebe dich - immer,

Ash

Lucerne war ein Backsteinbau im Kolonialstil mit toll angelegtem Park und jeder Menge Bäume. Die Lobby wollte sich mit großen grünen Sesseln und Dutzenden Zimmerpflanzen den Anschein von Behaglichkeit geben, aber in der Luft lag Unbehagen, ich konnte es schmecken. Meine Hand zitterte, als ich mich am Empfang eintrug. Die Rezeptionistin begleitete mich zum Aufenthaltsbereich, in dem Patienten sich mit Familie und Freunden treffen konnten. Während ich auf Ashtons Erscheinen wartete, tippte mein Fuß nervös auf den Boden.

Ich hatte recherchiert, wie man jemanden nach einem Selbstmordversuch unterstützt, ich war also vorbereitet. Ich war bereit, positiv zu sein. Ihn zu ermutigen. Pläne mit ihm zu machen. Ich war bereit, ihm zuzuhören, wann immer er mich brauchte. Jedes Mal, wenn er mich brauchte. Ausnahmslos.

Als Ashton schließlich, von einem Pfleger eskortiert, auftauchte, musste ich die Luft anhalten. In Polohemd und Jeans wirkte er jünger. Die Furchen um Augen und Mund waren verschwunden und seine Haare waren verstrubbelt.

»Dev!« Sein Gesicht leuchtete und ich warf mich in seine Arme. Kein vertrauter Wasserfallgeruch dieses Mal, aber er roch sauber, wie ein Stück weiße Seife. Ich hielt ihn ganz fest, weil ich nicht glauben konnte, dass ich ihn wieder berührte, seinen Herzschlag spürte.

»Da bist du ja«, murmelte er in mein Haar.

»Montag habe ich deinen Brief gelesen. Ich wollte schon am selben Abend kommen.«

»Ich freue mich so, dich zu sehen.« Schon hatte er die Finger in meinen Locken. »Komm, wir gehen da rüber.«

Er nahm meine Hand und führte mich in eine ruhige Ecke. Wir setzten uns auf ein grünes Zweiersofa. Minutenlang sahen wir einander an. Saugten einander auf. Seinen Blick auf mir zu spüren, war einfach perfekt.

»Du siehst gut aus«, sagte ich.

Er fuhr mit der Hand durch die welligen Haare. »Ich muss mir die Haare schneiden lassen.«

»Irgendwie gefällt mir das so. Du wirkst nicht so angespannt.«

Er schaute nachdenklich. »Mir war nicht klar, dass ich angespannt ausgesehen habe.«

»Manchmal hat sich das ein bisschen gelöst. Meistens,

wenn du geschlafen hast. Heute siehst du so alt aus, wie du bist.«

»Was? Behauptest du jetzt, ich hab alt ausgesehen?« Er grinste.

»Na ja, so echt alt nicht. Eher total gestresst. Jetzt siehst du wieder mehr so aus wie in unserem Sommer damals.« Nur vielleicht müder. Trauriger.

Er holte tief Luft. »Ich finde es furchtbar, dass du gesehen hast, was an dem Tag passiert ist.«

»Ashton, das ist okay.«

»Nein, ist es nicht.« Er senkte den Blick. »Ich war richtig krank. Bin ich immer noch.«

»Aber du bist hier. Und du erholst dich.«

»Ich versuch's.«

Ich schlang die Arme um seine Hüfte und kuschelte mich an ihn. Er legte mir das Kinn auf den Kopf und spielte mit meinen Haaren.

»Du fehlst mir«, murmelte ich und schloss die Augen. Ich mochte es so gern, wenn er sich meine Locken um die Finger wickelte.

Ich schaute mich um, sah Familien beim Kartenspielen, Patienten, die Junkfood aßen, und Klinikpersonal, das diskret über die ganze Szenerie wachte.

»Erzähl mir was von den Leuten hier«, sagte ich.

Ashton wies mit einer Kopfbewegung auf einen stämmigen Rothaarigen mit Brille. »Der Typ da drüben? Das ist mein Zimmergenosse Luke. Wir reden nicht viel, er ist in einer anderen Gruppe, ich hab also keine Ahnung, weshalb er hier ist.«

»Aber von den Leuten in deiner Gruppe weißt du das?«

»Ich weiß nur, was sie selbst erzählen. Außerhalb der Gruppen reden wir eigentlich nicht drüber.«

»Warum nicht?«

»Ist nicht erlaubt. Es ist auch nicht erlaubt, allein zu sein, besonders wenn man selbstmordgefährdet ist.«

Selbstmordgefährdet. Er sagte das so, als wäre es kein Ding, eher so was wie die Grippe.

»In meiner ersten Woche hier stand ich die ganze Zeit unter Beobachtung«, sagte er. »Ich konnte nicht mal ohne Begleitung aufs Klo gehen. Und Zahnseide oder Mundspülung geben sie mir immer noch nicht.«

»Das findest du bestimmt ätzend. Warum?«

»Ich könnte mich mit der Zahnseide verletzen. Und in der Mundspülung ist Alkohol.«

Ich lehnte mich zurück. »So verzweifelt können Leute sein?«

»Du würdest staunen.« Er zeigte auf einen vom Personal, der den Raum überwachte, einen blassen Typen mit Kittel Anfang zwanzig. »Das ist Brett. Er war mein Begleiter. Er ist Praktikant.«

»Der sieht nett aus.«

Ashton griff nach einem Stift und fing an, damit herumzuspielen. »Ich hasse es, keine Freiheiten zu haben und die ganze Zeit beobachtet zu werden. Aber inzwischen habe ich mich an die Abläufe gewöhnt. Und irgendwie ist es ganz gut. Sie halten uns hier ständig beschäftigt, da bleibt mir nicht viel Zeit zum Denken.«

»Haben deine Eltern dich besucht?«

»Meine Mutter war heute Vormittag da. Sie hat mit mir zu Mittag gegessen und eine Tüte Süßigkeiten mitgebracht.« Er seufzte müde und traurig. »Sie gibt sich Mühe.«

»Das ist doch gut, oder?«

»Ja, schon. Also, damit zwischen uns alles in Ordnung kommt, ist schon mehr nötig als MAOAM und M&Ms. Aber es ist ein Anfang. Und was meinen Vater angeht … wir sind in Familientherapie. Es geht so gut, wie zu erwarten war.« Sein Gesicht verfinsterte sich. »Ich wünschte, sie würde sich von ihm scheiden lassen. Aber sie ist so besorgt um ihr Image und den ganzen anderen WASP-Scheiß.«

»Aber in deiner Familie lässt man sich doch nicht scheiden?«

Er runzelte die Stirn. »Meine Mutter könnte doch die erste sein. Eine Pionierin. Die die Sache mal aufmischt.«

Wir schwiegen eine Weile. Die Kälte aus der Klimaanlage wehte mich an und ich schlang die Arme um mich.

»Ich bin von der McCafferty angenommen worden«, sagte ich.

Er ließ den Stift fallen. »*Was?* Dev! Das ist ja der Hammer.« Er klang ganz begeistert, aber das Strahlen reichte nicht bis zu seinen Augen.

»Dann sehen wir uns vermutlich nächstes Jahr auf dem Campus?«

Er rutschte auf seinem Platz hin und her. »Vielleicht.«

»Was meinst du denn damit?«

»Dev«, sagte er mit seinem schiefen Lächeln. »Ich bin ein Wrack. Ein echtes Wrack.«

Ich strich ihm die Haare aus der Stirn. »Ein wunderschönes Wrack.«

»Da ist nichts Schönes dran. Das ist alles andere als romantisch, Dev.« Er schüttelte den Kopf. »Damit solltest du dich nicht belasten.«

»Ich belaste mich doch nicht«, sagte ich leise. »Ich bin hier, weil ich dich liebe. Und das gehört nun mal dazu.«

Sein Gesicht wurde ernst. »Devon, du wirst auf die Uni deiner Träume gehen. Dein Leben wird legendär, und darauf solltest du dich konzentrieren – und dir keine Sorgen machen müssen, ob ich mir was antue.« Er nagte an seiner Lippe. »Ich fühle mich oft schuldig, weil ich dich wieder zurück in mein Leben gezerrt habe.«

»Aber du hast mich nicht *gezerrt*. Ich wollte dich genauso, wie du mich wolltest. Und ich will dich immer noch.«

»Und du bist das Beste, das mir je passiert ist. Gott, ich liebe dich so.«

»Warum fühlt es sich dann so an, als wolltest du mich wegstoßen?«, fragte ich mit piepsiger Stimme.

Ashton pulte an seinen Nägeln – seit wann machte er denn so was? –, dann fuhr er sich mit den Händen durch die Haare. »Ich werde noch sehr lange hier drinnen bleiben. Mein Therapeut meint, mit viel Arbeit kann es mir irgendwann wieder besser gehen. Er meint, wir schaffen es, das Dunkel zu vertreiben, aber ich weiß nicht. Im Moment nehme ich einen Berg Medikamente und viele davon werde ich mein Leben lang brauchen.«

»Okay.«

»Das will ich dir nicht aufzwingen«, sagte er. »Und ich will nicht von dir verlangen, dass du auf mich wartest.«

»Du zwingst mich zu nichts.«

»Mach ich das nicht doch irgendwie?«

Ich schaute ihm in die Augen. »Manchmal hab ich Angst, nicht stark genug zu sein, um mit« – ich wedelte mit der Hand herum – »alldem fertigzuwerden. Ich weiß nicht, wie sich das anfühlt, wenn man sich das Leben nehmen will. Ich habe keine Ahnung, ob ich in der Beziehung einen Draht zu dir finden kann. Ich mach mir Sorgen, dass ich was Falsches tun oder sagen könnte.«

»Nein! Gott, nein.« Er legte die Hand auf meine Wange. »Das könntest du nie.«

»Nach diesem Tag in der Notaufnahme, habe ich ständig überlegt, wie ich hätte verhindern können, dass du all diese Tabletten nimmst.«

Er wischte die Träne weg, die mir übers Gesicht lief. »Das ist nicht deine Schuld gewesen, okay? Das war mein Kopf. In den kann ich so tief reingehen, dass ich nicht mehr weiß, wo ich bin. Siehst du, das meinte ich. Für so ein Leben bist du nicht bestimmt. Ich bin das nicht wert.«

»Sag das nicht«, erwiderte ich kämpferisch. »Du bist alles für mich.«

Er holte tief Luft. Seine Hände zitterten. Sein Gesicht bekam plötzlich etwas Angestrengtes und mit einem Mal war die Spannung erdrückend. Ich konnte kaum atmen.

»Und wenn ich dich gehen lasse?«, fragte er. »Du kannst auf die Uni, andere Leute kennenlernen. Jemanden finden, der nicht so verkorkst ist wie ich. Das hast du verdient, Dev.«

Ich packte seine Handgelenke. »In dieser Beziehung sind wir zwei, Ashton. Ich will mit dir zusammenbleiben.«

»Aber ist das denn das Beste?«

»Man kann doch nicht durchmachen, was wir durchgemacht haben – und es dann wegwerfen.«

»Aber das ist es ja gerade«, sagte er beängstigend ruhig. Standhaft. »Du hättest das nicht durchmachen sollen.«

»Ja, ist aber passiert, und hier sind wir nun …«

»Devon, ich will, dass du ein normales Leben haben kannst.«

Mein Hals tat weh. »Hör auf damit. Ich will *unser* Leben. Mit dir zusammen sein.«

Kopfschüttelnd wandte er sich von mir ab.

»Mach das nicht«, sagte ich. »Schotte dich nicht ab. Wag das *ja* nicht.«

Er drehte sich wieder zu mir um, sein Gesicht war gerötet. »Ich sehe dich da sitzen, und ich denke immer nur, dass du es so viel besser haben könntest. Du bist wunderschön und einfach unglaublich. Die Welt da draußen wartet nur darauf, dass du sie eroberst – und ich bin dir ein Klotz am Bein.«

»Stopp! Ich weiß, für dich ist gerade alles ziemlich scheiße, aber ich bin hier. Ich bin hier bei dir, Ashton.«

»Ich brauch einfach Zeit. Okay? Die brauchen wir beide.«

Ich versuchte meinen Atem zu kontrollieren, aber die Luft blieb mir in der Kehle stecken und drohte mich zu ersticken. Ein brennender Schmerz. »Ich kann nicht fassen, was du hier machst. Du hast versprochen, du gehst nicht wieder weg.«

Mit seiner Stirn an meiner sagte er: »Ich liebe dich mit meinem ganzen Herzen, Devon. Aber du musst mich loslassen.«

Wieder packte ich seine Handgelenke. »Nein, verdammt. Mach ich nicht.«

Er drückte einen Kuss auf meinen Scheitel. Dann stand er auf und ging.

42. Kapitel

ERSCHÜTTERT.

Total und bis ins Mark erschüttert. Er konnte doch nicht einfach mit mir Schluss gemacht haben.

Irgendwie schaffte ich es bis ins Auto meiner Mutter. Wie versteinert saß ich auf dem Fahrersitz, sah nichts, fühlte nichts.

War wie betäubt.

Ich musste betäubt bleiben. Diese Sache durfte mich nicht vernichten. Er durfte mich nicht vernichten. Nicht, wenn ich mir selbst versprochen hatte, stärker zu werden. Nicht, wenn ich mir selbst versprochen hatte, besser zu werden.

Schmerz.

Ich kniff mir kräftig in den Schenkel, um mich von meinem Herz abzulenken, das meine Brust sprengen wollte. Jedenfalls dachte ich das. Ich zitterte so sehr, dass ich den Gurt nicht anlegen konnte. Der wollte einfach nicht einrasten. Ein Schluchzen blieb mir in der Kehle stecken, aber ich schluckte es runter. Denn das würde ich nicht machen. Nicht schon wieder. Nie mehr.

Irgendwie kam ich nach Hause. Mom saß im Wohnzimmer, im Schneidersitz, mit geschlossenen Augen. Ihre Ruhe stand in krassem Gegensatz zu dem Meteorhagel in mir. Ich fokussierte mich auf ihr orangefarbenes Tanktop, ihre großen goldenen Creolen, ihre makellose Haut, nur damit ich nicht an das dachte, was im Lucerne passiert war.

Ihre Augen gingen auf. »Hey, Schatz. Wie war's?«

»Gut«, sagte ich gespielt enthusiastisch. »Ganz toll.«

Ihr Lächeln verblasste, Besorgnis trat an seine Stelle. Sie lief schon warm für die ganz große Aussprache, aber das ging jetzt nicht. Ich brauchte es handfest. Physisch. Heftig. Anstrengend. Yoga würde nicht reichen. Ich musste laufen.

Zehn Minuten später sauste ich unsere Straße entlang. Die Bäume waren rosa und weiße Wölkchen. Blumen reckten schüchtern bunte Köpfe aus der Erde. Alles um mich herum erwachte zum Leben.

Aber ich starb innerlich.

Manchmal fand ich Sternegucken nicht aufregend. Manchmal fühlte ich mich dabei klein und unbedeutend. So als ob nichts, das ich auf dieser Erde tun oder sagen konnte, auf lange Sicht irgendeine Rolle spielte, weil ich nur ein winziger Punkt inmitten von Milliarden Roter Riesen, Pulsaren, Galaxien und Planeten war.

Und ich wusste, es war ein Klischee, so zu empfinden. Aber wie hätte es anders sein können?

In dieser Nacht schleppte ich mein Teleskop in den Garten und bemühte mich, durch meine Tränen die Sterne zu sehen. Die Technik war vom Feinsten. Ashton hatte eine gute Wahl getroffen. Das nützte nur nichts, wenn ich so zitterte, dass ich nicht mal den Großen Wagen erfassen konnte. Ich gab also auf und ließ zu, dass ich mich klein und unbedeutend fühlte, denn so hatte ich wenigstens einen echten Grund zum Traurigsein und war nicht einfach nur erbärmlich und selbstmitleidig.

In dieser Nacht war ich wütend auf den Himmel und die Sterne, die mich hängen gelassen hatten. Im wahren Leben wurden Wünsche nämlich nicht wahr – und das hatte ich eigentlich auch immer gewusst.

»Verdammte Hacke!« Blair explodierte. »Ich bringe den Scheißer um, wenn ich ihn sehe.«

»Tu's nicht«, sagte ich dumpf. »Nützt keinem, wenn du in den Knast kommst.«

»Das darf er dir nicht wieder antun, Devon«, sagte sie. »Nicht nach allem, was du für ihn getan hast. Du hast ihm das Leben gerettet! Und jeden verdammten Tag bist du in dieses Krankenhaus gerannt. Ich hab ihm die Daumen gedrückt – und er zieht so eine Nummer ab? Echt, ich fahr zum Lucerne und trete ihm in den Arsch, weil er dir wieder wehgetan hat.«

»Er hatte sich bei seiner Großmutter nach Ringen erkundigt, Blair.« Meine Stimme versagte.

Sie drückte mich heftig. »Das tut mir so leid. Du hast so viel mit ihm durchgemacht. Ich hatte echt gehofft, ihr beide schafft es.«

Ich ballte die Fäuste und schluchzte an der Schulter meiner besten Freundin.

Als ich am nächsten Besuchstag wieder zum Lucerne fuhr, sagte mir der Mitarbeiter am Empfang, dass Ashton mich nicht empfangen könne. Ich nickte nur und ging wieder. Mit einem Kloß im Hals.

Okay. Gut. Egal. Ich brauchte ihn nicht. Aber wenn es nun mal so war, dann wollte ich das letzte Wort haben. Zu Hause holte ich mein Briefpapier raus und nagte an meinem Stift.

Das wollte ich schreiben:

Wahrscheinlich denkst Du, ich vermisse Dich. Aber das tu ich nicht. Ich vermisse Dich überhaupt nicht. Ich hungere nach Dir. Mit jeder Faser meines Körpers sehne ich mich nach Dir, und es zerreißt mich, dass Du nicht hier bist. Ob Du wohl nur halb so viel an mich denkst wie ich an Dich? Gib mir darauf keine Antwort. Es würde mir das Herz brechen, wenn Du Nein sagst. Denn ich kann nicht aufhören, an Dich zu denken.

Ich ertrage es nicht, dass Du es beendet hast. Uns beendet hast. Wir waren fantastisch zusammen. Aber im Moment hasse ich Dich

Das schrieb ich stattdessen:

Lieber Ashton

eigentlich sollte ich nicht schreiben, aber – lang, lang ist's her, da habe ich Dir immer alles erzählt. Es ist schwer, diese Gewohnheit abzulegen. Du warst ein so großer Teil meines Lebens – und jetzt bist Du das nicht mehr. Du hast mir wieder nicht die Gelegenheit gegeben, mich zu verabschieden – deshalb mache ich das jetzt.

Also ... das war's dann. Bitte, pass gut auf Dich auf!

Alles Liebe,

Dein Sunset Girl

Den ganzen Abend schlug ich mich mit der Frage rum, ob ich den Brief abschicken sollte.

Montagmorgen vor der Schule steckte ich ihn schließlich in den Briefkasten. Nun war Ashton am Zug und ich durfte mich nicht länger verrückt machen.

Es wurde Zeit, dass das Leben weiterging.

Mal wieder.

43. Kapitel

DIE WOCHEN FLOGEN NUR SO DAHIN. PROJEKTE, PRÜFUN-gen, Ausflüge. Ob man nun einen Studienplatz hatte oder nicht, bis wir diese Schule endgültig verließen, würden die Lehrer so viel Leistung wie irgend möglich aus uns rausquet-schen. Ich war dankbar für die anspruchsvollen Aufgaben, denn sie lenkten mich gründlich ab. Der Schulabschluss stand bevor, aber ich konnte mich zu keinerlei Begeisterung aufraffen.

»Hey, ich hab gehört, was mit Ashton war«, sagte Auden gleich nach dem Muttertag zu mir. Sie zog an einer meiner Locken. »Geht's ihm besser?«

Typisch, dass sie ausgerechnet jetzt obernervig sein musste. Es war ein langer, anstrengender Tag gewesen, ich wollte jetzt einfach nur Mathe – und diesen Tag – hinter mich bringen. »Hast du gerade meine Haare angefasst?«

»Die sind ja seidenweich«, sagte sie. »Hatte ich gar nicht erwartet.«

Was???

Ich knirschte mit den Zähnen. »Er erholt sich«, sagte ich. »Und wenn du meine Haare noch mal anfasst, dann hau ich dich.«

Sie grinste. »Gut, dass es ihm besser geht. Du warst total neben der Spur, und es macht keinen Spaß, dich zu provozieren, wenn du nur dasitzt und es schluckst.«

Ich verdrehte die Augen. »Was du nicht sagst. Beim Test gestern war ich besser als du und du bist immer noch angepisst.«

»Ha, jetzt bist du aber voll Ghetto, ey.«

Boah. Halt mich fest. »Was ist nur los mit dir, Auden?«

Sie pikte mich in die Schulter. »Erzähl mir jetzt nicht, dass du sauer bist. Du bist doch nicht echt Ghetto.«

Ich atmete tief durch, damit ich ihr keine verpasste, aber den drohenden Unterton erhielt ich mir. »Ich bin nicht sauer. Ich bin müde. Ich bin fertig.«

Sie schaltete ihr Tablet ein. »Entspann dich, Devon. Du bist viel zu empfindlich. Das war ein Witz.«

Ein Witz, am Arsch.

»Auden, warum benutzt du dieses Wort überhaupt? Weil ich Schwarz bin?«

»Natürlich nicht. Es gibt auch Weiße Ghetto-Leute.«

Einatmen zwei ... drei ... vier.

Ausatmen zwei ... drei ... vier.

Eine Szene konnte ich jetzt nicht machen. Weil ich ein Stipendium in einer Privatschule für Weiße reiche Leute hatte und es keine gute Idee war, auf Auden loszugehen, die wirklich enorm wenig Peilung hatte, dafür aber wirklich enorm reich war. Gott sei Dank fing unser Professor an, über Ableitungen zu monologisieren. Ableitungen waren sinnvoll. Ableitungen hatten eine Ordnung. Ich auch, von außen betrachtet. Ich konnte weiter so tun, als wäre alles gut, einfach nur gut.

Tagsüber konnte ich den Schein einigermaßen wahren. Ich lächelte, wenn es von mir erwartet wurde, lachte über die richtigen Witze, nahm an allen Oberstufenaktivitäten teil und poste für tausend Fotos. Ich machte allen was vor. Ich wuppte das. Alles war toll. *Fuckomenal*.

Und abends? Lief es weniger gut. Mir tat buchstäblich alles weh, weil ich mich so danach sehnte, Ashton wieder in den Armen zu halten, ihn zu küssen. Ich wollte seine Stimme hören, seine Haare streicheln, seinen Wasserfallduft atmen. Ich fand es furchtbar, dass er ganz allein in dieser Klinik war und ich ihm nicht die Hand halten konnte, wenn es schwierig wurde. Ich fand es furchtbar, dass er mich da nicht haben wollte. Aber am Furchtbarsten fand ich, dass ich keine Kontrolle über meine Gefühle hatte, sie nicht abdrehen konnte wie einen Wasserhahn. Und dann das Waschbecken zerschlagen, damit sie nicht wieder angetröpfelt kamen.

Dann waren da noch die Albträume. Von diesen SMS, die unheilvoll und grell vor mir aufleuchteten. Ich träumte davon, wie ich in sein Zimmer gestürmt war an diesem Tag, aber es war zu spät, er war schon weg, für immer. Keine Ahnung, wie oft ich nachts von meinem eigenen Schluchzen aus dem Schlaf gerissen wurde, ich hatte den Überblick verloren. Danach lag ich meistens wach und weinte mein Kissen nass, wenn mir wieder einfiel, dass er doch noch lebte, für mich aber trotzdem für immer verloren war.

Denn im Laufe der nächsten Wochen wurde klar, dass er mir nicht zurückschreiben würde. Und eines Tages hatte ich es dann begriffen. Es war vorbei, wirklich und wahrhaftig. Ich hatte nicht mal gemerkt, dass ich die ganz Zeit die Luft angehalten und auf einen Sinneswandel gewartet hatte. So eine Scheiße.

In dieser Nacht fand Dad mich weinend im Bett. Ich wischte mir schnell das Gesicht am Kissenbezug trocken, aber darauf fiel er nicht rein. Kein bisschen.

»Was es auch ist, ich kann es wieder heil machen«, sagte er und drückte mich ganz fest.

»Nein, Daddy. Das hier nicht«, sagte ich mit tränenerstickter Stimme.

Mom setzte sich an meine andere Seite und streichelte mir übers Haar. Die beiden blieben stundenlang bei mir und trösteten mich auf eine stille Art. Und als die Worte schließlich aus mir rausstürzten, hörten sie zu, ohne jedes Urteil – nur voller Liebe.

Ende Mai schickten Mom und Dad mich in Therapie.

»Ich brauche keinen Therapeuten. Mir geht es gut«, sagte ich ihnen. Und das stimmte auch! Ich hatte endlich aufgehört, mich jeden Abend in den Schlaf zu weinen, und mein Appetit war auch fast wieder normal. Ashton fehlte mir immer noch, aber es ging mir wirklich immer besser.

»Du hast viel durchgemacht«, sagte Dad. »Ashtons Selbstmordversuch war eine ernste Sache, Liebes. Und dazu noch eure Trennung. Du musst über diese Sachen reden. Sie verarbeiten. Mom und ich sind dafür nicht gerüstet. Wir möchten, dass du professionelle Hilfe bekommst.«

Sie schickten mich auch noch aus anderen Gründen zu einem Therapeuten. »Du musst wieder zu dir selbst finden«, sagte Mom. »Ich weiß, du glaubst, mit dir ist alles in

Ordnung. Aber, Schatz, das stimmt nicht. Schon eine ganze Weile nicht mehr.«

☆

Ich hasste Dr. Braun. Ich hasste ihr beiges Büro mit dem hässlichen braunen Läufer und der langweiligen beigen Couch und den klobigen braunen Bücherregalen. Ich hasste ihr Klemmbrett und ihren klickenden Stift, ihre vernünftigen Schuhe, ihre langweiligen beigen Hosen und weißen Blusen. Ich hasste ihre welligen braunen Haare, ihre milchweiße Haut und den blassrosa Lippenstift. Ich hasste, wie ruhig sie immer blieb, egal, wie sehr ich brüllte. Aber am meisten hasste ich, wie sie bohrte und bohrte und bohrte, bis ich in ihrem Büro losschluchzte. Sie gab mir das Gefühl total schwach und erbärmlich zu sein, weil ich Ashton so sehr liebte. Denn offenbar liebte ich mich selbst nicht genug, um zu merken, dass meine Beziehung zu ihm zu einer Co-Abhängigkeit geführt hatte und ungesund war.

»Warst du mit ihm zusammen, weil du ihn wahrhaftig geliebt hast oder weil du das Gefühl hattest, du müsstest an seiner Seite sein, damit er sich nichts antut?« Ihre Knopfaugen brannten Löcher in mich.

»Ich hab ihn geliebt«, sagte ich ihr mit geballten Fäusten. »Ich hab ihn schon geliebt, bevor ich diese Sachen wusste, und ich liebe ihn jetzt noch.«

»Für ihn hast du ständig deine eigenen Grenzen verändert. Du hast dir immerzu Sorgen um ihn gemacht und warst gestresst seinetwegen. Denkst du, Co-Abhängigkeit ist mit Liebe gleichzusetzen? Mit einer guten Beziehung?«

»Was bedeutet das denn überhaupt?«

»Devon, mehr als einmal hast du dein Leben für ihn umgestellt.«

»Aber das machen Leute, die in einer Beziehung sind, so. Sie machen Platz, damit der andere Mensch reinpasst.«

»Hast du vielleicht unverhältnismäßig viel Platz gemacht, besonders gegen Ende?«

»Ich hab mir Sorgen um ihn gemacht«, sagte ich leise. »Das tu ich immer noch.«

»Ich weiß«, sagte sie sanft. »Es ist zwar normal, sich um geliebte Menschen zu sorgen, aber in diesem Fall ist es nicht gesund. Hast du erwogen, vielleicht nicht mehr mit ihm zusammen zu sein? Wenigstens während seines Heilungsprozesses? Wäre das nicht besser für dich?«

Da war was dran. Es war leichter für mich zu wissen, dass er im Lucerne war, wo er sich nichts antun konnte und von Profis versorgt wurde. Da musste ich mich nicht für seine Sicherheit verantwortlich fühlen. Aber war es besser? Das fand ich nicht. Ich dachte trotzdem ständig an ihn, und ich konnte mich nicht dazu zwingen, ihn nicht mehr zu lieben. Ich konnte nicht aufhören, mir zu wünschen, dass wir wieder zusammen wären.

»Hattest du je das Gefühl, dass er dich zurückhält«, fragte sie in einem noch sanfteren Ton.

»Ich habe Spitzenzensuren. Einen Studienplatz. Ich habe Stipendien bekommen. Mir geht es gut.«

»Bist du sicher?«

Warum konnte sie das nicht verstehen? Ich hatte nicht nach Liebe gesucht, die Liebe war über mich hinweggebrandet und hatte mich verändert. Doch im Inneren war ich immer noch dieselbe Devon. Oder etwa nicht?

Ich verschränkte die Arme vor der Brust. »Ich bin sicher.«

Sie betrachtete mich mit ihrer irritierenden Gelassenheit. Als ob sie sehen könnte, was ich verstecken wollte, sogar vor mir selbst – besonders vor mir. Nur, dass ich nichts versteckte. Warum musste sie weiter auf meine Seele einhacken – sie zerfetzen?

»Stopp!«, brüllte ich. »Bitte, hören Sie auf damit!«

»Du bist wütend.«

»Ich …« Ich fing an zu protestieren, aber dann klappte ich den Mund zu, und zwar so fest, dass es wehtat. Sie irrte sich. Ich war nicht wütend. Ich war fuchsteufelswild.

»Auf wen bist du wütend?«

»Auf ihn. Auf mich. Auf alle.«

Sie betrachtete mich mit dieser nervend nachdenklichen Miene. »Warum bist du wütend auf dich?«

Ich zupfte am Saum meines grauen T-Shirts herum. »Ich hätte mich nicht wieder in ihn verlieben dürfen, weil er mich vorher schon so verletzt hatte. Ich hätte es besser wissen müssen.«

Seufzend lehnte sie sich zurück. »Mach dich deswegen nicht fertig. In vieler Hinsicht scheint er doch ein guter Mensch zu sein. Und selbst wenn das nicht so wäre, die Liebe folgt ihren eigenen Gesetzen. Es ist okay, dass du ihn liebst.«

»Auch wenn es so wehtut?«

Sie nickte. »Sogar dann.«

»Oh.«

»Du sagst, du bist wütend auf ihn. Erzähl mir, warum.«

»Ich weiß nicht, ob ich das kann.« Mir tat der Hals weh. Reden war schwer.

»Kannst du es versuchen?«

Ich nagte am Daumen. »Ich mag nicht wütend auf ihn sein. Er ist krank.«

Sie legte ihr Klemmbrett auf den Tisch. »Was möchtest du ihm sagen?«

Ich schloss die Augen und ließ die Wut bis in meine Knochen, ließ mich überwältigen von dem Schmerz und der Wut, gegen die ich Widerstand geleistet hatte. Doch nun strömten die Worte nur so aus mir heraus.

»Keine Ahnung, was ich sagen will, ich weiß nur, dass ich ihn zum Weinen bringen will, so wie er mich zum Weinen gebracht hat.« Ich krallte die Finger in meine Jeans. »Manchmal hasse ich ihn. Ich hasse ihn dafür, dass er mir wehgetan hat. Ich hasse ihn dafür, dass er nicht leben wollte für das, was wir zusammen hatten, denn das war wunderschön. Und ich hasse ihn, weil er nicht will, dass ich für ihn da bin. Und diese Gefühle sind schrecklich, deshalb habe ich obendrein noch Schuldgefühle. Und dafür hasse ich ihn auch.«

Sie hielt die Hand hoch. »Warte. Das ist jetzt nicht der Zeitpunkt, an dem du mit dir ins Gericht gehen solltest, Devon. Vorhin hast du mir erzählt, dass er dir Versprechungen gemacht hat, dass er sogar Pläne für eure gemeinsame Zukunft gemacht hat. Es ist völlig normal, dass du dich betrogen fühlst.«

»Aber er ist krank! Ich bin ein schrecklicher Mensch, weil ich solche Gedanken habe.«

»Gefühle sind nicht gut oder schlecht«, sagte sie. »Sie sind einfach. Es kommt darauf an, wie du mit ihnen umgehst.«

Ich schnaubte höhnisch. »Zum Glück funktioniert mein Gehirn noch, wenn meine Gefühle auch ein einziges Chaos sind.«

Sie warf einen Blick auf ihr Klemmbrett. »Du sagst, du bist wütend auf ihn, weil er nicht leben wollte für das, was er und du zusammen hattet. Findest du, dass er egoistisch war?«

Ich schlang die Arme um mich. »Ich glaube, ich hätte ihm mehr helfen können.«

»Du hättest nichts tun können, um ihn wieder in Ordnung zu bringen. Du hast es selbst gesagt. Er ist krank. Nur eine richtige Behandlung – was immer das für ihn beinhalten mag – kann ihm helfen, mit seinen Depressionen und Suizidgedanken umzugehen. Du musst aufhören, dir Vorwürfe zu machen, zumal du etwas ganz Fantastisches getan hast. Weil du an jenem Tag nach ihm geschaut hast, hast du sein Leben gerettet.«

Sie schlug die Beine übereinander und klopfte auf ihr Klemmbrett. »Devon, Ashton kenne ich nur aus deinen Schilderungen, aber mit Depressionen kenne ich mich aus. Du sagst, dass ihr sehr verliebt wart. Währenddessen hat er ständig mit sich und dem gekämpft, was sein Hirn ihm mitgeteilt hat. Ich wage die Behauptung, dass er das Gefühl hatte, nicht verdient zu haben, was ihr beide zusammen hattet. Dich nicht verdient hatte.«

»Manchmal wünsche ich mir, er wäre normal«, platzte es aus mir heraus. »Aber ich weiß, das meine ich nicht so, denn ich weiß ja nicht mal, was *normal* wäre. Seine Depression gehört zu ihm. Und ich liebe alles an ihm.«

»Du wünschst, die Dinge wären leichter.«

»Ja. Ist das schlimm?«

»Er braucht sehr viel Hilfe, viel mehr, als du ihm zu geben vermagst. Aber das bedeutet nicht, dass du nicht für ihn da sein kannst. Es wäre nur schlimm, wenn du bei dem Versuch, sein Leben zu retten, dein eigenes Leben vernachlässigen würdest.«

»Ich mache mir Sorgen um ihn. Immer. Ich glaube nicht, dass das mal aufhört. Und das wäre auch ganz in Ordnung, wenn es bedeuten würde, dass ich von ihm bekomme, was er *mir* geben kann. Aber er hat Schluss gemacht, und alles, was mir bleibt, sind die Sorgen, ohne das Gute.«

»Weil er dir keine Wahl gelassen hat.«

Ich nickte. »Das ist noch ein Grund für meine Wut.«

»Wie ich schon sagte, es ist okay. Aber, Devon, lass dich nicht von der Wut auffressen. Das bringt ihn nicht zurück und tut dir nur weh.«

Ich seufzte tief. »Was soll ich also machen?«

»Konzentriere dich auf dich. Immer wenn du anfängst, an ihn zu denken, lenke deine Gedanken wieder zurück zu dir. Ein Tagebuch kann dabei eine Hilfe sein. Mit deinen Freunden, deinen Eltern zu reden. Verschließe deine Gefühle nicht in dir. Du musst sie verarbeiten, damit du heilen kannst.«

»Werde ich jemals aufhören, ihn zu lieben?«, fragte ich mit ganz leiser Stimme.

Sie gab mir ein Taschentuch und lächelte traurig. »Er war deine erste Liebe. Er wird immer einen besonderen Platz in deinem Herzen behalten. Aber eines Tages wirst du weitergehen können. Das verspreche ich.«

»Wenn ich das aber nicht will?«, fragte ich noch piepsiger.

»Letztendlich kannst nur du entscheiden, was für dich richtig ist. Ich lege dir nur nahe, auf dich selbst achtzugeben. Einen Menschen zu lieben, der unter einer psychischen Krankheit leidet, ist immer eine Herausforderung, ganz gleich, wie gut es läuft. Im schlimmsten Fall ist es vernichtend – mit allen Höhen und Tiefen dazwischen.« Ihr Handy gab ein kleines *Ping* von sich. »Für heute ist unsere Zeit um, aber ich würde dich gern nächste Woche noch einmal sehen. Kommst du wieder?«

Ich nickte und packte meine Sachen zusammen. »Danke, Dr. Braun.«

»Dir wird es wieder gut gehen. Das weißt du doch, oder?«

Ich zögerte, dann nickte ich.

44. Kapitel

DER TAG DER ABSCHLUSSFEIER. WIE SCHÖN, WIE TRAURIG. Einerseits konnte ich es kaum erwarten, die Bühne zu betreten und das Diplom entgegenzunehmen. Die Sterne erwarteten mich, und ich war ganz nah dran, nach ihnen zu greifen! Andererseits … wie konnte ich mich von einem Ort verabschieden, der so lange meine zweite Heimat gewesen war?

Ich schaute in den Spiegel und legte letzte Hand an meine Frisur. Tausend Haarspangen sollten meinen Absolventenhut am Runterfallen hindern, ein paar goldene Locken durften mein Gesicht umrahmen. Ich legte glitzernde Ohrringe an und strich mein weißes Sommerkleid glatt. Perfekt.

Süße Frühstücksdüfte wehten in mein Zimmer und brachten meinen Magen zum Knurren, also steuerte ich die Küche an.

Dad schaute von brutzelnden Eiern und Zimttoast auf. »Da ist sie ja! Die Frau der Stunde! Bist du bereit für deinen großen Tag?«

»Absolut.«

»Ich bin so stolz auf dich.« Mom drückte mich. »Du machst deinen Abschluss als Jahrgangsbeste, hast einen Platz an der Uni deiner Träume, die Stipendien sind in trockenen Tüchern. Du bist wirklich unglaublich, weißt du das?«

Meine Wangen wurden ganz warm vor Freude. »Ich glaub, ich hab das ganz gut hingekriegt.«

Später, auf dem Schulgelände, setzten meine Eltern sich auf ihre Plätze im Hof, und ich traf mich mit Blair an der Bühne neben Campbell Hall. Der Geruch von frisch gemähtem Gras kitzelte meine Nase und eine leichte Brise machte die jetzt schon sengende Sonne erträglich.

Blair nahm meine Hände. »Ich kann immer noch nicht fassen, dass heute unser letzter Schultag ist«, sagte sie. »Endlich!«

Ich schaute an Bishop Hall hoch, das in seiner ganzen Pracht über mir aufragte. Jeden Moment würden seine Glocken die Zeremonie einläuten. »Mir wird das hier fehlen.«

»Puh. Typisch. Ich dachte, wir kommen da nie durch. Ich freue mich so auf den Sommer. Keine Hausaufgaben. Kein Hetzen von einem Unterricht zum nächsten. Nichts als lange, faule Tage mit meiner allerbesten Freundin.«

»Du sagst es!« Ich grinste sie an, aber sie schaute über meine Schulter hinweg, und ihre Miene versteinerte.

»Was zum …?« Ich drehte mich um und da war er – Ashton. »Oh.«

Seit dem schrecklichen Tag im April hatte ich ihn nicht mehr gesehen. Sein schwarzer Umhang flatterte im Wind, der Hut saß auf seinen Locken. Mit nachdenklichem Gesicht lehnte er an einem Baum. Auf den Schmerz, der mich durchzuckte, als unsere Blicke sich trafen, war ich nicht vorbereitet.

Sein leichtes Nicken konnte ich aber erwidern, ehe ich mich wieder Blair zuwandte. Ich musste mich zusammenreißen. Ich war die Jahrgangsbeste, ich hatte eine Rede zu halten.

Aber … *uff* … echt jetzt? Es war noch nicht lange her, seit er und ich uns nackt in den Armen gelegen hatten, auf die intimste Weise miteinander verbunden. Und heute war nicht mehr für mich drin als ein Nicken quer über den Hof?

»Soll ich ihn vermöbeln?«, fragte Blair mit verkniffenem, rot angelaufenem Gesicht.

»Deine gewalttätigen Neigungen werden langsam bedenklich.«

»Was soll ich sagen?« Sie zuckte mit den Schultern. »Er bringt mich in Rage. Der Rattenarsch.«

»Hey, Devon.« Auden tauchte plötzlich auf und streckte mir die Hand hin. »Eine Weile war die Lage ja unklar, aber du hast dir den Spitzenplatz redlich verdient. Glückwunsch.«

Selbstverständlich musste sie auf eine Zeit anspielen, die ich lieber vergessen würde. Mein Glück hatte ich Aufholtests zu verdanken, Extrapunkten für besondere Leistungen und der Willenskraft zu lernen, bis mir die Augen tränten. Meinen Status als Einserschülerin hatte ich am Ende doch nicht verloren, obwohl nicht viel gefehlt hatte.

»Hör mal, diese *Ghetto*-Sache tut mir leid«, sagte sie. »Das war mies. Aber ich lerne dazu.«

Diese Geschichte hatte ich fast vergessen. Aber für sie war es wohl ein großes Ding. Auden entschuldigte sich sonst *nie* für irgendwas. »Schon gut. Aber lern weiter.«

»Verlass dich drauf. Schreibst du was in mein Jahrbuch?« Sie hielt mir unser Werk unter die Nase. Die Bücher waren sehr schön geworden. Dunkelgrün und grau, jede Seite erzählte von unserer Zeit hier. Vom Herbstball, den Tests, Prüfungen und Versammlungen, von Freunden fürs Leben und Leuten, die uns geprägt hatten.

Das sind unsere Augenblicke.

Ja, verdammt, das waren sie. Gute und schlechte, schmerzhafte und freudige. Sie gehörten uns. Sie gehörten mir.

Ich reichte Auden mein Jahrbuch und nagte am Stift, während ich mir überlegte, was ich für sie schreiben sollte. Was schrieb man für jemanden, der so nervig war?

»Ähem.« Dr. Steelwood räusperte sich. »Bitte stellt euch alle auf.«

Ein Schauer überlief mich, als die Musik ertönte. Elgar. Der Marsch in D-Dur aus *Pomp and Circumstance.*

Zu diesen hoffnungsvollen Klängen schritten wir feierlich hintereinander her in unsere Reihen weißer Holzstühle. Mein Kopf wurde ganz heiß, als ich meine Eltern entdeckte. Sie waren schamlos: Mom tanzte und knipste tausend Bilder, Dad brüllte *Wooohoo* wie ein Teenager beim Livekonzert. Und ich liebte sie dafür.

Die Menge johlte, als die zehn besten Schüler über die Bühne marschierten. Die Sonne strahlte so, dass ich nicht mehr an meine verschwitzten Handflächen dachte. Ich war kaum bei der Sache, als wir die Schulhymne sangen, und schaltete völlig ab, als die Reden begannen. Beinahe hätte ich verpasst, dass mein Name aufgerufen wurde, schaffte es dann aber ohne Zwischenfälle bis auf die Bühne und hielt meine Abschiedsrede, ohne ein einziges Mal zu stocken. Der Jubel des Publikums versetzte mich in Hochstimmung. Wie im Flug ging die restliche Zeremonie vorbei – und dann hielt ich mein Diplom in den Händen. Wir warfen unsere Hüte in die Luft und kreischten. Und damit, einfach so, war die Highschool-Zeit zu Ende. Ein Kapitel war abgeschlossen und nun wartete ich auf den Beginn des nächsten.

Nach der Feier versammelten wir uns auf dem Spielfeld. Einige machten Fotos, andere signierten Jahrbücher. Meine Eltern schenkten mir ein Dutzend rosa Rosen – die meine Allergien befeuern würden, aber mir war das egal, ich liebte sie so sehr. Und sie schossen Millionen Fotos von mir.

Blair kam Hand in Hand mit Tyrell angehüpft, ihre blauen Augen funkelten. »Wir brauchen mehr Bilder, mit unseren Abschlusszeugnissen!«

Ich legte meine Rosen auf den Boden, dann setzten Blair und ich uns vor den klickenden Kameras grinsend in Szene.

»Warte, eins noch für Instagram!«, brüllte Blair und nötigte Tyrell ihr Handy auf. Er machte dann noch zigtausend weitere Bilder.

»Okay. Ich muss los – meine Eltern wollen mit mir und Tyrell ober-edel Mittagessen gehen.« Blair umarmte mich fest. »Ich seh dich dann später auf deiner Party?«

»Das will ich dir raten.«

»Wir sollten nach Haus fahren«, sagte Mom. »In einer Stunde kommen die ersten Gäste und vorher müssen wir noch den Kuchen abholen.«

»Okay.« Ich folgte ihr, doch dann fielen mir meine Blumen ein. »Ich muss noch meine Rosen holen.«

»Wir treffen uns am Auto«, rief Dad.

Der Hof der *Preston Academy* lag jetzt ruhig da. Die Sonne brannte und ich fing an zu schwitzen. Aber das machte mir nichts aus nach all den trüben Tagen des vergangenen Jahres.

»Devon.«

Wie schockgefroren blieb ich stehen. Diese Stimme kannte ich, aber eisig war sie nicht. Nicht mehr.

»Hallo, Mrs Edwards.«

»Eleanor«, sagte sie. »Nenn mich bitte Eleanor. Und, Devon, ich möchte dich um Verzeihung bitten.«

Hätte ich mich schlechter im Griff gehabt, wäre mir der Mund aufgeklappt.

»Okay.«

»Ich habe häufig ungerecht über dich geurteilt und das war ein Fehler. Du bist ein mitfühlender Mensch mit einem guten Herzen und etwas anderes hätte nie irgendeine Rolle spielen sollen. Ashton kann von Glück sagen, dass er dich hat.«

Hat. – Seine Mutter wusste also nicht, dass er mit mir Schluss gemacht hatte. Sosehr er mir auch fehlte, ich musste eingestehen, es war schön, sich nicht weiter mit dem Familiendrama der Edwards rumschlagen zu müssen.

Ich nickte steif. Denn wenn sie Vergebung von mir erwartet hatte, musste ich sie enttäuschen. Aber immerhin, es hatte sie einiges gekostet, ihre Fehler zuzugeben. Das musste ich ihr anrechnen.

»Herzlichen Glückwunsch zum Studienplatz an der McCafferty«, sagte sie. »Ich bin ganz sicher, dass du da Erfolg haben wirst.«

»Woher …?«

»Die Entwicklungsberichte. Erinnerst du dich?«

»Oh. Stimmt.« Ich schenkte ihr ein kleines Lächeln. »Danke.«

Sie drückte meine Schulter. »Wir sehen uns.«

Mir schwirrte der Kopf, als ich über den Hof zurückging. Weiße Stühle waren über den ganzen Rasen verteilt, zerknüllte Programme und Kaffeebecher auch. Nur meine Blumen waren nicht mehr da, wo ich sie abgelegt hatte. Ich drehte mich einmal im Kreis, weil ich mich nach ihnen umsehen wollte, und stieß gegen etwas Hartes. Nein, nicht etwas. Jemand.

»Oh, sorry«, sagte Ashton. Er gab mir den Strauß. »Alles gut bei dir?«

»Ja«, brachte ich hervor. »Könnte nicht besser sein.«

Das stimmte nicht. Mir war schwindelig, weil er vor mir stand mit diesem Blick, der mich um den Verstand brachte.

Nein, jetzt nicht, Devon.

»Sie haben dich rausgelassen, was?« Ich bemühte mich um einen leichten Ton, doch mein Herz drehte Pirouetten.

»Vor zwei Wochen.«

Ich gab dem Bedürfnis nach, ihn anzuschauen. Sog ihn auf mit den Augen, seine Haut war rein und gesund, seine Augen strahlten, und die Haare waren kurz, ordentlich und kräftig. Die dunklen Schatten waren verblasst, die Falten verschwunden. Aber er war immer noch dünn. Wahrscheinlich würde sich daran nie etwas ändern.

Und mir blieb immer noch die Luft weg, wenn ich ihn ansah. Würde *das sich* je ändern? Würde ich ihn irgendwann einmal ansehen und nichts empfinden?

»Du bist nicht wieder in die Schule gekommen«, sagte ich.

Er schüttelte den Kopf. »Ich musste mich um dies und das kümmern.«

»Wie hast du …« Ich zeigte auf sein Diplom.

»Privatunterricht. Jede Menge. Eigentlich habe ich nur noch gelernt, sobald es mir wieder besser ging.«

»Cool.«

Ein zerknülltes Programm wehte mir vor die Füße.

»Können wir reden?«, fragte er.

»Du hast mir nie zurückgeschrieben«, sagte ich.

Er senkte den Blick. »Ich hab dir geschrieben. Ich habe die Briefe nur nie abgeschickt.« Er sprach leiser. »Dazu hatte ich nicht das Recht, fand ich.«

Noch mehr Schweigen. Gott. Wie waren wir denn wieder in diese Befangenheit geraten?

Mein Handy summte. Eine SMS von Mom:

Wo steckst du?

»Ich muss zu meinen Eltern.«

»Es wird nicht lange dauern.«

Fast hätte ich *Okay* gesagt, aber dann fiel mir wieder ein, was Dr. Braun über das Grenzensetzen ihm gegenüber gesagt hatte. Meine Eltern warteten auf mich, das hatte ich zu respektieren. »Ich muss jetzt wirklich gehen. Aber komm später zu mir nach Haus. Wir feiern meinen Schulabschluss mit einer Party.«

»Bist du sicher?«

Ich berührte seine Hand. »Ich möchte, dass du kommst.«

Ich will das, brauche das. Es ist nicht in Ordnung, wie sehr ich dich immer noch brauche, wo du es doch warst, der Schluss gemacht hat. Aber im Moment ist mir das egal. Ich will nur in deiner Nähe sein.

Er drückte meine Hand ganz zart. »Ich komme vorbei.«

Als die Sonne unterging, war der Trubel vorbei, bis auf ein paar Nachzügler hinten auf der Terrasse, meine Großmutter Mama Lee und meinen Onkel Ricky zum Beispiel (Letzter bei jeder Familienfeier) waren alle gegangen. Im tiefsten Inneren war ich die ganze Zeit nervös gewesen, weil ich mich ständig fragte, ob Ashton nun auftauchen würde, aber ich ließ mir nichts anmerken und unterhielt mich mit meinen Gästen.

So viele Leute waren gekommen, um mit mir zu feiern. Es war überwältigend, mit so viel Liebe und Wohlwollen überschüttet zu werden, aber als sich einer nach dem anderen verabschiedete, schlich sich die Einsamkeit ein.

Ich verzog mich auf die neue Hollywoodschaukel, schlug Mücken tot und wischte mir die Schweißperlen von der Stirn. Ich fühlte mich ganz klebrig – von der Hitze, dem Schokoladenkuchen, den meine Eltern für mich hatten backen lassen, vom vielen Tanzen mit der Familie. Es war einer dieser schwülen Abende, an denen die Luft dick wie Suppe war. Ich fand das herrlich.

Als Ashton vorfuhr, musste ich mir einschärfen, das Atmen ja nicht zu vergessen. Als er schließlich auf die Veranda kam, zitterte ich am ganzen Körper. Wir schauten einander lange an.

Dann zog er mich an sich, und so blieben wir stehen, aneinandergeklammert, als ob der Weltuntergang drohte, wenn wir uns loslassen würden. Ich presste mein Gesicht in sein Hemd, wollte aber nicht weinen.

Nie wieder würde er von mir eine Träne sehen.

JETZT

»ICH FASSE ES NICHT, DU HAST WIRKLICH DEIN TELESKOP MIT
an den Strand genommen.« Blairs Stimme ertönte hinter mir,
der vertraute Klang mischte sich mit dem Rauschen der Wellen. »Du bist echt ein Nerd.«

»Zum ersten Mal hab ich eines, das klein genug zum Mit-
schleppen ist.« Ich linste noch mal durch das Okular. »Der
Himmel ist atemberaubend.«

»Ich glaub dir jedes Wort«, sagte sie. »Hier, trink mal was.«

Ich nahm einen langen Zug aus ihrer Wasserflasche. »Hm.
Hab gar nicht gemerkt, wie durstig ich bin.«

Sie setzte sich und grub die rot lackierten Fußnägel in den
Sand. »Setz dich zu mir. Ich will mit dir reden.«

Widerwillig drehte ich den Deckel auf die Linse und setzte
mich neben Blair. Meine (hellblauen) Fußnägel verschwanden im Sand, und ich ließ mich von den Wellen an den Füßen
kitzeln, die den Sand wegschwemmten. »Diesen Strand habe
ich immer geliebt.«

»Es ist echt wundervoll hier«, sagte Blair. »Und deine Cousine ist toll. So froh und optimistisch. Ein echter Schatz.«

»Nun ja, das liegt in der Familie. Das mit dem Schatzsein,
meine ich.«

Sie stupste meine Schulter an. »Du bist ein Diamant, nur nicht beim Volleyball.«

Ich schlug die Hände vors Gesicht. »Oh Gott.«

Sie lachte lange und aus dem Bauch heraus. »Warum rennst du bloß immer weg, wenn der Ball in deine Richtung fliegt?«

»Von diesem Baggern tun mir die Unterarme so weh.«

»Was bist du nur für ein Weichei.«

Ich zuckte mit den Schultern. »Ich mag das Gebagger nun mal nicht.«

Sie prustete. »Gebagger!«

»Meine Güte, bist du immer noch zwölf?«

»Du findest das auch witzig, gib's zu.«

»Ja, ja, ist das witzig.«

»Ach, wie mir das hier fehlen wird«, sagte sie. »Obwohl ich mich aufs *Fashion & Design Institut* freue.«

»Du wirst sie umhauen. Ich bin schon so gespannt, was dir da alles einfallen wird. Und welche kostenlosen Outfits du für mich entwerfen wirst.«

»Ja«, sagte sie trocken. »Wenn du erst mal eine reiche, berühmte Astrophysikerin bist, kannst du meine Kleider tragen, und dann werden alle sie haben wollen. Kostenlose Werbung für mich!«

»Klingt ganz nach einer Win-win-Situation.« Mit einem zufriedenen Seufzer sah ich mich um. »Der Sommer in den Hamptons letztes Jahr war toll, aber an diesen Ort hier hab ich mein Herz verloren. Kaum zu glauben, dass ich mir das fast von Du-weißt-schon-wem hätte kaputtmachen lassen.«

Sie warf mir einen Blick zu. »Du hast Zeit zum Heilen gebraucht. Daran ist doch nichts Schlimmes.«

»Kann sein.« Ich schlang die Arme um die Knie. »Worüber wolltest du reden?«

Sie holte eine Tüte Doritos aus ihrer Strandtasche. »Wir reden schon drüber.«

»Ashton?«

Sie bot mir Doritos an. »Fehlt er dir?«

»Klar.« Ich nahm mir ein paar Chips und mampfte los.

»Hab ich gemerkt. Sieht man in deinen Augen.«

»Du hast mir in die Augen geschaut? Wie romantisch.« Wieder stupste sie mich an. »Ich meine das ernst.«

Ich zog mit den Fingern Furchen in den nassen Sand. »Ich genieße diesen Sommer, aber hier ist alles mit Erinnerungen verbunden.« Ich senkte die Stimme. »Und das Echte will ich eben auch.«

Blair holte einen Joint aus der Tasche und zündete ihn an. Dann nahm sie einen langen Zug und behielt den Rauch länger in den Lungen, als ich es für möglich gehalten hätte. Sie blies ein paar Rauchringe, hustete und trank Wasser. Ihre Schultern entspannten sich, als die Wirkung eintrat.

»Besser?«, fragte ich grinsend.

»Oh ja.« Lächelnd schloss sie die Augen. Dann drehte sie sich zu mir und blinzelte träge. »So. Du weißt doch, dass ich mich letzte Woche mit Tyrell getroffen habe?«

»Ich wünschte, ich könnte es vergessen. Du bist viel zu sehr ins Detail gegangen bei deinen Schilderungen.«

Sie lächelte auf eine Weise, die Geschichten erzählte und Geheimnisse bewahrte.

Dann holte sie einen Umschlag aus der Tasche und klopfte drauf. »Ich wollte dir nichts erzählen, aber irgendwie geht's mir nicht gut damit, wenn ich dir was verheimliche.«

»Was denn?«

»Ich bin Ashton über den Weg gelaufen.«

Ich erstarrte – mit der Hand im Sand.

»Willst du es hören?«

»Weiß nicht. Will ich das?«

Sie verdrehte die Augen. »Er war nicht mit einem Mädchen zusammen, wenn du das meinst.«

»Mein ich nicht – okay, doch.« Ich konnte ihr nichts vormachen. Die Erleichterung sah sie mir eh an. »Was gibt's Neues?«

»Er war mit einem Hund unterwegs. Der hieß Buddy, sagte er.«

Daraus konnte ich ein paar Schlüsse ziehen. Erstens: Wenn Ashton Buddy zu sich genommen hatte, ging es ihm besser. Zweitens: Vielleicht würde er noch eine Weile unter den Lebenden bleiben. Leute, die ihren Selbstmord planten, adoptierten doch kein Haustier, oder?

»Willst du einen Zug?«, fragte sie.

Ich schüttelte den Kopf. »Nein, alles gut.«

Das stimmte nicht. Denn jetzt gingen mir tausend Fragen durch den Kopf: Vermisste er mich? Dachte er an mich? Hatte er ein anderes Mädchen geküsst, während ich meine Ferien hier verbracht hatte? Und was war mit diesen Nächten, in denen die Sehnsucht nach mehr als Küssen übermächtig wurde? Ich ging dann am Strand joggen. Was machte er? *Wen* hatte er dann?

Nein. In dieses Loch würde ich nicht fallen. Das ging mich ohnehin nichts an.

»Wirkte er glücklich?«

Sie legte den Kopf schräg. »Also, unglücklich sah er nicht aus.«

»Aha.«

»Wann hast du ihn das letzte Mal gesehen?«, fragte Blair.

Ich pulte am Etikett der Wasserflasche. »Am Abend der Abschlussfeier.«

Sie sah mich an. »Hast du mit ihm geschlafen?«

Ich nickte. »Ja. Ich dachte, ich könnte damit umgehen. Das war ein Irrtum. Ich hab ihm gesagt, ich würde Zeit zum Nachdenken brauchen. Seitdem habe ich nicht mit ihm geredet. Aber ich bin immer noch durcheinander. Und mir macht es Angst, wie sehr ich ihn noch immer liebe.«

Blair berührte meine Schulter. »Und das hast du die ganze Zeit für dich behalten? Warum hast du es mir nicht erzählt?«

Ich lachte auf. »Es war mir peinlich. Er hat mir noch mal wehgetan, und kaum taucht er auf, schlafe ich wieder mit ihm. Wer macht denn so was?«

»Ein Mädchen, das verliebt ist. Devy, vor mir muss dir nichts peinlich sein.«

Ich nickte und schaute hinaus auf die Wellen.

»Hast du mal dran gedacht, reinen Tisch zu machen?«, fragte Blair.

»Jeden Tag. Ich kann es einfach nicht. Ich weiß nicht, was ich will. Nein, das stimmt nicht. Ich will ihn immer noch. Weil ich aber immer noch so verwirrt bin, sollte ich einfach nicht … nicht mit ihm.«

Noch mehr Rauchringe. »Das verstehe ich und ich finde das gut.«

»In zweieinhalb Wochen fängt die Uni an.«

Sie verdrehte die Augen. »Ich weiß. Du redest schließlich von nichts anderem. Du wirst im Wohnheim leben, Mitglied der *Honor Society* werden und bis an dein seliges Ende Astronomie und Physik und Mathe studieren. Amen.«

»Ich glaube, er wird auch da sein.«

Sie seufzte. »Ist ja ein großer Campus, oder nicht?«

»So groß nun auch wieder nicht. Vielleicht können wir ja von vorn anfangen.«

Wieder sah sie mich lange an und plinkerte mit ihren aberwitzig langen Wimpern. »Ihr beide schleppt zu viel Ballast mit euch rum für einen Neustart.«

»Da hast du wohl recht.«

Der Wind pustete Blair die dunklen Haare ins Gesicht. Sie reichte mir den Umschlag. »Er hat mich gebeten, dir das hier zu geben. Ich wollte es nicht tun, nur damit du's weißt.«

Mit der Hand strich ich über den glatten, steifen Umschlag. »Warum hast du deine Meinung geändert? Ich dachte, du hasst ihn.«

»Gehasst hab ich ihn nie. Ich hab nur gehasst, dass er dir wehgetan hat.« Sie zeigte auf den Umschlag. »Machst du ihn auf?«

Ich zog die Lasche auf und holte ein Foto raus. »Arcturus.« In seiner ganzen orangeroten Pracht. Er stach von seinen Freunden in der Boötes-Konstellation ab, eine große glühende Scheibe zwischen glänzenden Punkten.

Ich stieß einen bebenden Atemzug aus und guckte wieder in die Brandung. Vor meinen Augen verschwamm alles – und ich wusste, dass es nicht an der Gischt lag. Oder an Blairs würziger Kräutermischung.

»Er hat mir erzählt, er sei in den letzten zwei Wochen jede Nacht rausgegangen, um die perfekte Aufnahme zu machen«, sagte sie. »Er hat mich angefleht, dir das zu geben.«

Ich betrachtete das Foto noch mal. Eine perfekte Komposition. Glasklar. Er hatte mattes Fotopapier genommen, das war professioneller als glänzendes, hatte er mir mal erklärt. Acht mal zehn, die perfekte Größe zum Rahmen, um es dann in meinem Zimmer im Studentenwohnheim aufzuhängen.

»Wenn du an ihn denkst, sehe ich die Sehnsucht in deinem Gesicht.« Blairs Stimme riss mich aus meinen Gedanken. »So geht es mir, wenn ich ein englisch gebratenes Steak sehe.«

Ich riss den Kopf hoch. »Ich will ihn nicht essen. Gott!«

Sie sah ihren Joint an, von dem kaum noch ein Zug übrig war. »Ich bin mir immer noch nicht sicher, dass es richtig war, dir das Foto zu geben. Aber ich möchte glauben, dass du stärker geworden bist.«

Vor zwei Sommern hatte ich genau an diesem Strand gesessen. Die Flut hatte mir den Sand unter den Füßen weggespült. Ich hatte nicht geahnt, dass ich einen Jungen treffen würde, der mich auf so vielerlei Weise verändern würde. Ich hatte nicht geahnt, dass ich mich so sehr und so schonungslos verlieben würde. Ich hatte nicht geahnt, dass mein Leben nie wieder so sein würde wie früher.

Ich hatte noch nie jemanden so geliebt, wie ich ihn liebte. Das war sicher. Vielleicht gab es immer noch eine Zukunft für uns, doch das wäre mit sehr viel harter Arbeit verbunden. Vor harter Arbeit fürchtete ich mich nicht. Die McCafferty würde in der Hinsicht bestimmt auch einiges von mir verlangen.

Ich war bereit für die McCafferty-Universität und ihr hartes Pensum. Würde ich alles tun, um meinem Traum einen Schritt näher zu kommen? Ja, ich nahm die Herausforderung mit offenen Armen an.

Aber war ich bereit und willens, die harte Arbeit mit Ashton anzugehen? Bestimmt könnte ich damit zurechtkommen. Es gab da nur einen Vorbehalt: Ich wollte mich nicht ständig fragen müssen, ob und wann er mir wieder das Herz brechen würde.

Ganz gleich, wie sehr ich ihn auch liebte.

Ich schaute in den Himmel und dann auf mein Foto von Arcturus. Mein Roter Riese. Ein letztes Mal ließ ich die Kraft dieses Sternes auf mich wirken.

Jetzt war ich auf mich allein gestellt. Ich musste gute Entscheidungen treffen. Stark sein und schlau und bereit … für das, was kam. Für mein Leben.

Ich war bereit.

Ich holte mein Handy raus. Scrollte zu Ashtons Namen. Das Kontaktfoto war eins von uns beiden – am Weihnachtstag. Glücklich, strahlend, aufgeregt. Ich lächelte es an. Atmete tief durch, berührte den Schlüsselanhänger an meiner Kette und entspannte mich. Ich musste jetzt keine Entscheidung treffen. Denn die Sache war die: Ob mit ihm oder ohne ihn, ganz egal, was auch passierte, mein Leben würde legendär werden.

Anmerkungen der Autorin

2004 wurde vom Arzt diagnostiziert, dass ich Depressionen habe. Für mich bedeutete das eine Erleichterung, denn jahrelang hatte ich gegrübelt, warum ich wohl zu so düsteren Stimmungen neigte. Endlich wusste ich den Grund dafür. Trotzdem schämte ich mich für die Diagnose. Viele Jahre hatte ich Probleme mit negativen Verhaltensweisen und damit, meine Medikamente einzunehmen wie verordnet. Ich bildete mir auch ein, ich müsse in der Lage sein, alles selbst wieder in Ordnung zu bringen.

Das konnte ich nicht.

Heute geht es mir dank Medikamenten und Therapie besser. Doch auch jetzt kann sich die Depression anschleichen und mich wieder in das Loch zerren, aus dem ich mich Monate oder Jahre herausgearbeitet hatte.

Manchmal kommt die Depression wie aus dem Nichts, vereinnahmt mich und macht mich so müde, dass nachgeben leichter ist als dagegen ankämpfen. Manchmal wird die Depression von bestimmten Ereignissen ausgelöst. Doch ich registriere nur, dass sie da ist. Mal wieder. Und wie tonnenschwere Gewichte auf meiner Brust lastet. Sie füllt meinen Kopf, bis ich nur noch Nebel sehe.

Sie lügt und redet mir ein, dass ich allen gleichgültig bin. Dass ich alles ganz allein bewältigen muss. Sie sagt mir, dass ich machtlos bin und nicht liebenswert. Das ist das Schlimmste, was mir die Depression einredet.

Ich wollte zeigen, dass meine depressive Romanfigur Ashton geliebt wird, aus tiefstem Herzen.

Für jeden Menschen hat die Depression ein anderes Gesicht, bei mir ist es im Wesentlichen der Kontrollverlust, den ich empfinde, wenn sie übernimmt.

Ich wollte ein Buch schreiben, in dem meine Romanfiguren die Kontrolle übernehmen. Vielleicht gelingt ihnen das nicht immer, aber sie versuchen es.

Denn darauf kommt es an, es immer wieder zu versuchen. Und es ist in Ordnung, dabei dazuzulernen. Es ist in Ordnung, sich dabei Hilfe zu holen.

Wir müssen das nicht allein durchmachen. Es gibt Unterstützung da draußen. Und es ist immer okay, sich an diese Stellen zu wenden.

Diese Geschichte ist ein Roman, also ausgedacht, aber auch im wahren Leben kann jeder jederzeit das Gefühl bekommen, völlig allein zu sein. Doch keiner sollte je denken, dass er stumm leiden muss und es keinen anderen Ausweg gibt.

Wenn du also Hilfe brauchst oder jemand, den du kennst, sich in einer ausweglosen Situation fühlt, erhältst du unter den folgenden Adressen Hilfe von Berater*innen, die schon in vielen Fällen Auswege aus schwierigen Situationen aufzeigen konnten.

Die folgenden Organisationen leisten in so einem Fall wertvolle Hilfe:

NUMMER GEGEN KUMMER
www.nummergegenkummer.de
Rufnummer: 11 61 11 (anonym und kostenlos vom Handy und Festnetz)
Mo – Sa von 14 bis 20 Uhr

TELEFONSEELSORGE
www.telefonseelsorge.de
Kostenlose Hotline: 0800 – 111 0 111 oder 0800 – 111 0 222

ÖSTERREICH
www.rataufdraht.at
Rund um die Uhr, kostenlos

SCHWEIZ
www.147.ch
Rund um die Uhr, kostenlos